本书系国家社科基金一般项目"东南亚裔美国小说研究"（编号：14BWW060）结项成果

本书由桂林电子科技大学外国语学院资助出版

NSSFC
The National Social Science Fund of China

国家社会科学基金项目文库·文学研究

东南亚裔美国小说研究

张燕◎著

暨南大学出版社
JINAN UNIVERSITY PRESS

中国·广州

图书在版编目（CIP）数据

东南亚裔美国小说研究/张燕著. ——广州：暨南大学出版社，2022.9
（国家社会科学基金项目文库. 文学研究）
ISBN 978 - 7 - 5668 - 3481 - 2

Ⅰ. ①东…　Ⅱ. ①张…　Ⅲ. ①小说研究—美国　Ⅳ. ①I712.074
中国版本图书馆 CIP 数据核字（2022）第 155036 号

东南亚裔美国小说研究
DONGNANYA YI MEIGUO XIAOSHUO YANJIU
著　者：张　燕

··

出 版 人：张晋升
项目统筹：晏礼庆
策划编辑：杜小陆
责任编辑：康　蕊
责任校对：孙劭贤　冯月盈
责任印制：周一丹　郑玉婷

出版发行：暨南大学出版社（511443）
电　　话：总编室（8620）37332601
　　　　　营销部（8620）37332680　37332681　37332682　37332683
传　　真：（8620）37332660（办公室）　37332684（营销部）
网　　址：http：//www.jnupress.com
排　　版：广州良弓广告有限公司
印　　刷：广州市金骏彩色印务有限公司
开　　本：787mm×960mm　1/16
印　　张：16.5
字　　数：291 千
版　　次：2022 年 9 月第 1 版
印　　次：2022 年 9 月第 1 次
定　　价：69.80 元

前　言

　　本书为国家社科基金一般项目"东南亚裔美国小说研究"的结项成果。本书属于亚裔美国文学研究，聚焦东南亚裔，专注于小说，是国内迄今为止第一部研究东南亚裔美国文学的专著，具有填补国内外国文学研究领域学术空白的创新意义。

　　本书资料并非唾手可得，而是我在北京读博时慢慢搜集的。在北京的一年半时光，中国国家图书馆、北京大学图书馆、清华大学图书馆、北京师范大学图书馆、北京外国语大学图书馆等，都留下了我的足迹。还有些资料来源于国内其他省市及国外的大学图书馆等，通过馆际互借获得。我找到了越南裔、新加坡裔、缅甸裔、菲律宾裔、马来西亚裔的几位美国作家的小说，通过图书馆的数据库搜索或馆际互借寻到了相关作家和小说的评论作为参考。

　　鉴于本书研究的这些作家都濡染于东西方两种文化，这两种文化在作家身上及他们的文学作品中形成某种张力，在王向远老师的启发下，我选用了间性理论，并在"间性""主体间性""文本间性"和"文化间性"这些概念的基础上提出了"身份文化间性"这一新的视角。本书运用"文化间性""间距""文本间性"以及"身份文化间性"等概念解读东南亚裔美国作家的文学作品，探讨作家濡染的东西方两种不同文化之间、不同文化身份之间，以及不同文本之间复杂的关系，展现他们在东西方两种文化的张力下如何同时建构东方精神和美国现实的家园。

　　全书除去绪论和结语，正文部分结构如下：第一章研究的是越南裔美国小说，以阮越清的小说《同情者》和黎氏艳岁的小说《我们都在寻找的那个土匪》为代表。第二章是新加坡裔美国小说研究，以菲奥娜·程的小说《鬼香》和《影子剧院》为代表。第三章是缅甸裔美国小说研究，以温迪·劳尔·荣的《棺材树》《伊洛瓦底江的探戈》为代表。第四章是菲律宾裔美国小说研究，以妮诺奇嘉·罗施卡的《战争的国度》和《福有双至》为代表。

第五章和第六章都是马来西亚裔美国小说研究，以林玉玲的小说为代表。

本书旨在抛砖引玉，引发更多的国内学者关注和继续开拓东南亚裔美国文学领域，研究和翻译东南亚裔美国文学。本书研究的马来西亚裔美国作家林玉玲（Shirley Geok-lin Lim）的小说《馨香与金箔》（*Joss and Gold*）已由我译为中文出版（漓江出版社，2021 年）。这部译著也是课题的成果之一。

感谢我工作的单位桂林电子科技大学外国语学院对本书的出版资助，感谢暨南大学出版社襄助出版，在此并致谢忱！

张　燕

2022 年 2 月于桂林

目　录

绪　论

第一节　"东南亚裔美国小说"的术语界定，
不同族裔文学的差异性与同一性

一、"东南亚裔美国小说"的术语界定

东南亚裔美国小说是本书研究的对象，从广义上讲，东南亚裔美国小说包括所有具有东南亚裔血统的美国公民用英文或某种东南亚语言所写的小说；从狭义上讲，指具有美国国籍的东南亚裔用英文所写的以东南亚裔美国人在美国和在东南亚的经历为背景的小说。

本书所讨论的是狭义的东南亚裔美国小说，主要涉及六位东南亚裔美国作家及其十三部文学作品。这十三部作品分别是越南裔美国作家阮越清（Viet Thanh Nguyen）的小说《同情者》（*The Sympathizer*，2016）、黎氏艳岁（Le Thi Diem Thuy）的《我们都在寻找的那个土匪》（*The Gangster We Are All Looking For*，2003）；新加坡裔美国作家菲奥娜·程（Fiona Cheong）的《鬼香》（*The Scent of the Gods*，1991）和《影子剧院》（*Shadow Theatre*，2002）；缅甸裔美国作家温迪·劳尔·荣（Wendy Law-Yone）的《棺材树》（*The Coffin Tree*，1983）和《伊洛瓦底江的探戈》（*Irrawaddy Tango*，1993）；菲律宾裔美国作家妮诺奇嘉·罗施卡（Ninotchka Rosca）的《战争的国度》（*State of War*，1988）和《福有双至》（*Twice Blessed*，1992），以及马来西亚裔美国作家林玉玲（Shirley Geok-lin Lim）的《月白的脸：一位亚裔美国人的家园回忆录》（*Among the White Moon Faces*：*An Asian-American Memoir of Homelands*，1996）、《秋千妹妹》（*Sister Swing*，2006）、《魔法披巾》（*Princess Shawl*，2009）、《两个梦》（*Two Dreams*，1997）和《馨香与金箔》（*Joss and Gold*，2001）。

以下简要介绍这十三部文学作品。

越南裔美国作家阮越清自四岁离开越南，在美国长大，对西贡（越南胡志明市旧称）的记忆是模糊的，但是父母和其他越南人经常给他讲述越南战争（简称"越战"），战争给家乡人民带来的苦难和创伤一直笼罩着他。阮越清在小说《同情者》里化为主人公"我"，一位无名氏间谍，在北越、南越和美国之间周旋，再现了越南战争的残酷以及战争给家乡人民带来的创伤。

黎氏艳岁出生在越南，越南战争结束后，六岁的她跟随父亲乘船来到美国。后来成为作家的她创作了小说《我们都在寻找的那个土匪》，这部小说用六岁女孩的视角讲述了和父亲、母亲在美国的经历，表达了对家乡的思念和融入美国生活的美好愿望。

新加坡裔作家菲奥娜·程于 1979 年离开新加坡，在美国读本科生和研究生课程。研究生毕业后，她创作了小说《鬼香》。小说讲述了从中国移民新加坡的一个家族几代人的故事，这个家族的人都徘徊在中华传统文化与新加坡现代文化之间。她的另一部小说《影子剧院》的主人公夏琪娜具有美国作家和大学教授的双重身份，夏琪娜身怀六甲只身回到阔别 15 年的新加坡，引起邻居们的猜测和议论。在众声喧哗中，夏琪娜肚中孩子的生父之谜，及其童年的遭遇——浮出水面。夏琪娜的个人经历折射出新加坡现代化进程中人们的精神生活百态。

缅甸裔作家温迪·劳尔·荣的第一部小说《棺材树》由无名氏女孩以第一人称"我"讲述了与同父异母的哥哥山在缅甸军人政权时期以及移民美国时期的遭遇。缅甸政府与少数民族之间的矛盾，缅甸文化与美国文化之间的差异使他们感到不适，给他们带来了很大的创伤。小说《伊洛瓦底江的探戈》的主人公探戈在缅甸监狱里回忆了她的一生。她在缅甸的经历再现了军人执政的历史以及少数民族部队与奈温政府的抗争，后来她流散美国的经历表达了作家对虚伪的美国政府的批判。

菲律宾裔作家妮诺奇嘉·罗施卡的小说《战争的国度》以三位主人公安娜、艾德里安和伊莉莎为线索，讲述了他们之间的故事以及他们先祖的故事，以文学想象重构了菲律宾的过去、现在和未来。小说《福有双至》以主人公双胞胎赫克托和卡特里娜影射了菲律宾前总统马科斯及其夫人伊梅尔达，用双胞胎主人公的故事再现了历史上的马科斯时代以及当时马科斯政府与美国政府的交往，表明作家对马科斯家族的态度。

马来西亚裔作家林玉玲具有多重文化身份，她具有中国血统，在马来西亚出生和长大，二十五岁时前往美国。她的小说《秋千妹妹》讲述了华裔马来西亚三姐妹在马来西亚受到华裔父权的控制和约束，流散到美国后，依旧与华裔父权抗争的经历。从该小说可以看到作家林玉玲对华裔父权的批判。小说《魔法披巾》取材于马来西亚经典文书《马来纪年》里明朝汉丽宝公主下嫁满刺加苏丹的故事。九岁女孩美美寻找汉丽宝公主之旅，不仅是公主的华裔文化身份认同之旅，也是华人在南洋打拼的艰辛历程的象征。短篇小说集《两个梦》里的娘惹是华裔和马来西亚当地人的混血儿，是南洋文化融合的独特产物和文化现象；该短篇小说集还讲述了马来西亚本土文化对西方文化的吸取。小说《馨香与金箔》里的马来西亚华裔吉娜和印度裔帕鲁的爱情悲剧，以及女主人公利安与美国人切斯特的不伦婚外恋，反映了马来西亚不同民族之间的混杂、马来西亚文化和美国文化的混杂，以及这些不同民族和文化从冲突到融合的过程。利安的故事其实也是一部现代版的灰姑娘童话。

林玉玲在《月白的脸：一位亚裔美国人的家园回忆录》里将自己的经历置于社会、经济及政治发展变化之中，无论是在马来西亚，还是在美国，她都不断地与各种势力作斗争，体现的不仅是她个人的力量，也是华裔马来西亚族群的精神力量。这部回忆录是她不断与异质文化抗争与融合的生命书写。

二、不同族裔文学的差异性与同一性

本书涉及的六位东南亚裔美国作家包括越南裔、新加坡裔、缅甸裔、菲律宾裔和马来西亚裔。这五个族裔的小说作品有着它们各自的特色和风格，当然也有共同的特点。

（一）不同族裔文学的差异性

（1）五个不同族裔的六位作家的十三部小说各自反映了不同的历史背景。

越南裔阮越清的《同情者》真实地再现了越南战争中，南越、北越和美国之间的纠葛与纷争，以及越南战争给越南人民带来的创伤。黎氏艳岁的《我们都在寻找的那个土匪》的背景是越南战争结束，很多越南难民乘船漂洋过海，辗转来到美国艰难求生。新加坡裔菲奥娜·程的《鬼香》和《影子剧院》反映的背景正是新加坡现代化进程中人们的精神生活百态，以及如何在传统文化和现代文化之间取舍的困境。缅甸裔温迪·劳尔·荣的《棺材树》

和《伊洛瓦底江的探戈》都是以军人专政、缅甸少数民族与政府对抗为背景，受到迫害的主人公只能远走美国避难。菲律宾裔妮诺奇嘉·罗施卡的《战争的国度》和《福有双至》的一个共同历史背景是马科斯政府的统治。马来西亚裔林玉玲的几部作品涉及的一个重大历史事件是 1969 年 5 月 13 日的"五一三"事件。

　　（2）五个不同族裔文学的特性各不相同。

　　越南裔美国小说的特性表现为强烈的爱国主义情怀。越南裔作家即使在越南出生后几年就随父母来到了美国，但他们受父母和越南难民情绪的感染，无法摆脱越南战争和历史的阴影。他们书写越南战争给越南人民带来的苦难，他们书写水，因为水代表儿时记忆里家乡的海水，水代表越南，字里行间表达的都是对故乡的热爱。

　　新加坡裔美国小说受中国文化的影响比较大。新加坡裔作家的小说主人公往往具有华裔血统，小说里表现的中国文化俯拾即是。迷信思想和鬼魂故事经常出现在新加坡裔作家的小说里，小说里的华人认为鬼魂都是和人生活在一起的。

　　缅甸裔美国小说的特性是缺乏民族精神文化，与现代世界格格不入。英国殖民政府过度掠夺缅甸的资源，在缅甸教育方面的支持很少，在文化方面更是一毛不拔。缅甸自己的文化衰落，也不了解现代世界。缅甸裔作家的小说主人公们往往没有民族精神文化作为心灵的慰藉，他们寻求西方文化，却也不能与其融洽相处。与周际文化的不协调是缅甸裔美国小说最明显的特性。

　　菲律宾裔美国小说的特性是受殖民文化的影响深远。由西班牙人传入的天主教在菲律宾人当中根深蒂固。美国文化在许多方面对菲律宾人的影响也是巨大的，菲律宾人"成了美国化的亚洲人"。菲律宾裔小说充满了外来文化元素，尤其是西班牙文化和美国文化。菲律宾裔美国小说里主人公们的个人家族历史往往反映的正是菲律宾国家的历史。

　　马来西亚裔美国小说的特性是华人与马来人的冲突与融合。马来西亚裔美国小说里充满了当时社会华人与马来人的冲突，马来人怨恨华人在文化上的自信、经济上的优越以及教育上的颖悟，而华人由于在政治上的不平等，对马来人也是怨声载道。种族之间的冲突长期存在。当然，小说里也有华人与马来人之间的融合。华人与马来当地人结合，生的男性叫"峇峇"，生的女性叫"娘惹"，由此形成别具一格的"峇峇娘惹文化"。

（二）不同族裔文学的同一性

越南裔、新加坡裔、缅甸裔、菲律宾裔以及马来西亚裔这五个不同族裔的美国小说之间既具有差异性，也有同一性。同一性具体表现在：

（1）故乡政治、军事、经济、文化等不可调和的矛盾，导致作家流散美国。

20 世纪 70 年代末，随着越南战争的结束，越南难民相继逃往世界各地，美国则是越南难民最大的接收国。越南裔美国作家的出现主要是越南战争的结果，他们站在流散的角度书写对故土的眷念、对战争的恐惧，以及在美国的生存状态，由此产生了越南裔美国小说。

新加坡于 20 世纪 60 年代起开始了现代化进程，同时开始经历急剧的社会变革，道德危机也开始出现，社会变得不安定。此时一些新加坡人移民美国，濡染美国文明的精华。新加坡裔美国作家就是在这样的情形之下诞生的，他们书写新加坡的历史与现代化进程，以及反思在美国的生存困境。

1962 年 3 月 2 日奈温率领军人发动政变，接管国家权力，开始了缅甸长达 40 多年的军人统治。1962 年至 1965 年间，政府颁布了上百部法律，取消了人们的言论、结社、集会等权利。大众传播媒介和教育被军人政府控制。一些寻求自由的高级知识分子背井离乡。缅甸裔美国作家就是在这样的背景下诞生的。

马科斯于 1965 年当选为菲律宾总统，1969 年再次当选，1972 年宣布在全国实行军事管制。马科斯政府的统治，使得一些精英分子离开祖国，流散异国他乡。祖国动荡的政治历史往往是他们文学创作的题材。

马来西亚的马来人和华人之间长期存在着紧张关系。1969 年 5 月的大选结果是华人反对党成功获得议会席位，支持者在首都吉隆坡举行了胜利游行，导致马来执政党的支持者在 5 月 13 日举行了反游行。当天晚上，骚乱开始了，华人的店铺和住宅遭到纵火和抢劫，多人死亡，伤者无数。"五一三"事件后，政府修改国会条文确保马来人主导统治，数千名华裔马来西亚人开始在全球漂泊。移居美国的华裔马来西亚作家希冀能够通过自己的努力，在美国文坛获得一席之地。

（2）寻找安顿灵魂的精神家园，建构现实的家园。

五个不同族裔作家所探求的和文学作品所反映的一个共同主题就是寻找安顿灵魂的精神家园和建构美国现实的家园。族裔作家因为各种原因被迫离开祖国，流散美国，希望在美国有所发展，与此同时他们在美国也会经历种族歧视、性别歧视等问题。他们的族裔文化与美国文化相遇，矛盾和冲突不可避免，融合还需要一个长期磨合的过程。在这个冲突和融合的过程中，难免产生文化身份认同危机。如何抚慰受伤的心灵，保持心态的宁静和平衡，是他们探求的问题。他们创作的文学作品，既书写祖国，也书写美国，将故乡与现居地联系在一起。在建构对故乡的认同、寻找精神的家园的同时，也建构美国现实的家园，也许这就是他们解决文化困境的出路。

越南裔阮越清的小说《同情者》的主人公是潜伏在南越和美国军队中，为北越提供情报的间谍。他游走在美国、南越和北越之间，带着自己的间谍使命，调节相互冲突的文化，探求不同文化间的平等对话与融通，致力于建立和谐的文化世界。黎氏艳岁的《我们都在寻找的那个土匪》里的一家人作为越南难民来到美国，希望融入美国的生活，却因为文化差异，跟美国人之间产生对立和排斥，后来用幽默、爱情、亲情和文字书写进行沟通调节，构建精神家园，与美国现实的家园之间保持了平衡。

新加坡裔菲奥娜·程的小说《鬼香》讲述的是新加坡祖孙三代人，曾祖父既坚守中华传统文化，又能适应新加坡殖民文化；祖母执着于中华传统文化，但并不排斥新加坡现代文化；表兄林欣有着新加坡国家认同，也不排斥传统文化等。他们面对所处时代不同文化的态度，也正是作家探索在美国如何面对东西方两种文化和解决身份文化困境所需的路径。菲奥娜虽然在美国已获得成功，但对故乡新加坡仍然有着深深的眷念。她既关心新加坡的现代化进程，也关心故土的精神文明建设。她用小说《影子剧院》揭示了新加坡现代化进程中人们的精神生活百态。

缅甸裔温迪·劳尔·荣的小说《棺材树》里一对同父异母的兄妹先是在缅甸经历了不同民族文化相互排斥的困扰，移民美国后又经历了东西方不同文化相互冲突的困扰。与世界的不和谐是这对缅甸兄妹的现实问题，也是缅甸人民真实的生活映照。缅甸人民需要的是一个协调的文化间性地带。《伊洛瓦底江的探戈》以女主人公为线索，再现了一段军人执政历史以及少数民族武装部队与军人政府的抗争，女主人公与美国白人丈夫的故事情节影射了历史上美国与缅甸的关系。作家通过小说表达了希望回归故乡，国与国之间友好平等相处的美好愿望。

菲律宾裔妮诺奇嘉·罗施卡的小说《战争的国度》通过对三位主人公家

族历史的描述，再现和展示了菲律宾的过去、现在和将来，表达了作家对故乡的思恋之情，这是她构建精神家园的体现，也是她在美国现实的家园和故乡的精神家园之间的对话与协商。《福有双至》里的主人公双胞胎是罗施卡对菲律宾总统马科斯和夫人伊梅尔达的影射，表达了她对历史既主观也客观的看法，还寄寓了她对菲律宾未来的美好希望。

马来西亚裔林玉玲通过《月白的脸：一位亚裔美国人的家园回忆录》《魔法披巾》《秋千妹妹》《馨香与金箔》和《两个梦》等文学作品，既书写了马来西亚的故事，表现故乡文化认同，再现族群文化，回归族群精神，获得安顿灵魂的精神家园；也书写了美国故事，表现对亚裔的美国文化身份认同，以及建构美国现实家园的愿景。

第二节　"东南亚裔美国小说" 的起源与发展概观

第二次世界大战后，20 世纪 40—70 年代，帝国主义国家的征服者才退出前殖民地。后殖民时期国际移民的主要流向还是前殖民地被统治者向前殖民地征服者的国家移民。① 殖民时代，殖民统治者向东南亚殖民，给东南亚国家带来了极大的创伤。后殖民时代，东南亚国家向美国移民是普遍的现象，但美国并没有完全向发展中国家敞开大门，而且设置了很多障碍。自 20 世纪 60 年代起，美国的外来移民掀起了新一轮的入境高潮。

一、越南的移民和越南裔美国小说

越南战争结束后，最后一批美军于 1973 年撤离。越南人和美国人都在这场战争中付出了可怕的代价，"不仅丧失生命，疮痍满目，社会解体，而且造成了政治上的混乱和仇恨"②。越南战争的结束引发了第一次东南亚难民潮。1975 年 4 月南越向北越投降，13 万多南越人逃离越南。原南越政府、军队或政务人员都被告知要参加 "再教育课程"。这些课程本来只有 3~30 天，但对

---

① 郑亚伟：《殖民与后殖民时期国际移民的特征及不同后果》，《国外理论动态》，2008 年第 9 期，第 40-43 页。

② 约翰·F. 卡迪著，姚楠等译：《战后东南亚史》，上海：上海译文出版社，1984 年，第 617 页。

大多数人来说，这些"课程"最终变成了数月或数年的劳改，没有足够的食物和药品，也没有像样的住所。1976年，企业主的资产被没收，他们被送往未开垦的地区，即"新经济区"，在那里，他们必须学会开垦和耕种土地。此外，由于战后美国对越南实施了强有力的国际禁运，国际资源受到了限制。这种形势下，很多越南人只能采取非法的方式逃离越南。难民基本上都是乘船出逃，因而被称为"船民"。大批的"船民"开始了逃亡，形成了第二次东南亚难民潮。在1976年至2000年间，有100多万人逃离越南——其中大多数是在1982年之前。①

越南裔美国文学的先驱是阮氏雪梅（Nguyen Thi Tuyet Mai）和陈文颖（Tran Van Dinh）。20世纪60年代，他们先在美国学习和工作，后来成为美国公民。在写作内容、模式和目的上，他们预测了未来三十多年越南裔美国人写作的主要特点：都以回忆录为基础，都对越南政府提出尖锐的政治批评，都试图改变美国的观点，从而希望改变美国的行为方式。② 孩童时期就来到美国的越南人或出生在美国的越南裔后代能说流利的英语，从而产生了新一代的职业作家。这些作家分为两个类别，一类作家写越南战争、移民经历、在美国定居的经历，他们想通过写作告诉美国人发生了什么事情；另一类作家创作充满想象力的作品，追求的是文学的艺术性。③

第一类作家的作品多为回忆录，反映越南裔在美国遭遇的困难——远离故土、适应新的文化，被当作入侵的敌人。他们写这类作品主要是为了让美国人改变对越南战争、对越南的旧有看法，发出越南裔自己的声音。这类作家包括1975—1977年移民的阮高祺（Nguyễn Cao Kỳ），20世纪80年代移民的张如磉（Truong Nhu Tang），90年代的黄玉光（Jade Ngọc Quang Huỳnh）、阮坚（Kien Nguyen）。④ 第二类作家的作品多为小说、诗歌和戏剧，超越了越南裔美国文学的战争与移民的主流叙事，不仅表达个人的经历，还涵盖了广泛的主

---

① Michele Janette, *My Viet: Vietnamese American Literature in English, 1962 —Present*, Honolulu: University of Hawai'i Press, 2017, p. xv.

② Michele Janette, *My Viet: Vietnamese American Literature in English, 1962 —Present*, Honolulu: University of Hawai'i Press, 2017, pp. xvi – xvii.

③ Michele Janette, *My Viet: Vietnamese American Literature in English, 1962 —Present*, Honolulu: University of Hawai'i Press, 2017, pp. xviii – xix.

④ Michele Janette, *My Viet: Vietnamese American Literature in English, 1962 —Present*, Honolulu: University of Hawai'i Press, 2017, pp. xix – xxii.

题和风格，也充满了解构、矛盾和漫不经心。20 世纪 70 年代的作家有黄光让（Huynh Quang Nhuong）、诗人陈张（Tru'o'ng Tran）、丁灵（Linh Dinh）、梦兰（Mộng Lan），美国出生的安德鲁·斯皮尔登（Andrew Spieldenner）、金安·利伯曼（Kim-An Lieberman）等。① 这两类作家作品展现了越南裔美国文学的繁荣。

除了获得 2016 年普利策小说奖的《同情者》的作者阮越清和《我们都在寻找的那个土匪》的作者黎氏艳岁，1975 年抵达美国的高兰（Lan Gao）也深受瞩目。她于 1987 年取得耶鲁大学法学院的博士学位，1994 年开始在纽约的布鲁克林法学院（Brooklyn Law School）任教。她于 1997 年出版小说《猴桥》（*Monkey Bridge*）的创作动机有三点：第一，从越南人的视角，述说不同于美国人眼中的越南战争，为越南战争的故事增添另一个版本。第二，用这部半自传色彩的小说与自己的过往进行协商，回顾已经远离的祖国和文化。第三，成为越南文化和美国文化之间的传递者，呈现越南的美丽和神秘。② 像阮越清、黎氏艳岁和高兰这样的越南裔美国作家，他们对越南战争的述说，他们与过去的协商，他们传递越南的文化，他们对祖国精神家园的追索，无一不是为了建构美国现实的家园和体现对更美好的未来的期望。

二、新加坡的移民和新加坡裔美国小说

20 世纪 70—80 年代，新加坡的移民主要以经济类移民和留学生身份前往美国。80 年代后，一些新加坡人的子女前往美国留学，其中一部分没有再返回新加坡。还有一些新加坡人移民海外是因为无法适应新加坡拥挤和快节奏的生活，他们向往更宽松和开放的社会环境、生活空间和更舒适的生活方式。③

新加坡裔作家菲奥娜·程于 1979 年离开新加坡，前往美国读大学，后来定居美国。她创作出版了小说《鬼香》（1991）和《影子剧院》（2002）。现

---

① Michele Janette, *My Viet: Vietnamese American Literature in English*, *1962—Present*, Honolulu: University of Hawai'i Press, 2017, pp. xxii – xxv.

② 单德兴：《战争、真相与和解：析论高兰的〈猴桥〉》，《浙江外国语学院学报》，2018 年第 4 期，第 55 –64 页。

③ 康晓丽：《1960 年代以来东南亚华人再移民研究》，厦门大学博士学位论文，2014 年，第 166 页。

居美国的薇薇安·罗（Vyvyanne Loh）的小说《断语》（*Breaking the Tongue*，2004）的背景是日本侵占之前和侵占之时的新加坡。新加坡裔美国小说家关凯文（Kevin Kwan）是生活在纽约曼哈顿的新加坡华人，毕业于美国帕森斯设计学院（Parsons School of Design at The New School）摄影专业，他经常在中国内地、香港地区以及其他亚洲地区旅行。他于 2013 年出版的《疯狂的亚洲富豪》（*Crazy Rich Asians*）展现了新加坡华裔文化以及新加坡华人对美国文化的适应过程，这些富有的新加坡华人极其夸张奢华的生活，打破了西方人对亚洲人的刻板印象。①

三、缅甸的移民和缅甸裔美国小说

1962 年，以奈温为首的缅甸军人发动军事政变，这样的社会环境下，一些对政府不满的人会选择移民。例如作家温迪·劳尔·荣的父亲是活跃的政治家，温迪因为父亲是政治犯而受牵连遭拘禁，后逃离缅甸，移民美国。

温迪·劳尔·荣（Wendy Law-Yone）是第一位用英语写作的缅甸裔美国作家，她创作了小说《棺材树》《伊洛瓦底江的探戈》等。何敏方（Minfong Ho）的父母是中国移民，她在缅甸出生，泰国长大，曾就读于台湾东海大学（Tunghai University）和美国康奈尔大学（Cornell University），分别获得文学学士学位和艺术硕士学位，现与丈夫和三个孩子住在纽约州的伊萨卡市。她于 1975 年出版小说《唱给黎明》（*Sing to the Dawn*），1986 年出版《没有雨水浇灌的稻米》（*Rice Without Rain*），1991 年出版《黏土大理石》（*The Clay Marble*）。有作家评论她，"创造了一个美丽而温柔的世界，这个世界里有着温馨的家庭关系和古老的习俗。同时，她也创造了一个充满贫穷、干旱、可怕的不公正、饥饿和死亡的世界。她的主人公们被设定在这两种愿景之间，在这种情形下，他们发现了自己的骄傲、正直，以及热爱这片土地、克服不公正的决心"②。

---

① 周敏：《蜕变与升华：全亚裔电影〈摘金奇缘〉的文学改编策略解析》，《电影新作》，2020 年第 1 期，第 153 - 156 页。

② Minfong Ho, *Reshelving Alexandria Creating Legacy Library*（Mar. 20，2020），https：//reshelvingalexandria. com/pub/author/minfong-ho.

四、菲律宾的移民和菲律宾裔美国小说

1898 年美国击败西班牙，菲律宾沦为美国的殖民地。美国允许菲律宾人自由出入美国，但没有公民权。20 世纪初期，成千上万的菲律宾人到达夏威夷，20 年代又到达美国本土。1930 年，美国本土有 4.5 万多菲律宾人。当时，菲律宾人在美国几乎随处可见。这些在美国的菲律宾人都是出于各种原因被迫离开祖国。他们大多会说英语，获得的就业机会相比其他族裔要多些。在菲律宾国内受到美式教育的菲律宾人对美国存有幻想，来到美国后，种族歧视的现实使他们格外失望。

1965 年，美国政府废除了《移民与入籍法》（*The Immigration and Naturalization Act*）中的种族歧视条款。菲律宾裔移民的数量急剧增多，菲律宾成为美国 1965 年以后新移民的主要来源国。1965 年以后的新移民有较高的教育水平，但是他们很少集体参加引人注目的政治、社会和经济活动。第二代的菲律宾裔美国人的受教育程度低于其他亚裔群体，很难被美国的主流社会接纳，要面对的是低收入、负面的自我形象等问题。[1]

卡洛斯·布洛桑（Carlos Bulosan）的自传体小说《美国在心中》（*America Is in the Heart*）于 1946 年出版获得成功后，越来越多的菲律宾裔作家的小说受到美国人的欢迎，如斯特万·贾薇拉纳（Stevan Javellana）的《见不到曙光》（*Without Seeing the Dawn*，1947）、埃米格迪奥·阿尔瓦雷斯·恩里克斯（Emigdio Alvarez Enriquez）的《魔鬼花》（*The Devil Flower*，1959）、塞尔索·阿尔·卡鲁南（Celso Al. Carunungan）的《像一个伟大勇敢的人》（*Like a Big Brave Man*，1960）等。[2]

"二战"后重要的菲律宾裔作家包括出版了四部短篇小说集的 N. V. M. 冈萨雷斯（N. V. M. Gonzalez），还有比恩韦尼多·N. 桑托斯（Bienvenido N. Santos），后者于 1955 年出版的第一部短篇小说集《可爱的人们》（*You Lovely People*）描述了菲律宾裔在美国的移民生活，1965 年他出版了两部小

---

① 郭又新：《美国菲律宾裔移民的历史考察》，《东南亚研究》，2003 年第 6 期，第 39 - 43 页。

② Rajeev Patke & Philip Holden，*The Routledge Concise History of Southeast Asian Writing in English*，New York：Routledge，2010，p. 72.

说——《维拉·马格达莱纳》（*Villa Magdalena*）和《火山》（*The Volcano*）。①
作家妮诺奇嘉·罗施卡（Ninotchka Rosca）在菲律宾因为组织政治抗议活动被
关押，后来移民美国，她创作的小说《战争的国度》在菲律宾马科斯统治结
束后立即出版。杰西卡·哈格多恩（Jessica Hagedorn）的《吃狗肉的家伙们》
（*Dogeaters*，1990）与多个文本互文，大量使用他加禄语短语和菲律宾英语的
节奏。② 埃里克·伽马林（Eric Gamalinda）的《记忆中的帝国》（*The Empire
of Memory*，1992）是一部参照真实历史事件的小说，其另一部小说《我悲伤
的共和国》（*My Sad Republic*，2000）运用了后现代但非历史的虚构策略。③

　　女作家米娅·阿尔瓦（Mia Alvar）出生于菲律宾，后来先后在哈佛大学
和哥伦比亚大学求学。她的处女作短篇小说集《在国家之中》（*In the Coun-
try*）获得 2016 年的笔会/罗伯特·W. 宾厄姆奖（PEN/Robert W. Bingham
Prize）。小说集由九个短篇小说组成，讲述背井离乡的菲律宾人在美国等地漂
泊生活的故事。《纽约时报》书评人称赞该小说集"笔法娴熟地描绘了跨国漂
泊者的群像，这类群体既因四处迁移的自由而受益，又因此而陷于不幸"。她
的小说集中反映的一个重要主题就是移民所面对的文化冲突。④

五、马来西亚的移民和马来西亚裔美国小说

　　1969 年马来西亚的"五一三"事件致使大量的马来西亚华人再移民，他
们希望通过再移民转换身份寻找社会和文化的适应性以及归属感。⑤ 再移民至
美国的马来西亚华人大多为本科和硕士学历或为职业人，大部分以定居和工
作为主，部分前来求学。⑥ 美国实行的宽松的移民政策和新移民条例、较多的

---

① Rajeev Patke & Philip Holden, *The Routledge Concise History of Southeast Asian Writing in English*, New York: Routledge, 2010, pp. 74 – 75.

② Rajeev Patke & Philip Holden, *The Routledge Concise History of Southeast Asian Writing in English*, New York: Routledge, 2010, p. 88.

③ Rajeev Patke & Philip Holden, *The Routledge Concise History of Southeast Asian Writing in English*, New York: Routledge, 2010, p. 153.

④ 李玉瑶：《短篇魅力与亚裔之声：2015 年美国文学概述》，《外国文学动态研究》，2016 年第 5 期，第 96 页。

⑤ 刘建彪：《对战后东南亚华侨华人再移民现象的探讨》，《八桂侨刊》，2000 年第 1 期，第 8 – 12 页。

⑥ Hock Shen Ling, *Negotiating Malaysian Chinese Ethnic and National Identity Across Borders*, Ohio University, 2008, p. 69.

就业机会、较高的工资收入、较好的生活水平、较公平的受教育机会、良好的文化设施等都成为马来西亚华人移民的重要考量。[1] 很多马来西亚精英都被美国各种留用人才的方式吸引而移民。

林玉玲是在马来亚大学读的本科，随后到美国继续深造，并加入美国国籍，但她仍旧与马来西亚和新加坡保持着密切的联系。她的小说的背景往往是马来西亚、新加坡、美国或中国，至少跨越两个国度。她的小说作品为20世纪90年代和21世纪初新加坡和马来西亚的跨国写作的激增奠定了基础。[2]

东南亚裔美国作家的作品不仅能够吸引东南亚的读者，在美国也能够拥有越来越多的读者，还逐渐吸引了越来越多的中国读者。东南亚裔美国小说是亚裔美国文学的一部分。进入21世纪后，随着亚裔美国文学疆界的拓展，研究的重心逐渐由华裔和日裔转移到东南亚裔和南亚裔。[3] 东南亚作为中国的友好邻邦，越来越多的中国学者关心流散到美国的东南亚裔作家，关注和研究他们的作品。

第三节　"东南亚裔美国小说"的美国风格与族裔特色

一、"东南亚裔美国小说"的美国风格

东南亚裔美国小说所展现的美国风格有以下五点。

第一，显示出强烈的反文化霸权主义。越南战争之后，战败国美国试图通过文化的强势、文化霸权，消除来自越南的声音。越南裔作家阮越清的《同情者》里好莱坞导演筹拍越战影片，却不采用越南演员，而且贬低和篡改越南历史文化。以阮越清为代表的越南裔作家试图用文字书写真实的越南，发出越南人自己的声音。

第二，显示出强烈的反种族歧视。越南裔作家黎氏艳岁的《我们都在寻

---

① 康晓丽：《战后马来西亚华人再移民：数量估算与原因分析》，《华侨华人历史研究》，2012年第3期，第41页。

② Rajeev Patke & Philip Holden, *The Routledge Concise History of Southeast Asian Writing in English*, New York：Routledge, 2010, p. 92.

③ 刘增美：《族裔性与文学性之间：美国华裔文学批评研究》，南京师范大学博士学位论文，2011年，第6页。

找的那个土匪》反映出美国人对越南裔移民有很强的歧视，而越南裔移民试图克服文化差异和种种困难，融入美国生活，化解遇到的种族歧视。由此可以窥见越南裔移民在面对种族歧视时的生存策略。新加坡裔美国作家菲奥娜·程的小说展现出美国对不同族裔发出的声音的抵制和排斥。菲奥娜·程的《影子剧院》的主人公夏琪娜从美国回到新加坡的原因之一就是美国出版商不认同她的叙述视角而拒绝出版她的书稿，而书中夏琪娜能够运用高级知识分子的智慧，与美国出版商进行沟通和协商。

第三，对东方的猎奇想象和虚构、占有和征服欲望。以温迪·劳尔·荣为代表作家创作的缅甸裔美国小说反映出美国对缅甸等东方国家的猎奇想象和虚构、占有和征服欲望。温迪的《伊洛瓦底江的探戈》的主人公探戈落难入狱，美国白人劳伦斯费力将她解救出来，他以为从探戈身上能找到与东方世界的连接，而探戈也以为劳伦斯是自己通向西方世界的桥梁，然而两人都未能如愿。

第四，揭示出美国对东南亚国家的残酷殖民真相：对本土居民的杀戮和奸污。菲律宾裔美国作家妮诺奇嘉·罗施卡的小说《战争的国度》里有详细描述美国殖民者杀戮和奸污菲律宾本土居民的情节。这是美国军队入侵菲律宾岛屿时的真实写照，揭示出美国殖民带给东南亚人民的苦难。

第五，美国文化与东南亚文化的混杂。东南亚裔移民美国，他们所具有的东南亚风情逐渐与美国文化相互杂糅，你中有我，我中有你。具有中国血统的马来西亚裔美国作家林玉玲在其小说中所展现的美国文化无不烙上了马来西亚和中国色彩。其他如越南裔、新加坡裔、缅甸裔、菲律宾裔作家小说里所展示的美国文化无一例外是杂糅的，具有东南亚风情。

二、"东南亚裔美国小说"的族裔特色

东南亚裔美国小说有如下一些族裔特色：

第一，越南裔美国小说："水"在越南语里跟"民族""国家"和"故乡"是同一个词。例如《我们都在寻找的那个土匪》等小说里不断出现一个意象"水"。"水"是一种承载厚重的物质，也寄托了身在美国的越南裔的思乡之情。

第二，新加坡裔美国小说：鬼魂、幽灵反复出现。如《鬼香》和《影子

剧院》等小说里反复出现鬼魂、幽灵，这既是守旧的新加坡人精神灵魂的寄托，也是其民族精神文化中落后愚昧的一面。

第三，缅甸裔美国小说：民族问题很突出。如《棺材树》和《伊洛瓦底江的探戈》等小说里反复提到的缅甸民族问题很突出，缅甸的十多个较大的少数民族都组建了本民族的武装，与以缅族为主的中央政府长期武装对抗。缅甸少数民族武装数量之大、与政府对抗之激烈、持续时间之长，不仅在东南亚独一无二，在世界其他地区也属罕见。

第四，菲律宾裔美国小说：节日最多，且融入了外来元素。如《战争的国度》里提到的K岛的阿替阿替汉节，作为一个本地的节日历经了数百年的外族侵略，在形式上具有西方现代狂欢节的特点，在文化内涵上增添了很多外来元素，融合了西班牙天主教的宗教文化和菲律宾的民间传统文化。

第五，马来西亚裔美国小说：娘惹文化具有本土特色。如短篇小说集《两个梦》里出现的娘惹文化，娘惹们的峇峇马来语、纱笼、可芭亚服饰以及娘惹饮食都展示了本土特色和东南亚色彩。

第四节　"东南亚裔美国小说"研究的方法及价值意义

一、"东南亚裔美国小说"的研究方法

本书选取了六位作家的十三部小说作品，这十三部小说既写作家的祖国，也写他们的现居国美国，小说文本里既有美国风格，也有各族裔特色，各族裔文化和美国文化相互交织、相互杂糅。这六位作家也都有至少两个国籍，如自己祖国的国籍和美国国籍等。这些作家濡染于东西方两种文化，这两种文化在作家身上和他们的文学作品中必然形成某种张力。本书在"间性""主体间性""文本间性"和"文化间性"这些概念的基础上提出"身份文化间性"的视角，并运用"文化间性""间距""文本间性"以及"身份文化间性"等概念解读文学作品，展现不同文化之间、不同文化身份之间，以及不同文本之间复杂的关系，更新文学作品的研究视角，提供可资借鉴的新维度。

"主体间性"这个概念是由胡塞尔（Edmund Gustav Albrecht Husserl）最先提出的。主体间性最重要的代表人物是法兰克福学派的哈贝马斯（Jürgen

Habermas）。所谓主体间性（Intersubjectivity）是指人作为主体在对象化的活动方式中与他者的相关性和关联性。主体间性意味着多重主体间的关系，包括个体与主体之间的关系、群体与群体之间的关系以及个人与群体或类（人类整体）之间的关系。① 主体间性作为一个理论问题而存在，是以主体在认识实践中的误解、障碍、差异、冲突为契机和条件的。②

文本间性（Intertextuality），也有人译作"互文性"，最早是由法国的克里斯蒂娃（Julia Kristeva）提出的，她指出"词语（或文本）是众多词语（或文本）的交汇，人们至少可以从中读出另一个语词（文本）来……任何文本都是引语的拼凑，任何文本都是对另一文本的吸收和改编。因此，文本间性的概念应该取代主体间性的概念"③。在结构主义那里，文本概念出现扩大化的倾向，乔纳森·卡勒（Jonathan D. Culler）论证了每个文本都是社会文本（真实世界）、文化文本、体裁文本的统一体。④ 在文化研究的视野中，文学文本与社会历史文本之间的关系不是单向的线性的解释与被解释的关系，而是多重复杂的"互文"关系，因为围绕着"文学文本"的社会历史语境也是以"文本"形态出现的，所以两者的关系是相互交织的。⑤

文化间性作为主体间性理论在文化领域的延伸和发展，在本质属性上与主体间性一脉相承，其既要坚守对自身文化身份的认同，同时也要与其他文化相融、相涉，从而达到文化之间的共生、共存。文化间性提出解决文化中"差异"与"同一"的矛盾问题的思路是：不同文化间要相互尊重、相互理解、相互宽容，保持和谐、稳定、持续的对话关系，在差异中相互学习和借鉴，探寻文化间的关联地带，进行文化意义的重组与革新。⑥

"间距"这个概念是法国思想家朱利安提出的，他指出，间距的本性是有

---

① 王晓东：《西方哲学主体间性理论批判：一种形态学视野》，北京：中国社会科学出版社，2004年，第22页。

② 王晓东：《西方哲学主体间性理论批判：一种形态学视野》，北京：中国社会科学出版社，2004年，第25－26页。

③ Julia Kristeva, "Word, Dialogue and Novel", in Toril moi, ed., *The Kristeva Reader*, Oxford：Blackwell Publishers Ltd., 1986, p. 35. 转引自王瑾：《互文性》，桂林：广西师范大学出版社，2005年，第28－29页。

④ 乔纳森·卡勒著，盛宁译：《结构主义诗学》，北京：中国社会科学出版社，1991年，第210页。转引自王瑾：《互文性》，桂林：广西师范大学出版社，2005年，第141页。

⑤ 罗岗：《读出文本和读入文本：对现代文学研究和"文化研究"关系的思考》，《文学评论》，2002年第2期，第85－86页。转引自王瑾：《互文性》，桂林：广西师范大学出版社，2005年，第142页。

⑥ 阚侃：《文化间性的理论根源：从主体间性到文化间性》，《中国社会科学报》，2019年6月27日。

生产力的，它在其所拉开的双方之间造成张力。间距通过"造成张力"来引人深思。① 高建平解读了朱利安的"间距"概念，他指出，打开"间距"，"就可以客观地观察、冷静地分析"。② 间距的形态包括迂回与进入。"在迂回中一个反映另一个并与另一个沟通，因为二者并行并相关联。"③ "间距"也是一种间性形态。间性有多种形态，包括既通且隔、化生、双赢等形态。

身份文化间性衍生于主体间性、文本间性和文化间性等。去掉"主体"和"文本"，再来看"间性"，"间性"表明了事物具有"两者的当中或其相互的关系"这样一种本质特点。④ 它实质指代了不同事物之间的"关系"。那么身份文化间性，指的便是不同身份文化之间的关系。首先，它指的是不同身份文化之间的共同特征；其次，它也隐含着不同身份文化之间的互动性和沟通性。这第二层含义表明不同身份文化之间的关系不是僵化的、静态的，而是处于动态的、发展的和未完成的状态中。

本书用"文化间性""间距""文本间性"以及"身份文化间性"等概念解读六位东南亚裔美国作家的十三部作品，揭示东南亚裔移民美国的生活状态，探讨他们濡染的东西方不同文化之间的关系，以及他们如何既建构精神上的故乡家园，也建构现实中的美国家园，在东西方文化的张力下保持平衡的策略。

二、"东南亚裔美国小说"的研究价值

（一）学术价值

第一，中国至今为止还没有一部研究东南亚裔美国作家小说的专著问世，本书可以说是第一部研究东南亚裔美国作家文学作品的专著。中国国内一些亚裔美国文学专著里偶尔可见有关个别东南亚族裔，如菲律宾裔美国文学的介绍和研究。

第二，补充、丰富、发展和深化了亚裔美国文学研究。本书中的东南亚裔美国小说是亚裔美国文学的一部分。本书研究的一些东南亚裔美国作家，

① 朱利安著，卓立、林志明译：《间距与之间：论中国与欧洲思想之间的哲学策略》，台北：五南图书出版股份有限公司，2012年，第37页。
② 高建平：《从"他"到"你"：他者性的消解》，《学术月刊》，2014年第1期，第130–137页。
③ 弗朗索瓦·朱利安著，杜小真译：《迂回与进入》，北京：商务印书馆，2017年，第368页。
④ 夏征农、陈至立主编：《辞海（第六版）》，上海：上海辞书出版社，2011年，第2089、5041页。

除了越南裔作家阮越清和黎氏艳岁、马来西亚裔作家林玉玲的部分作品在中国国内有零星研究论文外，新加坡裔作家菲奥娜·程、缅甸裔作家温迪·劳尔·荣和菲律宾裔作家妮诺奇嘉·罗施卡的小说，迄今为止还未见国内有相关研究论文。

（二）理论价值

第一，本书在"间性""主体间性""文本间性"和"文化间性"这些概念的基础上提出了"身份文化间性"的视角。"身份文化间性"能使笔者在进行文学文本研究时，把握作家和作品主要人物的身份特征，厘清不同身份文化之间的复杂关系，更新文学作品的研究视角，提供可资借鉴的新维度。

第二，本书将法国思想家朱利安的"间距"理论归入"间性论"的重要思想资源范畴，间距是一种间性形态。间性有多种形态，包括既通且隔、化生、双赢等形态，也包括朱利安的"间距"的迂回与进入等形态。

第三，本书用"文化间性""间距""文本间性"以及"身份文化间性"等概念解读东南亚裔美国小说，给流散文学提供了可资借鉴的理论视角。

（三）现实意义

第一，本书有助于中国读者了解东南亚裔移民过去和现在的生存状况和精神版图，以及对未来的憧憬；使中国读者了解东南亚各族裔的民族精神文化及美国意识形态对东南亚裔群体精神文化的影响。

第二，促进亚裔美国文学研究、美国少数族裔文学研究的发展，增进不同文化之间的深入交流和沟通，综合考量美国文学的整体发展态势，力图揭示美国文学的多元色彩。

第三，凸显对中国的东南亚邻国流散到美国的移民的关心和关注，体现中国政府倡导的"与邻为善，以邻为伴"的理念，拓展中美之间、中国与东南亚各国之间的合作机会和领域。

第四，打造广西成为中国与美国及东南亚的文化交流平台，突出广西走向东盟、走向世界的优势。

第五，向中国读者推介东南亚裔美国作家及其文学作品。

第六，可依托研究成果在笔者单位——桂林电子科技大学开设东南亚裔美国小说英语专业选修课及全校公共选修课，研究成果也可推广到全国高校。

第一章　越南裔美国小说

第一节　阮越清·无名氏间谍·范春隐：
《同情者》的创作背景

一、阮越清的历史记忆和书写视角

阮越清出生在北越，四岁时和哥哥随父母作为难民逃到美国，靠自身的努力及在美国所受的教育，成为南加利福尼亚大学的教授。他的第一部长篇小说《同情者》于 2016 年出版即获当年的普利策小说奖。他是第一位获得普利策小说奖的越南裔美国作家。

阮越清跟其他美国少数族裔作家的不同在于他是难民作家。他强调自己是难民而非移民。他认为移民是为美国梦而来，大多数美国人都能理解他们。难民是因为战争、自然灾害或政治灾难而迁移，他们更具有威胁性，因为他们提醒着人们，人们认为理所当然的一切舒适都可以在瞬间消逝。[1]

我们可以从他的经历中找到他成为作家的蛛丝马迹。由于难民身份和白人学校的环境，他在没有伙伴的孤独中成长。父母于 1975 年逃离越南，他们原本也只是农民，没有受过多少教育。在美国，父母靠开杂货店谋生，一天要工作 12—14 个小时，一周七天，天天如此。由于忙于生计，父母没有时间陪伴他，因此他在情感上被父母忽略。他自孩童时起，就在英语和书本里找到了慰藉，[2] 阅读了同龄人未必读过的书，例如福克纳、乔伊斯还有卡尔·马克思的作品等。[3]

---

① Kanyakrit Vongkiatkajorn, In Country, *Mother Jones*, 2017, pp. 54 – 55.

② Eleanor Wachtel, An Interview with Viet Thanh Nguyen (a version of this conversation was broadcast on Writers & Company on CBC Radio One in July 2016, produced by Sandra Rabinovitch), pp. 10 – 23.

③ Quang D. Tran, Viet Thanh Nguyen Writes about the Refugees We Don't Remember Anymore, *America*, 2017, pp. 38 – 42.

　　四岁就离开了越南的阮越清对西贡只有模糊的记忆。他们一家到美国之后，被安置在难民营。如果要离开难民营，必须要有赞助人担保，确保他们不会成为美国的社会麻烦。没有赞助人会同时接受他们全家四口，最后，一个赞助人带走了他的父母，他和哥哥则分别被其他不同的赞助人领走。他并不明白发生了什么事情，直到和家人分离。与亲人分离的撕心裂肺的哀痛使得他的记忆被唤醒。

　　越南战争的影响久久潜伏在阮越清父母那一辈人的记忆里。在他的《不朽：越南和战争的记忆》一书的开头，就写道："所有战争都会打两次，第一次是在战场上，第二次是在记忆里。"[1] 越南战争是美国历史上持续时间最长，最不得人心的一次战争。越南战争中北越和南越双方死亡逾 300 万人，逃到美国的越南难民，他们大多穷，心理受到创伤，仍旧有关于越南战争的记忆，"会去教堂，去庆祝新年，去庆祝圣诞节，同时也会吟唱越南国歌，挥舞国旗，穿上越南军服。仿若这个团体依旧关注过去，至少父母这一辈人是这样的"[2]。

　　而对于在美国长大的阮越清这一代人来说，即使他们向前看，还是不由得受父母和上一辈人情绪的感染。[3] 他在接受美国国家电视台采访时曾说，"尽管我在美国长大，非常美国化，但是战争和历史的阴影一直笼罩着我，因为我不断地从父母或者其他越南人那里听到关于越南战争的故事。所以，我的记忆中有持久的创伤，一种战争并没有结束的感觉。家园已经失去了，但我们仍然期待未来有一天可以将它收回"[4]。

　　美国人是如何看待越南战争的呢？美国希望把远在东南亚的这个热带国家，这个纠缠了十余年之久的麻烦抛掉。"大多数美国民众极力把这个国家从记忆中彻底抹去……那些政策制定者同样希望我们能够忘记战争结束的方式，或者至少忘掉那些与他们所述'事实'不太一致的部分。"[5] 美国的越南战争文学早在 20 世纪 60 年代就产生了，让美国惨败的越南战争产生了许多一流

　　① 翟强：《重新解读历史：越南战争研究的四个新视角》，《历史研究》，2019 年第 1 期，第 176 页。

　　② Eleanor Wachtel, An Interview with Viet Thanh Nguyen（a version of this conversation was broadcast on Writers & Company on CBC Radio One in July 2016, produced by Sandra Rabinovitch), pp. 10 – 23.

　　③ Eleanor Wachtel, An Interview with Viet Thanh Nguyen（a version of this conversation was broadcast on Writers & Company on CBC Radio One in July 2016, produced by Sandra Rabinovitch), pp. 10 – 23.

　　④ 吴冰寒：《斩获今年普利策奖的〈同情者〉》，《博览群书》，2006 年第 10 期，第 105 页。

　　⑤ 沙青青：《沙青青评〈同情者〉：我们的越战永远不会结束》，《澎湃新闻·上海书评》，2019 年 3 月 6 日。

的相关文学作品，例如罗宾·莫尔的小说《绿色贝雷帽》。但是"作者用霸权话语勾勒出美国人心中落后的越南和愚昧、奴性而野蛮的越南人民，并把美国官员描写成英雄和救世主式的人物"①。中国的学者胡亚敏就指出过，该作者"以他的书写霸权影响读者把遥远的越南构筑成为一个与现实相异的国家，这个想象出来的社群也在一段时期内误导了美国国内民众对越战的态度"②。在美国的越战文学作品中，我们几乎听不到越南人的声音。

不同于其他美国越战文学，阮越清的作品颠覆了美国人的越战叙事，讲述了越南人的越战。在小说《同情者》中，他"彻底推翻了美国人在越战中的英雄形象和美国越战叙事中的拯救主题"③。"为在越战中死难的300万越南同胞、为流落他乡的越南难民发声，从越南人自己的视角真正代表、再现越南人，展现给世界一个越南人的越战以及越战带给越南人的苦难和创伤。"④

阮越清在接受《南加州大学新闻》采访时曾说："作为有色人种作家和亚裔作家的一分子，多年以来我们努力把不同的声音和视角带给美国读者，却总是受到忽视，或者不同形式地被边缘化。"⑤ 他认为，"（获奖）是前进的一大步"⑥。

二、无名氏间谍：为什么会写一部间谍小说

阮越清的《同情者》主人公"我"是一位无名氏间谍。"我"这位间谍可不一般，出生于北越，母亲是越南人，父亲是一位法国神父，"我"是亚欧混血儿。因为混血儿背景，"我"时常被别人污蔑为"杂种"，受到欺辱。读书时，同一学校的敏和邦见义勇为，帮助了受人欺负的"我"，"我"、敏和邦从此成为出生入死的至交。跟随敏，"我"加入了北越情报组织，后来被派往美国接受间谍训练，学习了美国的文学和历史，精通了英语，成为一位英语讲得比很多美国人还地道的美国通。回到越南后，"我"潜伏在南越将军身

① 王海燕、甘文平：《美国越南战争文学研究综览及其走势》，《外国文学研究》，2006年第1期，第168页。

② 胡亚敏：《一个想象出来的社群：论〈绿色贝雷帽〉中美国人对越南人的形象建构》，《解放军外国语学院学报》，2003年第1期，第90页。

③ 王凯：《阮越清〈同情者〉：永远都不会结束的越南人的越战》，《文艺报》，2018年12月7日。

④ 王凯：《阮越清〈同情者〉：永远都不会结束的越南人的越战》，《文艺报》，2018年12月7日。

⑤ 吴冰寒：《斩获今年普利策奖的〈同情者〉》，《博览群书》，2006年第10期，第105页。

⑥ 吴冰寒：《斩获今年普利策奖的〈同情者〉》，《博览群书》，2006年第10期，第105页。

边做卧底，时时刻刻为北越提供情报。西贡沦陷后，"我"跟随大家逃往美国，在与美国人、南越将军周旋的同时继续为北越服务，但是最后"我"失去了将军的信任，被迫回到北越，在失去北越的信任后，离开越南，沦落为颠沛流离的船民。

阮越清通过主人公"我"的视角，真实地叙述了越南战争给越南人民带来的伤害和苦痛，再现了越南战争中，北越、南越和美国之间的纠葛和纷争。但是，为什么小说的主人公会是一个间谍，而不是其他身份？

笔者搜集相关材料，整理了以下几种原因：第一，如果阮越清化身为主人公"我"，想真实地再现越南战争，严肃的政治会让小说成为一部沉闷的自传或回忆录。第二，间谍小说富有娱乐性，能够借助间谍人物身份作为媒介，将历史事件演变得生动有趣。第三，阮越清化身为间谍而不是其他身份，既能传达出作者的情感，也能将其经历用夸张的手法表现出来，从而更加地吸引读者。第四，越美间谍能把阮越清的双重身份、两种语言、在美国社会的尴尬文化身份凸显出来，这其实也是一种隐喻。第五，越南历史上，间谍进入了南越官僚和军队的最高层，确有其事。[①]

小说的主人公"我"不是一位英雄，而只是一位无名的间谍。"我"有着长袖善舞的社交本领，在敌营、南越和美国都有极好的人缘，但是"我"因为混血儿身份、间谍身份，最重要的是因为越南战争，依旧逃脱不了背井离乡、前途未卜的命运。小说里描述的都是"我"的间谍生涯的细节，有血有肉，充满生命力。小说的标题是"同情者"，阮越清借主人公间谍"我"周旋在北越、南越和美国之间的经历，再现了越南战争的残酷以及越南战争给人民带来的创伤，寄寓了对家乡人民的悲悯情怀。

三、范春隐：小说主人公间谍"我"的原型

阮越清在小说《同情者》中化作无名氏间谍"我"，而越南历史上确有这样的间谍。阮越清曾在访谈中说，他小说主人公的灵感来源是著名间谍范春隐。阮越清、小说中主人公间谍"我"和范春隐之间有着一些共同的特征。

首先，这三个人都有着越战的历史背景，都深受越战的影响。阮越清虽

---

① Josh Saul, If You have to Mask Pulitzer Prize Winner Viet Thanh Nguyen, Who has a New Book Coming, Knows You're Hiding Something, *Newsweek*, 2016, p. 63.

然只在越南待了四年，但是他的父母、他的越南乡亲在越南战争中遭遇的苦痛在他的脑海中打上了深深的烙印。他要用自己的笔触为父母、为乡亲去言说那段历史。小说主人公间谍"我"和范春隐一样，出生在越南，在越南战争中"既与南越军政高官谈笑风生，又与美国记者、外交官乃至军方打成一片"[1]，同时"会悄悄将各类南越内部动向与美军行动计划拍摄成胶卷，通过极为秘密的渠道送往北方"[2]。阮越清在小说中化作间谍，和范春隐一起经历了那场惊心动魄的越南战争。

其次，三者都有越南和美国双重文化背景，都能说越南语和英语两种语言。阮越清四岁便离开了越南，但在家里和越南人群体里，耳目浸染的都是越南语。但是阮越清自己也说，他的越南语并不是太好。他在学校里接受的都是美式英语教育，他自身的背景和生活环境让他独自在英美文学中遨游，走上了用英语进行文学创作这条路。小说中的无名氏间谍"我"和范春隐都有在美国留学的经历，都见识了美国社会生活的方方面面，都是学成归国，将自己的所学效力北越。阮越清、无名氏间谍还有范春隐无疑都热爱自己的家乡，用自己的所学效力家乡越南。

阮越清无意将自己的经历写成自传或者回忆录，他借用间谍故事将越战历史栩栩如生地展示给了读者，吸引读者，达到他颠覆美国越战叙事的目的。范春隐的历史存在无疑加强了小说的真实性，让读者意识到这是一部以真实历史、真实人物为背景和素材的作品。当然，小说是在真实素材基础上的虚构，我们还是能够在三者之间找到明显的不同。

第一，阮越清当然没有做过间谍，他虽然有着双重文化背景，但在现实的两种文化的交际中，他并不像无名氏间谍"我"还有范春隐一样，有着长袖善舞的社交本领。虽然他获奖，为越南人代言，回到越南的时候，家乡的人们还是把他视为美国人，视为他者。而美国人也把他视为一个获奖的异国人，并非和他们一样的主流白人。在现实生活中，阮越清其实是一位孤独的作家。

第二，范春隐虽然是北越的间谍，但他对南越和美国同事却极为热情。

① 沙青青：《沙青青评〈同情者〉：我们的越战永远不会结束》，《澎湃新闻·上海书评》，2019年3月6日。

② 沙青青：《沙青青评〈同情者〉：我们的越战永远不会结束》，《澎湃新闻·上海书评》，2019年3月6日。

当年曾跟他共事过的美国人在知晓了他的真实身份后，仍对他有好感。在越战结束后，美国军舰第一次造访越南，就获准他登上美国军舰参观，而且热情地簇拥着他。而在阮越清的小说里，无名氏间谍"我"被美国导演暗算，被南越将军遗弃，遭送回北越。北越也怀疑他的资产阶级意识，对他进行酷刑逼供，他被迫离开越南，沦为船民，面对生死未卜的将来。比起个例范春隐，无名氏间谍"我"更能代表无数深受越战之苦的越南民众。在越南战争后沦为船民，流落世界各地的船民和无名氏间谍"我"一样，面对的是生死未卜的将来。活下来，就是这些经历了越南战争的难民的最大希望和梦想。

阮越清或许是第一个将越南人的命运清晰地展现给美国主流社会、全世界读者的作家，他让读者看到了真实的越战叙事，越战之后越南人的命运会让更多的读者对历史有一个真实的评判。

第二节　《同情者》主人公的文化间性行动

一、引言

越南裔美国作家阮越清强调自己是难民而非移民。[①] 他在访谈中提到自己写长篇小说《同情者》的目标读者不是美国白人，而是越南人和越南裔美国人。对于越南裔美国人，他希望他们读出小说中还原的越战真相。如果小说被翻译成越南语，他指望越南裔流散者的生活能被家乡越南同胞了解。[②]

四岁就离开越南随父母作为难民逃到美国的阮越清，既浸润在父母和其他越南难民的生活圈里，同时也接受了美国白人学校的教育。他既熟悉越南语的世界，也熟知英语的世界，无论他身在何处，都背负着另一个世界。他能够理解父母和其他越南裔对他讲述的越战历史，但同时他也会用美国的视角去审视他们；他在美国白人的学校接受教育时，禁不住也会想到自己是越南人，他有着和美国人不同的历史。他是一位生活在两种文化和两个世界的

---

①　Kanyakrit Vongkiatkajorn, In Country, *Mother Jones*, 2017, pp. 54 – 55.

②　Quang D. Tran, Viet Thanh Nguyen Writes about the Refugees We Don't Remember Anymore, *America*, 2017, pp. 38 – 42.

作家。①

他读美国人写的越战小说，读历史，听那些故事，看好莱坞的电影，发现越战被美国政府称为"高贵而神圣的战争"，美国政府认为是他们把越南从"极权的深渊"之中"拯救"出来，并播撒美国式的文明、民主和自由的战争。于是，一些美国作家毫不迟疑地从殖民者和优等民族的视角来描述美国官兵、越战和越南人民。② 在这些美国叙事中，越南人是沉默的。美国对越南战争的记忆决定了世界对越南战争的记忆。③

阮越清用作家的笔触探索着越战对美国的越南难民的影响，他的小说是写给越南人看的。《同情者》自 2016 年获得普利策小说奖以来，受到了我国学术界的注意，其中吴冰寒指出《同情者》以其独特的视角，填补了越南战争文学中的空白，让越南人发出了声音。④ 王凯指出阮越清通过《同情者》颠覆和批判了美国的越南叙事，推翻了美国人在越南战争中的英雄形象和美国越战叙事中的拯救主题，以越南人自己的视角，展现了真实的越战以及越战带给越南人的苦难和创伤。⑤ 沙青青指出《同情者》主人公的原型——间谍范春隐一生的故事，可被视为越南近代历史的绝妙隐喻。她认为《同情者》也不仅仅是族群认同、国家认同和价值观认同的矛盾与冲突，而是通过主人公告知读者：越南战争带给了人们不知终点的命运。⑥

《同情者》涉及不同文化上的主体，还有不同主体之间的交流，故笔者通过作者阮越清的笔触，从文化间性的视角，审视主人公间谍"我"如何既以越南人的视角审视美国文化，也以美国人的视角审视越南文化，发挥其长袖善舞的社交本领，在越美两种文化中任意穿行，开展文化间性行动，完成自己的间谍使命。同时，笔者也探索和思考具有两种思维、两种文化的"我"在越南战争中的命运结局。

文化间性是德国哲学家哈贝马斯提出的文学哲学术语，2001 年德国哈贝

① Eleanor Wachtel, *An Interview with Viet Thanh Nguyen* (a version of this conversation was broadcast on Writers & Company on CBC Radio One in July 2016, produced by Sandra Rabinovitch).

② 王海燕、甘文平：《美国越南战争文学研究综览及其走势》，《外国文学研究》，2006 年第 1 期，第 171 页。

③ 翟强：《重新解读历史：越南战争研究的四个新视角》，《历史研究》，2019 年第 1 期，第 177 页。

④ 吴冰寒：《斩获今年普利策奖的〈同情者〉》，《博览群书》，2006 年第 10 期，第 104－109 页。

⑤ 王凯：《阮越清〈同情者〉：永远都不会结束的越南人的越战》，《文艺报》，2018 年 12 月 7 日。

⑥ 沙青青：《沙青青评〈同情者〉：我们的越战永远不会结束》，《澎湃新闻·上海书评》，2019 年 3 月 6 日。

马斯教授在中国社会科学院做题为"关于人权的跨文化讨论"（或译为"论人权的文化间性"）的演讲之后，中国国内学者开始关注此理论。① 不同学者从不同的角度对文化间性的概念给出了不同的定义。王才勇②和蔡熙③的定义强调了不同文化间的交互作用和由此产生的新的间性特质。郑德聘则从其理论基础主体间性出发，分别从共时和历时性层面来理解文化间性。④ 林曦将文化间性理解为各种文化的"话语流"。⑤ 杨石华从跨文化的角度，将文化间性理解为不同文化的对话间性空间建构。⑥

　　文化间性理论的应用领域比较广，如①翻译领域，郝雪靓认为翻译理论界除了关注焦点"文本间性""主体间性"外，还要关注"文化间性"，三者是交织结合在一起的；⑦ 梁建东将翻译当成一种呈现文化间性的主动实践，把翻译文本当成一种互文本；⑧ 孙广治认为翻译在文化间性视域中采用归化法或异化法，可以减少或增加译文的杂合程度等。⑨ ②社会文化地理学领域，汤国荣等认为文化间性为社会文化地理学在文化状况、空间地方思想、种族（族群）地理、本土地理、认同地理和文化间城市等方向提供了跨学科思想的理论洞见和思想借鉴等。⑩ ③民族文化领域，言红兰指出以文化间性为指导的民族文化对外传播可以调节文化同一性与文化特殊性之间的矛盾关系。⑪ 王世靓等则基于文化间性理论反思我国民族政策。⑫ ④文学领域，周劲松解读了林语

　　① J. 哈贝马斯著，中国社会科学院哲学研究所编：《哈贝马斯在华讲演集》，北京：人民出版社，2002 年，第 113 – 129 页。

　　② 王才勇：《文化间性问题论要》，《江西社会科学》，2007 年第 4 期，第 43 – 48 页。

　　③ 蔡熙：《关于文化间性的理论思考》，《大连大学学报》，2009 年第 1 期，第 80 – 84 页。

　　④ 郑德聘：《间性理论与文化间性》，《广东广播电视大学学报》，2008 年第 4 期，第 73 – 77 页。

　　⑤ 林曦：《"文化间性"的图型论》，《燕山大学学报（哲学社会科学版）》，2016 年第 3 期，第 63 – 67 页。

　　⑥ 杨石华：《跨文化对话间性空间的建构与完善》，《传播与社会学刊》，2017 年第 41 期，第 217 – 250 页。

　　⑦ 郝雪靓：《翻译的文化间性》，《太原科技大学学报》，2010 年第 2 期，第 174 – 177 页。

　　⑧ 梁建东：《文化间性、跨文化文学重写与翻译》，《江苏大学学报（社会科学版）》，2013 年第 4 期，第 100 – 103 页。

　　⑨ 孙广治：《文化间性视域中的杂合翻译策略》，《外语学刊》，2008 年第 5 期，第 97 – 99 页。

　　⑩ 汤国荣等：《文化间性理论要义及其在社会文化地理学研究中的启示》，《世界地理研究》，2018 年第 2 期，第 118 – 130 页。

　　⑪ 言红兰：《文化间性的民族文化传承与对外传播》，《沈阳师范大学学报（社会科学版）》，2016 年第 2 期，第 148 – 151 页。

　　⑫ 王世靓、纪晓岚：《文化间性视阈下的民族互嵌及其政策意蕴》，《理论导刊》，2017 年第 6 期，第 23 – 25，29 页。

堂的《唐人街》的文化间性;① 马征以文化间性的视角，对传统的外国文学个案研究方法进行了更新，梳理和分析与文学创作、接受等相关的各种文化之间错综复杂的关系;② 陈文娟等运用文化间性理论分析了石黑一雄《长日留痕》的情节、人物塑造及创作风格等。③

　　文化间性应用的领域还有很多，以上只是列举了笔者比较熟悉的几种领域。文化间性在文学领域的应用并不多，文本分析也大多是泛泛而谈。本节采用林曦对文化间性的"话语流"的定义来解读《同情者》文本，通过文本细读阐释该小说的文化间性内涵。

二、主人公间谍"我"是跨越边界的知识分子

　　小说《同情者》采用第一人称"我"来叙述故事。主人公间谍"我"的母亲是越南人，父亲是法国神父，"我"是亚欧混血儿，是被越南同胞称为"生命尘埃"④ 的那类人。"我"的亲戚们，比如姨妈等，认为"我"是杂种，不愿"我"和她们的孩子们一起玩耍;厨房里有好吃的东西，她们会把"我"赶出厨房;新年里，大多数表兄弟姐妹磕磕巴巴地在大人面前说些祝健康快乐的吉祥话，都得到了红包，"我"一字不落地背下祝福话，却没有收到红包。新年留给其他孩子的是美好温暖的记忆，留给"我"的却是一块块伤疤。母亲教育"我"："你要比他们所有人更用功，学得更多，知道得更多。你要比他们所有人都强。"⑤

　　"我"是个间谍，是潜伏在南越和美国军队中为北越提供情报的间谍，也是跨越边界的知识分子。"我"很早就跟一个早期来越南的美国传教士学过英语。20世纪60年代被崇尚革命救国的北越派送到美国西方学院接受间谍训练，通过学习美国历史、美国文学、英语文法以及美国人的粗词俚语，掌握美国人的思维方式。

　　① 周劲松:《文化间性·语言政治·多重小我:从流散研究视角看林语堂小说〈唐人街〉》,《当代文坛》,2011年第4期, 第103–107页。
　　② 马征:《文化间性:外国文学个案研究方法的更新:由纪伯伦研究谈起》,《东方论坛》,2012年第4期, 第90–95页。
　　③ 陈文娟、王秀芬:《论石黑一雄〈长日留痕〉的文化间性》,《安阳师范学院学报》,2012年第4期, 第76–79页。
　　④ 阮越清著, 陈恒仕译:《同情者》,上海:上海译文出版社,2018年, 第24页。
　　⑤ 阮越清著, 陈恒仕译:《同情者》,上海:上海译文出版社,2018年, 第167页。

六年的时间，"我"研读了西方文明中最精华的内容，获得了美国的学士和硕士学位。"我"是越南最优秀的代表，学成归国后，传播西方文明的火炬就交到了"我"的手上。"我"是个天生的情报人员。作为南越将军的副官随从，如果会说地道的英语，这很普通，很多越南同胞都会说地道的英语。但是"我"不同于其他越南同胞的是，不仅会说英语，还精通美国文化。"我"能聊美国棒球队的排名、好莱坞影星简·方达、评论滚石乐队和披头士乐队的优缺点等。而且"我"说英语的口音地道程度，美国人如果闭着眼，会以为"我"是美国人。更甚的是，"我"比一般受过教育的美国人的英语词汇量更大，英语语法更精准。

"我"不仅精通英语和美国文化，还学到了美国的精神实质，正如爱默生所说的，"唯短见浅视者，方惧前后不一"，意思是，谁若守一不变，则一无是处。"我"在美国懂得"国际各民族不同文化的可交流性"①，这使"我"学会了不同于越南的美国思维方式。

母亲的视域很宽泛，她的教导是：不要将我们和他们搞得泾渭分明，模糊两者之间的界限是值得人人做的事情。② 可能正因为此，才有了"我"的出生。受到母亲的影响，"我"既站在北越这边，为北越提供情报，革命救国；又和南越军人的朝夕相处，这让"我"在窥探他们的同时，也同情他们。"我"是一个没有社会羁绊的人，消除了出生、地位、职业和财富等带来的差异和不平等，从自己切身的社会状况中抽离出来了。"我"是一个具有文化间性特质的两面人。

有一种文化间性的定义可以说明"我"所处的文化境况：各个文化在跨界流动的过程中，本己地意识到自身的特性，也陌生地意识到其他文化的特性，这种对陌生文化的经验、体验、表述和沟通，建构了各个文化有关本己和陌生文化的一种共体化的"话语流"，这种"话语流"构造了一个由各种文化交织在一起、跨边界的"文化世界"。③ "我"在南越、北越和美国之间周旋，建构了不同文化之间进行对话的话语流。实际上这个进行对话的话语流是"我"的文化间性行动，达到跟不同文化进行协调、沟通的效果。以下以"我"作为好莱坞影片顾问为例，阐释作为两面人的"我"如何建构不同

---

① 韩红：《文化间性话语中语义研究的自我理解》，《外语学刊》，2004年第1期，第67页。
② 阮越清著，陈恒仕译：《同情者》，上海：上海译文出版社，2018年，第43页。
③ 林曦：《"文化间性"的图型论》，《燕山大学学报（哲学社会科学版）》，2016年第3期，第63页。

文化之间进行对话的话语流，即如何实施文化间性行动进行协调和沟通。

三、主人公间谍"我"的文化间性行动：好莱坞影片顾问

曼海姆所提出的知识社会学的观点："要综合不同的视角，进行动态的知识调和。"① 这个观点实际上是"启发我们去思考在文化间性行动中'综合不同视角'的可能性和必要性，鼓励我们尽量在一个更为宽泛的语境中来思考问题"②。

"我"跟随南越将军逃到美国避难，"我"在西方学院的东方研究系谋得了一份文员的工作。有着一位亚洲太太的系主任是伟大的东方学家，他对"我"的教导如下：第一，"我"是东西方共生体的具体体现，体现了二者可以合二为一的可能性。第二，"我"同时具有身体上和心理上的东方特质和西方特质。第三，"我"要调和两种矛盾的特质，从二者的平衡中受益，并成为双方之间的理想沟通者，成为东西方两个对立民族和平共处的友好使者。③ 这位东方学家建议"我"开展文化间性行动，"我"就是跨越边界、引领该行动的主体。

"我"确实在各种文化世界中，审视自己的间谍使命，综合不同文化的视角，对相互冲突的文化进行了调和。最好的一个例子是好莱坞要筹拍一部越战影片，"我"则提出如何站在越南人的视角说服美国人去修改这个剧本，从而让美国和越南双方都满意。

议员和将军推荐"我"给好莱坞导演要筹拍的电影剧本提意见。"我"看过剧本后，不禁怒火中烧，让"我"不满意的有三个方面：第一，剧组工作人员包括导演助理和女仆等对"我"相当怠慢，即使听"我"说出了完美的英语，他们依旧认定"我"是亚裔男人。她们眼中的亚裔男人就是"好莱坞臆想出来的亚裔男人，个个如阉人，真正亚裔男人在好莱坞没有市场"④。这确实让人想起那些好莱坞影片中被丑化的亚裔形象，如傅满洲、陈查理等。第二，这部讲述越南的影片竟没有一个越南人有句像样的台词。这个剧本擦

---

① 林曦：《"文化间性"的图型论》，《燕山大学学报（哲学社会科学版）》，2016 年第 3 期，第 64 页。
② 林曦：《"文化间性"的图型论》，《燕山大学学报（哲学社会科学版）》，2016 年第 3 期，第 64 页。
③ 阮越清著，陈恒仕译：《同情者》，上海：上海译文出版社，2018 年，第 76 – 77 页。
④ 阮越清著，陈恒仕译：《同情者》，上海：上海译文出版社，2018 年，第 152 页。

伤了"我""敏感的族裔心理"①。"剧本里大凡有我同胞角色的地方，不管男女，开口就是叫，没一句台词，只是叫"②。而且好莱坞连越南人如何叫都没弄清楚。第三，这部影片里，"所有越南人，无论哪方，都是不能入流的角色，被圈定在穷困、无知、邪恶或堕落这个范围"③。"不只是没有台词，还将被彻底消灭。"④

作为好莱坞影片顾问、代表越南文化的"我"就是要与代表美国文化的好莱坞剧组进行平等交流。而好莱坞剧组却没有合作意识，还是有着美国文化霸权主义、自我中心主义。他们试图通过强势的美国文化来控制、剥夺弱势的越南文化话语权，称霸世界。他们这种美国文化霸权是与他们的主体性思维有着密切联系的，他们以自我为中心，认为美国文化是唯一的先进文化，其他国家如亚裔国家的文化是落后的，甚至丑化他者文化。这其实是破坏了文化生态，是一种不平等的"我—他"关系的主体性思维。正是这种主体性思维，好莱坞导演拍摄这部反映越战的影片，前期准备里竟然没有和越南人交流过。"我"是跟他打交道的第一个越南人，他认为好莱坞根本就没有越南人。

"我"作为跨越文化边界的知识分子，用间性思维，对不同的、相互冲突的文化进行调节，去整合不同的意见和观点，完成自己的使命。首先，"我"告诉好莱坞导演和剧组人员，"我"听过越南同胞的痛苦叫声，他们并不像剧本写的那样叫。"我"将同胞的真实叫声写在了剧本的封面上。其次，"我"告诉他们，影片中没有像样台词的越南人角色会被视为文化漠视，而且越南观众不会买票去观看这部电影。"我"建议让这些角色发出点声音，哪怕让他们说些美国观众也能明白的口音很重的亚洲洋泾浜英语。

"我"用间性思维开展了文化交流，珍视自我的主体性，提倡不同文化主体间的平等交流。"我"的以上建议是要好莱坞剧组承认和尊重越南文化的存在和价值，不要贬低和篡改越南文化传统，这样两种文化之间的交流才是一种平等的关系，具有各自的主体性，最后才能达成共识。

引领文化间性行动的知识分子"我"处在一个流动的社会环境中，对信

---

① 阮越清著，陈恒仕译：《同情者》，上海：上海译文出版社，2018年，第152页。
② 阮越清著，陈恒仕译：《同情者》，上海：上海译文出版社，2018年，第155页。
③ 阮越清著，陈恒仕译：《同情者》，上海：上海译文出版社，2018年，第160页。
④ 阮越清著，陈恒仕译：《同情者》，上海：上海译文出版社，2018年，第160页。

息的灵敏度比较高，反应速度比较快，"我"能够对他人产生一种示范作用，能产生纠错能力，"我"与他人之间的互动，能调整各自的行为。好莱坞导演一开始听了"我"的建议后，非常无礼地说："立刻从我这里滚。等你拍了一两部片子，再回来跟我谈。到时，我或许愿听你一两句尽管狗屁不值的建议。"① 他生硬地拒绝了"我"的建议。而"我"也气愤难当地意识到他的倨傲，这一切体现出了"越战将是史上第一场由战争失败方而非由战争胜利方书写其历史的战争，书写者是迄今为止人类所能创造的最高效的宣传机器"②。"我"自己在好莱坞导演的重拳下也没了勇气，之后"我"又进行了重新调整。

好莱坞导演冷静下来后，还是心平气和地听取了"我"这种文化间性思维的意见。他也作出了一些调整，例如，第一，他们确实需要一个熟悉越南，像"我"这样的顾问。他们已经研究过书上记载的越南的历史、服装、武器、习俗等，他们需要"我"来帮助他们跟越南人打交道。他们相信"我"能让影片拍得更好，相信"我"可以为以后的影片该怎么表现亚洲人做出一个范本。第二，导演将影片中越南人的叫声按"我"的建议做了一些改动，叫声不像之前那么简单了。第三，也是最重要的改动，增加了三个有真正台词的越南人角色——"哥哥""妹妹"和"弟弟"。

好莱坞导演听了"我"的建议，作了调整，因为他们意识到交流双方不仅仅是以"自我"的视角来看待"他者"，还需要从"他者"的眼光来反观自身。采取这种换位思考，才能全面认识自身和其他弱势文化的精髓。这种开放、积极的心态能够推动不同文化的交流，发展完善自身，促进和平。

通过知识分子"我"的文化间性行动，在无强制的情况下，就会形成一个平等对话的舞台，各种文化都在这个舞台上发出自己的声音，各种文化之间都会在尊重各自平等地位和权利的情况下，自由交流和往来。③ 但是这是一种理想化的境界，不同文化间的差异性是客观存在的。第一，理论上，虽然剧本中确实有了越南人的角色，但是实践中，好莱坞剧组认为越南人大多数是业余演员，少数是专业演员，受的训练还是不够，所以没有一个符合他们要求的演员标准。他们决定影片中越南人的角色应该由其他亚洲国家的人来

---

①　阮越清著，陈恒仕译：《同情者》，上海：上海译文出版社，2018 年，第 158 页。
②　阮越清著，陈恒仕译：《同情者》，上海：上海译文出版社，2018 年，第 159 – 160 页。
③　林曦：《"文化间性"的图型论》，《燕山大学学报（哲学社会科学版）》，2016 年第 3 期，第 66 页。

扮演。第二，影片中越南人扮演的是群众角色，但是，越南人即使是难民，也不愿意扮演。在"我"力陈利弊后，剧组应允付出双倍酬劳，越南人才将自己的极度鄙视抛到了脑后。第三，"我"提醒导演，影片中没有必要出现奸污越南女性这样尴尬的镜头，导演拒绝了"我"的建议，并且讽刺"我"是"越奸"，即替白人做事的越南人。"我"的文化间性行动的动机成了一个反讽。

的确，弱势文化常常需要主动去顺应强势文化，强势文化很少来适应弱势文化。这种不平等的交流，还是会导致强势文化的霸权和弱势文化的失语。好莱坞导演最终还是不能够摒弃成见、包容多样、相互尊重、和谐友好地进行对话，寻求最佳的解决问题的途径。"我"这个好莱坞影片顾问的文化间性行动的结局可想而知。

第一，好莱坞导演的这部影片将成为一件伟大的艺术品，比现实还要真实，它代表了越战，代表了在战争中死去的几百万条生命。虽然"我"的文化间性行动为越南人在影片中争取到了微小的发声，但美越的发声差距悬殊，在这件艺术品里，美越进行的是不平等的对话。第二，"我"在文化间性行动中为越南人在影片中争取了更多的机会，常常跟好莱坞导演争吵，他故意制造了一起事故，在片场"我"被报复性地炸伤，这意味着"我"这个引领文化间性行动的知识分子所受到的挫折。第三，"我"作为好莱坞这部越战影片的越南文化顾问，贡献了许多建议，但是影片字幕里连驯兽师、清洗女工的名字都有，竟然没有出现"我"的名字。在现实中好莱坞导演没能除掉"我"，却用一种虚幻的形式将"我"抹杀得干干净净。

"我"作为引领文化间性行动的知识分子，想调节有冲突的文化，想整合不同的意见，但是能量微乎其微，根本左右不了处于强势地位的文化，"我"所做的"只是给了那些白种人一块遮羞布"①，"我"思忖着，"要颠覆一部影片、改变它代表的内容，一句话，不让它歪曲恶解我们的形象，我怎么就做砸了呢?"② "我"作为好莱坞影片顾问，作为引领这个文化间性行动的知识分子，这次行动是彻彻底底的失败。

不同文化间的交流必须是双向的，而好莱坞导演在主体性思维的主导下，坚持美国文化霸权主义，在文化交流的过程中，没有坚持文化双向交流的原

---

① 阮越清著，陈恒仕译：《同情者》，上海：上海译文出版社，2018 年，第 334 页。
② 阮越清著，陈恒仕译：《同情者》，上海：上海译文出版社，2018 年，第 335 页。

则，一味地将美国的观念单向地输出，否定越南本土文化，唱独角戏，这样如何能够求同存异，又如何能良性和谐互动呢？好莱坞导演的这种文化霸权的本质其实还是一种殖民主义的侵略本性，只不过具有隐蔽性，用意识形态和价值观、用文化来控制交流的另一方。这也难怪"我"的文化间性行动会失败。

四、引领文化间性行动的"我"的被再教育

文化间性理论要求从平等、客观、理性的角度去洞察和看待他者文化，承认并尊重文化间的不同，利用沟通对话和互动形成共同的认识和价值观。好莱坞导演并没有开放包容的心态，最终拒绝越南文化，抹杀"我"的存在价值。作为引领文化间性行动的知识分子"我"和他的对话以惨败告终，这并不是"我"唯一的失败。南越将军和"我"的交流也出现了隔阂，对"我"失掉了信任，他指责"我"勾引他的女儿拉娜，怂恿她在夜总会寻求发展，他认为"我"只是一个最低贱的人，根本不配和他女儿来往。于是"我"被打发回北越，再也没有和拉娜在一起的机会。这是"我"的第二个失败。然而，这两个失败也并不是"我"最终的失利。

"我"还丧失了为之效力的北越的信任。"我"被北越指挥官囚禁在牢房里写检讨书。第一，"我"接触了美国危险的、具有传染性的思想，这将给不适应这些思想的北越人民带来灾难，因此只有将"我"囚禁、隔离、再教育。第二，"我"的态度不端正，是唯一一个不投其所好，不承认自己是帮凶、帝国主义走狗、被洗过脑的吹鼓手、为殖民主义者出力的买办，或是背叛祖国的外国人跟班。第三，"我"从两边看问题，而不是如他们所要求的，只能从一边看问题。"我"受西方文化毒害之深，没有引用越南最伟大的革命诗人素友的作品，没有引用胡伯伯（胡志明）语录或革命诗句，更没有引用越南的民谚俗语，引用的居然是腐朽堕落的范维（Pham Duy）、披头士的庸俗音乐之类。第四，"我"实际上是一个小资产阶级知识分子。"我"的错误在于阶级、出身，还有精英的语言，这都是小资产阶级知识分子的痼疾，"我"应脱胎换骨，从美国人变回百分之百的越南人。

北越指挥官们不仅对"我"从精神和思想上进行改造和折磨，对"我"也进行了肉体上的摧残。他们看不惯"我"这样有两套思想——一套是东方思想，另一套是西方思想，两张面孔的人，他们认为"我"受教育太多，他

们逼"我"做出非此即彼的选择，对任何问题只需要一个答案，而"当人类世界只能从一个方面被看见，只能从一个视点呈现出来的时候，离它的末日也就不远了"。①

五、结论：构建理想的和谐文化世界

无名氏间谍"我"作为一个两面人，具有两种思维，是一个具有文化间性特质的人，游走在美国、南越和北越之间，试图通过文化间性行动，在不同文化之间平等对话和融通，然而结果是失败的。好莱坞导演坚守西方文化中心主义、文化霸权主义，欺凌弱势族裔；南越将军对混血儿身份的"我"不尊重、不宽容，没有做到求同存异；而北越指挥官有着狭隘的东方文化中心主义、文化封闭主义和文化排他主义思想，坚守文化的单一化，这些都是"我"在文化间性行动中所遇到的阻碍，并导致了文化间性行动的失败。

"我"的结局是：和一群素昧平生的人作为船民，共历险境，逃离越南，到达他乡异地。在越南历史上，从 1975 年开始近 17 年的时间里有大量越南船民外逃，许多越南人乘船漂洋过海，希望能去其他国家生活。"我"代表了深受越南战争之苦的难民，也代表了引领文化间性行动失败的知识分子。然而难民问题"不可能通过人口大规模向富裕国家或地区流动来解决"②。大量的难民出逃"不仅使大量人力、物力和财力花在临时性安置及最终的遣返等各个环节上，还会造成国家之间，民族或种族之间的矛盾，触发或加剧国际紧张局势"③。

出逃不是解决问题的方式，建构文化间性思维、和谐理念，提倡"和而不同"，才能超越时代的局限，具有现代意义。虽然"我"经历了如此多的磨难，但"永远视己为革命者"，"永远是所有生灵中最能看到希望的人，是不会停止寻求革命的人"，"永远等待合适的时机与正义的事业"④。由此看来小说主人公"我"会伺机继续引领文化间性行动，继续越南的革命事业，为建立和谐的文化世界而发挥作用。

---

① 孙燕：《跨国想象与民族认同：全球化语境下的中国影视文化》，北京：中国社会科学出版社，2017 年，第 256 页。
② 郭克强：《越南船民问题的国际法思考》，《法学评论》，1992 年第 4 期，第 56 页。
③ 郭克强：《越南船民问题的国际法思考》，《法学评论》，1992 年第 4 期，第 56 页。
④ 阮越清著，陈恒仕译：《同情者》，上海：上海译文出版社，2018 年，第 438 页。

第三节　黎氏艳岁与《我们都在寻找的那个土匪》

一、小说背景

黎氏艳岁是近几十年来活跃在美国文坛的年轻的越南裔美国作家。虽然年轻，却也成绩斐然。她于 1997 年获得美国最佳散文奖。1998 年在纽约的文艺周报《乡村之声》（*The Village Voice*）举办的"最有前途的作家"评选中，获得"明日作家"的称号。2003 年她的小说《我们都在寻找的那个土匪》（*The Gangster We Are All Looking For*）获得约翰－西蒙－古根海姆奖。① 2004 年史密斯学院将《我们都在寻找的那个土匪》作为入校新生的唯一必读书目。华盛顿大学研究生高级研讨班将此书列入学习的指定书目。2011 年该书也是圣地亚哥公共图书馆的"年度最佳推荐读物"。②

1972 年 1 月 12 日黎氏艳岁出生在越南南部的潘切市，1978 年，年仅六岁的她随着父亲，乘着小船辗转来到美国的南加州，两年后，母亲到达美国与他们团聚。她创作《我们都在寻找的那个土匪》这部小说有三个背景因素：

第一，她想通过描述越南人在美国的生活来审视美国在越南领土发起的这场非正义战争给越南人民带来的后果。她作为难民来到美国，在这个越战失败的国家长大。她想创作一个具有越战背景的故事，但是不同于惯常的视角。的确，这部小说的视角不同寻常，"使用儿童视角反观战争"③，小说并没有血腥暴力的描述，"而是透过儿童无辜的眼神，呈现战争带给人的无奈和忧伤"④。

---

① 约翰－西蒙－古根海姆奖（John Simon Guggenheim Fellowship）：美国国会议员西蒙－古根海姆和他的妻子为了纪念他们于 1922 年 4 月 26 日逝去的儿子，于 1925 年设立古根海姆基金会颁发该奖项。每年都会为世界各地的杰出学者、艺术工作者等提供奖金以支持他们继续在各自领域的发展和探索，涵盖自然科学、人文科学、社会科学和创造性艺术领域，不受年龄、国籍、肤色和种族的限制。每年都有超过百人获得该奖项赞助。

② 郝素玲：《诗情画意背后的那段历史：论越南裔美国作家黎氏艳岁与她的〈我们都在寻找的那个土匪〉》，《郑州大学学报（哲学社会科学版）》，2011 年第 3 期，第 97 页。

③ 张龙海、张英雪：《从边缘到主流：美国的越裔文学》，《西北工业大学学报（社会科学版）》，2019 年第 3 期，第 83 页。

④ 张龙海、张英雪：《从边缘到主流：美国的越裔文学》，《西北工业大学学报（社会科学版）》，2019 年第 3 期，第 83 页。

第二，这部小说不是自传或回忆录，讲述的并不是作家自己的经历。黎氏艳岁"对未曾预料到的事情更感兴趣"[1]，她并不想读者把故事的讲述者当作她本人，或者把故事里的事情当作她本人的经历，她只希望读者明白"故事是发生在这个世界"[2]。难民的流离失所是因为他们经历了战争，这也并不是作家黎氏艳岁一个人的经历，这是世界上经历了战争的人们的普遍经历。

第三，这部小说为黎氏艳岁提供了发表言论的机会和渠道，她通过小说把越南难民对故土的眷念、对越战的恐惧和在美国生存的困境用散文诗般的语言淋漓尽致地表现了出来。小说也促使美国在内的西方世界正视东南亚裔的真实状况，提升他们的社会地位，还促使包括中国在内的亚洲人民关注海外移民，关心他们的生活，加强与他们的联系。

二、《我们都在寻找的那个土匪》的越战背景

阮越清的观点是"美国越南裔之所以存在完全是越战爆发的结果"[3]。越南裔作家以越战为背景，在他们的作品中，或多或少地描述了越南难民的生活。美国人把这场美越战争称为越南战争，越南人将其称为美国战争，而有的历史学家将这场战争叫作"第二次印度支那战争"（the Second Indochina War）。[4] 正是这场战争改变了作家黎氏艳岁和她家人的生活和命运，他们永远地成为流离失所的精神难民。

越战是美国的侵略战争。1961 年，美国总统肯尼迪提出镇压亚非拉民族解放运动的特种战争战略，并以越南南方作为这种战略的实验场，发动了一场不宣而战的新殖民主义战争。这是由美国出钱出枪，在美国顾问指挥下，用越南人打越南人的战争。[5] 1965 年，约翰逊总统发表演说阐述出军干预越南内战的理由，他拼命地激励国民的爱国热情来支持越南战争升级政策，而全然不顾越南百姓对西贡政权和美国驻军的反感。

---

[1]　Sarah Anne Johnson, *The Very Telling*: *Conversations with American Writers*, Lebanon: University Press of New England, 2006, p. 97.

[2]　Sarah Anne Johnson, *The Very Telling*: *Conversations with American Writers*, Lebanon: University Press of New England, 2006, p. 97.

[3]　Viet Thanh Nguyen, *Nothing Ever Dies*, Cambridge: Harvard University Press, 2016, p. 200.

[4]　梅丽：《越战小说中的记忆伦理》，《重庆邮电大学学报（社会科学版）》，2015 年第 6 期，第 108 页。

[5]　梁英明等：《近现代东南亚（1511—1992）》，北京：北京大学出版社，1994 年，第 453 页。

美国为了证明自己的无比强大，打着保卫越南民主和自由的责无旁贷的幌子，不仅干涉越南内战，而且企图分裂越南，完全不管这场战争会给越南人民和美国人民带来的巨大影响和灾难。美国政府向美国民众强调和宣传，并使很多美国人相信出兵越南是帮助越南人获得自由和民主，为了越南人的利益而战。实际上，美国政府关注的是如何牵制共产主义力量在越南的扩张和蔓延。美国口口声声宣称民主，但表现的是一种傲慢的姿态，总想去插手别的国家的事务。美国需要明白的是，别的国家有权去决定和管理好自己的内政。

针对越南的局势，1966年法国总统戴高乐坚决主张，世界大国必须同意停止对越南事务的一切干涉。[①] 同年9月，法国的顾夫·德姆维尔在联合国大会上讲话，"这场残酷的战争再继续下去，要弄清楚的已经不单是为什么要打、双方目的是什么的问题了。人们越来越想弄清楚，越南人民究竟能不能生存下去，越南这个民族今后还能不能存在？……如果战争的结局是越南成为哀鸿遍野的一片废墟，……不管干涉来自何方，又有什么意义可言？……"[②] 1969年香港的一位英国评论家作出了下述评论，"在越南的美国兵认为……战争毫无意义，同美国民族利益没有明显联系。……美国人民必须扪心自问……一场战争使交战双方丧失人性，与禽兽无异，从实际出发，难道能够把这样的战争看成是一场保卫美国文明的那些准则而战的圣战吗？"[③]

最初，美国民众被蛊惑，支持美国政府在越南的行动，但越战的残酷超出了美国人的想象和期待，美国人对越南战争的态度逐渐发生了变化，意识到他们给越南人带去的是痛苦和死亡。越南战场上，危险和死亡的阴影笼罩着美国士兵，他们也意识到战争的无意义、非正义和不道德，也开始痛恨和厌恶这场战争，渴望离开战场。他们杀戮越南人，毁坏越南人的家园，也最终失望地发现自己根本不能解救越南人，相反，给越南人带来更为深重的灾难，这使得他们内心充满了罪恶感。世界各个国家已经看到越战给越南人民带来的深重灾难，也看到了战争的阴影和战争的本质，纷纷指责美国政府。

---

① 转引自约翰·F. 卡迪著，姚楠等译：《战后东南亚史》，上海：上海译文出版社，1984年，第499页。

② 转引自约翰·F. 卡迪著，姚楠等译：《战后东南亚史》，上海：上海译文出版社，1984年，第500页。

③ 《远东经济评论》，1969年12月4日，第483页。转引自约翰·F. 卡迪著，姚楠等译：《战后东南亚史》，上海：上海译文出版社，1984年，第538－539页。

1969 年 1 月，美国总统尼克松上台执政，同年 7 月，他提出了在印度支那推行"战争非美化"的策略，要求大力扩充当地人军队，重新利用当地人军队为主要工具，逐步代替美军。这个策略实质上是以美国为靠山，在美国的指挥下，重操"用印度支那人打印度支那人"的手段。① 1969 年 10 月，针对尼克松总统采取的支持到底的政策，耶鲁大学的校长金曼·布鲁斯特有以下阐述，"恐怖和死亡的永无休止，既不再符合我们的利益，也不符合越南人民的利益"②。1972 年越南人民的反美情绪急剧增长，香港《远东经济评论》的本杰明·彻里说，"对战争感到厌倦，认为越南人身不由己，是美国棋盘上的小卒，以及经常的内心压抑，这种情绪交织在一起，……损害了越南人民的精神"。③

战争摧毁了越南人对美国人的幻想，也摧毁了美国士兵的价值感和荣耀感。亲历了残酷的战争，越南人民和美国士兵都由最初的希望和乐观走向了失落和幻灭。这场战争极度地降低了美国在世界人民心中的形象，也是美国战争史和国际关系中最为不光彩的一页。"历史表明，无论什么时候，美国越是想扮演全人类拯救者的角色，它越是增加了人类的痛苦"。④

1973 年 1 月，美国终于签订《关于在越南结束战争、恢复和平的协定》，也就是《关于越南问题的巴黎协定》，美国从越南撤军。这意味着美国直接卷入印度支那的战争正式结束。"直接卷入这场战斗的人民，包括本地人和美国人，全都在这场严峻考验中付出了可怕的代价，不仅丧失生命，疮痍满目，社会解体，而且造成了政治上的混乱和仇恨"⑤。

越南战争对美国来说，是美国历史上损失最为惨重的一场不道德、非正义和无意义的失败战争。美国企图打击越南本土的民族主义，升级战争，但是由于支持的是一个不得人心的反动政权，产生了与其初衷相悖的后果，而且在道德上蒙羞。对越南人来说，这是一场惨无人道的杀戮和对本土家园异

① 梁英明等：《近现代东南亚（1511－1992）》，北京：北京大学出版社，1994 年，第 459－460 页。
② 安东尼·刘易斯：《对严峻问题的一个深思熟虑的回答》，《纽约时报》，1969 年 10 月 17 日。转引自约翰·F. 卡迪著，姚楠等译：《战后东南亚史》，上海：上海译文出版社，1984 年，第 549－550 页。
③ 转引自约翰·F. 卡迪著，姚楠等译：《战后东南亚史》，上海：上海译文出版社，1984 年，第 616 页。
④ Kenneth W. Thompson, The Ethical Dimensions of Diplomacy, *The Review of Politics*, 1984, 46 (3), p.380.
⑤ 约翰·F. 卡迪著，姚楠等译：《战后东南亚史》，上海：上海译文出版社，1984 年，第 617 页。

乎寻常的破坏。越南人的生命和美国士兵的生命是美国政府玩弄于股掌之中的筹码。这场战争无论对于越南人还是美国人都是难以忘却的噩梦，既催生了以越南战争为主题的越南文学、越南裔文学，也成为美国作家关注的焦点，催生了美国越战文学。

三、美国越南战争小说与美国越南裔小说

在美国不仅有像黎氏艳岁、阮越清这样的越南裔美国作家创作以越南战争为背景的小说，还有很多美国本土作家也创作以越南战争为题材的小说。以下列举一些有代表性的美国本土作家，简要介绍他们的生平经历以及他们创作的以越战为主题的小说的主旨。将美国本土作家的越战小说创作和美国越南裔作家的小说创作进行比较，彰显他们的作品特点。

罗宾·莫尔（Robin Moore）是美国著名战地记者和畅销书作家。1964 年他到过越南战场。他被时任总统授予了很多其他记者无法拥有的特权。他创作的反映越战的小说《绿色贝雷帽》（*The Green Berets*，1965）掩盖了美国政府干预越南内政的实质，美化了美国士兵的形象，丑化了越南人的形象。这是美国早期的越战作品，缺乏道德的视角。[①]

苏珊·桑塔格（Susan Sontag）是美国作家和艺术评论家。1966 在美国著名的文化和政治杂志《党派评论》寄给她的调查问卷中，对时任总统将越南战争扩大化予以了谴责。还曾在 1967 年底参加了美国国内反越战的游行示威行动，因此被捕入狱。她的长篇小说《死亡之匣》（*Death Kit*，1967）描述了一个普通人真假莫辨的自杀/谋杀，其背后隐藏着一个宏大的时代叙事，即令美国人难以启齿的没有意义的越南战争。美国士兵的远征就像小说主人公的死亡之旅一样，既是自杀也是谋杀，无论是哪种，结局都是死亡。[②]

唐纳德·巴塞尔姆（Donald Barthelme）是美国后现代主义作家，曾从事新闻记者、杂志编辑等工作。他创作的短篇小说《玻璃山》（*The Glass Mountain*，1970）是对百年前的一个北欧骑士解救公主的童话故事的戏仿和解构，

① 胡亚敏：《一个想象出来的社群：论〈绿色贝雷帽〉中美国人对越南人的形象建构》，《解放军外国语学院学报》，2013 年第 1 期，第 90 – 93 页。

② 柯英、祝平：《"局外人"的死亡想象：〈死亡之匣〉中的存在与荒诞》，《山东外语教学》，2012 年第 4 期，第 78 – 83 页。

也是越南战争的政治隐喻——骑士救美后又扔掉美女的结局就是美国救越南又扔掉越南的再现。玻璃山上的美景隐喻美国的"自由和民主"的"普世价值"，山下的污秽隐喻美国社会和越南战场，山上和山下泾渭分明的景象表明美国参加越南战争实际上是骑虎难下。越战的残酷消解了美国对"自由和民主""普世价值"的终极意义的追求。①

蒂姆·奥布莱恩（Tim O'Brien）是颇有名气的美国越战作家，他大学毕业后曾到越南服役一年。他的小说《追寻卡西艾托》（*Going After Cacciato*，1978）是反映越战的上乘之作，曾获美国图书奖。小说里卡西艾托意识到战争的欺骗、虚伪和愚蠢，逃离了越战。小说"采用看似混乱的叙述手法帮助读者看到一场混乱的越南战争"②，也表明了作家反战的态度。

丹尼斯·约翰逊（Denis Johnson）先后在日本东京、菲律宾马尼拉及美国华盛顿生活，他以越南战争为背景的小说《烟树》（*Tree of Smoke*，2007）淋漓尽致地讲述了美国出兵越南虐待俘虏、强奸妇女、滥杀无辜、使用生化武器的荒谬恶行。作家认为，战争造成了美国官兵的荒谬，然而战争的荒谬远在人的荒谬之上。这场战争不仅是时代和民族的悲剧，更是伦理的悲剧。③

卡尔·马兰蒂斯（Karl Marlantes）大学才读完一学期就参加了越南战争，他根据亲身经历，创作了一部越战小说的代表作《马特洪峰》（*Matterhorn*，2010）。这部小说描述了一位年轻的海军上尉和他的战友们在越南战争中的经历、严酷的自然环境以及战友彼此间的不良人际生态。即使战争结束，他们回国了，越战的阴影还继续笼罩着他们。作家对越南战争所持的是中立立场，既不反对，也不支持。"作者真切地告诫人们，越南战争已成为美国社会的一个隐喻，其潜在和持久的影响已成为美国社会生活的一个重要组成部分。如果战争继续存在于这个世界，人们将永远无法走出越战式的创伤"④。

以上六位作家都是美国本土作家，罗宾·莫尔、蒂姆·奥布莱恩和卡尔·马兰蒂斯曾经到过越南，亲临战场；苏珊·桑塔格参加过反越战游行，

①　徐显静、杨永春：《论〈玻璃山〉中的越战政治意蕴》，《英美文学研究论丛》，2010 年第 2 期，第 333－342 页。

②　胡亚敏：《叙述的惶惑？战争的惶惑！：论蒂姆·奥布莱恩的〈追寻卡西艾托〉》，《解放军外国语学院学报》，2008 年第 6 期，第 84 页。

③　欧华恩、潘利锋：《美国越南战争的伦理考量：以〈烟树〉为例》，《湖南科技学院学报》，2014 年第 12 期，第 62 页。

④　张丹柯：《最真实的越战小说：〈马特洪峰〉》，《外国文学动态》，2012 年第 6 期，第 37 页。

丹尼斯·约翰逊去过东南亚，唐纳德·巴塞尔姆是新闻记者和杂志编辑，熟悉越战。罗宾·莫尔的小说《绿色贝雷帽》是反映越战的早期小说，莫尔到过越南，但他是美国政府的拥护者和传声筒，诸如此类的早期作品误导了美国读者对越南战争的态度，与现实相差甚远。随着更多的作家开始描写越南战争，他们开始摆脱政府的声音，用自己的笔和良知再现他们所看到的越战、真实的越战。

黎氏艳岁、阮越清等越南裔美国作家都是在越南战争后，作为难民移民美国的。他们力图通过自己的小说在美国主流学界发声，然而他们在美国属于亚裔、少数族裔，免不了会受到歧视和不平等对待。他们的小说既写现居地美国的故事，也写故乡越南的记忆，其中越南战争是他们流离失所的根源，小说里既有对故乡的思念，也有在美国的格格不入和对美好生活的向往和追求。

多数美国本土作家的越战小说旨在揭露战争的残酷和真相，而越南裔作家彰显的是难民在美国和越南文化间性中的生存处境。这是本土作家和族裔作家之间的不同，而他们之间也有着共同点。他们的小说的道德视角几乎是一致的，那就是越战是非正义的战争，带给美国士兵和越南人民的都是死亡和灾难，人类是命运共同体，需要的是和平。

四、结论

黎氏艳岁的小说《我们都在寻找的那个土匪》的创作目的是抚平离开故乡越南的伤痛和在美国主流学界发出自己的声音。而造成她流离失所的正是越南战争，越南战争的真相是什么？美国本土作家和越南裔作家都有自己的思考，然而他们更多的共同点是对道德伦理的追求的普世性。也正是这个共同点使得美国本土作家和越南裔作家之间融通和共存，这也意味着越南裔作家、东南亚裔作家、亚裔作家能够逐渐成为主流作家，和本土作家一样，平等地生存在美国学术界。

第四节　文化间性视域下的小说《我们都在寻找的那个土匪》

越南战争结束后，六岁的黎氏艳岁作为难民跟随父亲乘坐小船，漂洋过海，辗转定居美国。她在美国长大，在这个新的地方为了落地生根而拼命努力，六岁之前的记忆以及越南裔乡亲的故事如影随形。她选择在文字世界里生存，作为一个作家，只有书写于纸上的具有生命力的文字，才能穿越时间、历史和政治，抵达读者心灵，缓解乡愁、抵御疏离和排斥、发出个人的声音。越南是她的过去、故土和精神上的家园，美国是她的现在、新的家乡和现实中的家园，她存在于两种不同文化相互交织、相互渗透的地带，她在两种文化的张力中写作，她的文学作品具有文化间性的特质。

黎氏艳岁的小说《我们都在寻找的那个土匪》于 2003 年出版后，好评不断。中国国内最先关注这部作品的是郑州大学的郝素玲（2011），她介绍了作家黎氏艳岁的创作生平，总结了小说《我们都在寻找的那个土匪》的三个独特之处，即小说着重描述之处、阐述的父女关系、叙事方式和视角等，另外还评论了小说的写作特点，即隐晦的比喻。① 梅丽（2015）的文章中提到该小说采用了越南人的记忆和美国人的记忆相交织的双重记忆手段，同时表现了越南人和美国人的思想意识。②

国外的全·曼海姆·哈（2013）③ 分析了高兰的《猴桥》和黎氏艳岁的《我们都在寻找的那个土匪》小说文本里主人公的创伤经历记忆，指出越南裔第二代移民是在美国长大，他们试图理解父辈第一代移民的过去和有关过去的记忆，并将自己从上一辈的记忆中解放出来，为自己在新的家园创建新的主体性和新的身份认同。延·列·埃斯皮瑞图（2013）④ 分析了《我们都在寻找的那个土匪》里主人公父亲的男性气概，指出这样的男性气概不是个人

---

① 郝素玲：《诗情画意背后的那段历史：论越南裔美国作家黎氏艳岁与她的〈我们都在寻找的那个土匪〉》，《郑州大学学报（哲学社会科学版）》，2011 年第 3 期，第 96－100 页。

② 梅丽：《越战小说中的记忆伦理》，《重庆邮电大学学报（社会科学版）》，2015 年第 6 期，第 108－113 页。

③ Quan Manh Ha, Conspiracy of Silence and New Subjectivity in *Monkey Bridge* and *The Gangster We Are All Looking For*, *Journal of Southeast American Education & Advancement*, 2013（8），pp. 1－13.

④ Ye Le Espiritu, Vietnamese Masculinities In Le Thi Diem Thuy's *The Ganster We Are All Looking For*, *Revista Canaria De Estudios Ingleses*, 2013（66），pp. 87－98.

家庭造成，也不是失败的个案，而是在整个社会、历史展现出的战争、贫困等问题中形成的。

中国国内的文献注重叙事角度，国外的文献多从某个概念、某个主题入手进行分析。国内外对小说《我们都在寻找的那个土匪》的关注度还不够，研究文章数量较少，这说明越南裔作家在学术界还处于边缘位置，越南裔作家的作品还未引起重视，还需要学者对越南裔作家、东南亚裔作家、亚裔作家的作品多作推介。

用文化间性的视角切入该小说，分析小说中的一家人——"我"、父亲和母亲如何在越南文化和美国文化交织的地带克服艰难困苦，奋力生存下去，这一家人是越南裔难民在美国生活的代表。作家黎氏艳岁借这部小说告诉读者越南裔在美国生活的不易，也揭示出越南战争带给越南人民的不幸。这部小说是作家在美国文坛发出的声音，彰显了她希望进入美国主流作家之列的努力。

一、感恩与同情：初入美国

1978 年，"我"、父亲还有四位叔叔，从越南乘船，跨过中国南海来到新加坡的难民营。拉塞尔先生是位心善的美国人，他同情越南船民，"许多个无眠之夜，他盯着天花板，想着那些无名无姓的身体躺在小船里，漂浮于开阔的海域"①。拉塞尔先生面对越南船民的遭遇，对他们产生了同情之心。"关系是间性中至关重要的一部分。当人们相遇时，便进入到各种可能的关系即间性之中"②。文化间性是他这样善良的美国人与越南难民之间的一种相互关系，也是一种对待表现。在准备资助越南难民的过程中，拉塞尔先生去世了，他善良的妻子拉塞尔夫人谨记他的嘱托，持续了拉塞尔先生与越南难民之间的这样一种同情的关系，让儿子梅尔文完成父亲的遗愿。于是"我"、父亲，还有四位叔叔被梅尔文接到了美国的家里。"我们"在梅尔文家里第一次面对美国人。

（一）"我们"与美国家庭之间感恩与同情关系的维系

梅尔文并不适应与越南难民之间的这样一种同情关系，他对拉塞尔夫人

---

① Le Thi Diem Thuy, *The Gangster We Are All Looking For*, New York: Alfred A. Knopf, 2003, p. 4.
② 商戈令：《间性论撮要》，《哲学分析》，2015 年第 6 期，第 54 – 65 页。

说，"我觉得我接手了一船的人。我的意思是，本来我一直一个人住在这里，现在我多了五个我从来没见过的男人，还有一个小女孩"①。同情、仁爱本来只是一种关爱呵护他人的理想间性关系，不可能所有美国人都像拉塞尔先生那样有同情之心，即使是他的儿子。拉塞尔夫人觉得儿子违逆了丈夫的想法，伤心地哭起来，无奈之下，梅尔文接受了现实，维持了与"我们"之间的关系。

"我们"都听到了梅尔文与他母亲之间的对话。父亲并没有在意梅尔文的冷漠，他说，"如果不是他，他们（难民营）就会把我们送回越南"②。父亲说，"不管我们怎么评价梅尔文，我们应该永远记住，他为我们打开了一扇门，记住这一点很重要"③。"当人们进入或选择进入某种关系时，他们的行为方式必定会随这种关系的性质转移或变化，尽管有时候这样做会扭曲其本能和本性（本来的性格和意愿），为了关系乃至间性整体的需要，人可以改变自己以适应间性条件。"④ 面对梅尔文的冷漠，父亲采取的对策是"忍耐"⑤，他要"我们"忍耐，并把对拉塞尔先生的感激之情延续到他的儿子身上。父亲克己复礼的做法维护了"我们"与梅尔文一家的相互关系："我们"继续对他们感恩，他们继续对"我们"同情。只有平衡在"感恩"和"同情"这样的张力之下，在文化间性中，初入美国的"我们"才能生存下来。

梅尔文答应母亲要完成父亲的遗愿，为了取悦母亲，他也改变了自己，由对越南难民的不适应，到接受他们住在家里，甚至雇用他们成为家里的油漆工和维修工。叔叔们不理解梅尔文为什么要他们把墙一遍又一遍刷得这么白，他们不懂英语，不能跟梅尔文直接交流，让父亲代问雇主。父亲是"我们"中懂英语最多的人，他是在越战中从美国人那里学会的。父亲不知道"这么"（so）如何用英语表达，他问梅尔文的问题跟叔叔们的本意有了差距，他问，"为什么是白色？"这个问题曲解了叔叔们的原意，将白色的程度给略去了。梅尔文的回答很简单，"这样干净"。⑥ 父亲将梅尔文的话转告给了叔叔们，他们都不理解梅尔文的话，但是依旧按梅尔文的吩咐去一遍遍把墙

① Le Thi Diem Thuy, *The Gangster We Are All Looking For*, New York: Alfred A. Knopf, 2003, p. 6.
② Le Thi Diem Thuy, *The Gangster We Are All Looking For*, New York: Alfred A. Knopf, 2003, p. 7.
③ Le Thi Diem Thuy, *The Gangster We Are All Looking For*, New York: Alfred A. Knopf, 2003, p. 8.
④ 商戈令：《间性论撮要》，《哲学分析》，2015 年第 6 期，第 54 – 65 页。
⑤ Le Thi Diem Thuy, *The Gangster We Are All Looking For*, New York: Alfred A. Knopf, 2003, p. 8.
⑥ Le Thi Diem Thuy, *The Gangster We Are All Looking For*, New York: Alfred A. Knopf, 2003, p. 10.

刷白。

　　父亲想再转告他们一遍，就像梅尔文告诉他的那样，这时声音在他脸上发出亮光，就像他睡觉时，手电筒照在他眼睛上一样刺眼。这是梅尔文的回答给父亲的感受，这个回答的语气相当冷漠，相当简单，根本就不是解释，但是父亲懂。这样回答的语气是一种白人对越南裔难民的轻视，仿佛在说："你们越南难民住在我家里，让我的家变脏了，我只有要你们一遍一遍把墙刷白，才会觉得干净一些。"父亲转告叔叔们梅尔文的话时，语气并不跟梅尔文的一样。父亲的声音，"就像一只青蛙在井底唱歌一样在井底深处回响，就像水从芦笛中流淌而过的悲伤的曲调"。①父亲跟叔叔们转述的悲伤的语气是自问自答，叔叔们不懂，但父亲明白。"我"听到父亲的转述时，仿佛见到，"小船在他脑海里漂浮。满船的人都期望去往某个地方"。②父亲在竭力忍耐，忍耐梅尔文对"我们"的蔑视，只有如此，才能维持"我们"与梅尔文的关系。只有维持与梅尔文的"同情""感恩"的关系，"我们"才能在美国生存。

（二）"我们"与美国家庭之间感恩与同情关系的破裂

　　后来发生了一件事情，打破了"我们"与梅尔文之间的平衡。拉塞尔先生和夫人曾经收集了一些动物，主要是马的小玻璃雕像。在拉塞尔先生去世后，拉塞尔夫人决定让儿子梅尔文将父亲的这些小玻璃雕像收藏起来。父亲和叔叔们小心翼翼地帮助梅尔文将放置有小玻璃雕像的玻璃橱柜从卡车里搬到了他家中的书房里。玻璃橱柜里不仅有小玻璃雕像，还有中国的青花瓷器、红色的皮革精装书、装有烟草的烟斗等。拉塞尔夫人和儿子梅尔文告诫"我们"不要去碰这些东西时，"我"却被梅尔文书桌上的一只装在厚玻璃圆盘里的金褐色的玻璃蝴蝶吸引住了。

　　往常"我"从学校回到梅尔文的家里时，都会"花一个小时画画或者阅读一本有男孩、女孩和他们的小点点狗追逐弹力球的图片的书"。③自从那天以后，一放学"我"就会溜进梅尔文的书房，去看那只蝴蝶和其他玻璃雕像。"尽管我把玻璃圆盘转了一圈又一圈，还是找不到蝴蝶飞进来的入口，也找不

---

① Le Thi Diem Thuy, *The Gangster We Are All Looking For*, New York: Alfred A. Knopf, 2003, p. 10.
② Le Thi Diem Thuy, *The Gangster We Are All Looking For*, New York: Alfred A. Knopf, 2003, p. 10.
③ Le Thi Diem Thuy, *The Gangster We Are All Looking For*, New York: Alfred A. Knopf, 2003, p. 24.

到它可以再飞出去的出口。"① "我"在这只蝴蝶身上看到了自己的影子，"我"就像这只蝴蝶一样被困在了厚厚的圆盘里面，浑浑噩噩，不知道自己怎么到美国人梅尔文的家里寄居的，也不知道何时自己才能获得自由。

"我"把圆盘贴近耳朵，居然"听到轻柔的瑟瑟声，像是翅膀拂过窗玻璃的声音。瑟瑟声是一首耳边低语的曲子，这是蝴蝶在说话。"② "我"懂这只蝴蝶想要说什么，因为"我"就是这只蝴蝶。"我"把自己的期望，也就是这只蝴蝶的期望告诉了父亲和叔叔们，告诉他们，圆盘里的蝴蝶想要飞出来，它困在圆盘里了。其实，这不仅是蝴蝶的愿望、"我"的愿望，也是父亲和四位叔叔心里没有说出来的愿望，他们跟"我"一样，不愿意跟梅尔文维持这样的"同情"与"感恩"的关系，"我们"都想获得自由。父亲同意让蝴蝶飞出来，但是他没有告诉我要做什么，只是说，他要睡觉了。父亲没有勇气教"我"如何让蝴蝶获得自由，更没有勇气打破现在所维持的与梅尔文之间的平衡关系。叔叔们根本不同意"我"的想法，他们认为不可能获得自由，因为蝴蝶是死的，困在圆盘里的蝴蝶根本就无法存活。叔叔们比父亲更消极，他们认命，认为处于现在这种状况下就好，根本就没有挣脱现状的任何可能。

这时的"我"无处诉说，"我"只有将玻璃橱柜里的玻璃动物们拿出来，将它们跟那只蝴蝶一起放在阳光充足的窗台上，跟它们诉说自己的世界。"我"告诉它们，母亲曾经许诺过，等"我"长大，就可以跟她一起乘火车到城市里去逛大市场；那大市场比它们住的圆盘、玻璃橱柜都大得多，比梅尔文的房子也大得多。"我"将自己心里的秘密，想走出梅尔文的房子，向往更大的世界的期望，告诉了这些跟自己一样处于困境中的玻璃动物们。"我"也告诉了它们，"我们"现在无能为力，因为那些想解救难民的美国人"也许正在嘲笑我们"，"也许他们见到我们如此渺小，快笑死了"。③ "我"向那些无言的玻璃动物们诉说了"我们"与美国人的关系、"我们"的现状，实际上，"我们"与梅尔文的关系已经不是"同情"与"感恩"，美国人蔑视"我们"，看不起"我们"，"我们"想摆脱这样的所谓"仁义"的关系。然而，这些玻璃动物们对我的诉说没有任何反应，"它们眼睛都不眨一下。也不笑。听的时候，也没扬下眉头或者斜侧下脑袋。它们既没有点头表示同意，也没

---

① Le Thi Diem Thuy, *The Gangster We Are All Looking For*, New York: Alfred A. Knopf, 2003, p. 25.

② Le Thi Diem Thuy, *The Gangster We Are All Looking For*, New York: Alfred A. Knopf, 2003, p. 25.

③ Le Thi Diem Thuy, *The Gangster We Are All Looking For*, New York: Alfred A. Knopf, 2003, p. 29.

有跺脚表示反对。它们没有问任何问题。它们似乎什么都不想知道"①。"我"也厌倦了跟它们说话，它们跟父亲、叔叔们一样漠然，无法改变现状，但是"我"已经没有可以诉说的对象。

"我"决定解放蝴蝶，让蝴蝶自由。"我"跳起来，向前一甩胳膊，让装有那只蝴蝶的圆盘飞了出去。圆盘砸到了玻璃橱柜的玻璃门上，动物们都摔烂了，中国青花瓷器也从橱柜里掉了出来，而"我"的眼睛四处搜寻着天花板，寻找那只获得自由的蝴蝶。"我"让蝴蝶获得了自由，梅尔文也让"我"、父亲还有四位叔叔收拾好行李，离开他的家。"我"打破了"我们"与梅尔文之间的"仁义"平衡关系，终于获得了"我"所期待的"自由"。

二、差异与对话：生活在美国

"我"和父亲进入美国，与美国人相遇，与他们的关系是会随着时间的推移而发生改变的，会与美国人之间形成新的关系，也会形成新的自我。"我"、父亲、叔叔们面对的是一个与越南有着巨大文化差异的美国，传统和现代的差异、贫穷和富有的差异、弱势和强势的差异。"我们"处于这样的一种差异文化中，两极文化之间存在着一种巨大的张力，这就是文化间性。

（一）"我们"与美国超市经理之间存在的张力

午夜，"我们"在大学大道的西夫韦超市徘徊，"我们"面对超市里丰盛的陈列物流露出的好奇，引起了超市经理和其他顾客的注意。超市经理认为"我们"的举动很奇怪，但并不认为像"我们"这样的越南裔有任何威胁性，他看到的是，"一切看起来都引起了他们的兴趣。所有的东西，从电视速食餐到10磅重的狗粮"②。"我们"在越南确实没有见过这些东西，美国与封闭、贫穷、物资缺乏的越南相比，让"我们"大开眼界。其他顾客看到父亲"拿起各种各样的货品——一盒鞋带、一盒松果车净化剂、一盒果冻、一只耐热量杯——仔细端详着"③；"然后，会把这些东西拿给那个女孩看，并鼓励她拿一会儿，然后小心翼翼地把它们放回货架上"④。来自越南的父亲没有见过

① Le Thi Diem Thuy, *The Gangster We Are All Looking For*, New York: Alfred A. Knopf, 2003, p.30.
② Le Thi Diem Thuy, *The Gangster We Are All Looking For*, New York: Alfred A. Knopf, 2003, p.110.
③ Le Thi Diem Thuy, *The Gangster We Are All Looking For*, New York: Alfred A. Knopf, 2003, p.110.
④ Le Thi Diem Thuy, *The Gangster We Are All Looking For*, New York: Alfred A. Knopf, 2003, p.110.

这些货品，面对异文化的新生事物，他努力去认识，还鼓励年轻一辈去大胆面对和接受。看过货物后，父亲也没有随手乱放物品，而是小心谨慎地放回原处，这是他尊重异文化、克己复礼的品质。作为越南裔的"我们"与美国人相遇，由于文化的差异，美国人认为"我们"很"奇怪"①，视"我们"为异类，对"我们"有一种对立的情绪，而"我们"主动去认识美国的新生事物，并且克己复礼。

（二）"我们"与美国房东之间存在的张力

离开梅尔文的家后，父亲在一个小公寓楼里找到了住的地方，两年后母亲也来到了美国，跟"我们"住在一起。父亲在一家生产取暖器的工厂做电焊工，母亲做裁缝，在厨房的餐桌上做计件工作。实际上他们都不喜欢当前的工作，母亲想拥有一家餐馆，而父亲希望有一座花园。本来如果没有什么意外，"我们"还是会在这栋公寓楼和其他家庭一起继续生活下去。但是意外发生了，这个意外跟"我们"公寓楼前院子里的游泳池有关。正是这个游泳池，让房东跟"我们"产生对立，对立是关系变化的动力源泉，"我们"跟美国房东之间的关系发生了变化。

"我们"住的公寓楼前的院子里有一个游泳池，"在暮色中，你从二楼的栏杆边看着楼底下的游泳池，发生了的事情将慢慢聚集在脑海。这一天，还有其他日子，就会像一群鱼一样游回到你身边。你可以倚靠着栏杆，惊叹地注视着所有日子中聚集的人、地方和事物。在你的大脑里，它们能滑翔和闪烁，然后一个接一个地穿过眼前游泳池黑沉沉的水面，它们将从水中升起，跟随着空气到达你靠着栏杆站的地方，握着你的手"②。

这一段讲述的是游泳池给住在这栋公寓楼里的人带来的价值，这是一种精神上的愉悦。住在这栋公寓楼里的人都是像父亲、母亲那样的越南裔移民，处于社会底层，含辛茹苦地谋生。劳累了一天，晚上是属于自己的时间，靠着栏杆休息，看着楼底下游泳池黑沉沉的水面，开始回忆一天的经历，回忆过去的经历，回忆在越南的日子。这部小说的扉页上有两行字，"越南语里，'水'和'民族''国家''故乡'是同一个词"，这充分说明了水是一种承载厚重的物质，寄托了越南裔的思乡之情。父亲、母亲倚着栏杆，看着楼下游泳池的水面，游泳池里的水将越南裔现在与过去的生活联系在一起，抚慰

---

① Le Thi Diem Thuy, *The Gangster We Are All Looking For*, New York：Alfred A. Knopf, 2003，p. 110.

② Le Thi Diem Thuy, *The Gangster We Are All Looking For*, New York：Alfred A. Knopf, 2003，p. 37.

了他们精神上的流离失所。可以说，这游泳池里的水是父亲、母亲的精神寄托和心灵慰藉。

夏天到来的时候，附近大一些的男孩们开始从二楼栏杆那里纵身跳入下面院子里的游泳池。在"我们"的窗前，可以看到这些男孩们一个个兴高采烈地从栏杆上往下跃，可以听到他们欢快的叫声。晚上的时候，这栋公寓楼里的大人们一起坐在露台聊天，孩子们在院子里玩球，或者在游泳池玩马可波罗和绿灯、红灯的游戏。"我"会在二楼倚着栏杆注视着下面游泳池的朋友们，看父母四处走动，跟邻居们聊天……①这是"我们"越南裔在美国的寄居生活，虽然贫穷，但是也有浓郁的生活气息。

孩子们从二楼栏杆向下跳跃的一幕被房东撞见了，他大惊失色，冲到游泳池边，对着那些从水里爬上来的男孩大喊大叫，"你们疯了吗？"还有五个男孩在二楼，他们决定一起纵身跳下来，落到池水里时，溅起了很大的水花。房东非常恼怒，他冲着他们吼叫，"你们会摔断脖子的"。但是那些男孩一点都不介意，他们从水里爬上来，在湿短裤外面套上牛仔裤，跳上自行车，笑着骑车离开了。②穷孩子们的行为惹怒了房东，首先，他们的举动确实危险，如果有人受伤或身亡，房东必然会受牵连；其次，这些男孩根本不听这位房东的话，对他视而不见，这是对他的反抗和不敬。

这位房东采取的对策是要工人们把游泳池里的水都排干，然后用岩石填满空的游泳池，再将水泥浇在岩石上。几天后，水泥干了，工人们又往岩石上浇了一遍水泥。后来工人们又浇了多遍水泥，看上去就像长在游泳池上的奇怪的沙黄色皮肤。当工人们又返回游泳池时，他们这次运来了一个大大的木花盆，把它安放在院子的正中央，花盆里种的是一株矮小的棕榈树。

所有小说的心脏里都燃烧着抗议的火苗。作家黎氏艳岁描写了母亲的不满，母亲说，"太丑了"③，"我打开门，有什么可看的呢？"④ "不想看到一片沙漠"⑤。父母开始在家里争吵、打架，像两个爆竹。"我"把父母间的纷争归咎于这个夏天，都是因为炎热、少雨，最主要的是游泳池消失了，母亲没有了心灵的慰藉和寄托。父亲则说，他们排干了游泳池的水，应该用泥土来

①　Le Thi Diem Thuy, *The Gangster We Are All Looking For*, New York: Alfred A. Knopf, 2003, p. 51.
②　Le Thi Diem Thuy, *The Gangster We Are All Looking For*, New York: Alfred A. Knopf, 2003, p. 52.
③　Le Thi Diem Thuy, *The Gangster We Are All Looking For*, New York: Alfred A. Knopf, 2003, p. 54.
④　Le Thi Diem Thuy, *The Gangster We Are All Looking For*, New York: Alfred A. Knopf, 2003, p. 54.
⑤　Le Thi Diem Thuy, *The Gangster We Are All Looking For*, New York: Alfred A. Knopf, 2003, p. 54.

填充。这样的话，他就可以在院子里种出一片丛林，"我"就能跟伙伴们穿过丛林，像野兽一样玩耍。父亲认为是时候搬家了。房东不了解游泳池的水对于"我们"越南裔的价值和意义，这是文化差异造成的，他切断了"我们"与故乡之间的心灵纽带。因为文化差异，他对"我们"敌视，"我们"对他也产生了抗议的情绪，"我们"与美国房东之间的关系变得紧张和对立，不相融。

（三）"我们"与美国社区之间存在的张力

后来"我们"又搬了几次家，最终在加利福尼亚州圣地亚哥市的林达维斯塔社区安顿下来。"我们"住的是20世纪40年代建的老式海军平房，自从20世纪80年代以后，这里就住着越南战争结束后来自越南、柬埔寨、老挝的难民。老式海军平房是位于威斯汀豪斯街的一层楼，是用黄色的木头和灰泥造的房。在林达维斯塔大街，还有海军家属住的新式海军住房，海军家属的生活跟"我们"迥然不同，他们浇灌草坪，他们的孩子骑着粉红色的三轮脚踏车在街头巷道来来往往；在凯利公园野餐，用水枪互相射击。这些生活都是"我们"没有经历的。海军家属的孩子在学校被认为是"最受欢迎，也最漂亮，最有可能成功的"①，虽然在学校里"我们"这些东南亚裔难民的孩子占多数，但在学校的年鉴里，"我们"从来都不被视作最优秀的。有一年一群姓杨的老挝孩子入学，海军家属的孩子开始把"我们"这些难民的孩子都称为"杨"。②"我们"各自有名有姓，在美国却没有身份认同，"我们"成了没有文化身份的人。这就是"我们"在美国真实的生活，与美国人之间是一种歧视与被歧视、对立与被对立的关系。

也正是在这里，父亲交到了最亲密的朋友，一个越南人，每到晚上，他们都会坐在门前的台阶上，喝着啤酒，谈论过去年轻的时候在越南的事情。当头顶上的天空变成了靛蓝色，他们才会站起身来，互道晚安。"我们"住的地方闷热、布满灰尘，但是"我们"的园子里有柠檬草、薄荷、香菜叶和紫苏，还可以摘采草莓。吃着草莓，"我们"的嘴唇和指尖都染得红红的。这就是"我们"难民在美国的生活，虽然贫穷，但是有朋友、有过去、有欢乐。

但是，终止租约通知发到了"我们"家里。"我们"街区有个新的业主，他想把所有的一切都拆除，然后为社区建更好的房子。"我们"付不起新楼房

---

① Le Thi Diem Thuy, *The Gangster We Are All Looking For*, New York: Alfred A. Knopf, 2003, p. 89.
② Le Thi Diem Thuy, *The Gangster We Are All Looking For*, New York: Alfred A. Knopf, 2003, p. 89.

的租金，如果不按时搬出去，所有财产就会被没收。"我们"只有离开，在父亲的卡车里，母亲哭着问："我们的园子怎么办？"① "我想要知道，我想要知道……这是谁干的？"② 在美国生活的现实折磨着父亲，酒醉的时候，他会大声吼叫："我不怕！出来跟我决斗。我在这里！"③ 的确，生活在美国的越南裔跟美国人之间有一道锋利的栅栏，这道栅栏将这两个文化差异很大的不同国家的人隔得很开，相互排斥，而他们却是在一个世界的整体中同生共存。他们之间的关系由初入美国的同情和感恩，发展变化为差异与对立，这种差异是双方相互包含、相互否定的辩证运动，是在文化间性中开展的，当然他们之间关系的变化还有着无限的可能性。

三、和谐共生：在美国生活的美好

（一）父亲和女儿"我"之间的亲情关系

"我"在十六岁的时候离开了家，去往东海岸上学，那里离纽约很近。后来"我"离开多年后，父亲设法联系上了"我"。父亲说他陷入困境，"困境"是用英语说的，然后他用越南语问"我"是否明白，"我"用越南语回答"是的"。让"我"心绪不宁的是，父亲的语气已和往年不同，他是在"祈求？"④ "流泪？"⑤ "我"已经说不出任何话，任何语言都不能让他停下来。这时的父亲已经跟现实妥协，跟女儿妥协，知道向女儿求救，述说心绪，交流情感。亲情是父亲，也是女儿在异国营造精神家园的一部分，由此能够抵御孤独之苦和异文化带来的不适。

（二）父亲和母亲之间维系的爱情关系

母亲后来在一家越南餐馆做厨师，每个午夜，父亲都会去市中心接她回家。当父亲觉得她做的工作跟她的酬劳不相配的时候，母亲开玩笑地建议他去买个餐馆。父亲告诉她，买餐馆不可能，但她可以跟他一起做园艺工作。母亲已经没有了抱怨，她只是笑。父亲跟母亲之间越来越和谐，父亲再没有因为在美国遭遇的磨难而自怨自艾，或者跟母亲争吵。父亲还变得幽默，母

---

① Le Thi Diem Thuy, *The Gangster We Are All Looking For*, New York: Alfred A. Knopf, 2003, p. 97.
② Le Thi Diem Thuy, *The Gangster We Are All Looking For*, New York: Alfred A. Knopf, 2003, p. 97.
③ Le Thi Diem Thuy, *The Gangster We Are All Looking For*, New York: Alfred A. Knopf, 2003, p. 101.
④ Le Thi Diem Thuy, *The Gangster We Are All Looking For*, New York: Alfred A. Knopf, 2003, p. 122.
⑤ Le Thi Diem Thuy, *The Gangster We Are All Looking For*, New York: Alfred A. Knopf, 2003, p. 122.

亲问电视上有什么新闻时，父亲告诉母亲，明天市长将会给圣地亚哥区域的所有越南妇女授予荣誉，特别是那些住在林达维斯塔社区，碰巧嫁给了园艺工人的越南妇女。① 父亲在这样一个歧视少数族裔的美国，打破种族的藩篱，以幽默对抗和化解不平等，既能与母亲维系爱情，也能在异国他乡保持着一种美好心情和希望。

父亲来自越南北方，有一半贵族血统，他的母亲是法国人，是祖父众多的情妇之一。"我"的母亲是越南南方信奉天主教的女性，因为执意要嫁给父亲——这位北方来的信奉佛教的"土匪"，她的父母与她脱离了关系。战争像一首悲伤的歌曲，让"我们"一家人乘上破碎的小船，穿越中国南海，抵达异国他乡，精神上流离失所。在美国，父母无数次的搬迁、遭遇的磨难与歧视，让他们的生活失去了平衡，他们争吵、打架，抱怨生活的不公。随着时间的流逝，他们能够接受和适应美国的异文化，采取办法和策略，调整自己与美国异文化之间的关系。

晚上父亲会搬把椅子坐在侧廊，一边喝水，一边遥望着月亮。月亮像吊船一样悬挂在空中。他靠在椅背上，脚抵着墙，想着母亲的脚。他想起和母亲初次见面时常常念给她听的那几行诗。诗里，一位男士说，如果他能娶到所爱的女人，他就会去把月亮从天上摘下来，将它变成水池，让她洗脚。父亲静静地背诵着这首诗，非常高兴地注意到这首诗是多么的令人熟悉，像一首古老的歌曲。② 父亲在美国重新拾回了与母亲的爱情，爱情也是他们在美国营造精神家园的支撑，重拾爱情，也意味着父亲与美国文化之间能保持平衡了。

（三）父亲、母亲和"我"：一家人的和谐

"我"回忆起刚到加利福尼亚州的第一个春天的一晚，父亲、母亲和"我"驾车来到海滩，周围没有什么人，海滩上到处都是小银鱼，它们的身体释放出一种奇怪的光。走近它们，它们的小嘴动个不停，好像无法呼吸到足够的、凉凉的、咸咸的夜晚的空气。③ 父亲面对着母亲和"我"，满面笑容。父亲轻抚着母亲的脸，母亲为父亲穿上外套，而"我"脱下凉鞋，将脚后跟

---

① Le Thi Diem Thuy, *The Gangster We Are All Looking For*, New York: Alfred A. Knopf, 2003, p. 153.

② Le Thi Diem Thuy, *The Gangster We Are All Looking For*, New York: Alfred A. Knopf, 2003, pp. 155 – 156.

③ Le Thi Diem Thuy, *The Gangster We Are All Looking For*, New York: Alfred A. Knopf, 2003, p. 158.

埋进湿沙里。"父母站在沙滩上,互相依偎着的时候,我就像一条没拴住的狗一样,向着灯光跑去。"① 这是一副多么美好温馨的画面,越南裔一家人在美国的海滩上,相亲相爱,如此幸福。刚到美国的这个美好画面预示着父母之间的爱情长存,而"我"是奔向光明。确实,"我"后来成为作家,以文字书写了父母的故事,"我们"一家人的故事。"我"以文字书写生存于美国,在这个文化异国开拓出自己的一片天地。

四、结论

文化间性可以探讨在怎样的间性状态和条件下,不同文化事物间的关系能够发展变化,直至和谐共生。越南战争让父亲、母亲和"我"成为难民,漂洋过海移民到美国。"我们"初到美国时,跟美国人的关系是同情与感恩。随着"我们"对自由的期望,与美国人这样的关系并不能维持很久。当"我们"希望融入美国的生活时,与美国人的文化差异,使彼此之间产生对立和排斥,而父母之间也产生分歧。最终,父亲以幽默化解在美国遇到的歧视,与母亲重拾爱情,也和远离家的"我"维系了父女之情。作为越南裔难民的"我们"一家人在美国以幽默,以爱情、亲情和文字书写构建了精神家园,与在美国现实的家园之间维系了平衡。"我们"在美国的经历,也是无数越南裔在美国历经的故事以及东南亚裔在美国生存的历史。东南亚裔文化与美国文化之间的张力、东南亚裔与美国人之间的关系如何保持平衡,这是东南亚人民要考虑的问题,也是全世界都值得思考和借鉴的议题。

---

① Le Thi Diem Thuy, *The Gangster We Are All Looking For*, New York: Alfred A. Knopf, 2003, p.158.

第二章　新加坡裔美国小说

第一节　相关间距理论

一、解释学中的"间距"

"间距"最初指"古代历史文本由于相隔年代久远而变得陌生和难以理解",[1] 意思是"一种熟悉的东西变得疏远"。[2] 在解释学里,有时间间距、心理间距、语言间距和文化间距等。传统的解释学认为间距是应该加以克服的障碍,施莱尔马赫认为,把握作者的心理,克服理解者与作者之间的心理间距,通过"主观的历史的重构",也就是心理的重构,就能把握"无意识的表露","比作者更好地理解他自己"。[3]

而伽达默尔在《真理与方法》里使用的"间距"概念,否定了传统解释学的间距观,认为间距是理解得以存在的条件,不是加以克服的对象,它使得理解成为可能。[4] 在以伽达默尔为首的哲学解释学里,意义在时间、空间和一定的解释方式中生成。[5] "间距"在表现为意义连续的中断的当即,唤起了解释者对文本进行解释的要求,激发了解释者解释行为的发生并使意义的文本不断地产生出来,"间距"因而在意义文本生成的过程中成了当前与过去、文本与解释者之间的中介与联系。[6]

传统的解释学认为"间距"是对不同、异化、疏远和陌生的克服,这是

---

① 陈海飞:《间距与理解》,《扬州大学学报 (人文社会科学版)》,2005 年第 3 期,第 62 页。

② 陈海飞:《间距与理解》,《扬州大学学报 (人文社会科学版)》,2005 年第 3 期,第 62 页。

③ 陈海飞:《间距与理解》,《扬州大学学报 (人文社会科学版)》,2005 年第 3 期,第 62－63 页。

④ 陈海飞:《间距与理解》,《扬州大学学报 (人文社会科学版)》,2005 年第 3 期,第 63 页。

⑤ 犹家仲:《"间距"的解释学意义》,《河池学院学报》,2004 年第 5 期,第 29 页。

⑥ 犹家仲:《"间距"的解释学意义》,《河池学院学报》,2004 年第 5 期,第 30 页。

从"差异"的角度来理解"间距"概念。① 而伽达默尔是从辩证的角度理解"间距",他认为间距不仅仅是时间间距,还等同于时间中续存的历史,文本与理解者之间的历史不仅指疏远、陌生和异化,也指沟通、熟悉和同一。② 也就是说,不同文化传统之间、不同语言之间、不同个性之间的间距是有历史性、条件性、相对性和有限性的,同时它们之间也是可以相互理解的。③

二、朱利安的间距理论

法国朱利安教授历经 30 年的研究提出了"间距"理论,该理论是基于探寻中国思想和欧洲思想之间关系的新路径而提出的。朱利安通过"间距"使中国思想与西方哲学面对面,彼此注视,其中一方通过间距在对方那里掀开了自己的真实面貌,各取所长,互通有无。利用间距,他在西方哲学的"存在"问题与中国思想的"生生"问题之间探索着他孜孜以求的"如何开始思"的问题,最终走向了中西思想文化的融会贯通。④

朱利安的"间距"理论实际上是 1968 年就名声大噪的"差异"概念的延续。1968 年,拉康、阿尔都塞等理论家都讨论过"差异"理论,经过德里达的《延异》、德勒兹的《差异与重复》的再度阐释、提炼、生发、拓展之后,随着理论界的持续关注,成为法国思想史上的一个重要的问题。但是朱利安放弃了"差异",选用了"间距",与"差异"相反相成。⑤

朱利安在《间距与之间:论中国与欧洲思想之间的哲学策略》一书中,就指出了"间距"与"差异"的区分。他指出了两个概念之间存在着两个明显的不同:第一,差异建立分辨,而差距则来自距离。第二,差异让人假设在差异上游有一个共同类型,构成基础,两个被分辨的词语就属于该基础并且从其中衍生出来;间距则专注在使人上溯到一个分叉之处,使人注意到这

---

① 陈海飞:《间距与理解》,《扬州大学学报(人文社会科学版)》,2005 年第 3 期,第 64 页。
② 陈海飞:《间距与理解》,《扬州大学学报(人文社会科学版)》,2005 年第 3 期,第 64 页。
③ 陈海飞:《间距与理解》,《扬州大学学报(人文社会科学版)》,2005 年第 3 期,第 65 页。
④ 董树宝:《从"间距"到"共通":论朱利安在中西思想之间的融会贯通》,《国际比较文学》,2019 年第 2 期,第 289 - 301 页。
⑤ 吴娱玉:《"间距"/"之间"的能量:兼论中国古典美学之于朱利安的启示》,《求是学刊》,2019 年第 2 期,第 163 页。

个分道扬镳及分离的地方。① 也就是说，"差异"寻找的只是自己眼中的倒影，而"间距"却拉开了一段距离，促使人们去寻找外在于"我"的、未曾到达的领域，在"未思之处"发现"他者"，反观其身。②

"间距"理论不仅延续着法国思想家共同关注的话题，朱利安还从中国美学中吸取到了一些元素，这些元素又为他的理论增添了新意。例如，中文打开了一个间距，因为它不用字形区分形容词与名词，并不分开作为概念的"美"与作为品质的"美"，美在中国不会行使一种概念层面的霸权地位。中文偏好使用双字构词：如秀/润、清/丽、幽/雅等。它偏好利用一对意念来表达一种两极性，而不是单级地集中于一个品质。③ 再以中国绘画为例，首先，"画云不得似水，画水不得似云……会得此理后，乃不问云耶水耶，笔之所之，意以为云则云矣，意以为水则水矣！"④ 换句话说，画家要画的不是水或云的本质，而是"意"。其次，"山，近看如此，远数里看又如此，或者，正面看如此；侧面看，又有所不同；由背面看，又是另一样貌：如此是一山而兼数十百山之形状，可得不悉乎"⑤。也就是说，画家不是画多样多姿，而是变化无穷。"变化"意味着不固执于事物的本身，而总伸向外部和外界，获得无限能量和活力……

朱利安提出"间距"代替"差异"，是对同一性的反思，是创新性的提法。为什么说"差异"是由同一化导向呢？"差异"与"认同"关系紧密。认同在差异的上游，并且暗示差异；在差异制造期间，认同与差异构成对峙的一组；在差异的下游，认同是差异要达到的目的。⑥ 在文学比较研究中，人们往往注重共同性而忽略了异质性问题，"间距"概念的提出就是对同一性泛滥的反抗。

---

① 朱利安著，卓立、林志明译：《间距与之间：论中国与欧洲思想之间的哲学策略》，台北：五南图书出版股份有限公司，2013 年，第 33 页。

② 吴娱玉：《"间距"／"之间"的能量：兼论中国古典美学之于朱利安的启示》，《求是学刊》，2019 年第 2 期，第 164 页。

③ 朱利安著，卓立、林志明译：《间距与之间：论中国与欧洲思想之间的哲学策略》，台北：五南图书出版股份有限公司，2013 年，第 171 – 173 页。

④ 朱利安著，卓立、林志明译：《间距与之间：论中国与欧洲思想之间的哲学策略》，台北：五南图书出版股份有限公司，2013 年，第 179 页。

⑤ 朱利安著，卓立、林志明译：《间距与之间：论中国与欧洲思想之间的哲学策略》，台北：五南图书出版股份有限公司，2013 年，第 180 – 181 页。

⑥ 朱利安著，卓立、林志明译：《间距与之间：论中国与欧洲思想之间的哲学策略》，台北：五南图书出版股份有限公司，2013 年，第 25 页。

三、间距理论的应用

朱利安的间距理论可以广泛应用。除了阐述中国思想和西方思想、中国美学，还可以应用到其他领域。比如用来理解马克思主义哲学。时间间距和语言间距是理解马克思主义哲学的重要元素。"时间间距"是指"当代从事理论和实践活动的人们，如何能够理解以往时代人们所从事的同类性质的活动"①。正是时间距离的存在，人们对马克思主义哲学的侧重不同、视角各异的各种阐释才得以充盈其间，人们才有可能达到对马克思主义哲学的更全面的理解；只有懂得以往对马克思主义哲学的理解与今天对它的理解是在不同的历史时期和不同的历史条件下进行的，才不会只从字面或文本上去理解它，而会在深入理解自己所处的历史条件和自己的境遇的基础上，达到对它的客观理解；时间间距还能清除人们对马克思主义哲学的各种错误前见，从一切混杂的东西中过滤出真正的意义或真理性的认识。②

语言间距是指"马克思主义哲学文本是用非汉语语言写成的文本，马克思主义哲学研究首先要求用中国的语言将马克思主义哲学表达出来，这里有一个如何把马克思的非汉语文本用汉语表达的问题"③。翻译有可能成为对原文的再创作和重写，马克思主义哲学正是在它翻译为不同的语言文字过程中被具体丰富地予以展现，新的意义在这一过程中被创造出来，还能被扩充；文字与语言之间的距离一方面要求人们不要将理解局限于语言学意义上，还要深入到文本语言的背后去把握那个包含有许多综合性因素的整体意义，另一方面也要求人们用自己的语言去将这个处于关系中的、不断增长着的整体意义表达出来。④

我们通常所说的"文化间性"是体现在不同文化的"间距"之间，间距在其所拉开的双方之间造成张力，以此引人深思。利用间距可以使比较的双

---

① 詹小美、皮家胜：《马克思主义哲学研究中的"理解间距"问题》，《哲学动态》，2007 年第 3 期，第 24 页。
② 詹小美、皮家胜：《马克思主义哲学研究中的"理解间距"问题》，《哲学动态》，2007 年第 3 期，第 24 – 25 页。
③ 詹小美、皮家胜：《马克思主义哲学研究中的"理解间距"问题》，《哲学动态》，2007 年第 3 期，第 25 页。
④ 詹小美、皮家胜：《马克思主义哲学研究中的"理解间距"问题》，《哲学动态》，2007 年第 3 期，第 25 – 26 页。

方彼此发现各自的孕育力，可以自我探索，可以被对方开采。我们尝试用朱利安的间距理论去阐释东南亚裔美国小说，在小说文本中的不同文化、不同思想之间拉开距离，让它们面对面，进行自我反思、自我探索，启动共同的理解力。

第二节　传统文化和现代文化之间——间距视域下的 《鬼香》解读

一、引言

东南亚裔美国小说所隶属的亚美文学在其发展中经历了几次写作范式的转向，一开始聚焦"移民"和"流散"主题，后来转向"带连字符号"和"双语/文化的"范式，再往后就是"混杂"和"跨—"的写作范式。① 新加坡裔美国作家菲奥娜·程的小说《鬼香》是明显的第三个写作范式，小说里充满了语言混杂、宗教混杂以及传统文化和现代文化的混杂。

《鬼香》的故事由一位十一岁，有着中国血统的新加坡女孩素云娓娓道来。叙述人还有一个英文名字叫 Esha。英文名字是素云的母亲给她取的，祖母不大喜欢，就给了她"素云"这个中文名。这个中文名出自宋代姜夔的《翠楼吟·淳熙丙午冬》"此地宜有词仙，拥素云黄鹤，与君游戏"。"素云"指白云，在这句诗里代表神仙周围的云，这个名字也带有仙气。可以说素云的祖母和母亲给她取的中文名和英文名，让她浸染于两种文化即传统文化和现代文化之中，表明素云拥有东西方双重文化的教育背景。

故事发生在 20 世纪 60 年代的新加坡，故事里弥漫着马来西亚和中国的色彩和传统。素云生活在一个母系社会的大家庭里，和表兄林欣、李源，还有几个叔父、伯母住在曾祖父的大房子里。执着于故乡文化传统的祖母掌控着家庭的一切。此外，这个大家庭跟暴力的外部世界保持着距离。素云观察着周围的一切变化：李源不爱学习，成绩优秀的林欣却时常溜出去参加人民行动党实习生集会；一位政治上很激进的叔父，也就是林欣的父亲，神秘地

---

① Jung Ha Kim, What's with the Ghosts?: Portrayals of Spirituality in Asian American Literature, *Spiritus*, 2006（6）, pp. 241 – 248.

消失了；一位伯母因为被强暴而怀孕；各个城市的高楼大厦激增。外界迅猛的变化影响着这个大家庭，她醒悟：有一些灾难即使祖母的佛教神灵也不能使其避免。她的讲述涉及了许多传统的迷信和神话故事，以及当时国家政治混乱的局面。

菲奥娜·程来自新加坡，住在美国。她于 1979 年 12 月离开新加坡。在美国读大学时，她每年都回新加坡。后来她开始读研究生，毕业后任教的十一年里就没有回过新加坡了。她家庭的身份是海峡华人或者土生华人，她的几个伯母和表姐妹是真正的娘惹大厨。她父亲的家庭在新加坡，母亲的家庭主要集中在印度尼西亚，母亲常常跟她讲述自己和父亲童年的故事，父亲却很少提及。母亲是虔诚的天主教徒，父母结婚后，父亲也就皈依天主教了，菲奥娜和哥哥从小到大就信奉天主教。她和哥哥说马来语和英语，但是主要的语言还是英语，马来语是第二语言。她的父母是海峡华人，能说流利的马来语，父亲说马来语比说英语更觉舒适，母亲也能说中国方言，如闽南语和粤语。母亲在菲奥娜就读的修女院学校教英语和美术，跟她和哥哥交流时，只用英语。

菲奥娜的第一部小说《鬼香》，是她从研究生院毕业，住在华盛顿特区时完成的。刚开始动笔的时候，她将目标读者群很清晰地定位于西方。她用英语创作，希望在美国出版。《鬼香》出版后，受到一些南方城镇上流社会的白人妇女的欢迎。她在创作第二部小说《影子剧院》时，则完全抛去了将固定目标读者群定位在西方还是东方的想法。

艾德丽安·蒙格（1992）指出《鬼香》实际上是对个人和国家的身份问题细致入微的探索。[①] 霍华德·科尔（1991）指出作家菲奥娜·程通过该小说女主人公表达了在一个亲密且令人害怕的家庭的保护下，处于一个危险时代生活的感受。小说表达了生长在这青翠、美丽土地上的女主人公恐惧、痛苦以及喜悦的情绪。[②] 国外关于《鬼香》的文献不多，国内的文献目前没有找到。对《鬼香》的这两个评论比较浅显，也缺乏理论支撑。

基于朱利安的"间距"理论，笔者提出了《鬼香》的新的解读路径，作家菲奥娜重返新加坡，探讨从中国移民到新加坡的祖孙三代人如何面对他们那个时代不同文化的态度，即将传统文化和现代文化拉开距离，产生间距，

---

① Adrienne Mong, Island Search, *Far Eastern Economic Review*, 1992, p. 55.

② Howard Coale, Porcelain Dreams, *New York Times* (1923—Current file), 1991, p. 22.

将传统文化作为参照物，重建传统文化与现代文化之间对话和交流的可能，反思新加坡现代文化和思想。菲奥娜通过小说重返新加坡，用迂回和进入的方式，反思自己在美国面对身份文化困境时所需要的解决路径，这也是东南亚裔美国作家思考的问题。

二、《鬼香》里的曾祖父：家族第一个屹立于中国传统文化与英国殖民文化之间的人

曾祖父威旭是家族第一个能屹立于传统文化与现代文化之间的人。祖母告诉素云，家族的根在中国。因为战争和贫困，1830 年，15 岁的曾祖父威旭包裹了一些衣服和书，跋涉到码头，坐上一艘船来到新加坡寻找工作。"相对于当时中国的外侮、内乱以及欧洲国家长达数年的战争，新加坡真的就是移民的天堂，很多移民带着发财的梦想来到了新加坡"①，"那个时代在新加坡的移民至少逃离了自己国内的战祸和饥荒"②。因为曾祖父无论走到哪里，都随身携带书，人们戏谑他为"秀才"，当然也意指他知识量丰富。他最初的工作却是做棺材，而且是在新加坡做棺材，"秀才"的戏谑就成为双重戏讽：没有发挥"秀才"知识分子的才华，从事不体面的活计；漂洋过海来到异乡，这个异乡根本就没有"秀才"的温床，而是颠沛流离的错置。

很多来到新加坡找寻工作的苦力，他们挣了钱之后，最初会把大部分挣的钱寄回给母国的家人，但是后来越寄越少，因为他们在赌场和烟馆花掉的钱越来越多，同时他们想回国的可能性越来越小。但曾祖父和其他移民到新加坡的人不一样，从历史的角度，我们拉开他那时的中国传统文化和英国殖民文化的距离，反思他如何开采中国传统文化和英国殖民文化这两种资源，为他所用。

正逢英国殖民时期，曾祖父跟其他来到新加坡的中国人不同，他用"和而不同"的方式，拉开了中国传统文化与英国殖民文化的距离。他没有像其他移民那样麻痹自己的神经，听信英国人大力宣传的，将辛苦赚到的钱花在赌场和烟馆，而是保持了勤俭节约、存钱的美德；也没有像有些人，一来到新加坡，就立志要落叶归根。他不着急回母国，这样他就容易慢慢适应新加

---

① 李京桦：《新加坡族群关系演变（1819—1965 年）》，《贵州民族研究》,2016 年第 12 期，第 25 页。
② 李京桦：《新加坡族群关系演变（1819—1965 年）》，《贵州民族研究》,2016 年第 12 期，第 25 页。

坡的生活。在英国殖民时期，"英语是唯一的官方语言，政府的立法、行政、公告都是以英文为本"①，"英语能带来求职上的优势"②，"英语教育可以使出类拔萃者成为职业精英，也可以成为公务人员，而普通的英语受教育者也能找到很好的工作"③。有着"秀才"智慧的曾祖父跳出了那些传统苦力的沉沦模式，认识到当时英语在新加坡的重要性。虽然没有机会进入学校学习，但他秉承了中国传统"秀才"的寒窗苦读、勤奋好学精神，在一家英国银行做跑腿伙计的同时，利用一切机会学习英语，例如他坚持复习给他的任何英语指示和命令，如果有时间，他还会把这些词写在小笔记本上，放进后兜里。曾祖父所面对的中国传统文化和英国殖民文化之间形成了一种张力，他保持了不人云亦云、和而不同的品质和独立的姿态，在两种不同文化中游刃有余。

"和而不同"的"和"不是凝滞的"和"，而是有着丰富孕育能力的、具有生物生长功能的"和"，这也正是朱利安教授所说的"有生产力"是间距的本性。④曾祖父拉开了中国传统文化和英国殖民文化之间的距离，所蕴含的新的本质也慢慢体现出来。

第一，曾祖父努力学习英语，乐于学习吸收新生事物，他的英语水平发生了质的变化，可以做华人和英国人之间的翻译了。让他的英语水平发生质的变化的是一位英国女孩，英国银行经理的干女儿，比他大一岁的埃娜。她经常跟他聊天，聊英国，从她那里，他学到了大量的英语词汇、短语和句子，他的英语水平越来越高，也能够跟埃娜聊一点关于中国的事情了。埃娜回到英国后，曾祖父只要一接到她的信，当天就会回信。这样持续了很多个月，他从英国银行的跑腿伙计转为英语翻译了。

第二，曾祖父作为翻译，还能调解华人和英国人之间的关系。在19世纪英国殖民时期，殖民政府建立了一些以英语为教学语言的学校，"送子女接受英式教育的主要是欧洲人，欧亚混血家庭，犹太人、印度人、斯里兰卡人及华人的中上层"⑤，华裔学生还是非常少。曾祖父没有办法进入英制学校学习，但他发挥了中国传统"秀才"的刻苦精神，通过自己的努力掌握了英语。作

① 李京桦：《新加坡族群关系演变（1819—1965年）》，《贵州民族研究》，2016年第12期，第24页。
② 李京桦：《新加坡族群关系演变（1819—1965年）》，《贵州民族研究》，2016年第12期，第26页。
③ 李京桦：《新加坡族群关系演变（1819—1965年）》，《贵州民族研究》，2016年第12期，第26页。
④ 曹顺庆、沈燕燕：《打开东西方文化对话之门：论"间距"与"变异学"》，《东疆学刊》，2013年第3期，第4页。
⑤ 薛小杰：《新加坡英语管窥》，《河北经贸大学学报（综合版）》，2007年第3期，第70–71页。

为翻译，他还帮助协调英国当局和华裔商人之间的纷争。

第三，曾祖父通过做翻译，积累了钱财和人脉，开启了在新加坡的华人家族企业。在英国殖民时期，政治家莱佛士向新加坡商人保证过，"任何出于政治上和经济上获利的考虑都不能动摇这些广泛的自由主义原则……新加坡将长期、永久是个自由港，不会冒阻碍自身未来兴旺发展的危险对贸易或工业征税"①。正是英国殖民者对新加坡采取的管理措施和统治理念，新加坡"逐渐发展成为英国在东南海域的一块具有极高商业价值的殖民地"②，英国殖民者对新加坡经济的自由态度，对移民来说就像身处天堂。曾祖父通过翻译身份，能够跟英国官员接触，了解到新加坡当前的经济形势，当他的薪水越来越高，积累了一定的钱财后，他的梦想之一就是开办一家金融公司作为家族企业，以后再传给后代子孙。他也的确实现了梦想。

一些苦力，虽然已经移民新加坡，但是他们唯一的梦想就是攒足够的钱回母国。他们从来都不认为新加坡是他们真正的家，也从来没有把自己当作新加坡的公民。他们的收音机播放的总是戏曲音乐，从不听新闻包括发生在马来西亚和印度尼西亚的暴乱。③ 他们固执于传统文化，而不去适应当前新加坡的文化、经济和政治形势，而曾祖父跳出了这种守旧的心理和视角，不执着于一种文化，在传统文化和殖民文化之间游走，迎接新的经济契机，全力接受新生活和新环境的挑战，靠着自己的智慧、机遇和勤奋，拥有了自己的实业，成为在新加坡白手起家的优秀华人移民和华裔商人。

三、《鬼香》里的祖母：家族的权威，游走于传统文化和现代文化之间的人

素云的祖母是家族的权威，她要求家族的人恪守中国的传统文化，与外界，即与新加坡的现代社会、现代文化保持距离。祖母的做法就是在中国传统文化和新加坡现代文化之间拉开距离，"打开一个相互'照映'、彼此'端详'的'面对面'空间，进而形成一个具有张力的反向思考通道，也就是

---

① 康斯坦丝·玛丽·藤布尔著，欧阳敏译：《新加坡史》，上海：东方出版中心，2013年，第33页。

② 李京桦：《新加坡族群关系演变（1819—1965年）》，《贵州民族研究》，2016年第12期，第24页。

③ Fiona Cheong, *The Scent of the Gods*, New York & London：W. W. Norton & Company, 1991, p. 153.

'之间'"①。"之间"是亦此亦彼又非此非彼、不拘泥于任何本质实存、游走在两者之间的一个通道，② 是一切从此/经由此而展开之处。③

祖母告诉素云这些晚辈，他们像菊花，菊花是中国的花，一万年前，它们生长在中国，后来有人把它们带到异国他乡植种。无论他们在哪里，他们的灵魂在他们出生之前都知晓他们将返回何处。④ 祖母的意思是他们最终会回到中国，落叶归根。祖母时常让素云他们牢牢记住中国的传统文化。祖母是家族的权威，素云、表兄林欣和李源，还有一些叔父和伯母都跟祖母一起住在曾祖父的大房子里，"这是一条法则，要求家庭的世世代代都一起住在一个屋檐下"⑤，听从长辈，也就是听从祖母的话，与外界保持一定的距离，恪守中国传统文化。

祖母时常给他们讲述鬼故事。实际上，"亚美文学代表了深刻的精神叙事，将亚裔美国人的过去、现在和将来联系起来，以便彻底恢复另一个幽灵的世界—美国—的人文主义"⑥。菲奥娜·程让小说中的祖母讲述鬼故事，目的是让新加坡裔美国人不忘家乡的过去，在平凡的日常生活中发掘一些不平常的东西，这些不平常的东西就是贯通新加坡裔美国人历史的精神灵魂与信仰。

祖母给后辈们讲述的第一个鬼故事发生在很久以前，一些妇女到河边洗衣服，偶然间她们发现河水里没有她们的倒影，她们意识到自己已经死了。她们祈求神灵让她们最后一次回家看看家人。在她们死后的第七天，午夜降临时，她们的灵魂回到了家里跟家人说再见。实际上，这是民间的一种丧葬习俗——"头七"，人的肉体死亡，但魂魄仍有意识，会在头七返魂，返家探视。祖母讲述了这个鬼故事，家族也延续着"头七"的习俗，自此，祖母不断地讲述着鬼故事，曾祖父的大房子、整个家族都被幽灵、鬼魂萦绕。

---

① 吴娱玉：《"间距"／"之间"的能量：兼论中国古典美学之于朱利安的启示》，《求是学刊》，2019 年第 2 期，第 164 页。

② 吴娱玉：《"间距"／"之间"的能量：兼论中国古典美学之于朱利安的启示》，《求是学刊》，2019 年第 2 期，第 164 页。

③ 朱利安著，卓立、林志明译：《间距与之间：论中国与欧洲思想之间的哲学策略》，台北：五南图书出版股份有限公司，2013 年，第 69 页。

④ Fiona Cheong, *The Scent of the Gods*, New York & London：W. W. Norton & Company, 1991, p. 3.

⑤ Fiona Cheong, *The Scent of the Gods*, New York & London：W. W. Norton & Company, 1991, p. 3.

⑥ Jung Ha Kim, What's with the Ghosts?：Portrayals of Spirituality in Asian American Literature, *Spiritus*, 2006（6），p. 241.

祖母经常抱怨太多的传统被打破，她说每个传统都有它的始源，也就是在那个时候，宇宙才开始形成，天和地还未分离，鬼还是和人类生活在一起的。① 她告诫素云他们："人们决定丢弃传统的时候，想象下他们扔掉了什么？"② 她要素云他们记住传统，尊重传统，敬畏传统。

如果认为祖母仅仅是一位执着于中国传统文化的顽固不化的人，那就错了。祖母虽然要后辈们不忘传统，但她并没有孤立于中国传统文化的世界里，她想将中国传统文化和新加坡现代文化拉开距离，游走在两种文化之间，并进行反思，开采两种文化各自蕴藏的资源。英国对新加坡近一个半世纪的统治期，也是西方文化慢慢渗入新加坡社会的过程。在新加坡独立建国后，新加坡出于经济发展的需求，整个社会西化的趋势愈来愈明显，这也是新加坡现代化的一个特征。

游走在不同文化之间、处在张力之下的祖母反思的结果是：第一，重视现代教育。她告诉后辈，马来人选择坚守他们祖先的生活方式，宗教教育对他们很重要，所以他们的孩子去上宗教课，每天面对太阳祈祷五次，但并不学数学、科学或英语。这也是他们落后的原因。③ 祖母反思马来人如何对待传统，认为他们目光短浅，再审视华人对待传统的方式，她总结说，"如果你想要保存你祖先的习俗，你必须在家里把习俗教给你的孩子们。但是你的孩子还必须去上学。他们必须学会认识变化。然后他们就能知道如何在旧传统中适应新的形势。这就是我们华人一直以来能够生存的原因。这并不容易"④。祖母认识到文化之间的差异，用现代教育的方式，使差别得以相通、彼此转化、获得活力。

第二，祖母拜佛，但并不排斥其他宗教信仰。家族里除了梅伯母和光叔父是受过洗礼的天主教徒外，其他人都被要求像祖母那样做佛教徒，遵从多数华人的宗教信仰。祖母每个月都要去一次寺庙拜佛祈祷。素云的表兄林欣在四五岁时会跟随祖母去寺庙，入学之后，就不再去了。叔父和伯母们也都没再去寺庙了。如果祖母询问素云和另一个表兄李源的意愿，他们也不情愿去。叔父和伯母们如果要祈祷，他们去的是耶稣善牧主大教堂，他们从小读

①　Fiona Cheong, *The Scent of the Gods*, New York & London: W. W. Norton & Company, 1991, p. 21.
②　Fiona Cheong, *The Scent of the Gods*, New York & London: W. W. Norton & Company, 1991, p. 21.
③　Fiona Cheong, *The Scent of the Gods*, New York & London: W. W. Norton & Company, 1991, p. 14.
④　Fiona Cheong, *The Scent of the Gods*, New York & London: W. W. Norton & Company, 1991, p. 14.

的是天主教教会学校。素云家族接触到的是不同的宗教，祖母虽然拜佛，但并不排斥天主教。她说，"天主教和佛教并没有太大的不同。两种宗教都教导我们要把祈祷作为一种生活方式。只要我们学会祈祷就行，如何祈祷并不重要。重要的是我们要保持安全感"①。

间距能够突破陈规和僵局，游走在两种文化之间的祖母能够打破宗教的藩篱，认识到新加坡多元宗教的社会现实，在家族内部构建和谐、宽容的宗教环境。祖母在家族内部构建的宽容的宗教环境与当时李光耀对待宗教的态度是一致的。李光耀曾表示，"……我一向尊重教会，……我鼓励人们要有信仰，因为不管是信神或是信仰别的宗教，都有助于抗拒不良风气和使人产生回归感"②。无论是祖母在家族内部的管理，还是李光耀对新加坡的管理，他们都能将传统文化和现代文化兼容共通，在差异性的基础上实现文化契合。

四、《鬼香》里的林欣：现代文化和思想的追随者

素云的表兄林欣想成为士兵。他具有士兵的敏感和潜力，无论他走到哪里，都会察看地势，在沿路生长的树木中、人行道旁的灌木丛中、比平时慢得多的汽车和公共汽车中，搜寻警示牌；他喜欢看战争故事，那些故事的细节像渔网一样紧紧缠绕着他，他还将那些战争故事编成游戏让素云他们玩。③林欣告诉素云他们他要当士兵的原因。在第二次世界大战期间，英国人为保卫新加坡抵抗日本而战，因为新加坡是英国的殖民地，这也是日本决定进攻新加坡的原因。而新加坡人应该有自己的国防：有自己的军队，自己的海军、自己的空军。他认为为殖民地而战，和为自己的祖国而战是不同的。他愿意成为士兵，成为现代新加坡的士兵，为自己的祖国而战。④当兵，是林欣与生俱来的愿望，他将自己与现代新加坡紧紧相连，并且积极参与保卫新加坡的行动。

林欣想成为现代新加坡的士兵，这意味着他的新加坡文化身份认同。他的观点是，他出生在新加坡，就是新加坡人。祖母的朋友，一位华裔割草工，

---

① Fiona Cheong, *The Scent of the Gods*, New York & London: W. W. Norton & Company, 1991, p. 130.
② 转引自杨亚红：《新加坡建国后华族文化发展的困境：以国家和社会二重视角的考察》，华中师范大学硕士学位论文，2018年，第51页。
③ Fiona Cheong, *The Scent of the Gods*, New York & London: W. W. Norton & Company, 1991, p. 23.
④ Fiona Cheong, *The Scent of the Gods*, New York & London: W. W. Norton & Company, 1991, p. 47.

提醒林欣说，"你应该周一去学校上学。你应该学习，做作业。等你长大后，再考虑成为一位士兵"①。祖母和她的朋友代表着中国文化身份认同，虽然祖母有发展的眼光，但始终脱离不了落叶归根的精神诉求。林欣是现代新加坡文化的追随者，具有与时俱进的思想。他相信李光耀的治国政策，相信李光耀的国家工业化道路，只有这样，新加坡才能赶上现代世界发展步伐。林欣是土生土长的新加坡人，他自然而然地认为新加坡就是自己的祖国和家。祖母和她的朋友有血浓于水的传统价值观，他们对中国怀有的乡愁其实是一种情感和精神上的慰藉。

在新加坡独立初始，新加坡人不具有"新加坡国"的概念，很多人像素云的祖母一样，都只有自己原先的母国意识、母国文化身份意识。随着新加坡现代化的进程，政府倡导要培养"新加坡人"，要培养"国家意识"。李光耀说过，"我们的国家是一个复合的民族国家，新加坡既不是华人之国，更不是印度人的国家。我们不分人种、语言、宗教或文化上的差异，而将他们融为一致"②。林欣就是李光耀思想的追随者，是具有国家意识的真正的新加坡人。李光耀的"国家意识"的培养、"新加坡人"意识，并没有排斥发扬各民族的优秀传统文化，而且他说过，"如果我们能保持这种三代同堂结构的家庭制度，我们的社会将是一个更快乐、更美好的社会"③。李光耀的"国家意识""新加坡人意识"实际上是将传统文化与西方文化拉开距离，形成张力和启发思维之后的反思成果。东方传统文化与西方现代文化的间距蕴含着丰富的文化资源，李光耀由此开发和获得适合新加坡现代化发展的思想和路径。

五、结论

《鬼香》里素云的曾祖父从中国移民到新加坡，在中国传统文化和英国殖民文化之间游走，发挥了中国"秀才"的聪明才智，延续了寒窗苦读的精神，充分利用英国殖民统治下的新加坡文化和经济契机，白手起家，开创了家族产业。素云的祖母是家族的权威，她坚守中国文化传统，坚信总有一天会落

---

① Fiona Cheong, *The Scent of the Gods*, New York & London: W. W. Norton & Company, 1991, p. 105.
② 亚历克斯·乔西著，安徽大学外语系、上海人民出版社编译室译：《李光耀》，上海：上海人民出版社，1976 年，第 314 页。
③ 宋明顺：《新加坡青年的意识结构》，北京：教育科学出版社，1980 年，第 14 页。

叶归根，但同时她并不排斥多元宗教和现代教育，是一位能拉开中国传统文化和新加坡现代文化的距离、打破陈规和僵局、兼容传统文化和现代文化的进步人士。素云的表兄林欣是有着新加坡文化身份认同和国家意识的现代新加坡人。他跟随和信仰李光耀的治国良方，在坚守国家认同的同时，也并不排斥优秀的传统文化。从小说《鬼香》里曾祖父、祖母和林欣三代人面对他们那个时代不同文化的态度，反映出新加坡文化、经济和政治等现代化发展的进程以及新加坡政府采取的现代化发展的思想和路径，也可以窥见作家菲奥娜·程的精神世界。作家通过小说，重返新加坡，小说里素云家族同时面对中华传统文化和英国殖民文化、新加坡现代文化以及西方文化的态度，也正体现了作家通过迂回与进入的方法，反思在美国如何面对东方传统文化和西方现代文化。拉开东方文化和西方文化之间的距离，在这个间距产生的张力下进行反思，从不同文化中吸取所需的优质文化资源，正是菲奥娜这样的东南亚裔作家面对身份文化困境所需要的解决路径。

第三节　文化间性视域下《影子剧院》里的鬼魂

一、引言

从东南亚迁移到美国的流散作家，他们浸染在西方的文化世界里，西方文化和东方文化在他们身上形成了张力，再回首故乡时，此时的故乡已不是当初的故乡，而他们也不是当初的他们。如何评价他们的文学作品？他们文学作品的特色表现在哪些方面？除了《鬼香》外，菲奥娜·程的另一部小说《影子剧院》也很特别，它的特别体现在两个方面：其一，这部小说有八位叙事者，叙事采用的是多重式人物有限视角，用八位不同人物的眼光来反复观察同一事件。其二，这是一部有关鬼魂故事的小说。小说的主要情节并不复杂：具有作家和大学教授双重身份的夏琪娜怀有身孕，她挺着孕肚只身从美国回到阔别15年的新加坡，手指上并没有戴结婚戒指，成为邻居们议论的中心，随着她的到来，不仅她自己、她身边的人，包括邻居，都遇见了鬼魂或者幽灵。整部小说是由八位跟夏琪娜有直接或间接关系的女性人物作为叙事者讲述她们所观察到的夏琪娜。在这些讲述中，夏琪娜肚中孩子的父亲之谜、鬼魂或者幽灵之谜逐渐解开。

中国国内至今为止鲜见对《影子剧院》的评论，国外则有零星相关的评论。玛丽亚·康塞普西翁·布里托·薇拉（2015）[①] 以社会学家亨利·列斐伏尔空间模型为理论视角解读该小说，指出新加坡父权制民族主义的垂直和规范轴心被一个圆的、水平的、缓慢的、很大程度上依赖于其人物的感官和直觉的位置所取代。作者重新创造了一个活在她记忆中的新加坡，它抵制了空间的父权制表征。这种对空间的构建是一种愿望，一种挑战民族主义权威的愿望，一种与国家的男性话语不同观点的愿望。维新·古伊（2015）[②] 根据马丁·海德格尔和米歇尔·福柯的技术与诗学的讨论，以及雅克·朗西埃的美学概念，指出菲奥娜·程的小说是复调的、以女性为中心的结构，在英雄主义的男权民族主义中创造了另一种社会和叙事空间。小说运用哥特修辞来批判后殖民时代的新加坡新自由化技术将个人和全体人民塑造成创业主体。

这两个评论的共同点就是运用一种或几种西方理论为视角阐释《影子剧院》，指出小说挑战了新加坡的男权世界。这两种理论都是为学界所熟悉且运用得比较多的。本节尝试用文化间性理论解读小说《影子剧院》，欲解决如下几个问题：①如何从小说文本中八位新加坡本土叙事者的故事里，探索受西方文化影响的夏琪娜与其新加坡本土的邻居、好友、父母之间的关系，从他们的叙述中，破解夏琪娜肚中孩子的父亲之谜；②受西方文化影响的夏琪娜与新加坡本土的邻居、好友、父母之间的关系反映出当时 20 世纪 90 年代现代化进程中的新加坡具有怎样的文化观、道德观和伦理观？③西方文化对当时的新加坡文化有着怎样的影响？新加坡文化与西方文化之间的关系如何？

用文化间性理论解读《影子剧院》里的鬼魂有如下意义：①向读者推介他们并不熟悉的新加坡裔美国作家菲奥娜·程和她的作品；②让读者思考 20 世纪 90 年代现代化进程中新加坡人的生存状态。

① Maria Concepcion Brito Vera, A Spatial Reading of Fiona Cheong's *Shadow Theatre*. The Production of Subversive Female Spaces, *English and American Studies in Spain*: *New Developments and Trends*, 2015, pp. 69 – 75.

② Weihsin Gui, Renaissance City And Revenant Story. The Gothic Tale as Literary Technique in Fiona Cheong's Fictions of Singapore, *Interventions*, 2015, pp. 1 – 14.

二、夏琪娜的东方视域与美国文化的相遇

王才勇认为，每一种文化的既成态势、走向等在与其他文化相遇时都会铸成其看待这种文化的特定视界，这种态势和走向的可变性自然使不同文化交互作用中的意义重组呈现出相当程度的不确定性。一种文化遭遇其他文化建起的意义关联是一个两种视界交互作用的结果，不是主观任意确定的。① 小说的主人公新加坡人夏琪娜 15 年前去美国，现今已是美国著名作家和大学教授。她在西方学习深造，获得学位，学习西方优秀的文化成果，跻身于美国的学术界。作为一位新加坡裔、美国的少数族裔作家，她在美国的生存状态是一帆风顺的吗？

玛丽卡是夫人的管家，以她的视角，讲述了夏琪娜从美国回到新加坡的原因之一：在美国遇到了文化困境。怀有六个月身孕的夏琪娜，回到阔别 15 年的新加坡，来到夫人家里。夏琪娜曾经是夫人最喜欢的学生，"聪明、温顺、有礼貌，有着强烈的求知欲"②，"她总能提出别人想不到的问题"③。这是玛丽卡回忆起当年夏琪娜与夫人谈话时的印象。夏琪娜这次身怀六甲，来到夫人家里是咨询她在美国出版书籍遇到的尴尬问题。她身为新加坡裔，已是著名作家，有才华，文学艺术创作能力与众不同，但是美国出版商并不认同她的作品。

文化的间性特质，指向两种不同文化间的内在关联，也就是能引发对方反响的关联，即两者间指向对方注意力的东西。④ 夏琪娜的作品并没有引起美国出版商的关注和反响。出版商认为，"书里有太多的声音，或者更准确地说，有太多的叙事者"⑤；她想要夏琪娜修改稿件，把书里的叙事者减到至多三个。西方文学作品里的多重式内聚焦也就是多重式人物有限视角，超过三个叙事者确实不多见。但是夏琪娜不想听从美国出版商的建议，她想保持自己的风格，她认为，"只留下三个叙事者会将故事彻底改变"⑥。如果坚持己

① 王才勇：《文化间性问题论要》，《江西社会科学》，2007 年第 4 期，第 45 – 46 页。
② Fiona Cheong, *Shadow Theatre*, New York：Soho Press, 2002, p. 21.
③ Fiona Cheong, *Shadow Theatre*, New York：Soho Press, 2002, p. 21.
④ 王才勇：《文化间性问题论要》，《江西社会科学》，2007 年第 4 期，第 46 页。
⑤ Fiona Cheong, *Shadow Theatre*, New York：Soho Press, 2002, p. 21.
⑥ Fiona Cheong, *Shadow Theatre*, New York：Soho Press, 2002, p. 21.

见，她的书将不可能在美国出版，因为大多数美国出版商持有相同的意见，那么夏琪娜的书写也将不可能在美国读者中建立起间际交流。

美国是个"崇尚自由"的国家，但是他们的出版制度，他们对不同族裔发出的声音也是抵制的。即使夏琪娜通过自己的努力，在美国已经是著名作家和大学教授，作为美国的少数族裔，她享受到的文化自由、言论自由跟美国本土公民的自由相比，还是有限。以美国本土公民的视角来审视东方人的文化，他们并不接受和采纳亚裔的叙事视角和艺术特色。夏琪娜在美国的生存并非一帆风顺，她在学术上受到挫折，也是她返回家乡新加坡的原因之一。

夫人对夏琪娜在美国受到的阻碍，提出了她的建议，回到新加坡出书或者与美国出版商进行对话和协商。夫人说，可以尝试在新加坡出书，但是出版商不会付多少报酬。夫人的话表明，有着多重国籍的作家的书即使在他们的故土出版，销量也不会太高。这意味着夏琪娜的书不会被故乡读者接受，她的才华也不会在故土被认可。夏琪娜既不被居住国接受，也不能被故乡认可，这表明了像她这样的流散作家面临的尴尬处境。夫人进一步给出了让她与美国出版商再次进行协商的建议，"让她看一块蜡染布料。这是你应该做的事情，向她展示万物是相当复杂、相互交织的。或许她就能明白"①。

夫人所说的巴迪蜡染布是马来西亚、新加坡的传统特色布料，布料上面印有多姿多彩的图案，设计极其别致，制作过程非常复杂。夫人是新加坡受过高等教育、见多识广的知识分子，她以巴迪蜡染布为例让夏琪娜告诉美国的出版商，文化是多元的、复杂的、相互交织的、五彩斑斓的，这些才是文化的本质，美国人应该包容不同，接纳文化的复杂性，接受不同族裔的声音。夫人建议夏琪娜积极地与美国出版商沟通、协商，告诉出版商东南亚的文化特色之美，只有出版商接受了她的艺术特色，她的创作才能与美国读者建立关联，文化间性的特质和意义才得到具体的呈现。这样美国读者就能注意到夏琪娜文学作品中的东方文化特质和西方文化的浸染痕迹，也就是一种文化间性的艺术魅力。美国出版商和美国读者如果能接受夏琪娜，就是美国文化容纳新加坡文化的和谐体现。夏琪娜接受了夫人的建议，也就是说她有融入和适应美国文化的意愿和宽广的眼界。在夏琪娜的身上有作家菲奥娜·程的影子，她是菲奥娜在小说里的代言人。她在美国遇到的文化困境或许就是菲

① Fiona Cheong, *Shadow Theatre*, New York: Soho Press, 2002, p. 24.

奥娜经历过的困境。

三、夏琪娜西方视域中的新加坡文化

夏琪娜的创作艺术特色如果总能被美国书商关注，也就意味着新加坡裔的作家能被美国读者接受，那么就是美国文化容纳新加坡文化的和谐体现。反之，在美国生活了 15 年、濡染了 15 年西方文化的夏琪娜，回到新加坡后，与新加坡会有怎样的交集和关联呢？

新加坡建国后，经济得到了快速发展，短短几十年就发展成为跻身于世界之林的现代化发达国家。在文化上，新加坡人经历了从"不再成为亚洲人"到"仍为亚洲人"的转变。这是新加坡"文化价值"重建的历程。这个文化上的蜕变，李光耀是这样解释的，"这是亚洲人历史发展的过程，先是受了西方教育，不再成为亚洲人，转到学会西方语言、技术和科学而仍然为亚洲人，并以亚洲人为自豪"①。夏琪娜就是处于这个蜕变时期，一位能很好地吸收西方文化，而又保留东方精神价值的精英。随着夏琪娜回到新加坡，从她周围人的讲述中，她肚子里孩子的生父之谜逐渐被解开，她过去在新加坡的遭遇也逐渐浮出水面。她个人的经历见证了新加坡现代化进程中人们的精神文化百态。

夏琪娜怀有六个月身孕只身回到新加坡。周围的邻居对她议论纷纷，"夏琪娜在事业上成功，这个我不否认，但是她的成功不足以挽回她家的声誉……鉴于当地人的心态，没有比你的女儿大着肚子回家，却没有丈夫跟着，更丢脸的事情了"②。夏琪娜的母亲瓦莱丽猜测，也许孩子的父亲已经结婚了，或许他已经有孩子了。然而他在美国，这里发生的任何事情都不会触动他。③夏琪娜的好朋友罗丝发觉，"每个人都怀疑她肚子里的孩子是混血儿。每个人都禁不住好奇她如何能与一个西洋人恋爱"④。而也有人议论道："十五年了，这个女孩拒绝回家。天知道为什么？"⑤ 夏琪娜在美国生活了 15 年，自然也受

---

① 亚历克斯·乔西著，安徽大学外语系、上海人民出版社编译室译：《李光耀》，上海：上海人民出版社，1976 年，第 122 页。

② Fiona Cheong, *Shadow Theatre*, New York：Soho Press, 2002, p. 76.

③ Fiona Cheong, *Shadow Theatre*, New York：Soho Press, 2002, p. 82.

④ Fiona Cheong, *Shadow Theatre*, New York：Soho Press, 2002, p. 150.

⑤ Fiona Cheong, *Shadow Theatre*, New York：Soho Press, 2002, p. 96.

到西方文化的浸染。西方文化提倡个人主义，个体独立于他人，个性自由、尊重隐私。夏琪娜没有造成对他人的危害，没有干扰别人，谁也管不着。属于夏琪娜私人的事情别人不能随意打听，更不能随意传播。但是，新加坡不同于美国。这里的社会伦理倡导大团体的社会意识，自我是各种关系的中心，人际交往要遵循社会认可的模式。夏琪娜未婚先孕，而且单身回到故土，以新加坡社会伦理的眼光来看夏琪娜，自然她会成为左邻右舍议论的中心。

小说调动了读者的好奇心理，在读者通往故事结局的道路上设置了障碍，布置了疑阵，设置了悬念。夫人家里的管家玛丽卡对朋友讲述，随着夏琪娜的到来，在篱笆附近、夫人的甘蔗地后面，她看到了一个九岁或者十岁，看上去像是华人的女孩。这个女孩很纤细，骨瘦如柴。"一阵微风吹来，甘蔗的叶子向左摆动了一下，那个女孩一动也不动"①。她的静止引起了玛丽卡的疑虑，因为女孩子们跑进甘蔗地，是不会受到束缚、限制的。而转眼间，等玛丽卡忙完活计，抬眼再看时，那女孩已经不见了。玛丽卡没有听到院门推开或者关拢的声音，也没见过那么瘦的孩子。这是个女孩幽灵。玛丽卡"并不害怕这个女孩。幽灵没有吓倒她。她更恐惧的是披着羊皮的狼"②。她很希望帮助这个女孩，想知道这个女孩要向她求助什么。女孩幽灵的出现，以及玛丽卡的叙述暗示这一切都与夏琪娜有关。通过女孩幽灵，夏琪娜与新加坡的过去建立了关联，女孩幽灵将过去的创伤呈现了出来，想要述说，想要求救。这是移民美国的新加坡裔经历过的历史，浸染了西方的文化后，回到故土，要重新面对和治愈旧时的伤痛。而旧时新加坡人在"文化重建"历程中的精神百态也慢慢浮出水面。

夏琪娜回到故土，对于左邻右舍来说，她的经历是个谜。而小说也有意设计了延宕，布置了悬念，用了"草蛇灰线"法，让读者找到了一条线索，那就是女孩幽灵等这些灵异现象，在读者和故事人物之间造成了一种心理张力。这些灵异现象在小说中反复出现，让读者明白是另有所指。除了女孩幽灵，还有其他一些自然灵异现象。一位夏琪娜的邻居叙述，"外面阳光灿烂，突然间，太阳消失了。瞬间，就像他们所说的，前一分钟还是中午，像往常那样热，下一分钟，天空就变得如此黑暗，可能已是午夜了。就像日食。……我们周围的整个世界都消失了。就像那样。马路、墓地，还有隔壁

---

① Fiona Cheong, *Shadow Theatre*, New York: Soho Press, 2002, p. 14.
② Fiona Cheong, *Shadow Theatre*, New York: Soho Press, 2002, p. 51.

戈帕尔·达摩水果树都消逝了。……黑暗持续了一分钟，然后一切都恢复了正常"①。

新加坡流传着很多鬼故事，已存在了数个世纪。这些灵异现象的出现和谣传所证明的是，新加坡虽然商业成功，但在精神文化方面依旧是一个保守的民族。人们用这些灵异现象去解释一些他们不能理解和接受的西方文化带来的冲击和民族精神文化中的一些丑陋现象。这些人们所讲述的灵异现象是夏琪娜与新加坡的过往之间的关联所产生的特质和意义，隐喻着夏琪娜不能言语的创伤经历。

随着这些灵异现象的出现，新加坡文化社会中的一些丑陋现象，如拐骗、暴力等也渐渐浮出水面，夏琪娜过去的伤痛也被讲述者娓娓道出。新加坡人的家庭中经历的这些，主要是因为当时新加坡在引进西方科学技术的同时，也浸染了西方的一些不良价值观和社会风尚，严重威胁了社会的安定，造成了社会的道德危机和人们的精神危机。也就是说在新加坡现代化进程中，新加坡关注、接受、吸收和发展西方的科学技术的同时，一些不良的价值观和风气也给新加坡带来了负面影响。

夏琪娜把自己的经历讲述给了好友，讲述也是一种治愈创伤的良药。根据她好友的叙述，夏琪娜过去的创伤为读者所知。她的父亲喝醉了，痛打了她，而后强奸了她。警察根本就不相信，而当时的新加坡也并没有相应的法律条款来惩戒这样的事情。夏琪娜的母亲为了让女儿摆脱困扰，将她送往美国深造，以期在另一种文化氛围里，她会安全，而且会有所改变。随着新加坡现代化进程加快，新加坡的物质文明大为改观，然而重视物质文明，却忽略了精神文明，新加坡人越来越关注和追求西方崇尚的自我享受，伦理道德缺失，社会腐败。夏琪娜的父亲就是一位丧心病狂的乱伦者。

夏琪娜带着心灵的创伤远走美国，经历了西方文明的浸染，她的身上具有文化间性的特质。"文化间性特质的形成是由于谁都是由自身特定视界出发去理会和梳理他者的"②。她的内心充满伤痛，看向美国文化时，出于自救的本能，必然积极吸取美国先进的文化，学习用文字来书写和诉说，成为美国的著名作家和大学教授，为自己取得安身立命的资本，同时，也保留了新加坡文化中的有利因素，两种文化的张力在她身上取得了平衡。已经独立了的

① Fiona Cheong, *Shadow Theatre*, New York：Soho Press, 2002, pp. 100 – 101.
② 王才勇：《文化间性问题论要》，《江西社会科学》,2007 年第 4 期，第 45 页。

夏琪娜始终没有告知任何人谁是孩子的父亲，但随着夏琪娜对过往经历的讲述，这个谜从她的精神层面已得到化解，也许正如她母亲的猜测，是人工授精，孩子的父亲是谁已经不重要。

四、结论

通过文化间性理论解读新加坡裔美国作家菲奥娜·程的小说《影子剧院》，从小说主人公夏琪娜回到新加坡向曾经的老师求教出版书稿一事，可见美国文化中有对新加坡人歧视的一面，通过东方文化和西方文化的沟通和协商，夏琪娜最终也能解决困扰。她濡染于东西方两种文化，东西方两种文化的张力能在她身上保持平衡，因此她的身上体现了文化间性的特质。她是新加坡现代化进程中"文化价值"重建时期的精英，历经了从"不再成为亚洲人"到"仍为亚洲人"的蜕变过程。随着夏琪娜的西方视域，再来审视新加坡文化，可见新加坡在现代化进程中，虽然物质文明得到了飞速发展，但在精神文化上经历了一段略为落后的时期。鬼魂幽灵、暴力、乱伦等精神文化上的糟粕一直困扰着夏琪娜和新加坡人。随着夏琪娜肚子中孩子父亲之谜的化解，随着她在新加坡的过去浮出水面，新加坡现代化进程中人们的精神生活百态展现在读者眼前。

菲奥娜·程虽然加入了美国籍，在美国已获得成功，但她对故土的眷念深深地印刻在文学作品中。她关心新加坡的现代化进程，更关切故土的精神文明建设。小说《影子剧院》揭示了新加坡现代化进程中人们的精神文化百态，所带来的启示是东南亚国家的现代化建设，既要发展物质文明，也要保持精神文明。对于西方文化，要进行分析、思考、鉴别，要有所选择地吸取，并抵制腐朽的部分；对于自己民族的文化，要去除糟粕，保持和弘扬传统文化中的有利因素，这样东南亚国家的精神文明建设才能促进现代化进程。东南亚国家要恰当地处理好东西方文化关系，既要弘扬自身传统文化的优势，也要吸取西方的好的文明成果，在不同文化的张力下保持平衡，处于文化间性的状态。

菲奥娜·程的小说《影子剧院》还有很大的解读空间，比如探讨作家与小说主人公之间的共同之处、用叙事学的理论解读文本等。随着菲奥娜·程的小说在中国国内的推广，将会有越来越多的学者研究该作家和该作品。

第三章　缅甸裔美国小说

第一节　温迪·劳尔·荣与她的小说《棺材树》
《伊洛瓦底江的探戈》

一、温迪·劳尔·荣：游弋在缅甸和美国边缘的英语作家

温迪·劳尔·荣是第一位用英语写作小说的缅甸裔作家。至今为止，她出版了三部小说，包括关于她父亲的回忆录，一些短篇小说，以及若干非虚构类文章和书评。她的小说分别是在美国出版的《棺材树》《伊洛瓦底江的探戈》和在英国出版的《渴望之路》（*The Road to Wanting*，2011）。她于2013年和2014年分别在英国和美国出版了回忆父亲的《一位女儿的缅甸回忆录》（*A Daughter's Memoir of Burma*）。

温迪1947年出生在曼德勒（缅甸①城市），在仰光（缅甸故都）长大，现住在美国。她的母亲是半个缅甸人，父亲是半个中国人，她自己有一半缅甸血统、四分之一中国血统，还有四分之一英国血统。这很平常，因为缅甸本来就是一个大熔炉。她的父亲是缅甸著名新闻记者和出版商爱德华·劳尔·荣（Edward Law-Yone）。父亲很擅长书写和言说，对女儿影响很大。他擅长讲故事和写作，因而总是成为众人瞩目的焦点。他是像沃尔特·李普曼（Walter Lippmann）②那样的政治评论家，1963年作为政治犯被捕，温迪·劳尔·荣受到父亲的牵连，本来在学音乐，打算出国的计划受阻，缅甸国内所有的大学也将她拒之门外。后来她进入来自德国和法国的教授管理的外语学院，他们认为这样一位聪明、好学的年轻女士，自己并没有错，却被禁止学习，这是骇人听闻的。他们说不能给予她官方文凭，但能接受她成为全日制

---

① 缅甸在英国殖民统治时期的旧名字是"Burma"，1989年后的官方名称是"Myanmar"。
② 沃尔特·李普曼：美国知名作家、记者和政治评论员。

学生。于是她开始学习德语，开始热爱语言和文学。

1962 年她逃离缅甸，在美国加利福尼亚州和泰国短暂地居住了一段时间后，1973 年移民美国佛罗里达州，获得学士学位。直到 1996 年，她才被缅甸官方允许返回故乡。所以不难理解为什么"流亡"和"离家"是她小说的主题。她作为自由撰稿人和书评撰稿人为《华盛顿邮报》（*The Washington Post*）工作，2002 年曾获 David TK Wong 创意写作奖学金①。虽然居住在美国，但她从来就没有把美国视作自由的理想之地。在她的小说《棺材树》里，女主人公和同父异母的哥哥在缅甸的生活并不如意，到美国之后，他们也不适应该地的环境和文化，尤其是哥哥，由此他们陷入困顿。《伊洛瓦底江的探戈》里女主人公探戈在缅甸曾是第一夫人和叛军皇后，后来也成为受尽折磨的政治犯；她到美国后，在美国的生活也边缘化。小说里的主人公是温迪·劳尔·荣的代言人，作家把她的生活境遇投射到了小说中，虽然她在故乡缅甸遭遇到不公平对待，到美国后的恋乡情感让她也从未把美国看作理想之地。

二、《棺材树》：温迪·劳尔·荣塑造一位疯子主人公的背景

温迪创作的第一部小说《棺材树》里有两位主人公，一位是无名氏叙事者"我"，另一位是"我"同父异母的哥哥山。温迪的小说主人公常常是一些边缘化的人、不正常的人，正是在这些人身上才会有不同寻常的故事。山从一出生开始就不正常，实际上他是一位精神病患者。温迪·劳尔·荣为什么要塑造一位疯子呢？是什么促使她跟精神病患者关联在一起呢？

第一，温迪的一位兄弟是精神病医生。他在仰光的时候，曾在精神病院工作。他每次带回家的故事都令人难以置信。他所描述的那些有着古怪行为的人物在某种程度上让温迪惊叹不已。② 正是这样的耳濡目染，激励她在跨文化的框架下，塑造了一个不同寻常、被异域文化摧毁的不正常的人物。

第二，情感的宣泄。1963 年温迪的父亲被捕，作为政治犯的女儿，温迪想离开缅甸，但出国学习音乐和德语的计划被禁止了。她试图离开缅甸，结

---

① 又名 David TK Wong Fellowship：一个独特且慷慨的年度奖学金，奖金为 26,000 英镑，旨在让一位想用英语描写远东的小说作家在英国诺里奇东安格利亚大学度过一年。该奖学金是由其赞助人黄大卫先生（一位退休的香港商人）命名的，他不仅是一名教师、新闻记者和高级公务员，也是一位小说作家。该奖学金于 1997 年成立，1998 年 10 月 1 日颁发给了第一个奖学金获得者。

② King-kob Cheung, ed., *Words Matter*, University of Hawai'i Press, 2000.

果是被捕和遭审讯，这段经历持续了两周，随后缅甸政府宣布她"无国籍"，同时，出版社也谴责她是美国中央情报局间谍、西方帝国主义的勾结者。1973 年她移民美国，直到 1996 年她才被缅甸官方允许返回故乡。悲伤和失落是作者想通过小说宣泄的情感，她通过两位主人公的跨国经历，通过描述主人公山的精神分裂，表现了她对国家政府的失望、对原乡的怀念和对异域文化在某种程度上的不适应。

第三，初期酝酿。1970 年至 1972 年间，温迪住在吉隆坡，开始写一个小故事，关于一个疯子被残忍对待的故事，而这个疯子对别人根本就无任何伤害。那时候小故事还很不起眼，随着时间的推移，小故事扩展成了一个更大的故事。故事在不断地被修改，过去的每一年都会产生新的观点和新的影响。最后，她不得不终止这样永无止境的努力，于是第一部小说——《棺材树》诞生了。①

小说从酝酿到最终完成，用了十年时间。温迪把自己的悲伤和失落情感寄寓于小说中，整部作品弥漫着忧郁、感伤和压抑的色彩。山的经历是缅甸裔移民不适应异域文化的案例，压倒他的是两座大山：一座是缅甸军人政权，逼迫他离开故乡；另一座是美国帝国主义霸权，视第三世界国家为他者，欺凌贫穷国家的人民。温迪揭示的是缅甸裔移民在美国生活的阴暗面，她在美国用英语写作，为缅甸裔移民、东南亚裔移民以及美国人带来了不同的声音，引发了东南亚读者、美国读者，还有中国读者等对东南亚人民和东南亚裔移民的同情和关注。

三、《伊洛瓦底江的探戈》：温迪·劳尔·荣和监狱

温迪的第二部小说《伊洛瓦底江的探戈》是以女主人公探戈的视角展开。探戈在缅甸的监狱里回忆了她的人生故事。温迪为什么要女主人公置身于最黑暗的地方来展开回忆呢？这监狱又有什么隐喻呢？

女主人公探戈漂亮，她用自己的外表和身体换取了缅甸第一夫人的位置。当她被少数民族游击队抓获后，投巧地成为游击队领袖的情妇。她的丈夫获悉，将她抓入牢中，折磨她，直到一位美国传教士解救了她，并把她带到美

---

① King-kob Cheung, ed. , *Words Matter*, University of Hawai'i Press, 2000.

国，和她结了婚。美国传教士以救世主的心态对待探戈，实际上他和探戈的关系类似殖民与被殖民的关系，也是美国帝国主义霸权的体现。他们离婚后，探戈又继续在美国生活了几年，怀孕、流产，最后返回缅甸。前夫欲与她重归旧好，她用电扇将他砸死，由此被捕入狱，等待她的是审判和未知的将来。

探戈从小生活在伊洛瓦底江畔，生活闭塞，犹如监狱一般，她是生活在这所"监狱"里的"囚犯"，遵守着旧有的习俗与秩序，直到卡洛斯的探戈舞蹈将她解救出来。她优美的舞姿和漂亮的外表俘获了缅甸的将军，将军与她结婚。随着将军权势的扩展，探戈成为缅甸第一夫人，随之而来的是大量财富。但是在华丽的表面背后，她要忍受将军时时刻刻的暴力和监控，她完全没有自由，犹如在监狱中一般。她是囚禁者，而将军是监督者。将军以职权和夫权操控着探戈，她的精神与身体犹如木偶一般，被他驯化和控制。

很意外地，探戈被少数民族游击队抓获，关押在营地。探戈的第一夫人身份和外表吸引了游击队领袖，她很快成为领袖的情妇。领袖情妇的身份让探戈被关押的生活变得自由和舒适。游击队领袖利用探戈为诱饵，试图与将军谈判，然而将军根本就没有谈判的意向，对探戈的消失无动于衷。探戈虽然是领袖情妇，但还是没有逃出规训的牢笼。游击队领袖利用探戈俘虏的身份，控制着她的身体和精神。虽然她在营地是自由的，但她作为与将军谈判的诱饵，时时刻刻受到游击队的监控。游击队领袖用权力与探戈进行了交换，她用身体换来了领袖情妇的身份，却要遵守着营地的秩序，出卖身体，成为诱饵。少数民族游击队的整个营地就是一座监狱，探戈是监狱里唯一的被监控者。

将军获悉探戈的绯闻，很快就将她俘获，投入监狱。如果说，探戈之前在伊洛瓦底江畔的生活、缅甸第一夫人的生活和领袖情妇的生活是无形的监狱，这次她是进入了真正的有形的监狱。在监狱里她受到了百般非人的折磨和虐待，将军用自己的权力，惩罚藐视自己权威、背叛他的妻子，对她的身体和精神施以野蛮的酷刑。将军的这种行为，与其说是惩罚妻子，不如说是通过惩罚妻子来杀一儆百。他不仅要利用监狱对妻子进行规训，还要以此对他控制的整个缅甸社会进行规训。

美国的一名传教士知道了探戈的遭遇，设法将她营救出来，并带她到美国，与她结了婚。探戈的被解救，并没有彻底改变她的生活和现状。这位美国丈夫以救世主的名义将探戈从缅甸监狱里解救出来，但并不希望她在美国入乡随俗。他要她保持东方的孱弱、东方的一切，这些都是他的异域风景。探戈没能适应美国的生活，她是美国传教士凝视的对象，需要遵守美国殖民主义、霸权主义的规训。她依旧没能逃出被监督的牢笼，还是被置于了无形的监狱之中。

离婚后，探戈又与其他男人同居，怀孕，流产。她用以与男人的权力进行交换的身体一次次受到摧残，直到返回缅甸，杀死了将军，她再一次被投入监狱，接受审判。探戈的命运与监狱紧紧相系，这并不是她个人的命运，这其实是当时整个缅甸社会的缩影。其一，以将军为首的统治者，依靠权力、用国家机器——监狱对被统治者——缅甸人民进行规训和控制。其二，以美国为首的帝国主义、殖民主义对第三世界国家缅甸以无形的监狱进行规训和控制。也就是说，探戈和以她为代表的缅甸人民的痛苦命运，是由两种势力带来的——缅甸的当权统治者和美帝国主义、殖民主义。

作家温迪在小说《伊洛瓦底江的探戈》里要表达的情感是：愤怒。温迪的父亲被捕入狱，她因为是政治犯的女儿，求学之路屡屡受阻，也被关押受审。他们全家被迫离开缅甸，移民美国。温迪对当时缅甸政府和美国的态度，通过小说主人公探戈的言行表现出来。探戈举起电扇，砸在将军头上、身上时，温迪将自己的愤怒之情由探戈发泄出来。探戈用电扇将将军砸死，也体现了温迪骨子里希望缅甸当局倒台。小说寄托了作家的情感，表述给了缅甸读者、东南亚读者、中国读者、美国读者，甚至更多地区的读者，引发他们对缅甸人民、缅甸裔移民更多的关注。

第二节 心灵的寄托：《棺材树》的文化间性解读

缅甸裔美国作家温迪·劳尔·荣的第一部长篇小说《棺材树》由无名氏女孩以第一人称形式"我"讲述了自己和同父异母的哥哥山在缅甸军人政权时期的经历以及移民到美国的遭遇。作为与缅甸当局对抗的少数民族领袖的子女，他们身份地位高贵，但是父亲的暴力和对家庭的忽视，埋下他们精神上无依靠的隐患。为了逃离缅甸当局的迫害，父亲把他们送到美国生活，文化上的差异、金钱的缺失，"我"，特别是山不适应美国的生活，山死后，"我"也被送进精神病院。毁灭"我"和山的到底是什么？政治？还是文化差异？

雷切尔·C. 李从地理空间的角度，阐明了跨国身份的地域特征，小说人物对地理空间有不同的取向，一种是对征服的取向，另一种是对自由空间的乌托邦愿望。[①] 南希·福布斯（1983）指出作家温迪在描述缅甸和美国时，都用了一种不动声色的违和感。同时也指出小说的不足之处，如情节的支离破碎等。[②] 本节从文化间性的角度，剖析小说主人公"我"与山在少数民族与缅甸政府对抗期间，移民到美国所遭遇的文化交流障碍及造成障碍的原因，揭示出缅甸历史上民族斗争的残酷和少数民族的边缘生活状态，从而探讨建构协调的文化间性地带的重要性。

一、缅甸主体民族文化与少数民族文化"杂语"中的山

缅甸历史上就有以缅族为主的主体民族和以掸、克伦等为主的少数民族之分，主体民族住在伊洛瓦底江等在内的缅甸广大的平原地区，少数民族则居住在山区。主体民族和少数民族在语言、宗教和文化等方面有着巨大的差异，这一差异在殖民统治期间被放大。缅甸独立后，民族之间的矛盾并没有得到缓和，而是更进一步被激化。[③] 缅甸的国家构建与少数民族的自我发展要求之间存在着严重的对立，少数民族组建的本民族武装与以缅族为主的中央政府长期武装对抗。[④] 自独立以来，缅甸联邦历届政府都在进行民族建构，这个所谓的民族建构只是建立在一个民族、一种语言和一个宗教的观念基础上，缅甸国内所有少数民族找不到其他解决政治危机的方法，只有付诸武装斗争。[⑤] "我"与山的父亲是缅甸少数民族武装斗争的领袖，他一辈子都在为少数民族的存在和发展努力，"我"和山在不同民族文化的"杂语"中成长。

"我"和山的家庭背景溯源其实是缅甸的主体民族。祖父曾是国王的经济顾问、林业和农业部长，君主制被推翻后，成为企业家。父亲在缅甸故都仰

---

① Rachel C. Lee, The Erasure of Places and the Re – Siting of Empire in Wendy Law-Yone's *The Coffin Tree*, *Cultural Critique*, 1996—1997 (35), pp. 149 – 178.

② Nancy Forbes, Burmese Days, *The Nation*, 1983, pp. 551 – 552.

③ 李晨阳：《军人政权与缅甸现代化进程研究（1962—2006）》，香港：香港社会科学出版社有限公司，2009 年，第 255 – 256 页。

④ 李晨阳：《军人政权与缅甸现代化进程研究（1962—2006）》，香港：香港社会科学出版社有限公司，2009 年，第 46 – 47 页。

⑤ 连·H. 沙空：《缅甸民族武装冲突的动力根源》，《国际资料信息》，2012 年第 4 期，第 11 – 19 页。

光长大，上大学时就声明放弃家族财产，大学的第一年就与持不同政见的少数民族中的激进分子交上了朋友，这些人把他带到东北部边境地区的叛军据点，他没有告知父母就离开家，加入了山地部落的革命。后来他就一直在为少数民族的生存和发展抗争，为少数民族和主体民族共存、共发展而努力。缅甸民族文化的主体是所有民族，而非单个的民族。少数民族的声音不应该变得沉默或者被埋没、丢弃，实际上父亲秉持的就是文化间性中的文化同在，也就是指多元文化、多民族文化共在。

父亲彻底融入少数民族文化的标志是在加入山地部落革命的第二年，血气方刚的他就和一位十五六岁年轻美丽的山地部落女孩交往，她成为父亲的第二位妻子。也就是在那段时期，父亲建立的人民军队赢得了第一场战争，并且也夺取了他似乎生来就应该掌握的权力。① 在一个暴风雨的晚上，这位怀孕八个月的年轻妻子走进竹林，寻找正在忙于突袭的父亲。在瓢泼大雨中，她产下了山，也就是"我"同父异母的哥哥，而她从此变疯了，常常挥舞着手臂，奔走于山地之间。

山地部落的自然条件差，与平原地区的文化隔绝，父亲长期忙于与政府的武装斗争，忽略了照顾妻子，这都导致了山的母亲的精神错乱，也给山的成长带来了阴影。作为缅甸主体民族和山区少数民族的后代，山的出生就决定了他具有不同民族文化的混血，在他身上世俗的高贵和低贱的偏见并存，也注定了他矛盾与混乱的精神状况。可以说，他的宿命从出生时就已显露。

父亲作为缅甸少数民族武装斗争的领袖，用将近三十年的时间去实现他远大崇高的理想：少数民族的独立、被压迫者的自由、从暴政中解放等。他创建了执行游击作战任务的武装组织，也就是少数民族的军队。他这近三十年的努力奋斗实际上就是在进行不同民族文化之间的交流与对话，虽然在这样的交流和对话中，明显存在着力量强弱的对比，存在着差异性。父亲之所以能够坚持将近三十年，是因为他坚信具有不平等性的不同民族文化仍然可以进行交流，最终也能达成一定的共识。

父亲是为民族权利而战的领袖，但作为一位父亲，他的神秘行动、他所从事的任务的危险性，使他不同于其他任何孩子的父亲。政府机构的人员时常会到家里寻觅父亲的踪迹，他不得不东躲西藏。父亲对事业的投入，以致

---

① Wendy Law-Yone, *The Coffin Tree*, Evanston: Northwestern University Press, 2003, pp. 18–19.

忽略了他的家庭，可以说是抛妻弃子。他致力于不同民族文化之间的杂语共存，为之奋斗了将近三十年，"我"和山则是在不同民族文化杂语中成长的、被父亲忽略的孩子。

山时常会跟"我"和家里的伯父伯母虚构故事。这些故事中他是跟父亲一样的英雄，为弱者和被掠夺者而战的无畏的斗士。他虚构的英雄故事，比如，一天，他的朋友们沿着河岸走，六个恶棍故意寻衅打架，山为了打抱不平，第二天独自在相同的地点与寻衅者较量，那些人被他打得痛弯了腰，流着血，祈求宽恕。而"我"试图在他的身上寻找这些扭打的证据时，却找不到任何击痕、伤疤或者伤口之类。① 事实上，父亲将自己的暴掠和强势也施加到了山的身上。为了根除山的口吃，父亲用的办法居然是突然的掌掴。山不仅缺失父母关爱，父亲性格上的暴力和母亲的疯癫也都是后来引发山精神疾病的源头。父亲的强势让山性格上出现缺陷，他时常虚构自己的英雄行为和才干，而实质上却是越来越不适应外部世界和环境，山生活在英雄父亲和暴力父亲之间。父亲把他的一生都献给了解放少数民族部落人民，却没有时间给予儿子山温情，这也是小说显示给读者的缅甸少数民族武装斗争领袖的另一面，揭示了缅甸民族斗争的残酷性。

二、遭遇美国：缅美文化间性

当一种文化遭遇另一种文化时，彼此产生反响或进入视线的从不会是各自的整个系统，而总是各自引起对方关注的特定方面，恰是这些方面具体展现了不同文化间的关联。② 更进一步地说，每一种文化都有其自身的系统特质，当它与另一种文化系统相遇时，都不可避免地从自身系统的特定视界出发去理会对方，而由于这个特定视界永远不可能与对方完全吻合，因此生发的理会就不可能与对方完全一致，它只能是两者交互作用的结果，即伽达默尔所说的两种视界的融合。③ 文化间性特质的形成是由于谁都是由自身特定视界出发去理会和梳理他者的。这样，对每一种文化来说，都具有被特定视界

① Wendy Law-Yone, *The Coffin Tree*, Evanston: Northwestern University Press, 2003, pp. 37 – 38.
② 王才勇:《文化间性问题论要》,《江西社会科学》,2007 年第 4 期，第 45 页。
③ 王才勇:《文化间性问题论要》,《江西社会科学》,2007 年第 4 期，第 45 页。

关注、整合的趋势，这种趋势就昭示了它的间性特质。①

因为即将来临的缅甸主体民族和少数民族之间的流血战争，为了安全起见，父亲安排"我"和山离开缅甸，前往美国。"我"与山落脚美国的第一步"就如同宇航员踏入月球大气层的第一步一样笨拙"②。"我"和山在美国一家商店里为了买一双拖鞋，跟店员讨价还价。作为缅甸人，"我"与山是从缅甸文化的特定视界出发，来与美国人打交道。一来是因为"我们"来美国本身带的钱就不多；二来在缅甸人的文化中讨价还价是平常的行为。但是美国人并没有讨价还价的习惯。女店员从美国文化的视界出发，见到"我们"居然藐视商品的明码实价，视"我们"为异类，冲着"我们"大声嚷嚷。缅甸文化和美国文化关联生发出的意义是，缅甸人要入乡随俗，尊重美国人的文化，既然不是打折商品，就要按照明码实价来购买商品。"我们"与美国人的初次打交道失败，"我们"红着脸，放下鞋，离开了商店。"我们"交流失败的原因是：第一，"我们"的英语水平不高，无法再继续交流沟通。第二，"我们"身上带的钱不多，不可能按照明码实价来买鞋。

"我们"艰难地联系上了父亲在美国的好友莫里森，受他的邀请，去他家里吃饭。"我们"从自己的视界出发，试图寻求莫里森的帮助，希望通过他走进和融入美国。"我们"和莫里森五年前在缅甸见过，他再见到"我们"这两个缅甸人时，从美国人的视界出发，觉得在美国接待第三世界国家的人会有面子上的尴尬，他"似乎想不出说什么"③，"也许是不再想涉足我们国家的政治"④，"不管是出于什么原因，我们穿着廉价的衣服坐在那里，他在自己的家宴上似乎和我们一样局促不安，而日本管家则窃笑着'我们'面对亚麻桌布和银器时的迟疑"⑤。在莫里森家庭餐桌上，"我们"与主人的期待视界不协调："我们"缅甸人希望在主人的餐桌上，美国主人能够跟"我们"交谈，像朋友一样交谈，而莫里森这位美国朋友更希望餐座上的客人体面、有地位。于是"我们"缅甸人与美国人的交流发生障碍，"我们"在家宴上"保持沉默，后悔来参加"⑥。

---

① 王才勇：《文化间性问题论要》，《江西社会科学》，2007 年第 4 期，第 45 页。

② Wendy Law-Yone, *The Coffin Tree*, Evanston：Northwestern University Press, 2003, p. 44.

③ Wendy Law-Yone, *The Coffin Tree*, Evanston：Northwestern University Press, 2003, p. 47.

④ Wendy Law-Yone, *The Coffin Tree*, Evanston：Northwestern University Press, 2003, p. 47.

⑤ Wendy Law-Yone, *The Coffin Tree*, Evanston：Northwestern University Press, 2003, pp. 47 - 48.

⑥ Wendy Law-Yone, *The Coffin Tree*, Evanston：Northwestern University Press, 2003, p. 48.

更有甚者，父亲说朋友莫里森那里有一笔属于"我们"的钱款，从"我们"缅甸人的视界来看，既然是属于"我们"的钱款，莫里森一定会还给"我们"的。而且"我们"现在正在落难，作为朋友，莫里森一定会把钱还给"我们"。但是从美国人莫里森的视界来看，自我利益是最重要的，他们不会做亏本的买卖。莫里森夫人的声音"听起来像保姆在讲睡前故事"①，她代表莫里森表示，他们已经很多年没有涉足"我们"的国家了，根本就不知道父亲的这笔资金。他们暗示"我们"提这笔资金的目的是寻求帮助，建议"我们"直接说缺钱这样诚实的话，他们也许能想点办法。② "我们"和莫里森关于钱款的交涉，双方的期待视界不一致，交流发生障碍：落难的"我们"需要美国朋友的坦诚相待和支援，而像莫里森这样的美国朋友考虑的是这笔买卖是否亏本。这其中的隐喻是，第三世界国家的人民落难时，"救世主"美国不会真正地帮助他们。相反，美帝国主义只会剥削、压迫和欺骗他们。"我们"在美国的情形很尴尬，到美国来避难，寻求美好生活，却发现陷入困境。

"我们"带到美国的钱日益减少，不得不四处找工作。山感染了疟疾，"我"处理问题的期待视界是：帮助山，以帮他求医为先。但是"我"为了帮助山，耽误了工作，被经理挑剔。美国经理的期待视界是：东方人就应该诚实、不辞辛劳，应该是实干家，能够从头开始，做到最好。③ 他根本就不听"我"解释原因，将"我"辞退。"我"与美国经理的交流失败。"我"与美国经理的交涉不成功的原因也是期待视界的不一致。美国人如果见到的东方人不是他们所想象的那样，不符合他们对"东方人"的定义，就认为其不是真正的"东方人"。美国人所承认和认同的只是他们眼中的"东方人"。而"我"偏偏就不符合美国人的要求，对美国人的态度是"失礼"④ 和"拒绝服从"⑤。

山不适应美国的新生活，一次又一次地找工作，但总是对新工作不满意。他跟其他人相处不好，因为他们认为彼此不同，总是戏弄他。他遇到的交流障碍还是源于他出生、成长的环境给他性格上造成的缺陷——对外界的恐惧和敏感。他说，"地球转动得太快了。今天我被扔在这里，明天我又被扔到那

① Wendy Law-Yone, *The Coffin Tree*, Evanston：Northwestern University Press, 2003, p. 48.
② Wendy Law-Yone, *The Coffin Tree*, Evanston：Northwestern University Press, 2003, pp. 48 – 49.
③ Wendy Law-Yone, *The Coffin Tree*, Evanston：Northwestern University Press, 2003, p. 56.
④ Wendy Law-Yone, *The Coffin Tree*, Evanston：Northwestern University Press, 2003, p. 56.
⑤ Wendy Law-Yone, *The Coffin Tree*, Evanston：Northwestern University Press, 2003, p. 56.

里。我找不到回去的路了"①。"我"是他与危险之间的缓冲地带，在危及他生命的角色之间进进出出，成为他的保护人，是他那没有自我的锚。他在美国的新生活是空白，没有梦想、没有信仰、没有倚靠。他留恋过去，却是从未有过的过去；他把留在身后的世界看作被现在摧毁的田园诗。他的语言充满了情绪而且琐碎、空洞。"我不仅仅开始质疑他过去的那些英雄事迹——那些编织在他孩提时代的故事里的英雄事迹；我还开始怀疑他生活中我没有目睹的每一件事。"②"我"甚至"开始怀疑他的整个过去"③。"我"认为"他没有找到摆脱困境的办法，真的是既懦弱又愚蠢"④。山不适应美国生活，出于性格原因与美国人打交道不协调，他也没有改变现状的能力。

"我们"从缅甸来到美国，与美国人打交道，总体来说是不成功的。缅甸的文化与美国的文化不同，"我们"的期待视界与美国人的期待视界不一致，还有性格上的原因等，都是致使"我们"与美国人的交流出现障碍的原因。那么小说中主人公是如何对待交流障碍的呢？现实中的东南亚移民又该如何改变文化间性中的不协调呢？

三、棺材树：心灵之寄托

山因为出生和成长的环境导致性格上有缺陷，在缅甸和美国都格格不入。但是他与"我"的相处是和谐美好的。在孩童时代，缺少父爱的"我"和山总在一起玩。山教会了"我"游泳、爬树、生火和玩弹弓。他教"我"把鸟粪球从河泥里滚出来，教"我"给刚从湖里抓来的鱼刮鳞，教"我"吃西瓜皮。这些都是偷偷学来的秘密且是禁忌的技能。如果没有山，这个世界就只有"我"居住的大院那么大了。山帮"我"开启了一个丰富的世界，他乐于带"我"去探险。他曾经说过，要带"我"爬上雪山去寻找棺材树。他带"我"去唐人街见过一位会算命的棺材树商，棺材树商对"我"和山讲述了他与棺材树的故事。

棺材树商曾经也富有过，现在是梦想家，他说，"勇气会使你美梦成

① Wendy Law-Yone, *The Coffin Tree*, Evanston: Northwestern University Press, 2003, p.74.
② Wendy Law-Yone, *The Coffin Tree*, Evanston: Northwestern University Press, 2003, p.77.
③ Wendy Law-Yone, *The Coffin Tree*, Evanston: Northwestern University Press, 2003, p.78.
④ Wendy Law-Yone, *The Coffin Tree*, Evanston: Northwestern University Press, 2003, p.78.

真"①。当年他带着几个苦力，一路向北，穿过雨林，寻找棺材树。寻找这种树的过程很艰难，他们骑着驴，上上下下那些可怕的斜坡，从这边滑向那边，终于发现了一棵棺材树，并将它砍倒。卖到边境城镇后，赚的钱相当于二十棵树那么多。有一次，在到处都是积雪的大山山脊上，他发现了一棵最大的棺材树，它伸向天空，很高很高，不止有 60 米高。树皮与其他树不同，颜色也不同。他想等到春天时，再去砍伐，可是到春天他再到那座山时，那棵树却已经不见了。

山对"我"说，"总有一天，我们会找到那棵树"②。棺材树，其实就是榈杉（Taiwania Cryptomerioides Hayata），是中国台湾、贵州、湖北、四川、云南等地和缅甸的特产和珍稀速生用材树种。清乾隆二十七年（1762）《海澄县志》（今漳州龙海）载："榈，《通志》：叶如侧柏，制器者取以为材。"③ 榈杉木材工艺成熟期较长，根据刘伦辉等（1987）对树龄有 400 年的榈树干解析发现，成熟期需 140 年以上。④ 据台湾学者分析，榈杉材质轻软，切割容易，易刨削，易干燥，收缩小，涂漆及吸着性好，耐白蚁腐蛀性强，主要材性指标不比杉木差，耐蚁性为杉木所不及。在台湾广泛用于建筑、家具、棺木、船材、装饰板及胶合板制造。⑤ 由于几千年砍伐利用，已少见百年以上大树，而且也没有栽培繁殖，资源不断减少乃至消失。因为稀少和实用，棺材树成为商人趋之若鹜的东西。而在山心里，棺材树不仅珍贵，还成为他心灵的精神寄托。

唐人街那个棺材树商给过山一本书，山总是试图让"我"读这本书，而"我"一直都没有读，直到山死后。这本书讲述了一个传说，有关棺材树里的精灵。这个精灵知晓人死后的所有秘密，它将引导你痛苦的灵魂穿越死亡和复活之间的黑暗世界。⑥ 在缅甸，处于主体民族与少数民族文化"杂语"中的山，生活在困惑和痛苦之中，缺乏父爱，而棺材树里的精灵是慰藉他的精神支柱，他要与相依为伴的妹妹"我"寻找一个新的世界。到了美国，对新

① Wendy Law-Yone, *The Coffin Tree*, Evanston：Northwestern University Press, 2003, p. 123.
② Wendy Law-Yone, *The Coffin Tree*, Evanston：Northwestern University Press, 2003, p. 124.
③ 唐萍等：《榈杉名称的历史演变》，《湖南林业科技》,1996 年第 4 期，第 4－9 页。
④ 刘伦辉等：《云南的天然秃杉林及其群落特点的研究》，《植物生态学报》,1987 年第 3 期，第220－225 页。
⑤ 唐萍等：《榈杉名称的历史演变》，《湖南林业科技》,1996 年第 4 期，第 8 页。
⑥ Wendy Law-Yone, *The Coffin Tree*, Evanston：Northwestern University Press, 2003, p. 187.

的文化的不适应，让他精神更加受挫，他渴望着能冲出黑暗。当"我"从精神病院出来，读完山的这本书，才理解了山，原来他一直都在寻找棺材树，寻求精灵的提示，"不再被分散，不再徘徊，……而是准备着重生的时刻"①；而重生之地的愿景将会照耀着他，精灵会带着将来的绚丽，指引他去往自己选择的家园。山对文化交流中出现的障碍的解决方式是：寻找精神寄托。

四、结论

同父异母的"我"与山在缅甸相依为命，度过了缺乏父爱的童年时代，经历了不同民族文化的困扰；在美国"我们"一起又度过了痛苦的移民生活，经历了缅美不同文化的困扰。"我们"在与异质文化的交流中出现了障碍，在文化间性中产生了不协调。这来源于不同的文化、期待的不同视界，还有性格上的原因。山对美国移民生活的不适应，他的崩溃，让"我"对他产生了不信任和怀疑，甚至质疑他的整个过去。山死后，"我"读完了他曾经试图让"我"读的一本关于棺材树的传说的书，才真正理解了他。正是对棺材树的寻求，让他在对苦难现实的不适应的同时，构建了一个能容纳和抚慰他所有恐惧和困扰的精神世界。棺材树是他在缅甸主体民族文化和少数民族文化之间、缅甸文化和美国文化之间建构的一个文化间性地带。这个间性地带，是他所有的梦想和希望，所有的冷漠、所有的不协调都在这里消失得无影无踪，这是一个充满阳光的地带。山虽死，他的精神世界却在那本有关棺材树的传说的书中重生。

而"我"作为活下来的人，"我"要面对的是一个现实的世界，需要的是自己的棺材树，不同于山的那个世界，而这个愿景，将照耀着"我"前行的路和未来的日子。

缅甸裔美国作家温迪·劳尔·荣将缅甸人民的过去、现在和未来都隐喻在了这部《棺材树》里，"我"和山所面对的世界也是缅甸人民实际面对的世界，"我们"的经历也是缅甸人民真实的生活。山寻求的棺材树，那个他所构建的文化间性地带是虚化的世界。缅甸人民面对现实和将来所需要的是像"我"这样能够在现实世界中建立起来真正的文化间性地带，一个协调的文化

① Wendy Law-Yone, *The Coffin Tree*, Evanston: Northwestern University Press, 2003, p.190.

间性地带，这需要生存的勇气和力量。

第三节　《伊洛瓦底江的探戈》与历史的互文

一、关于互文性

"互文性"（Intertextuality）指多个文本之间的关系，也就是"文本间性"。索绪尔的关系性思维构成了互文性思想的最初形式。巴赫金的对话理论承继着索绪尔的关系性思维，他的对话性其实主要表现为主体之间的交互性。互文性正式作为一个学术概念被专门论述，是从克里斯蒂娃这里开始的，她的互文性关注的是文本之间的关系，这更符合互文性的字面意思。[①] 互文性理论的真正成形还要追溯到罗兰·巴特，他在 1970 年出版的《S/Z》一书中，首先开始使用"互文本"一词，并在《通用大百科全书》中用了近三万字的篇幅来介绍"互文本"这个新词条。他从接受主体角度着眼，认为读者才是文本意义生发的重要一环。哈罗德·布鲁姆对互文性的揭示有着更为大胆的推进，他赋予了互文性独特的动态意义。布鲁姆认为互文性表现为紧张的对峙、敌视与斗争关系，文本成为充满愤怒与喧嚣的战场。[②] 无论是索绪尔、巴赫金、克里斯蒂娃、巴特还是布鲁姆，他们对互文性的生发和阐释让我们获得了阅读文本的新的方式。

中国最早接触到的互文性资料来自李幼蒸翻译的比利时著名哲学家J·M. 布洛克曼的《结构主义：莫斯科－布拉格－巴黎》（1980），全书涉及互文性的只有以下内容，"任何文本都不会只产生于一位作者的创造意识，它产生于其他文本，它是按照其他文本所提供的的角度写成的。因而克里斯蒂娃谈到文本间性，它与文本内的文本（斯塔罗宾斯基语），与一切文本的密切关联，即重叠和组合，以及与功能关系及其不断变化的结构有关"[③]。1987 年张寅德

---

① 延永刚：《互文性思想的变迁与主体性命运的沉浮》，《文艺争鸣》，2016 年第 3 期，第 138 – 144 页。

② 梁晓萍：《互文性理论的形成与变异：从巴赫金到布鲁姆》，《山西师大学报（社会科学版）》，2009 年第 4 期，第 37 – 40 页。

③ J·M. 布罗克曼著，李幼蒸译：《结构主义：莫斯科—布拉格—巴黎》，北京：商务印书馆，2003 年，第 79 页。

翻译了罗兰·巴特的《文本理论》,发表在《上海文论》第 5 期,详尽地介绍了罗兰·巴特的文本理论。其中巴特较为清晰地论述了互文性的基本内涵,"任何文本都是一种互文。在一个文本之中,不同程度地、以各种多少能够辨认的形式存在着其他的文本:譬如,先时文化的文本和周围文化的文本。任何文本都是过去引文的重新组织。进入文本并在其中得到重新分布的有法典段落、惯用语、韵律模式以及社会言语拾碎等等"①。这些都是中国国内最早接触到的有关互文性的译著。

而有关互文性的研究论文来自 1981 年张隆溪在《读书》杂志上发表的系列文章。他较为粗略地介绍了克里斯蒂娃的互文性理论,并最早地提出了其与中国诗文中用典的相通之处。② 在另一篇文章里,他指出了钱锺书先生对克里斯蒂娃的批评,但批评了什么,为何批评,并没有提及。③ 盛宁在《外国文学评论》1987 年第 3 期和 1989 年第 2 期上,都撰文提及了互文性思想。④ 这些时期的研究论文都比较零散和片段化。殷企平在《外国文学评论》1994 年第 2 期、程锡麟在《外国文学》1996 年第 1 期、黄念然在《外国文学研究》1999 年第 1 期、查明建在《中国比较文学》2000 年第 2 期上,都撰写了比较重要的互文性研究论文,这些论文引用率很高,对国内学者的影响颇大,对互文性在中国的传播作出了重要贡献。⑤ 这些重要专家对互文性的抛砖引玉引发后来越来越多的学者和专家研究互文性,取得了喜人的成绩。

克里斯蒂娃用"互文性"这个概念打破了文本意义由作者规定的传统观念,主张文本意义是在与其他文本交互参照、交互指涉的过程中产生,一个能指系统总是不断滑向先前的能指系统。互文性理论的提出为理解文本提供了一个新的视角,在文本之间的关系中去理解文本。把文本从作家那里解放出来,放到与其他文本的关系之中去理解。⑥

互文性的研究价值到底在哪里?互文性研究的价值在于研究不同文本中的"异","同中之异"。也就是说,原文本中的一部分进入了当前文本,而这部分必须获得不同于原文本的新的意义。互文性研究所要研究的是:当原

---

① 罗兰·巴特著,张寅德译:《文本理论》,《上海文论》,1987 年第 5 期,第 93 页。
② 张隆溪:《结构的消失:后结构主义的消解式批评》,《读书》,1983 年第 12 期,第 95 – 105 页。
③ 赵渭绒:《国内互文性研究三十年》,《社会科学家》,2012 年第 1 期,第 111 – 115 页。
④ 赵渭绒:《国内互文性研究三十年》,《社会科学家》,2012 年第 1 期,第 112 页。
⑤ 赵渭绒:《国内互文性研究三十年》,《社会科学家》,2012 年第 1 期,第 112 – 113 页。
⑥ 禹海亮:《互文性:非独创的艺术》,《文艺研究》,2005 年第 4 期,第 144 页。

文本的一部分进入当前文本时，产生的新的意义有哪些？这些产生的新的意义与所进入文本其余部分的意义形成了怎样的对话关系？新的意义和对话关系是如何生成的？①

互文性有狭义和广义之分，所谓狭义是指一个具体文本与其他具体文本之间的关系，尤其是一些有本可依的引用、套用、影射、抄袭、重写等关系。广义互文性是指文学作品和社会历史（文本）的互动作用（文学文本是对社会文本的阅读和重写）。②互文性的这个广义定义，将文本置于历史与社会的大背景下进行研究，强调了文本的不确定性和开放性，是对于互文性狭义定义的一种超越。

克里斯蒂娃的互文性不是狭义上的文本之间的关系，她对互文性的定义是广义上的。她的观点是：在一个总的文化符号学内，任何事物、任何文化现象都可以被看作文本。社会和历史并不是外在于文本的独立因素或背景，并不是人们在进行文本分析时才把它们纳入考虑范围，社会和历史自身就是文本。文学文本和社会文本放在一起，交织在一起，将会产生一个文本整体，这个整体就是互文性的基本框架。文本不应该是一个自我满足、自我封闭的系统，而应该是一个开放的、能动的意指实践。文学文本是在历史文化的不断发展过程中而存在的，并与之发生相互作用。③这段话表明，克里斯蒂娃的研究对象不仅是范围广泛的各种语言现象，还包括所有人类参与的社会历史文化现象。我们对文本进行研究和解读不仅有语言规则角度，还有社会历史文化的角度。

米兰·昆德拉声称，"描写历史本身（党的作用，恐怖的政治根源，社会机构的组织等等）我一点不感兴趣……我的小说中所涉及的历史事件常常被历史学家遗忘"④。而小说文本中的历史，正是一种更加真实的话语声音，历史由此被重新体验和敞开。

文学文本吸纳着各种关于历史的叙事，文学与历史可以互相映衬和渗透，文学的意义是在情节的编织中被赋予的，历史与文学共有这一意义的生产体系。可以说文学是一种历史认识的形式。文学与历史的互释意义在于，第一，

① 李玉平：《互文性新论》，《南开学报（哲学社会科学版）》，2006年第3期，第111－117页。
② 秦海鹰：《互文性理论的缘起与流变》，《外国文学评论》，2004年第3期，第19－30页。
③ 刘文：《互文性概念的辩证含义与适用性》，《求索》，2005年第7期，第74－76页。
④ 米兰·昆德拉著，孟湄译：《小说的艺术》，北京：生活·读书·新知三联书店，1995年，第35页。

"改变了文本具有封闭边界的传统观念，使我们意识到文本叙述是一个互文踪迹相映成趣的开放空间"①。突破了传统文学研究封闭的研究模式，把文学纳入与非文学话语、代码或文化符号相关联的整合研究中，大大拓展了文学研究的范围，形成了一种开放性的研究视野。② 第二，将文学文本置于广阔的历史文化背景中加以审视，突出了文学文本与历史文化表意实践之间的关系，极大限度地解放了文学研究的视野。第三，可以"充实历史，提炼历史，鲜活历史，从而达到艺术上的再现历史"③，成为彰显历史真实面目的活生生的意义存在。

对于互文性来说，"一切文学肯定都具有互文性，不过对于不同的文本，程度也有所不同"④。我们把小说《伊洛瓦底江的探戈》文本放入缅甸的历史和社会文本中，研读它们的互文性，阐释小说文本如何与缅甸的历史和社会文本相互交汇、中和及置换，探讨小说是如何超出了狭隘的文本范围，进入更为广阔的历史文化视野之中，同时我们可以观察到该小说的社会历史背景和当时人们的生活状况。

二、将军和奈温的经济、政治和文化策略

作家温迪·劳尔·荣创作的小说《伊洛瓦底江的探戈》里的人物生活在"达扬"，这是作家自己虚构的一个地名，它实际上指涉缅甸。小说女主人公探戈在缅甸的监狱里书写回忆她的一生。小说里监狱里的书写彰显了 20 世纪 60 年代被囚禁的缅甸作家、知识分子和政治活动家（包括温迪·劳尔·荣和她的父亲）的经历以及这些被囚禁者想要分享他们的故事和获取精神上的自由的渴望。温迪的父亲是政治犯，被当局关进监狱，温迪受到牵连，也被关押审讯，后来父女二人都流散到美国。温迪创作小说，继承了父亲良好的文字天赋，并发扬光大。她借用这部背景为"达扬"的小说既批判了缅甸当局，也抨击了西方所谓的东方主义思想。

---

① 张冬梅、胡玉伟：《"故事"与"历史"互文性关联之重识》，《学术论坛》，2006 年第 5 期，第 199 页。

② 黄念然：《当代西方文论中的互文性理论》，《外国文学研究》，1999 年第 1 期，第 20 – 21 页。

③ 唐浩明：《敬畏历史、感悟智慧：写在〈唐浩明文集〉出版之际》，《法制日报》，2002 年 10 月 11 日。

④ 蒂费纳·萨莫瓦约著，邵炜译：《互文性研究》，天津：天津人民出版社，2003 年，第 115 页。

　　温迪将她批判的对象指涉虚构为小说里女主人公探戈的第一任丈夫、缅甸的将军，于是历史的话语、历史的文本转变为小说故事的文本。温迪将历史戏剧化、故事化，将历史编织成了小说的情节，历史与小说互文，小说故事包含了历史，小说反映了当时的社会历史。

　　小说《伊洛瓦底江的探戈》女主人公原名叫"喵喵"。她生活在伊洛瓦底江畔，作家温迪是这样描述女主人公生活的环境的，"从阳台上往外看，能看见下面无数的船只来来往往：有人在造船；有的船运来了水稻、家畜，有时还运有大象；有汽船、渔船、盐船、划艇和撑篙小舟；又长又窄的小船也可以根据风向和水流，在此停泊，或划行，或撑船"①。伊洛瓦底江是缅甸第一大河，它灌溉着广袤万里的原野，对发展农业起着很大的作用，在交通运输上和缅甸人民的生活是分不开的。它是一张巨大的水运网，历史上，"缅甸北部的柚木，中部的石油，南部的稻米，及其他工农业产品，大多通过伊洛瓦底江运输到各地"②。小说里对女主人公在伊洛瓦底江畔生活环境的描述，真实而又艺术地再现了历史上的伊洛瓦底江上运输的繁忙。伊洛瓦底江是缅甸人洗浴和饮用之源，也是缅甸人的出行路线，它是缅甸人精神生活密不可分的一部分，是缅甸人的希望。而小说女主人公探戈对伊洛瓦底江畔传统、封闭、落后的生活毫无兴趣。探戈对传统的轻视，埋下了她日后精神上无根的隐患，也是她离散人生的根源。

　　会跳探戈舞的卡洛斯的到来，改变了她乏味、贫瘠、封闭的生活。卡洛斯来自伊洛瓦底江另一边的葡萄牙殖民地，是益格鲁人，有阿根廷留学经历。留学时期，他并没有专注于学业，倒成了卡洛斯·葛戴尔——阿根廷探戈舞之王的狂热崇拜者。毕业之后，他开始转行，专注探戈舞。他把偶像卡洛斯·葛戴尔的名字当作他的艺名。他爱慕女主人公探戈的表姐萨拉妮，而萨拉妮过敏症的体质无法跟他共舞，于是他开始教探戈跳舞。探戈爱上了卡洛斯，也爱上了跳探戈舞，她生活中的一切，除了探戈舞，都变得黯淡无光。她以一种从未有过的方式跳舞，"挑衅、自信、傲慢"③。在大城市阿尼卡的舞蹈大赛上，探戈和卡洛斯的舞蹈大获成功，探戈被一位将军看中，而她也不再想回伊洛瓦底江，"不想再回到那种生活恶劣，随时可能吃不饱饭的地方

　　① Wendy Law-Yone, *Irrawaddy Tango*, New York：Random House, 1993, pp. 28 – 29.
　　② 刘俊：《天惠之河：缅甸伊洛瓦底江简介》，《东南亚》，1993 年第 2 期，第 49 – 51 页。
　　③ Wendy Law-Yone, *Irrawaddy Tango*, New York：Random House, 1993, p. 70.

去了"①。三个月后，她与那位将军结了婚。

小说里的这位男主人公将军，是探戈的第一任丈夫，在探戈风光无限的时候娶了她。这位将军就是作家温迪指涉的缅甸执政者奈温。小说里将军有着至高无上的地位和权势。历史上，奈温是军队的总参谋长，还兼任政府副总理、内务部长和国防部长，统管军队和警察，在缅甸国内政治中的影响力非同一般。小说里描述了探戈婚后的生活大变样，她从讨好他们的人那里收受了无数的贿赂，"像花边领子一样错综复杂的星星蓝宝石项链；镶嵌着鸽子血红宝石的手镯；雕刻着细小的蝴蝶和花束的金手镯；从南群岛的水域采集的双三股蓝色珍珠；用北方传说中的玉石做的胸针和玉环；从香港进口，镶嵌着从西北边境的岩石上采集的祖母绿宝石的夹克衫纽扣……"② 作为将军妻子的探戈收获的不仅是物质上的丰盛，她在精神上也饱满起来，"权力一夜之间不仅给人以一种自然而然的感觉，还几乎可以义不容辞地享受这种慷慨的自信"③。虽然妻子收获了物质上的丰厚，将军却称自己一无所有。他自称为"虔诚的佛教徒"④，他经常说自己的欲望仅仅就是"米饭、咸鱼、腌竹子、茅草屋"⑤，而同时，他却"戴着欧米茄手表，抽着555牌香烟，喝下黑方威士忌"⑥。这是一位明显的表里不一、腐败的领袖。

历史上奈温领导的革命委员会在政变成功后的一份文件中指出前任政府的腐败，"（吴努政府中）贪污盛行，党的威信一落千丈……由于政界和行政管理机关的堕落使得全部办事机构肆无忌惮地贪污。投机商和唯利是图者们利用他们所处的地位，掠夺人民，大发横财"⑦。虽然，历史上的奈温的爱国爱民之心无可怀疑，但温迪和她父亲那样思想活跃的知识分子、政治家还是受到了当时政治局势的影响。

将军给探戈讲述了他被暴力对待的童年和青年时代，加入军队让他如鱼得水，职位逐渐上升，虽然一开始，他在同僚中并不受欢迎，但慢慢地，他得到了军队士兵的忠诚。"军队士兵在吃饭的时候，他和他们一起坐在地上；

① Wendy Law-Yone, *Irrawaddy Tango*, New York：Random House, 1993, p. 78.
② Wendy Law-Yone, *Irrawaddy Tango*, New York：Random House, 1993, p. 83.
③ Wendy Law-Yone, *Irrawaddy Tango*, New York：Random House, 1993, p. 84.
④ Wendy Law-Yone, *Irrawaddy Tango*, New York：Random House, 1993, p. 85.
⑤ Wendy Law-Yone, *Irrawaddy Tango*, New York：Random House, 1993, p. 85.
⑥ Wendy Law-Yone, *Irrawaddy Tango*, New York：Random House, 1993, p. 85.
⑦ 格·伊·米尔斯基著，力夫、阜东译：《"第三世界"：社会、政权与军队》，北京：商务印书馆，1980年，第63页。

他眉头都没皱一下，就加入他们当中，跟他们一起吃带着虫斑的米饭、煮的树根、鱼酱和烤蟋蟀，用手抓食物吃得津津有味，吃完之后直接在泥土上蹭一蹭，以便在那个干旱的地区节约用水。他用军营特有的语言和他们说笑逗乐，总是强调他卑微的过去。他还用树皮刷牙。他睡在光秃秃的竹板条上，把手臂当枕头，把他的铺盖卷搁在军官住处雨水都会从腐烂的茅草里渗漏出来的角落里，任其长霉。"①从这段将军跟士兵同甘共苦的细节描写中，可以看到温迪也有肯定将军的一面，将军能在军队中站稳脚跟，必定有他的过人之处。奈温作为缅军的高级军官，本身就是 20 世纪缅甸抗英斗争和抗日斗争中的骨干，长期从事民族解放斗争，很注重扩充自己在军队中的势力，把军队的指挥权牢牢控制在自己的手里，为他日后在政治上的崛起打下了根基。温迪在小说里很细致具体地描写了将军如何与士兵打成一片，获得军心，通过语言的描述展现了比历史更多的东西，让虚构和想象阐释和丰富了奈温的历史，而将军对奈温的指涉，也改变了她小说文本封闭的边界。

"达扬"那时候的国家权力是在执政党的总统手上，总统是将军的老对手，也是个知识分子，他"总是引用佛陀，圣经，圣雄甘地，和所有西方哲学家的言论"②，"还是一个用巴利语创作诗歌、戏剧和论文作为消遣的业余作家"③。将军并没有因为总统的这些优势而心烦意乱，相反他认为总统是"一个无耻的沽名钓誉之徒！"④ 针对总统对少数民族的态度越来越软弱、温和，甚至提出要与分裂主义者建立和平倡议这样的行为，将军表示了不满，于是总统给他布置了根除城市里猖獗的流浪狗群体的除狗行动。"不管将军是把同一种能毒死野猪的药丸洒在人行道、小巷、排水沟、粪坑、狗出没的城市及郊区的垃圾堆里，还是他想方设法用更加多的流水线生产的狗毒药来下手，结果是，他成功完成了这场难住了其他人的除狗行动。"⑤

将军完成了除狗行动后，清理了城市，接着就来清理政府了。他宣布政变，革命成功后接收了总统的事业。历史上吴努政府的议会民主制，在缅甸没有历史、文化、经济和群众基础，无法解决缅甸独立后所面临的政治、经

① Wendy Law-Yone, *Irrawaddy Tango*, New York：Random House, 1993, p. 88.
② Wendy Law-Yone, *Irrawaddy Tango*, New York：Random House, 1993, p. 91.
③ Wendy Law-Yone, *Irrawaddy Tango*, New York：Random House, 1993, p. 91.
④ Wendy Law-Yone, *Irrawaddy Tango*, New York：Random House, 1993, p. 91.
⑤ Wendy Law-Yone, *Irrawaddy Tango*, New York：Random House, 1993, p. 96.

济和社会的很多问题和矛盾。① 在这种情况下，奈温于 1962 年 3 月 2 日发动政变，宣布接管国家权力，由此开始了缅甸 40 多年的军人统治。小说里将军宣布政变和历史上奈温宣布政变是重合的，小说里在将军宣布政变之前增加了一个除狗行动，暗示了他处理事情的干练和狠毒，预设了他的阴谋，为后来接收总统权力进行了铺垫。温迪的小说在缅甸的这个历史事件的背后，彰显出了历史人物的性格，使历史人物丰满和鲜活起来，这是艺术地再现历史。

将军在演讲中宣称，"私营企业已经把国家从富裕带到了毁灭的边缘"②。他还限制外国文化对国家的腐蚀，他说，"为了实现真正的独立，站稳脚跟，我们必须摆脱外来的因素，我们必须揭露那些在我们的土地上没有深厚根基的奸商和敲诈者，他们对我们的国家没有真正的爱，只会像秃鹫一样掠夺"③。在外交上"他不赞成和外国人深交——即使那些人曾是他的朋友。他反对外国的政党、食物、美酒、特权、仆人和他们包罗万象的生活。他担心任何对美国人、俄罗斯人或中国人的依赖……"④

小说是作家的虚实营造，作家温迪对奈温的治国方针深有体会，在小说里，她在奈温的治国方针大框架下虚构了将军在国家经济、文化、政治等方面决策的细节。将军与奈温的治国方针是一致的。奈温政府曾指出，私营部门的存在违背了政府的目的，国有化才是社会主义经济原则。⑤ 奈温上台后，对全部外资和部分民族私营企业实施了国有化，大力发展国有企业，限制私营工商业，⑥ 反对公有与私有的混合经济。⑦ 奈温非常强调保持民族特性，上台后没收外国资本，不与国际经济接轨。在外交政策上，奈温政府"具有不成熟的特点"⑧，在实践当中，试图在中国、美国以及苏联之间长期保持严格的中立，即便是中国政府提供优惠贷款和援助，他们也未全部接受，与美国保持最低限度的关系，与苏联实际的政治、经济合作依然很少，与印度和中

① 李晨阳：《军人政权与缅甸现代化进程研究（1962—2006）》，香港：香港社会科学出版社有限公司，2009 年，第 161 页。
② Wendy Law-Yone, *Irrawaddy Tango*, New York：Random House, 1993, p.85.
③ Wendy Law-Yone, *Irrawaddy Tango*, New York：Random House, 1993, p.85.
④ Wendy Law-Yone, *Irrawaddy Tango*, New York：Random House, 1993, p.104.
⑤ 格·伊·米尔斯基著，力夫、阜东译：《"第三世界"：社会、政权与军队》，北京：商务印书馆，1980 年，第 371 页。
⑥ 杨长源等主编：《缅甸概览》，北京：中国社会科学出版社，1990 年，第 131 – 145 页。
⑦ 张锡镇：《当代东南亚政治》，南宁：广西人民出版社，1994 年，第 112 页。
⑧ 李晨阳：《军人政权与缅甸现代化进程研究（1962—2006）》，香港：香港社会科学出版社有限公司，2009 年，第 237 页。

国都保持着良好的关系，不得罪任何一方。① 这种中立主义后来给缅甸的国民经济发展带来了一定的负面影响。

小说中的将军也没有完全放开外交手腕，他越来越少在公开场合露面，身上的光环越来越强大，他被认为是神秘、遥远、不受约束的统治者。② 将军虽然对外采取消极的交往政策，对内却是操控一切，要求民众绝对的服从。即使对妻子也是要求绝对的服从，他对外界夸耀妻子说，"我有世界上最漂亮的妻子，她能让男人都拜倒在她的石榴裙下"③。而实际上，他对妻子的态度是指责、命令、威胁和暴力。

奈温在缅甸独立战争时发挥了巨大作用，执政后反帝反殖民，发展民族经济，运用铁腕手段整合社会，扫除了文人政府软弱无力和腐败无能的萎靡之气，克服了政局不稳和社会动荡的痼疾，这满足了缅甸人民的要求。一开始他是受到民众普遍欢迎的，在民众当中有着极高的个人威信，人们也乐意服从和接受他的统治。但是军队里的上下级关系制度发号施令，要求绝对服从，逮捕数百名政治活跃分子（包括温迪的父亲），导致监狱人满为患，这不利于发挥群众的积极性，也显示出奈温政府在政治上缺乏经验，不善于解决国家和社会的复杂问题。④

温迪的这部小说《伊洛瓦底江的探戈》，是基于缅甸真实历史框架下的创作，男主人公将军是影射奈温。将军这个主人公的创造既受到历史的制约，又超越历史。温迪并没有着意刻画一个完全的奈温形象，也没有刻意恢复奈温的原貌，而是在将军这个人物上，加入了一点自己主观的判断和设计。对于将军在"达扬"的政治、经济和文化上的决策，温迪基本上还是按照历史上奈温这个模子来进行包装的。可以说，从温迪刻画的将军形象上，我们看到了奈温的影子，军人执政的历史由此被敞开，让我们重新体验和认识。

---

① 李晨阳：《军人政权与缅甸现代化进程研究（1962—2006）》，香港：香港社会科学出版社有限公司，2009 年，第 237 - 238 页。

② Wendy Law-Yone, *Irrawaddy Tango*, New York：Random House, 1993, p. 104.

③ Wendy Law-Yone, *Irrawaddy Tango*, New York：Random House, 1993, p. 104.

④ 李晨阳：《军人政权与缅甸现代化进程研究（1962—2006）》，香港：香港社会科学出版社有限公司，2009 年，第 181 - 182 页。

三、将军和奈温对少数民族的态度

《伊洛瓦底江的探戈》除了男主人公将军影射了历史上的执政者奈温，吸引读者的还有女主人公探戈的情感纠葛。探戈的情感不可能只满足和停留在一个暴君身上。随着小说情节发展，探戈爱上了一位少数民族游击队的领袖，而少数民族游击队正是她的将军丈夫打压和制约的对象。作家温迪在小说里给探戈设计的这段情史，不仅让女主人公的故事更加吸引人，也影射了奈温对待少数民族的态度和政策。缅族与少数民族之间在语言、宗教和文化上巨大的差异形成的隔阂与矛盾，正如缅甸问题专家马丁·史密斯所指出的，"历史已经证明，民族权力和解决冲突是缅甸这个国家今天所面临的挑战的中心"①。缅族与少数民族的矛盾不论在过去、现在还是将来，都是缅甸国内一个大的问题，长期亟待解决的问题，否则缅甸的现代化进程将受到很大的影响。

作家温迪设计的情节是，在一次跟随将军外出参观宝塔的途中，探戈一行被袭击，她被意外绑架，绑架她的正是少数民族游击队。他们用她要挟她的将军丈夫，其实要求也并不高，他们只是要求，"说我们自己的语言，做我们自己的祷告，而不用担心被杀——诸如此类的事情"②。此后小说的字里行间充溢着探戈的第三段情感——她与少数民族游击队领袖的感情纠葛，开始了她、将军与少数民族游击队领袖三方的纠结关联，影射了历史上奈温政府对待少数民族的态度和决策，表达了作家温迪对缅甸少数民族的同情之心。

待在少数民族游击队的营地，跟他们朝夕相处，作为国家最高领袖妻子的探戈对他们的生活充满了同情。他们吃的食物是"糙米、黏糊糊的蔬菜、未加工的鱼泥"③；服侍她的是游击队领袖的妻子，"沉默寡言"④"温顺且毫无防备"⑤；他们的总部设在灌木丛的茅草屋里，周围群山环抱……探戈设想，如果将军知道他的对手是生活在这样环境中的一群人，"会激起他的愤怒"⑥。

---

① Martin Smith, *Burma（Myanmar）: The Time for Change*, UK: MRC, 2002, p. 3.

② Wendy Law-Yone, *Irrawaddy Tango*, New York: Random House, 1993, p. 122.

③ Wendy Law-Yone, *Irrawaddy Tango*, New York: Random House, 1993, p. 123.

④ Wendy Law-Yone, *Irrawaddy Tango*, New York: Random House, 1993, p. 124.

⑤ Wendy Law-Yone, *Irrawaddy Tango*, New York: Random House, 1993, p. 124.

⑥ Wendy Law-Yone, *Irrawaddy Tango*, New York: Random House, 1993, p. 124.

时间一天天过去，将军对他们毫无回应。他们只好提出了明确的人质交换的要求，"释放三名仍被关押在阿尼卡监狱的他们的领导人"①。但是"没有拒绝，没有对策，没有抗议。只有沉默"②。探戈在紧张地掂量自己价值的日子中，等到的是将军在报纸上声明妻子探戈叛逃，因此与她离婚的消息。

在之后的时间里，探戈都在料理家务，"在竹火上煮饭、种菜、在河里洗衣服和锅碗瓢盆、缝补磨损的制服、修补茅草屋顶、打磨清洁枪炮、建造地堡、挖掘战壕、参加集会和演讲、煮更多的饭……"③ 她观察到的游击队的长官们，"总统、副总统、参谋长、营地指挥官、高级军官，一些人穿着纱笼，一些人穿着睡衣，躺在躺椅上，在他们头顶上是一棵芒果树，像一个温暖翠绿的圆屋顶。他们或者在呼吸新鲜空气，或懒洋洋地躺着，或抽烟，或嚼槟榔，或笑闹着，或给自己挠痒痒，或打哈欠。不关心世上的任何事，好像游手好闲的懒汉一般！"④ 在逐渐融入游击队生活，与他们患难与共的过程中，她爱上了他们的领袖博伊安。博伊安的温柔和爱让她忘记了将军的暴力和大城市生活。幸福都是短暂的，博伊安在一个边境小镇被炸死。在游击队的经历，让她理解了什么是自由，即"来去自由，在没有杀戮的恐惧下生活"⑤。正是对少数民族游击队的同情、对博伊安的爱，使她愿意成为他们的代言人，被他们称为"伊洛瓦底江的探戈""叛军女王"等。而将军政府对她发出了悬赏通缉，最终，她被将军手下俘获，投入监狱。

在缅甸，少数民族与缅族之间的矛盾日益放大，温迪在小说中设计了少数民族游击队俘虏女主人公——军队首领的妻子探戈的情节，来彰显民族矛盾。除了语言、宗教和文化上的差异，缅族和少数民族分布的格局也是有着相当大的差异，缅族主要居住在平原和三角洲，而少数民族居住在边远山区，自然条件差，如同小说中描述的少数民族游击队生活的环境，而正因为此，激起了女主人公探戈对他们的同情。少数民族都组建了自己的武装部队，与以缅族为主的当局长期对抗，"武装数量之多，与政府对抗之激烈，持续时间

---

① Wendy Law-Yone, *Irrawaddy Tango*, New York: Random House, 1993, p. 128.
② Wendy Law-Yone, *Irrawaddy Tango*, New York: Random House, 1993, p. 128.
③ Wendy Law-Yone, *Irrawaddy Tango*, New York: Random House, 1993, p. 129.
④ Wendy Law-Yone, *Irrawaddy Tango*, New York: Random House, 1993, p. 131.
⑤ Wendy Law-Yone, *Irrawaddy Tango*, New York: Random House, 1993, p. 155.

之长，不仅在东南亚独一无二，在世界上也属罕见"①。

历史上的奈温认为，"他上台后的任务就是要克服民族四分五裂的倾向"②。小说里有少数民族游击队绑架探戈后，欲用她换回被将军抓入监狱的他们的领导人的情节，可以看出作家温迪如她父亲一样，对缅甸的政治也是比较关注。她关心国家大事，也熟悉奈温政府的执政情况，她的小说以历史为大的框架，经过艺术加工而成。奈温对各少数民族反政府武装实行坚决镇压的政策，一开始取得了初步的成效。为了争取民心，奈温政府也多次和少数民族反政府武装谈判，但都以对方先放下武器为和谈的先决条件，这样的谈判无一例外全都失败了。③ 小说里的将军拒绝少数民族游击队用探戈换回他们的领导人的谈判条件并冷血地抓捕了探戈，这并不符合历史事实。温迪在小说里塑造的将军这个人物有些脸谱化，性格比较单一，完全是一位反面形象的统治者，与历史上的奈温形象是有差距的。

奈温政府比较重视民族团结，奈温的政策是，要让各民族的人民认识到，"把一个各民族聚居的缅甸联邦建设成为一个经济、社会繁荣富强、团结、统一、巩固的国家，各民族人民的友好、团结是最基本的条件"④。奈温政府重视民族问题，但越是加强对少数民族地区的控制，政府与少数民族地区的矛盾就越尖锐，长期的武装冲突，使双方死伤惨重，奈温执政期间的民族问题进一步恶化。奈温处理缅族与少数民族关系的方式是有失误的，既耗费了大量的人力、财力和物力，而且政府要花过多的时间维持社会的稳定，无法集中精力进行现代化建设。奈温无疑是热爱国家的，有热爱国家和人民之心，但是他对国家的决策能力有限，有失误。温迪的父亲由于奈温政府对政治活跃分子的制约政策被看作政治犯抓入监狱，温迪当然也反对奈温政府，所以后来与父亲一起流散美国，远走他乡。因此小说里的将军形象始终是冷血、疯子一般的统治者，对待少数民族、对待妻子是凶残与无情的，这是作家温迪眼中的国家首领奈温，并不是历史上真正的奈温。由温迪书写的这段将军

① 李晨阳：《军人政权与缅甸现代化进程研究（1962—2006）》，香港：香港社会科学出版社有限公司，2009 年，第 84 页。

② 李晨阳：《军人政权与缅甸现代化进程研究（1962—2006）》，香港：香港社会科学出版社有限公司，2009 年，第 256 页。

③ 李晨阳：《军人政权与缅甸现代化进程研究（1962—2006）》，香港：香港社会科学出版社有限公司，2009 年，第 257 页。

④ 贺圣达等：《列国志：缅甸》，北京：社会科学文献出版社，2005 年，第 120 页。

处理与少数民族关系的情节，让我们重新体验历史，寻找真正的历史，而作家温迪个人的人生经历也融入了小说中，让我们在寻找历史的真相过程中，对她的人生经验和家族历史作出评价和判断。

四、劳伦斯与东方主义思想

温迪在小说里塑造的脸谱化人物——冷血将军，把自己的妻子探戈抓入监狱，用最恶毒和最残忍的方式折磨她。奈温政府确实不时抓捕持不同政见的政治活跃分子，但奈温统治下的监狱是否也如小说里所描述的那样，用非人的方式对待政治犯，这就不得而知了。小说里出现了一位美国白人劳伦斯，他英雄般地将探戈救出监狱，并与她结婚。这是探戈的第四段感情，劳伦斯成为她的第二任丈夫。探戈和劳伦斯离开缅甸后，前往美国生活，探戈与劳伦斯的这段经历，是作家温迪流散美国后对"救世主"美国的思考。流散美国是否是缅甸难民的最佳选择，美国真的是天堂吗？美国英雄是真诚对待缅甸难民，要解救他们于水火之中吗？现实中的作家温迪该何去何从呢？

探戈的罪责是领导了一些零星的少数民族叛乱。来自美国的劳伦斯曾经在少数民族游击队营地见过探戈，听闻探戈在监狱里的遭遇，他努力了一年，推动一个团队——"国际特赦组织、红十字会、美国大使馆、联合国、佛教和平理事会、瑞典国际和平研究所和国际良心犯组织"[1] 来解救她。探戈被成功救出监狱，同时被宣布无国籍而强制驱逐，以此保全了她的前夫——军队领袖的脸面。

探戈从未见过蓝眼睛的美国白人，她"看着他们的眼睛，就像看万花筒一样新奇"[2]，"劳伦斯的眼睛里，闪烁着一种迷人的光"[3]。探戈向往西方和自由，而劳伦斯是带她去往西方，奔向自由的人，她和劳伦斯乘飞机离开了让她痛苦的缅甸。飞机降落的地方离缅甸并不远，是泰国。看到泰国女性的西方时尚，探戈也"渴望脱掉纱笼——那件长长的、端庄的、令人厌倦的衣物，换上迷你裙，肚脐以下的腰身，膝盖以上的下摆"[4]；"渴望细高跟鞋、

---

① Wendy Law-Yone, *Irrawaddy Tango*, New York：Random House, 1993, p. 185.

② Wendy Law-Yone, *Irrawaddy Tango*, New York：Random House, 1993, p. 189.

③ Wendy Law-Yone, *Irrawaddy Tango*, New York：Random House, 1993, p. 189.

④ Wendy Law-Yone, *Irrawaddy Tango*, New York：Random House, 1993, p. 188.

假睫毛和指甲油"①;"特别渴望能有一顶假发"②。探戈对西方的崇拜最开始是来源于卡洛斯和他教给她的舞蹈,正因为西方的舞蹈探戈,她才得以离开封闭、贫穷、落后的伊洛瓦底江。而历史上美国在 20 世纪中期就开始利用美国新闻处、国际合作署和各种私人组织对缅甸进行思想渗透,宣传美国的生活方式。美国新闻处使用流动的展览会、图片、报告、电影和书刊等,作为宣传的工具,新闻处的图书馆和阅览室是他们日常宣传的中心,每年接待的人数有 50 万以上。③ 美国想这样做的目的无疑是吸引和影响缅甸人民,用美国人的生活方式对缅甸人民的思想加以渗透和改造,让缅甸人民崇信资产阶级、西方的世界观,将缅甸纳入美国的势力范围。探戈就是缅甸群众中被西方思想影响的一个。

但是作为美国人的劳伦斯对探戈的向往是"畏缩"的,④ 并不认可她的欲望。劳伦斯把他们的婚礼安排在泰国的佛寺,因为他想当然地认为探戈是佛教徒。当探戈告诉他,事实并非如此,自己是无信仰者时,劳伦斯的反应竟是,"失望得要哭了"⑤,虽然如此,他还是说,"我仍然认为,现在前进的道路是对的"⑥。在寺庙的婚礼结束后,他给探戈的惊喜是观看电影,但是电影的主题有关"城市生活的腐败"⑦,电影里的场景透露出来的道德观居然是"正在诵经的佛教修女"⑧。劳伦斯具有的东方主义思想,仍然是西方殖民主义意识形态下产生的话语,他根本就没有意识到东方社会在文化上表现出来的多元性,仍将东方社会视为一成不变的精神实体。他崇尚东方的神秘化,希望东方彻底"东方化",是真实可信的"他者",他将这种热情与偏执投射到了探戈身上。

当劳伦斯给探戈带来另一个惊喜,去往一个庄园时,探戈看到的是一个茅草屋和几个酷似传教士的男人。他们穿着纱笼,懒洋洋地躺在芒果树下的躺椅上,而劳伦斯迫不及待地也换上了纱笼,加入他们当中,这情形让她想

① Wendy Law-Yone, *Irrawaddy Tango*, New York: Random House, 1993, p. 188.
② Wendy Law-Yone, *Irrawaddy Tango*, New York: Random House, 1993, p. 188.
③ A. П. 穆兰诺娃、陈树森:《美国对缅甸的政策》,《东南亚研究资料》,1963 年第 2 期, 第 32 – 33 页。
④ Wendy Law-Yone, *Irrawaddy Tango*, New York: Random House, 1993, p. 188.
⑤ Wendy Law-Yone, *Irrawaddy Tango*, New York: Random House, 1993, p. 191.
⑥ Wendy Law-Yone, *Irrawaddy Tango*, New York: Random House, 1993, p. 192.
⑦ Wendy Law-Yone, *Irrawaddy Tango*, New York: Random House, 1993, p. 193.
⑧ Wendy Law-Yone, *Irrawaddy Tango*, New York: Random House, 1993, p. 193.

起了"达扬",那片丛林,少数民族游击队的营地,这让探戈痛苦万分。劳伦斯将她救出"达扬",却在"达扬"之外,给她带来的惊喜是为她营造了无数个"达扬",不断地把她带入"达扬"的记忆,让她回到不堪的过往。劳伦斯爱的并不是真正的探戈,他爱的是那个可以让他自己显示出英雄气概和西方优势的、探戈生活过的一成不变的东方。他的骨子里并没有要将探戈从让她痛不欲生的"达扬"真正解救出来,他并不想满足她的需要,他只是想显示出自己的价值和优势,同时满足自己征服东方和东方女人的渴望。他的眼睛里,探戈和东方永远都是"他者"。正如历史上美国对缅甸的援助,并不能满足缅甸的实际需要,但"常常被人为地罩上一层人道主义和无私的光环,但事实上,美国从来都是将现实的国家利益作为其对外援助的出发点,其对外援助乃是服务于美国的对外战略和对外政策,是维护其安全利益、经济利益、价值理念以及国际形象的有效工具"①。

劳伦斯为探戈申请了美国公民身份,两人为了跟一家电影公司谈合作前往美国。美国的生活是探戈所向往的,但是与劳伦斯的向往大为不同。他对探戈不会做饭很失望,他认为东方女人都应该是在厨房里劳作的大厨,他一次又一次地问:"你怎么会不懂做饭呢?"② 探戈在餐桌上摆上刀叉银器时,他很惊讶她不使用筷子,他认为她从小就该使用筷子,却不知道使用筷子是中国人的习惯,而"达扬"人是用手抓饭吃。即使探戈告知了劳伦斯事实,他都不相信她,即使他错了,他把中国的文化挪到了"达扬",还是固执己见地认为自己得到的信息和常识是准确的。劳伦斯言说自己热爱东方,实际上他对东方的认识并不到位,他的东方认识是肤浅的。他只要认准一个东方国家的文化,就认为所有东方国家的文化都是如此,他这种以偏概全的文化价值观还是从他自己的喜好和利益出发,反映出他并不尊重东方的文化,即使对待探戈也是如此。探戈是东方女人,他解救了东方女人,不管她来自东方的哪个国家,对他来说,足够了。实际上,探戈是劳伦斯的一个东方主义幻想,他心里的探戈形象是他自己虚构出来的。

电影是在泰国拍摄,本来他们只打算待几个月,但待了有四年之久,因为离"达扬"太近,探戈非常沮丧。一只长臂猿让她跟劳伦斯的关系陷于僵

---

① 潘锐、娄亚萍:《影响美国对外援助政策决策的三个要素》,《和平与发展》,2008 年第 3 期,第 14 – 18 页。

② Wendy Law-Yone, *Irrawaddy Tango*, New York:Random House, 1993, p. 203.

局。劳伦斯送给探戈一只长臂猿作为礼物，认为她一定会喜欢，因为她曾经告诉过他，她是跟长臂猿一起长大。探戈说的事实是，伊洛瓦底江确实有一只长臂猿，但是她并不喜欢。她放走了长臂猿，给了它自由，她自己想要的也是自由。劳伦斯被迫跟探戈一起回到美国，他对东方猎奇式的想象、占有和征服有一种被挫败感。两个人终于意识到他们之间的分歧是什么，劳伦斯认为自己属于东方，从探戈身上找到了他与东方世界的连接，而探戈认为劳伦斯是自己通往西方世界的桥梁，在西方世界她能找到"达扬"无法实现的自由。他们彼此都让对方失望，最后，劳伦斯领导一个难民救济组织，回到泰国，继续去实现他解救东方的英雄主义价值和优越感，而探戈则留在美国，追求自由。

劳伦斯对探戈的解救仿佛是美国对缅甸的援助。美国对缅甸的兴趣一直很浓，不仅在于缅甸富饶的自然资源（主要是战略资源）能给予他们巨大的经济利益，在军事和政治上更是具有重要意义。缅甸政府对外是中立政策，而美国对缅甸政府施加压力，将一些"援助"协定强加于缅甸。他们曾将互相保证安全的"援助"施与缅甸，让缅甸把军事政治条件自动列入经济合作协定之内，从而使缅甸卷入其势力范围。[①] 美国趁缅甸经济困难时，施与社会保健、教育、农业等许多方面的经济发展计划援助，但是这些计划的执行都须取得美国的同意，这剥夺了缅甸自行处理资金的权限和主动性。[②] 随着缅甸跟中国等社会主义国家之间的联系扩大，美国更是加紧了对缅甸的"援助"，其目的是"想破坏缅甸与社会主义阵营国家相互的经济联系和加强美国在缅甸经济和政治生活中的阵地"[③]。美国对缅甸的任何事情的"援助"都是出于自身的考虑，那些所谓的"援助"也总是先保证符合自己的需要。

劳伦斯对探戈的解救是要满足自己对东方的猎奇想象和虚构、占有和征服，而美国对缅甸的"援助"也是围绕自己的利益得失制订计划。劳伦斯对探戈的心不诚，根本就没有考虑到她的真正需求，而美国对缅甸也是如此，对缅甸的所有"援助"都是有着附加条件的，而且忽视了缅甸的实际需求。

---

① 潘锐、娄亚萍：《影响美国对外援助政策决策的三个要素》，《和平与发展》，2008 年第 3 期，第 21 页。

② 潘锐、娄亚萍：《影响美国对外援助政策决策的三个要素》，《和平与发展》，2008 年第 3 期，第 24 页。

③ 潘锐、娄亚萍：《影响美国对外援助政策决策的三个要素》，《和平与发展》，2008 年第 3 期，第 26 页。

探戈与劳伦斯在一起，始终感觉不到自由，相反自己被他牢牢地拴住了，最终两人分手，虽然是藕断丝连。缅甸对美国也是始终不信任，多次拒绝美国的"援助"，美国对缅甸的"援助"不甚成功。作家温迪塑造了劳伦斯这个美国白人形象，主要是想要表达自己流散美国的现实情形，美国并不是天堂，即使离开了缅甸，在另一个自由之地未必就能获得自由。美国对待东方人，未必就是同情和友好，里面掺杂了很多的偏见。作家温迪设计劳伦斯这段情节，寄寓了自己对祖国的期盼，希望有一天回到自己的家园，也表达了国与国之间只有互相平等、友好利益往来，世界才能和平。

五、结论

作家温迪的小说《伊洛瓦底江的探戈》与历史相互交织、渗透，改变了文本封闭的边界，小说与历史互文，构成了一个相映成趣的开放世界。小说《伊洛瓦底江的探戈》以女主人公探戈为线索，通过她的将军丈夫影射缅甸执政者奈温，一段军人执政的历史浮现出来；探戈与少数民族游击队的故事情节，有历史上少数民族武装部队与奈温政府抗争的影子；通过美国白人劳伦斯解救被关进监狱的探戈情节，讽刺了历史上美国对缅甸的"援助"。小说情节并非与历史完全重合，作家温迪在历史的大框架下，虚构了女主人公探戈在"达扬"以及后来流散美国的经历，表达了作家对缅甸现实和对美国的批判，也寄寓了她回归家园、国与国之间友好平等相处、东方与西方平等交往的愿望。

第四章　菲律宾裔美国小说

美国少数族裔群体中增长最快的就是菲律宾裔移民。美国的菲律宾裔移民是仅次于华裔的第二大亚裔群体。因此，美国菲律宾裔移民的政治、经济和文化活动不断引起人们的关注。[①] 这一章主要聚焦菲律宾裔美国作家妮诺奇嘉·罗施卡和她的两部小说《战争的国度》《福有双至》。国内读者对作家妮诺奇嘉·罗施卡不熟悉，本章第一节主要介绍她的文学创作生平和她所生活的时代的社会政治背景。因为她的两部小说的社会政治背景都是马科斯政府，所以有必要也讲述下马科斯统治的历史背景。另外，菲律宾是一个比较特殊的国家，这种特殊性表现在其深远的被殖民历史上，这个国家的政治、宗教、文化和教育因此受到很大影响，从而形成了其特有的社会文化现象。这种以异族文化为重要组成部分的菲律宾文化在作家妮诺奇嘉·罗施卡的小说里尤为显现。第二节以文化间性理论为框架，解读小说《战争的国度》文本里的文化间性。第三节以文本间性理论为框架，阐释《福有双至》小说文本与历史的互文。

第一节　妮诺奇嘉·罗施卡、马科斯政府及菲律宾的被殖民历史

一、作家妮诺奇嘉·罗施卡的生平与成就

妮诺奇嘉·罗施卡是一位有创造力的作家、新闻工作者和政治活动家。她 1946 年出生于马尼拉，就读于菲律宾大学。她还是学生的时候，就对文学

---

① 郭又新：《美国菲律宾裔移民的历史考察》,《东南亚研究》,2003 年第 6 期，第 39-43 页。

创作和政治活动感兴趣，参加了各种激进的组织。1967 年她的三篇短篇小说被列入十大最佳小说，并由菲律宾自由出版社出版。由于其丰硕的创作成果，1968 年她幸运地获得马尼拉《平面》杂志的总编辑职务。作为编辑，她竭力将菲律宾媒体上的报道聚焦重大的而且经常是有争议的问题，例如，反越战抗议、侵犯人权、美国在菲律宾拥有军事基地等。后来她因为帮助员工组织成立工会，失去了在杂志社的工作，但她仍然是一位享有赞誉的作家。她在菲律宾的作家生涯因为费迪南德·马科斯的管制而中断了。马科斯总统于 1972 年宣布在全国实行军事管制后，罗施卡由于组织政治抗议活动，被关押在军事监狱六个月。被关押的这六个月给了她日后创作的灵感，让她在作品中讽刺、记载和揭露菲律宾生活和政治严酷的事实。[①]

1977 年，罗施卡为了躲避另一次逮捕，移民美国，居住在纽约，致力于关注菲律宾人和国际女权主义倡议的问题。她的很多文学作品取材于祖国动荡的政治历史。她 1983 年出版的短篇小说集《季风集》（*The Monsoon Collection*），包括后来的小说里的一些人物速写，就是她在菲律宾入狱期间构思酝酿的。1988 年，马科斯政权被推翻后，她就出版了猛烈抨击马科斯统治的小说《战争的国度》。1986 年和 1991 年，她获得了极具竞争力和声望的纽约艺术基金会的奖学金，并于 1987 年凭借《在枪与十字架之间》一文获得女性政治派别奖。罗施卡还是国际笔会美国中心执行董事会里的第一个菲律宾作家，这个董事会的成员里有美国的一些最负盛名的文学家。她作为一名作家的成功为社会批判提供了有力的武器，在国际舞台上为争取政治和妇女权利而不懈努力。[②][③]

二、妮诺奇嘉·罗施卡小说背景：马科斯政府

费迪南德·马科斯政府被阿基诺夫人领导的"人民力量"革命推翻两年后，妮诺奇嘉·罗施卡的第一部小说《战争的国度》于 1988 年出版。毫无疑

---

① Myra Mendible, Literature as Activism: Ninotchka Rosca's Political Aesthetic, *Journal of Postcolonial Writing*, 2014（50）: pp. 354 – 367.

② Myra Mendible, Literature as Activism: Ninotchka Rosca's Political Aesthetic, *Journal of Postcolonial Writing*, 2014（50）: pp. 355 – 356.

③ Jim Kim Watson, Stories of the State: Literary Form and Authoritarianism in Ninotchka Rosca's *State of War*, *Contemporary Literature*, 2017, 58（2）.

问，马科斯二十多年的统治是当代菲律宾作家最难以忘怀的灵感源泉。① 在解读妮诺奇嘉·罗施卡的小说之前，我们有必要了解作家生活的时代、小说产生的背景。

妮诺奇嘉·罗施卡生活的时代正是马科斯统治时期。马科斯政权是一个以个人统治为主，兼具军人干政的威权政权。② 马科斯 1919 年出生于菲律宾最北部的北伊罗戈省的官僚世家，父亲是担任过两届众议院议员的地方名绅，母亲是教师。他从小就有过人之处，记忆力超强。他与罗施卡一样，也就读于菲律宾大学，读的是法律专业。他能言善辩，年纪轻轻就当选为众议院议员。1954 年与莱特省（Leyte）罗穆亚尔德斯家族（Romualdez）的伊梅尔达（Imelda）举行了隆重的婚礼。伊梅尔达的父亲是颇负盛名的律师，大伯当过最高法院的大法官，二伯当过马尼拉市市长，两个堂哥一个曾是莱特省省长，另一个是国会下议院的副议长。1965 年，马科斯在激烈的总统大选中，击败了所有的竞争对手，当选菲律宾总统，他与伊梅尔达入主马拉卡南宫，开始了对菲律宾 4 500 万人民的统治。

在马科斯统治的前 15 年，他为菲律宾的经济发展、国际地位的提高做出了重大的贡献，但是未能在国内政治方面取得相应的成就。马科斯宣称自己的政治目标是建立一个"新社会"。为了实现这个目标，他大力改革政府机构、推行"土地改革"计划，增加粮食生产，查禁走私，打击犯罪，等等。③然而国内政策不能明显奏效，社会动乱有增无减，1972 年，他宣布实行全国军事管制，并采取了一系列强制措施。首先，除了《每日快报》这份与政府有联系的报纸外，其余报社一律被查封，主要的电台、电视台被关闭，直到这些报社、电台、电视台被马科斯的支持者或亲信接管，才重新恢复工作。然后对政敌和反对派实行大逮捕，被逮捕的人中有参议院议员、省长、编辑和记者。④ 妮诺奇嘉·罗施卡就是被逮捕和关押的其中一员。

1983 年，马科斯策划暗杀了他眼中的死敌，也就是著名的反对派人士、国会议员、自由党主席阿基诺。阿基诺被杀后，菲律宾开始陷入政治混乱。愤怒的群众每天都在游行示威，抗议对阿基诺的政治谋杀，要求马科斯、伊

① Marie Rose Arong & Daniel Hempel, Towards a Philippine Transnation: Dreaming a Philippines in Ninotchka Rosca's *State of War*, *Ariel: A Review of International English Literature*, 2017, 48（2）: pp. 53 – 71.
② 龙异：《菲律宾精英家族政治的历史演进分析》，《南洋问题研究》，2013 年第 4 期，第 48 页。
③ 宋扬：《菲律宾总统：马科斯》，《世界知识》，1980 年第 13 期，第 19 页。
④ 张锡镇：《论菲律宾马科斯政权的垮台》，《国际政治研究》，1987 年第 4 期，第 16 – 17 页。

梅尔达离开马拉卡南宫。就在马科斯山穷水尽之时，马科斯多年的老朋友、美国总统里根也在关键时刻抛弃了他，白宫对外宣布：菲律宾目前的危机，唯一的解决办法就是和平过渡到新政府。在科拉松·阿基诺当选为总统后，面对众叛亲离的处境，马科斯一家人及其亲友在美国人的帮助下，逃出马拉卡南宫，流亡夏威夷。①

三、菲律宾的被殖民历史

妮诺奇嘉·罗施卡的小说，尤其是她的第一部小说《战争的国度》，由三位主人公的家族历史重现了菲律宾的历史，将菲律宾的过去、现在和将来联系在了一起。罗施卡移民到美国之后，用文学的形式，构建了罗施卡版本的菲律宾家园和菲律宾历史，这是她针对马科斯政权统治长期噤声和隐匿而发出的声音。在解读罗施卡的小说之前，我们有必要回顾下菲律宾的真实历史。

菲律宾是有 90 多个民族的多民族国家。西班牙和美国对菲律宾有着 300 多年的殖民历史，因而西班牙文化和美国文化在很大程度上影响了菲律宾的本土文化。"菲律宾的文化是传统的原住民文化与西班牙文化、美国文化的融合，也带明显的中国、墨西哥、印度尼西亚和印度色彩"②。

1521 年葡萄牙航海家麦哲伦奉西班牙国王之命，率船队到达了今天的菲律宾群岛，并将其命名为圣拉萨罗群岛。1542 年西班牙航海家洛佩斯来到了这个群岛，为了向西班牙王位继承人——西班牙皇帝查理五世的儿子菲利普表示敬意，把这个群岛由圣拉萨罗改称为菲律宾。1565 年西班牙人在宿务岛建立了西班牙的第一个殖民地，1571 年西班牙人占领了马尼拉城，并修筑堡垒、街道和天主教堂。马尼拉成为西班牙人统治菲律宾的中心。到 17 世纪中期，西班牙人已在菲律宾建立了殖民统治，天主教是西班牙人统治菲律宾的重要支柱。到 1622 年，菲律宾的天主教徒已超过 50 万人。许多传教士打着"拯救灵魂"的旗号，实际上贪得无厌，过着奢侈腐化的生活。妮诺奇嘉·罗施卡《战争的国度》里的西班牙传教士，也就是小说主人公安娜和艾德里安

---

① 姜士林：《家族统治身败名裂　专制腐化结局可悲：菲律宾前总统马科斯夫妇贪污巨款案纪实（下篇）》，《党风与廉政》，2001 年第 4 期，第 40 - 41 页。

② 张成霞：《西方文化在菲律宾的传播与融合：以西班牙、美国为例》，《贵州大学学报（社会科学版）》，2013 年第 6 期，第 43 页。

的先祖，就是真实历史中的这些传教士的文学范本。

1898 年，西班牙在美西战争中失败，根据《美西巴黎条约》，将菲律宾割让给美国。美国在菲律宾采取的殖民策略，具有自由色彩，一方面为了掩饰其殖民侵略本质，以"菲律宾化"作为幌子；另一方面，也大力推行"美国化"策略，即"在美国人牢牢地掌握最高权力的前提下，把美国的一套政治制度（两党制、议会民主制等）移植到菲律宾，以取代西班牙传统的殖民体制"①。经济上，美国把菲律宾变成了它的原料供应地、商品销售市场和投资场所。文化教育上，把美国生活方式、文化教育、思想意识、价值观等，都传播到了菲律宾，给这个国家带来了很大的改变。天主教是西班牙带给菲律宾的，美国人给这个国家带来的则是新教和卫理公会派。美国也利用宗教作为统治菲律宾人民的重要手段。马科斯政府跟美国有着千丝万缕的联系，马科斯自执政后，积极支持美国在东南亚的政策，而美国也在军事和经济上对菲律宾施以援助，菲律宾是美国在东南亚的盟友。

在妮诺奇嘉·罗施卡的小说中，菲律宾的被殖民历史、马科斯的政权统治，还有菲律宾的美好将来相互交织，镶嵌在文本的背景和情节里，不仅使小说有着历史的厚重感，也寄寓了作家的思乡之情。中国国内读者在阅读罗施卡的小说的同时，也须厘清小说中的殖民历史与真实殖民历史的区别，分辨罗施卡小说版的马科斯政府与真实的马科斯政府的差距，在理解罗施卡的批判观点的同时，形成自己对历史的评判。

第二节 《战争的国度》文本的文化间性内涵

菲律宾裔美国作家妮诺奇嘉·罗施卡的第一部小说《战争的国度》在马科斯政府被推翻两年后，在美国出版。该小说是罗施卡被迫离开祖国菲律宾，移民美国后发出的呐喊。马科斯于 1972 年宣布军事管制，将政敌投入狱中，许多政治评论家不是被拘留就是被驱逐出境。罗施卡就是当时被马科斯政府关押入狱的新闻记者之一，为了躲避再次被拘捕，她不得不移民美国。在小说《战争的国度》中，罗施卡以三位主人公安娜、艾德里安和伊莉莎为线索，

---

① 梁英明等：《近现代东南亚（1511—1992）》，北京：北京大学出版社，1994 年，第 241 页。

讲述他们之间的故事、他们先祖的故事，以文学想象重构了祖国菲律宾的过去、现在和将来。

中国国内研究罗施卡这部《战争的国度》的文献有台湾的陈淑卿（2014）撰写的论文，她援引情动力理论和罗伦·波兰有关情动力和历史书写的概念，分析该小说里国家、历史与情动力的关系。她认为小说勾勒的并非国家主体，而是多重殖民历史所形塑的情动力主体，借此重新思考基于情动力知识论的后殖民历史书写。①

国外的文献中，基尼·金姆·沃森（2017）指出传统的思维是文学表达与专制国家相互排斥，而沃森的文章超越这个束缚，探讨小说中后殖民国家的形成与文体的关系，能够使我们得以运用更好的分析策略、工具和问题来对抗后殖民世界的"非现代、非自由、非民主"国家的整体观念；还能帮助我们超越对后殖民小说的心照不宣的期待，满足对革命的第三世界的怀旧，以及颂扬一个世界性的或无国界的世界文学。② 玛丽·罗斯·雅弄和丹尼尔·赫普（2017）运用比尔·安什克罗夫特的"跨界"概念分析菲律宾的文化和历史，探讨了作家罗施卡如何在该小说中展现菲律宾身份的复杂性和异质性。③

国内外文献都能运用某种理论或概念对小说中的某个问题进行探讨和分析，或者挑战传统的思维模式，尝试一种与之相对的新的思维模式研究。鉴于作家妮诺奇嘉·罗施卡的菲律宾和美国双重文化身份，以及小说《战争的国度》里无处不在的多重文化，本节试图从文化间性的视角，探讨菲律宾的"阿替阿替汉节""家族""安娜儿子的名字"的文化间性内涵，从而展现作家罗施卡眼中的菲律宾，凸显作家的历史观。对该小说的文化间性解读，拓展了小说的研究视域，也促使中国国内读者关注罗施卡这个作家。

---

① Shu-ching Chen, Affect and History in Ninotchka Rosca's *State of War*, *Euramerica*. 2015, 45（1）: pp. 1 – 38.

② Jim Kim Watson, Stories of the State: Literary Form and Authoritarianism in Ninotchka Rosca's *State of War*, *Contemporary Literature*, 2017, 58（2）pp. 262 – 289.

③ Marie Rose Arong & Daniel Hempel, Towards a Philippine Transnation: Dreaming a Philippines in Ninotchka Rosca's *State of War*, *Ariel: A Review of International English Literature*, 2017, 48（2）: pp. 53 – 71.

一、菲律宾的当下：节日的文化间性内涵

作为活跃的政治评论家，为了避免又一次被关押，罗施卡被迫离开祖国菲律宾，移民美国定居。她在美国，正如萨义德所说的，"既非完全与新环境合一，也未完全与旧环境分离"①，她仍然关注东方的家园，不同的是，她的视角改变了，在新的国度，用更加新颖、客观和普遍的思维方式和视角，思考着旧的国度的一切。面对东方家园那腐败的统治，罗施卡依旧去想象、去探索，她所看到的一些事物，是"从未越过传统与舒适范围的心灵通常所失去的"②。

小说的第一部分和第三部分讲述的是主人公安娜、艾德里安和伊莉莎在菲律宾的当下生活。安娜是个寡妇，丈夫是政治犯，她卷入丈夫的麻烦中，被军方逮捕折磨。艾德里安是富有的房地产大亨的儿子，他爱上了安娜。伊莉莎是安娜读大学时的室友，是一位军界要人的情妇。小说的开头，三个人一起来到了 K 岛欢度节日。小说用了大量篇幅来描述这个节日的场景：

"仪式很简单，在第一次的庆祝中，一位当地酋长命令那些在凌晨时分参加过战争的战士与盟友们列队游行，尽管他早已去世，但是他的士兵们还在，穿着更为华丽，带有数个世纪的奇思妙想……"③ "一群异装癖安静地缓步而行，仿佛在感受海边的空气。他们穿着孔雀色的色彩斑斓的礼服，金银色的凉鞋，肩上披着蕾丝披肩，傲慢地注视着人群，挥舞着钩针编织的手袋和纸扇。"④ "……那一大群人像外星人一样陌生。有日本人……高加索人，还有两眼游移不定、面色苍白、略有愠色的本地居民。他们自信地快步走着，过了一会儿，鼓声慢慢减弱了，他们与镇上的节奏融为一体。"⑤

---

① 爱德华・W. 萨义德著，单德兴译：《知识分子论》，北京：生活・读书・新知三联书店，2002年，第45页。

② 爱德华・W. 萨义德著，单德兴译：《知识分子论》，北京：生活・读书・新知三联书店，2002年，第57页。

③ Ninotchka Rosca, *State of War: A Novel of Life in the Philippines*, California: The Villarica Press, 1988, p. 6.

④ Ninotchka Rosca, *State of War: A Novel of Life in the Philippines*, California: The Villarica Press, 1988, p. 7.

⑤ Ninotchka Rosca, *State of War: A Novel of Life in the Philippines*, California: The Villarica Press, 1988, p. 7.

　　这是作家描述的 K 岛上庆祝节日的游行场景。在这样一个游行队伍里，士兵们的着装穿越了几个世纪，异装癖肆意地装扮着自己，不同国家来的游客混杂在当地人的游行中，融入了节日的盛宴，只有本地居民，似乎已疲于节日的庆祝，厌倦这样的仪式。在 K 岛，不同文化身份的人都在节日的场景中出现，在节日的狂欢中，拥有不同文化背景、不同身份的人相遇，他们之间的差距、距离和界限似乎已经消失，他们共同融于 K 岛的文化和生活，他们的一切都被包容在这个小镇。节日里的 K 岛是和谐的、融洽的，不同的文化、不同的身份在狂欢中共存、融通，这是文化间性的立场、和谐世界的场面。

　　安娜、艾德里安和伊莉莎来到这个 K 岛参加的节日庆典实际指的是菲律宾阿克兰省（Aklan Province）卡利博市（Kalibo）的一个小海滨城镇班乃岛（Panay）每年举行的阿替阿替汉节（Ati-Atihan Festival）。① 这个节日于每年 1 月的第二或第三个星期举行，是阿克兰省的特色节日。节日期间，人们都会穿着夸张鲜艳的传统服装，舞着兵器在街上游行。阿替阿替汉节的起源可以追溯到 13 世纪一群马来酋长来到班乃岛的时候，而今天这个节日已经失去了地方特色，在许多方面类似于现代西方的狂欢节。② 在马科斯的军事管制时期，阿替阿替汉节就已经特意模仿了狂欢节和其他的节日，诸如巴西狂欢节。③

　　K 岛的阿替阿替汉节在表现形式上模仿了西方的狂欢节，这个节日作为一个本地的节日历经了数百年的外族侵略，在文化内涵上也带有了很多外来元素。西班牙入侵菲律宾后，它的文化就扎根在这片土地上了。西班牙留给菲律宾的最宝贵的遗产是天主教，西班牙殖民者在菲律宾岛上修建了数以百计的教堂。菲律宾是节日的王国，全国大大小小的节日中有相当一部分是融合了天主教宗教文化和菲律宾民间传统文化的宗教庆典。阿替（Ati）是菲律宾的土著民族，而阿替阿替汉节是为了纪念圣婴帮助他们击败了穆斯林的进

　　① Ruth Jordana Pison, The Ati-Atihan as Narrative Structure of *State of War*, *Journal of English Studies and Comparative Literature*, 1997, 2 (1): pp. 35–51.
　　② Marie Rose Arong & Daniel Hempel, Towards a Philippine Transnation: Dreaming a Philippines in Ninotchka Rosca's *State of War*, *Ariel: A Review of International English Literature*, 2017, 48 (2): p. 57.
　　③ William Peterson, The Ati-Atihan Festival: Dancing with the Santo Nino at the "Filipino Mardi Gras", *Asian Theatre Journal*, 2011, 28 (2): pp. 505–528.

攻，同时也纪念他们皈依天主教。① 在菲律宾，圣婴崇拜很盛行，也有特殊意义，他被菲律宾民族"奉为雨神、战争保护神和海神，同时还被认为能治愈百病，带来丰收"②。因此，可以说，菲律宾 K 岛的阿替阿替汉节在表现形式上具有西方现代狂欢节的特点，在文化内涵上融合了天主教的宗教文化和菲律宾的民间传统文化，这是一个具有文化间性特质的节日盛典。

小说里安娜、艾德里安和伊莉莎来到 K 岛参加阿替阿替汉节，"是为了减轻痛苦——他们彼此诉说，是想要在这三天内暂时忘记这个城市和所有的麻烦"③。起初，他们沉浸在节日的欢乐中，沉浸在这个和谐、包容的小镇的狂欢中，但是一切的和平与安宁只是表面，节日的盛宴中逐渐露出了 K 岛混乱、暴虐的实质，这也是节日游行队伍里的本地居民"两眼游移不定、面色苍白、略有愠色"的原因。

在游行队伍里，伊莉莎的胳膊"被一个年轻人勾住了，他手里挥舞着一瓶朗姆酒，尖声狂笑"④；"一个公交司机说，最好有些人能做些什么，一个乘客听了后，一下车，就捡起一块石头朝路上扔去。让他高兴的是，五分钟不到，林荫大道上积满了小石块、鹅卵石、水泥块、石子和碎玻璃。现在，学生们纷纷把书倒出来，也加入了他们，往书包里塞满了炸药"⑤。

作家在描述 K 岛文化融合的同时，也把这个节日的不和谐呈现了出来。年轻人在节日里的表现是放纵欲望、发泄情绪；公交司机则是不法分子，怂恿别人做坏事，唯恐天下不乱；乘客们在极度高昂的情绪下，受到蛊惑，把大路弄得乱七八糟；学生们连书都不要了，往书包里塞的炸药预示着这个节日的隐患和结局。狂欢的盛宴，看上去是包容万物的祥和，实际却隐藏着纷乱和灾难。所有在 K 岛上参加庆祝的人都用自己的方式，把自己对这个节日的理解和欲望用行动表现了出来。伊莉莎目睹了这一切，她有些困惑，问游

---

① 施雪琴：《菲律宾天主教宗教节日的文化特征与功能嬗变》，《东南亚研究》，2003 年第 6 期，第 73 页。
② 施雪琴：《菲律宾天主教宗教节日的文化特征与功能嬗变》，《东南亚研究》，2003 年第 6 期，第 73 页。
③ Ninotchka Rosca, *State of War: A Novel of Life in the Philippines*, California: The Villarica Press, 1988, p. 121
④ Ninotchka Rosca, *State of War: A Novel of Life in the Philippines*, California: The Villarica Press, 1988, p. 7.
⑤ Ninotchka Rosca, *State of War: A Novel of Life in the Philippines*, California: The Villarica Press, 1988, p. 14.

行的人到底在庆祝什么。狂欢的人回答，"生命"① "死亡"②。也许回答的人道出了节日的真谛。阿替阿替汉节纪念圣婴，庆祝生命的开始、生命的美好，但是任何人依旧摆脱不了死亡。生命与死亡是同时存在的。

　　阿替阿替汉节在马科斯军事管制时期模仿了西方狂欢节，这个节日正是马科斯政权统治的隐喻。正如阿替阿替汉节热闹祥和表面下隐藏着的纷乱和灾难，马科斯统治下的菲律宾也并不如表面上看到的富足和安宁。小说里有一段对市政厅的描写，"市政厅的大厅被改造成了会议室，高高的盆栽棕榈树遮住了墙面的灰泥裂缝，红地毯掩盖的是破旧的地板。忧郁的辞职情绪与大厅后半部分内置音频系统的活动座椅形成了鲜明的对比"③。

　　作家的这段描写暴露了小镇富丽堂皇背后的衰败和腐朽。市政厅是小镇的最高管理场所，但是其墙面的裂缝和地板的破旧反映出这个小镇的衰落，政府仍旧在用富丽堂皇来遮蔽衰落。工作人员纷纷辞职是很不好的事情，市政厅开会用的活动座椅却配备有西方先进的内置音频系统，显示参会人员的数量之多，完备的会议设施掩盖了工作人员萧条的现状。可以说，安娜他们三人参加的这次阿替阿替汉节，其实隐喻了马科斯政权的衰落、腐朽和灭亡，也说明了这个节日虽然其表现形式和内涵受西方影响很大，但是 300 多年的西方殖民统治给菲律宾带来的只是表面上的繁华，富丽堂皇的外观依然掩饰不住内质的腐朽。这也揭示出西方殖民统治给菲律宾发展进程带来了正反两方面的作用，一方面给菲律宾的宗教、文化和社会生活增添了西方元素和内涵；另一方面在某种程度上限制和阻碍了菲律宾本土的现代化进程。

　　小说里有一段描写美国军队入侵菲律宾岛屿的情形，这是男主人公艾德里安祖父的回忆，"新入侵者无法理解为什么有人会反对被这个伟大的北美国家仁慈地同化，还派了一半的军队到岛上去，把他们分散到各个岛屿。他们的出现滋生了很多尸体：街道上的尸体，屋顶上的尸体，挂在椰子树上的尸体。美国人为了彰显上帝的荣耀，效率很高地处理了起义，焚烧村庄，把二十五万男男女女的尸体乱塞进 1.6 千米长的坟墓里。……因为有很多女人自

---

① Ninotchka Rosca, *State of War: A Novel of Life in the Philippines*, California: The Villarica Press, 1988, p. 41.

② Ninotchka Rosca, *State of War: A Novel of Life in the Philippines*, California: The Villarica Press, 1988, p. 41.

③ Ninotchka Rosca, *State of War: A Novel of Life in the Philippines*, California: The Villarica Press, 1988, p. 125.

杀，看上去像是空中的蝙蝠一路尖叫着从云中降落到地面上"①。

作家罗施卡的这段描写揭露的是美国殖民者如何对待菲律宾本土居民——杀戮和奸污，告诉了读者她对被殖民历史的真实态度，所以 K 岛上的阿替阿替汉节，即使是众人的狂欢，但还是在游行队伍里见到了本土居民"两眼游移不定、面色苍白、略有愠色"，他们并没有忘记被殖民历史，在狂欢的背后，还有马科斯政府的统治。历史和现状让 K 岛的居民心有余悸。众人狂欢的画面、不同身份和不同文化的和谐场景，掩饰不了惨烈的被殖民历史和腐朽衰落的现状。

男主人公艾德里安的祖父不仅讲述了美国殖民者对菲律宾人的杀戮，还对孙子讲述了他的发家历史，"在他儿子们的帮助下，老安迪选择投资到政治家身上，在这颗或那颗冉冉升起的政治之星上押下一笔小赌注，希望在适当的时候，这颗新星能控制所有的文件，控制一捆又一捆带签名、盖章和编号的文件"②。六年后，"老安迪把有指挥官签名的纸条——这张纸条记录了老安迪对选举的贡献——送到了南宫，还附了一便条，上面写着：我们之间现在并不需要这个。一个月后，他的大儿子得到了巴拉望岛③的伐木特许权"④。

这是罗施卡对男主人公艾德里安的祖父的发迹史的一段描述。艾德里安的祖父深谙政治，他利用政治手段获取利益，这无疑证明了马科斯政府的腐败和西方选举制度的欺骗实质。像艾德里安的祖父那样的大财阀在马科斯身上投资，马科斯当选为总统后，利用手中的大权给予这些财阀们好处，自己也开始了权力与财富、权力与挥霍之间的狂欢游戏。马科斯夫妇的财产在急剧膨胀，菲律宾国内到处是他们的行宫，国外许多地方都有他们的豪华别墅。在马科斯军事管制时期，不仅菲律宾 K 岛的阿替阿替汉节模仿西方的狂欢节，整个菲律宾岛都沉浸在大大小小的节日庆典中，似乎西方殖民的历史、马科斯的统治都使得国强民安。小说里 K 岛的阿替阿替汉节揭示了菲律宾人生活的真相——无处不在的纷争和灾难的隐患。正是西方殖民的历史、马科斯政

---

① Ninotchka Rosca, *State of War: A Novel of Life in the Philippines*, California: The Villarica Press, 1988, pp. 65 – 66.

② Ninotchka Rosca, *State of War: A Novel of Life in the Philippines*, California: The Villarica Press, 1988, p. 115.

③ 巴拉望岛是菲律宾西部岛屿。

④ Ninotchka Rosca, *State of War: A Novel of Life in the Philippines*, California: The Villarica Press, 1988, p. 118.

权统治、节日里的外来元素，给菲律宾人的生活蒙上了苦难。与马科斯的豪富形成鲜明对照的是菲律宾人生活的现状——国民生产总值下降、大批人失业、高额的外债等。不同文化和不同身份在节日里融合与和谐的文化间性还蕴含着不和谐的一面：菲律宾人民生活的苦难、被西方殖民统治的屈辱以及马科斯统治的腐朽与衰落。

二、菲律宾的历史：家族史的文化间性内涵

　　像妮诺奇嘉·罗施卡这样的菲律宾裔美国作家，生活在美国，她们的作品却倾向于以菲律宾为背景。这似乎可以被认为是怀旧，试图回到祖先的伊甸园，实际上这样的写作是一种过去与现在、过去与未来的协商。一如 K 岛的阿替阿替汉节的表现形式和文化内涵的文化间性特质，小说里三位主人公安娜、艾德里安和伊莉莎的家族史实际上隐喻了菲律宾的被殖民历史，也具有文化间性的特质，是作家罗施卡跨越不同种族和不同传统，在美国文化和菲律宾文化之间的一种协商。在文化间性中，体现了过去与现在，过去与未来的对话，以及对过去的迷恋。小说的第二部分讲述的三位主人公的家族史包括了菲律宾四百年的历史，其间经历了西班牙殖民末期、短暂的菲律宾革命、美国殖民、第二次世界大战期间的日寇侵占等。

　　安娜和艾德里安有共同的祖先，是一位西班牙神父，四百年前，他从西班牙来到远东的这片异邦之地。那时，出于西班牙入侵和统治菲律宾的需要，大批的传教士得以进入菲律宾，"得到殖民政权军事上、政治上和经济上的支持，获得经济上、政治上和法律上的特权"[1]。艾德里安的曾祖母是一位马来女孩，"深色皮肤"[2]，"金合欢树般的强健"[3]。她在河水里洗澡，深色的维纳斯从水波中升起的这幅画面，引诱了神父的情欲。"她完全了解不能抵抗神父，她是在长辈们的流言蜚语中长大。"[4] 这是西班牙殖民时期给予菲律宾人

　　① 贺圣达：《东南亚文化发展史》，昆明：云南人民出版社，2010 年，第 270 页。
　　② Ninotchka Rosca, *State of War: A Novel of Life in the Philippines*, California: The Villarica Press, 1988, p. 140.
　　③ Ninotchka Rosca, *State of War: A Novel of Life in the Philippines*, California: The Villarica Press, 1988, p. 140.
　　④ Ninotchka Rosca, *State of War: A Novel of Life in the Philippines*, California: The Villarica Press, 1988, p. 140.

的文化，菲律宾民族是柔弱的，对待殖民者的态度是驯服、服从和接受。西班牙殖民者把他们的霸权主义肆虐到菲律宾人民身上，要本土居民逆来顺受、不抵抗。即使殖民文化使然，这位马来女孩在逆来顺受的同时，也进行了反抗，她在神父侵犯自己时，"思忖这不明智之举会让神父付出多大的代价"①。马来女孩的做法是所有菲律宾本土居民对待西班牙殖民者的态度，即使身体上屈服，精神上也不会让步。这意味着西班牙的殖民文化与菲律宾本土文化的相遇，看上去是强势文化吞噬了弱势文化，其实不然，两种不同的文化相遇，肯定存在着差异和力量的对比，它们之间通过对话协商，达到共存，这就是文化间性。马来女孩所代表的本土文化与神父所代表的西班牙殖民文化相互碰撞，它们之间存在着巨大的强弱差距，然而这位本土女孩虽身体上不得不对神父屈服，但神父给予她一些物质利益和权利，这也是一种对话和协商，本土文化和殖民文化之间存在着既屈服也抵抗的张力。这位马来女孩获得了一枚金币，"上面刻着从没有人见过的一位国王的侧面像"②。另外神父安排女孩每周去教堂，六个月后，他给了她一些钱让她离开，而她这时已怀身孕。

　　十五年后，同样的事情发生了，就是这位神父又让修道院厨子的妻子成为自己的情妇。情妇的名字叫玛雅，她是安娜的曾祖母，她给神父生了七个儿子，她被神父的权力保护着，她"管理着修道院的仆人，打理他的大量投资……"③ 但是，因为她的身份是神父的情妇，她被排斥，"既处于群岛最富有的布拉干省马洛洛斯这个繁华城市半异教半天主教社会的中心，也处于外围"④。她被马洛洛斯这个城市的人称为"女巫、娼妓、圣人、女施主、精神病人"⑤。她会接受农民们卷起来的诉求书，向他们索取一两个硬币，就答应将诉求书送到真正的圣人那里。玛雅所处的那个时代，天主教的影响渗透社

　　① Ninotchka Rosca, *State of War: A Novel of Life in the Philippines*, California: The Villarica Press, 1988, p. 140.
　　② Ninotchka Rosca, *State of War: A Novel of Life in the Philippines*, California: The Villarica Press, 1988, p. 140.
　　③ Ninotchka Rosca, *State of War: A Novel of Life in the Philippines*, California: The Villarica Press, 1988, p. 141.
　　④ Ninotchka Rosca, *State of War: A Novel of Life in the Philippines*, California: The Villarica Press, 1988, p. 141.
　　⑤ Ninotchka Rosca, *State of War: A Novel of Life in the Philippines*, California: The Villarica Press, 1988, p. 142.

会生活的各个方面，"教堂取代原始的偶像，十字架、圣像、祭台到处可见"①。"在这些仪式中，农民不知何故，颠倒了她胁迫神圣力量的想法，开始鞭打他们自己，希望这样的血祭能够吸引白皮肤的圣人，他们认为白皮肤的圣人和统治群岛的墨西哥皇家总督的代表一样凶残和贪婪。"②

玛雅的文化身份有多种，是西班牙神父的情妇、是众人眼中的娼妓；她用情妇的身份成为社区的"人物"，她离白人神父近，也就是离上帝近，她开创了"忏悔者"的做法，这使得她成为女巫、圣人和女施主；当然她对圣像的鞭打，肯定与常人相比显得不同，在那些并不信教的人眼里，绝对就是疯狂的行为，她也就会被认为是精神病人。她既处于社区权力的中心，被众人敬畏；也处于社区的外围，被众人排斥。玛雅的这些不同文化身份是对立的，而她也不甘于情妇、娼妓的文化身份，勇于反抗，努力利用与神父的关系，满足社区众人的精神需求，拉拢人心，使自己拥有圣人的文化身份，提高自己的社会地位。她改变自己的文化身份，是对原有身份的抗拒，也是她抵抗殖民者、反抗殖民者的表现。她的这些文化身份，既对立，也有内在关联，且相互作用，呈多元互联互动的共在状态，也就是说玛雅的身份具有文化间性的特质。

西班牙神父去世后，玛雅和唯一留在身边的儿子卡洛斯·卢卡斯被驱逐出修道院，他们从修道院带出一箱金子，迁移到马尼拉，买了如洞穴般空旷的两层楼的房子，安顿了下来，成为受人尊敬的家庭，新的社区，没有人知道他们的过去。1834年西班牙王室颁布诏令，宣布马尼拉港正式向国际开放贸易，这时的马尼拉呈现出新的面貌，"每天早晨人声鼎沸，有酒馆、有酒吧，有来自英国、法国，甚至宿敌葡萄牙的游客，他们是被苏伊士运河兴建之后蓬勃发展的重商主义吸引到这里的"③。菲律宾的开港，不仅促进了商品经济的发展，也为菲律宾人打开了一个新的世界，"他们接触了外国的思想和外国的游客。他们读报纸和书籍，包括从海外来的。因此，他们的精神扩展了。他们变得不满足于事物的旧秩序了，而要求有新的社会的变革，使之与

① 贺圣达：《东南亚文化发展史》，昆明：云南人民出版社，2010年，第269页。
② Ninotchka Rosca, *State of War: A Novel of Life in the Philippines*, California: The Villarica Press, 1988, p.142.
③ Ninotchka Rosca, *State of War: A Novel of Life in the Philippines*, California: The Villarica Press, 1988, p.145.

时代精神相协调"①。玛雅的儿子卢卡斯就是一个善于接受新生事物、有头脑的人，他请来德国的化学家，研究酝酿新的啤酒，发展家族产业。而这时"西班牙人坚持要为历史荒谬的混杂人群取一个名字——马来人、阿拉伯人、印度人、西班牙人、英国人——僭取的这个名字是曾经出生在这个岛上的纯种的西班牙人才有的。他们称自己为菲律宾人"②。安娜和艾德里安的家族史映射出了菲律宾国家的历史。

二十世纪初随着西班牙殖民的没落，美国又入侵了菲律宾。这时玛雅的家庭已经是受人尊敬的中产阶级了。玛雅为儿子卢卡斯找了个妻子名叫玛扬，是家里女仆的女儿，是中国和马来混血儿，玛扬卑微的身份在一夜之间改变了。菲律宾人的生活也发生了变化，汽车出现了，城市里也有电了，玛扬换上了来自美国的时装。美国在菲律宾的殖民统治虽然还不到半个世纪，但它的文化影响是巨大的，"以致在许多方面使菲律宾人'成了美国化的亚洲人'，年轻的一代菲律宾人起美国名字、玩美国游戏、跳美国舞、唱美国歌、穿衣谈话采取美国式、吸美国纸烟、喝美国饮料、吃美国食物"③。

知晓玛雅过去的两位西班牙神父找到玛雅，要求购买玛雅家生意的股份，参与他们的酝酿啤酒的生意。卡洛斯·卢卡斯对自己的出生很觉羞耻，他毅然而然地进行了反抗，既不让自己的母亲玛雅参与到他的啤酒生意中，也不让这两位神父加入进来，他对母亲说："他们不可能买入我们的股份。他们不可能再靠近我了。"④ 他的态度既是他对自己的家族历史的反抗，也是对西班牙殖民者的抵制，即使他是西班牙神父的后代，因为是私生子，也感觉到耻辱。他想摆脱过去，与神父划清界限，撇清干系，通过自己的事业来发展家族产业。雇用德国专家来帮助研究酝酿啤酒，运用最先进的技术来拓展产业，是他想紧跟时代潮流的表现。

但是，事情变得更加离谱。婚后被丈夫冷落的玛扬爱上了卢卡斯雇用的来自德国的化学家汉斯。玛扬生下了私生子路易斯·卡洛斯，这个私生子的血缘却更加复杂，他是西班牙、中国、德国和菲律宾本土的混血儿。随着日

① 贺圣达：《东南亚文化发展史》，昆明：云南人民出版社，2010 年，第 391 页。
② Ninotchka Rosca, *State of War: A Novel of Life in the Philippines*, California: The Villarica Press, 1988, p. 145.
③ 贺圣达：《东南亚文化发展史》，昆明：云南人民出版社，2010 年，第 409 - 410 页。
④ Ninotchka Rosca, *State of War: A Novel of Life in the Philippines*, California: The Villarica Press, 1988, pp. 154 - 155.

本帝国主义的侵略、美国殖民者的迅速撤退，具有音乐细胞的路易斯为了彰显自己的本民族文化身份，加入游击队，成为游击队战士，反抗日本人的侵占，为自己民族的独立而战。他的妻子是一位中国女孩，这位中国女孩生的女儿就是安娜。

从出生起，陪伴安娜成长的是一台收音机，上午是西班牙语广播，下午是英语广播，照料她的保姆只会说他加禄语，家里的人都忽略了她，没怎么在意她的存在。通过收音机和保姆，安娜自己学会了西班牙语、英语和他加禄语，更甚的是，她通过一堆纪念物，"经过惊人的推理，从微缩油画、旧照片、未完成的素描中识别了家族每个人的身份。她能够说出玛雅、玛扬、卡洛斯·卢卡斯、路易斯·卡洛斯……人的名字……"① 所有的文化身份都落到了安娜的身上，她的文化身份比家族的其他任何人都更为复杂。她的反抗斗志、她的爱国精神更为强烈。

艾德里安的曾祖母马来女孩和安娜的曾祖母玛雅都是西班牙殖民的受害者，西班牙神父强暴马来女孩和玛雅，在菲律宾留下了后代——卡洛斯·卢卡斯、路易斯·卡洛斯、安娜以及艾德里安等，这样这位西班牙神父在菲律宾的历史上留下了印记。马来女孩和玛雅不得不屈服于有特权的殖民者西班牙神父，同时她们也不甘于屈服，虽然身体屈服于西方殖民者，但精神上是勇于反抗的，从殖民者那里换回了物质利益，还有一些特权。可以说，她们俩所代表的本土文化与西方殖民文化相遇，通过对话和协商、屈服与抵抗的张力，在文化间性中获得生存。玛扬是女仆的女儿，她不甘于自己的地位和命运，她要像玛雅那样从低贱走向高贵，她嫁给了玛雅的儿子卡洛斯·卢卡斯，因为寂寞、不甘于被冷落开始反抗，爱上西方异国的英俊男士，生下私生子，她也是一位在文化间性中求生存，追求幸福的女人。卡洛斯·卢卡斯和路易斯·卡洛斯都是东西方的混血儿，卡洛斯·卢卡斯为了摆脱羞耻的家族的过去，运用自己的智慧、创造精神，勇于开拓自己的事业。路易斯·卡洛斯有音乐天赋，在民族危难之际，积极投身于民族革命。东西方的混血儿、文化间性的特质，让他们更容易接受新生事物，适应变革，与时代精神相协调。东西方混血的路易斯·卡洛斯与中国妻子所生的女儿安娜，更是有着文化间性的特质，她能通过收音机学会西班牙语和英语，也从本土保姆那里学

① Ninotchka Rosca, *State of War: A Novel of Life in the Philippines*, California: The Villarica Press, 1988, p. 305.

会了本地语言他加禄语。她的生命中承载着太为沉重的家族历史和菲律宾国家历史，她更具有文化间性的特质。

安娜、艾德里安和伊莉莎的家族历史，类似于菲律宾国家的历史，家族成员被西班牙神父强暴的历史，就是菲律宾被西方国家殖民的历史具体体现。小说里家族成员对神父的反抗，就是菲律宾人民对西方殖民者的抵抗的鲜活再现。家族成员不甘于现状，改变自己命运的行为，就是菲律宾人勇于开拓，紧跟时代脉搏的历史。生于乱世中的安娜、艾德里安和伊莉莎以及他们的家族的命运，就是菲律宾国家的命运，他们在殖民文化历史中对话和协商，屈服和抵抗的张力存在于东西方不同文化当中，他们在文化间性当中获得生存。

三、菲律宾的未来：安娜儿子名字的文化间性内涵

安娜的丈夫，革命的战士马诺洛失踪了，未知生死，安娜从未停歇地想寻找迫害丈夫的阿莫尔上校。在丈夫失踪后，她再也没有结婚，一直努力援助革命。安娜大学时的室友伊莉莎真心爱朋友，陪伴她，帮助她。安娜逐渐爱上小说另一主人公艾德里安，三人同行，来到了 K 岛参加节日庆典。庆典上有人作乱，投下炸弹，艾德里安被严重炸伤，伊莉莎死了，安娜遇到了丈夫马诺洛，原来他承受不了阿莫尔上校的酷刑，背叛了游击队，帮助阿莫尔上校做事。安娜极度失望，杀死了丈夫。她带着收音机和录音机，来到拉古那的一个小村庄，成为一名教师，她希望学生变得强大，学会去反抗、改变自己的命运。

安娜发现自己怀上了艾德里安的孩子，是个男孩，她给他起了个名字——伊斯梅尔·比利亚韦德·班亚噶（Ismael Villaverde Banyaga）。伊斯梅尔是安娜非常敬佩的游击队员格瓦拉（Guevarra）的名字，安娜被阿莫尔上校抓进监狱后认识了格瓦拉，与他成为好朋友，格瓦拉坚毅勇敢地与阿莫尔上校作斗争，宁死不屈，他是安娜心中的英雄。安娜给儿子起这个名字，是期望儿子能如格瓦拉那样勇敢，能够积极反抗黑暗、腐朽势力，成为有着英雄般品质的人。比利亚韦德是安娜的祖先的名字，就是那个四百年前来到菲律宾的西班牙神父的名字，他是安娜的曾祖父。比利亚韦德这个名字代表着过去，安娜不可能抹掉过去和家族历史，过去已经印刻在比利亚韦德的后代身上，这既是安娜的伤痛、羞辱，也是让她铭记的家族历史、国家历史，安娜希望儿

子记住过去，改变现状和展望未来。班亚噶是个菲律宾名字，意思是"外国人"。的确，因为祖先是西班牙人，是外国人，这意味着神父比利亚韦德留在菲律宾的后代拥有异国人的血脉，这是谁也无法改变的事实，一方面让后代铭记祖先是侵略菲律宾的外国人，是异族；另一方面，让后代去努力奋斗，积极融合于菲律宾的社会文化生活中，成为名副其实的菲律宾人。

安娜给儿子起的伊斯梅尔·比利亚韦德·班亚噶这个名字中，伊斯梅尔代表现在，比利亚韦德代表过去，班亚噶则代表着未来。伊斯梅尔是菲律宾本土英雄的名字，代表着菲律宾文化；比利亚韦德是西班牙神父的名字，代表着西班牙文化、西方殖民文化；班亚噶是指向外国人的菲律宾名字，代表着菲律宾文化与异国文化的混杂与融合。伊斯梅尔·比利亚韦德·班亚噶这个名字有着文化间性的内涵，安娜还未出生的儿子是过去、现在和未来的混合体，代表着菲律宾本土文化、西班牙殖民文化、本土与异族混杂文化的集合体。他既属于过去，也不完全属于过去；他既代表着现在，也并不完全代表着现在；他既属于将来，也并不完全属于将来。他游走在过去、现在和将来之间，过去、现在和未来相互交织、对话、协商，形成了新的特质的伊斯梅尔·比利亚韦德·班亚噶。同样，菲律宾本土文化、西班牙殖民文化以及其他异国文化相互接触、相互作用、协商和对话，在伊斯梅尔·比利亚韦德·班亚噶身上形成了新的特质，他将在不同的文化当中游刃有余，将其为己所用。

伊斯梅尔·比利亚韦德·班亚噶是西班牙神父的后代，但是他不同于神父的其他后代。其他后代是屈辱与抵抗的结合体，而他是安娜与所爱的人的结晶，他是唯一纯洁的后代，他是菲律宾群岛的传奇。安娜知道他将会成为"伟大的讲故事的人"[①]，将家族的过去、现在和未来讲给众人听，众人将会记住他家族的历史，也会记住菲律宾的历史，都会为菲律宾的未来而奋斗。伊斯梅尔·比利亚韦德·班亚噶承担着家族的重任，也承担着菲律宾国家的重任，他代表着屈辱与抵抗的家族历史和国家历史，也代表着纯真的爱情和真挚的友谊，他更是家族的希望和梦想，是菲律宾国家的希望和梦想。

---

① Ninotchka Rosca, *State of War*: *A Novel of Life in the Philippines*, California: The Villarica Press, 1988, p. 356.

四、结论

通过对《战争的国度》小说文本中的 K 岛的阿替阿替汉节的文本间性内涵分析，安娜、艾德里安和伊莉莎家族历史的文化间性内涵分析，安娜儿子名字的文化间性内涵分析，再现和展示了菲律宾国家历史的过去、现在以及未来，揭示了菲律宾裔美国作家妮诺奇嘉·罗施卡对祖国的思念、热爱与展望，是她在异国他乡构建精神家园的体现，是她在美国现实的家园和精神的家园之间的对话与协商，是她在美国构建现实家园的精神支柱。

K 岛的阿替阿替汉节的表现形式来源于西方的狂欢节，在文化内涵上融入了天主教文化和菲律宾传统文化，承载了菲律宾的被殖民历史，也反映了马科斯政权统治下的腐朽和没落。阿替阿替汉节承载了不同的文化，承载了菲律宾的历史与现状，不同的文化的相互交织与融合成就这个节日的文化内涵。

安娜、艾德里安和伊莉莎的家族历史承载了菲律宾本土文化和西班牙殖民文化，这两种文化相互接触、相互作用，在对话和协商中、在屈服与抵抗的张力中、在文化间性中获得生存。

安娜儿子的名字伊斯梅尔·比利亚韦德·班亚噶体现了菲律宾文化、西班牙殖民文化和其他异国文化的相互交织、相互作用、对话与协商，这个名字体现了新的特质的产生，预示着菲律宾的梦想与将来。

安娜、艾德里安和伊莉莎来到 K 岛参加阿替阿替汉节，构成了小说的第一部分和第三部分，揭示了小说的背景，凸显了菲律宾的社会状况。安娜、艾德里安和伊莉莎的家族历史的回顾，是小说的第二部分，也是小说的重心所在，家族的历史承载了菲律宾国家的历史。第三部分的结尾，安娜还未出生的儿子名字的内涵是菲律宾的未来，也是改变历史、改变现状的梦想，寄寓了作家罗施卡对菲律宾的期望。

安娜、艾德里安、伊莉莎等个人的历史融入了家族的历史，也融入了菲律宾国家的历史，《战争的国度》小说文本具有历史的厚重感，节日的文化间性内涵、家族历史的文化间性内涵和未出生孩子名字的文化间性内涵，无不呈现了菲律宾文化和历史的复杂性和异质性，也是菲律宾数百年历史中人民在屈服与抵抗的张力中寻求生存的体现。作家妮诺奇嘉·罗施卡通过讲述安娜、艾德里安、伊莉莎的故事和他们家族的故事，构建了菲律宾人的精神家园，以此成为在美国构建现实家园的精神支柱。

第三节　从文本间性看《福有双至》与历史的关联

妮诺奇嘉·罗施卡 1988 年出版的第一部小说《战争的国度》涉及马科斯时代以及他的军事管制时期，1992 年出版的《福有双至》(*Twice Blessed*) 也涉及了这个主题，但并不是以马科斯统治时代为背景，而是将小说男女主人公直接影射马科斯及其夫人伊梅尔达。小说里双胞胎赫克托和卡特里娜与历史上的马科斯及其夫人伊梅尔达有着很多的相似性，正如法国文艺理论家克里斯蒂娃指出，"任何文本都是由引语的镶嵌品构成的，任何文本都是对另一文本的吸收和转化"[①]。小说《福有双至》的故事与马科斯及伊梅尔达的历史同为叙述文本，从小说故事里包含的历史信息，可以辨识出历史上的马科斯时代和当时的社会生活。马科斯和伊梅尔达的历史被作家罗施卡充分地"故事化"，历史与小说故事互相映衬、渗透，彼此寄居。

中国国内鲜有研究小说《福有双至》的文章。国外研究中，杰拉尔德·T. 伯恩 (1993) 指出作家罗施卡以往的文学创作对马科斯家族是极力抨击的态度，而这部小说指涉马科斯家族的主人公却是人物形象饱满，既有正面的性格优势，也包含负面的性格特征。[②] 达尼诺·弗朗西斯科·M. 雷耶斯 (1996) 指出罗施卡创作了一部权力的神话，权力促使马科斯及伊梅尔达策划阴谋，保护他们的利益，满足他们对操控和极权统治的强烈欲望。她也指出宗教父权制参与到权力的争夺中，在政治舞台上有着深远的影响。[③] 上述第一篇评论从修辞的角度认识到小说摆脱了脸谱化的历史刻画模式，客观地塑造了圆形人物。第二篇评论指出了小说的重点是权力，所有人物和情节都是围绕权力而行。这两篇评论文章都从某个侧面和角度抓住了小说的亮点，但并没有进行深入的探讨和研究。

---

① Julia Kristeva, "Word, Dialogue and Novel", in Toril Moi, ed., *The Kristeva Reader*, Oxford: Basil Blackwell, 1986, p. 36.

② Gerald T. Burns, Review: *Twice Blessed*, *Philippine Studies*, 1993, 41 (4), pp. 531-534.

③ Danilo Francisco M., Reyes, Reviewed Work (s): *Twice Blessed*, *Philippine Studies*, 1996, 44 (2), pp. 288-289.

小说主人公双胞胎赫克托和卡特里娜到底是什么样的人？他们与历史上的马科斯及伊梅尔达有什么相同之处和不同之处？作家妮诺奇嘉·罗施卡为什么要对历史进行这样的改写？她对马科斯家族的态度如何？本节鉴于小说《福有双至》包含的历史信息，从文本间性理论的视角，辨析小说文本与相关史料之间的关系，管窥小说中的双胞胎赫克托和卡特里娜的人物形象，再现真实的历史人物性格，阐明作家妮诺奇嘉·罗施卡对待马科斯家族的态度。

一、小说中的赫克托和历史上的马科斯

《福有双至》的男女主人公是双胞胎赫克托和卡特里娜，两人十岁的时候，家道中落，和中风的父亲生活在老房子的车库里。赫克托靠卖空啤酒瓶，换回食物、香皂和屋子里需要的蜡烛。他告诉卡特里娜，有足够的空瓶子可以让他们度过至少十年的成长岁月，那时他已经足够大，可以工作了。① 那些年他虽然穷困，却是他最幸福的岁月，他既可以照顾父亲，又可以照顾妹妹卡特里娜。作家罗施卡在小说里塑造了一位自信、有责任心、乐观、热爱家庭的少年赫克托。

父亲去世后，他们住在蒙特利瓦诺－巴斯巴斯庄园，他们族亲的家里。那里的生活对赫克托来说是炼狱，如果不是为了妹妹，他早就逃离了。蒙特利瓦诺－巴斯巴斯一家对双胞胎并不好，他们用巴掌和拳头对待赫克托。有一次，赫克托因为其他的指令，忘记从厨房带可乐给堂妹，伯父知道后，"赫克托的大腿和膝盖后面被皮带狠狠地抽打。他就是这样学会遵守诺言的"②。如果赫克托不在卡特里娜身边，她又怎能避免掠夺成性的亲戚的伤害呢？罗施卡塑造的赫克托从小就埋下了对族亲仇恨与不信任的种子。

历史上马科斯的父亲是马里亚诺，他希望在政坛出人头地，却屡屡失败。他当了六年国会议员后，第三次竞选众议员失败，一夜之间失业了。后来在遥远的棉兰老岛的达沃省找到一份工作，当上了省长办公室的秘书。他混得并不风光，儿子马科斯因为交不起学费，被迫停学一个月。但是，马科斯的童年也绝不是罗施卡在小说里描写的那样贫穷。也许罗施卡是为了制造戏剧效果，将赫克托的悲惨童年与日后的辉煌形成巨大的反差。

---

① Ninotchka Rosca, *Twice Blessed*, New York：Norton, 1992, p. 139.
② Ninotchka Rosca, *Twice Blessed*, New York：Norton, 1992, p. 139.

　　小说凸显了少年赫克托面对贫苦的不屈不挠，面对无情族亲的隐忍和坚毅，但是并没有过多地彰显他的智力水平。历史上的马科斯很早就显示出了一些过人之处，想象力丰富，聪明过人，记忆力非凡，过目成诵，能够背诵出菲律宾宪法全文。外祖父还教会他用双手写字和打枪，带他去打猎、野营，给他讲述菲律宾人民反抗西班牙殖民统治的故事，培养他的民族自尊心和爱国心。有一件事情让年少的他轰动全国。他在菲律宾大学法律系顺顺当当过了 3 年，最后一年的时候卷入一桩谋杀案，奎松总统赦免他，可他居然拒绝赦免。入狱后，他"用半年时间，写出一份足足 3 大卷、长达 830 页的上诉状，呈交最高法院。在上诉书中，他坚称自己无罪，同时要求保释，以便能够参加当年的律师会考"①。马科斯被押解着参加全国律师统考，居然名列榜首。在法庭的口头辩论中，他为自己做无罪辩护，最终被无罪释放。马科斯是福有双至，既赢了官司，又获得了律师资格证书，他同父亲一起开办了一家律师事务所，正式走上了社会。这件事可以说是马科斯年少时最得意的事件，让他名扬全国。

　　罗施卡在小说中并未提及少年赫克托的专业学习，也并没有提及他有什么过人的天赋，更没有提及他所受到的培养和教育。小说中的赫克托更像一个从底层困苦中熬过来的英雄，这符合大众审美，一切都靠自己，白手起家。而历史上的马科斯，虽然父辈并不怎么辉煌，但也是好过于普通人家，父亲在政坛打拼多年，这让少年马科斯耳濡目染，自己的天资禀赋，加上良好的家庭教育和学校教育更是成就了日后的辉煌。而罗施卡的小说戏剧化地抹平了少年赫克托与常人在智力上的差距、教育上的差距，而着重体现他不同寻常的个性特征。也许罗施卡是有意忽略了马科斯在智力上的天资，不想在小说里彰显他的思辨才能。罗施卡在菲律宾时是深受马科斯统治时期军事管制之苦的，即使是全面地描述马科斯，她也并不想过多地赞美他，忽略他的智力优势是作家心理取向之必然。因此，文本间性就是作家解读历史，并改写历史形成文本的一个标识。

　　小说里赫克托接受的是军事学校的教育，战争爆发后，他离开学校，加入了抗日游击队，然后音信全无。罗施卡把他的消失写得很神秘，"四年深渊般的沉默，一点消息都没有"②。而日军投降四年后，他又神秘地出现了，

---

① 梁华：《马科斯家族》，北京：社会科学文献出版社，1996 年，第 23 页。

② Ninotchka Rosca, *Twice Blessed*, New York：Norton, 1992, p. 26.

"带着两个仆人出现在庄园门口，每个仆人都扛着一个装满珠宝的柳条箱——有钻石项链、祖母绿手镯，还有红宝石胸针——就像他所说的他在与日本皇军单刀杀敌的战争中所表现出的卓绝的勇气和爱国精神一样令人难以置信"①。他告诉妹妹卡特里娜自己是如何获得这些珠宝的，"充分发挥自己的聪明才干，在战争中饥荒肆虐的城镇里从事粮食买卖，只接受金银珠宝作为报酬"②。

　　历史上关于马科斯的传说有很多，他并不神秘，但也足够传奇。1942 年当马尼拉落入日军之手后，马科斯也投身于战争中。他参加了第二次世界大战中著名的巴丹半岛战役，屡建战功，从少尉连升到上尉，当然在激烈的战斗中，他也多次受伤，身体受到损害。后来他被日本秘密警察逮捕，日本人对他用刑，而且手段毒辣，"马科斯先是被强行灌了一肚子的水，然后被捆翻在地，几个粗壮的大汉跳上他鼓胀的肚子踩来踩去，马科斯痛得昏死过去"③；"醒来后，日本人继续逼问，看问不出什么来，又给他上了电刑。后来，鞭刑、用枪托砸脸，种种酷刑都用上了，就这么整整折磨了 8 天"④。直到他想办法逃出了日本人的魔掌。后来他又同死神打过照面，身受重伤。"由于马科斯英勇作战，他多次获得了各种勋章、奖章，包括象征最高荣誉的特殊功勋十字勋章和银星勋章。"⑤

　　不过，马科斯这些在战争中的传奇经历是由他自己讲述的或是由他后来的传记作家描写的，并没有证据，他到底是不是英雄，无人知道，但是他在之后的政治生涯中，"却是因把自己说成是'二战'英雄，从中捞足了政治资本"⑥。在这场战争中，马科斯并没有获得金钱上的资本。大量敛财，是他当上众议员之后。罗施卡的小说文本在历史文本中或多或少，以可被辨认的形式出场，她的小说文本是参考历史文本而编织成的新的作品。历史所呈现的马科斯在菲律宾抗日战争中的表现是由他自己和他的传记作家讲述的，真实的马科斯在抗日战争中的表现，无法查实。于是罗施卡在小说中隐去了马科斯在抗日游击队里的具体描述，她不可能忘记自己受到的马科斯统治时期的苦难，把他描绘成一个如他自己所说的英雄，去美化他；也不可能编造、丑

① Ninotchka Rosca, *Twice Blessed*, New York：Norton, 1992, p. 26.
② Ninotchka Rosca, *Twice Blessed*, New York：Norton, 1992, p. 26.
③ 梁华：《马科斯家族》,北京：社会科学文献出版社, 1996 年, 第 33 页。
④ 梁华：《马科斯家族》,北京：社会科学文献出版社, 1996 年, 第 33 页。
⑤ 梁华：《马科斯家族》,北京：社会科学文献出版社, 1996 年, 第 37 页。
⑥ 梁华：《马科斯家族》,北京：社会科学文献出版社, 1996 年, 第 38 页。

化他，这样就不够客观。隐匿赫克托抗战的具体细节和过程，留给读者一段空白，这既是陌生化的手法，让主人公更加神秘，吸引读者，也是无视和否认马科斯有关抗战的自我言说，让读者和研究者自己去探究真实的历史的方式。

小说里赫克托竞选总统，走向权力的顶端，作家罗施卡剖析了他的竞选优势：第一，他是"自命不凡的新贵、特立独行、年轻有朝气、现代超前，独立地在菲律宾群岛的政治迷宫里摸索着前进"①；第二，"通过他的妹妹卡特里娜和阿曼德的婚姻以及人情交易奠定权力基础"②；第三，"通过贪污腐败增加经济基础"③。

第一个优势奠定了赫克托无疑会替代传统守旧的对手的无法逆转的趋势。第二个优势拉拢了人心，换回了选票。赫克托告诉自己的核心竞选团队，"我们每个人都去联系各个市长、州长和将去拜访的区域的军事指挥官。我需要他们的支持。给予他们想要的；对他们有求必应。但是我需要他们的承诺。以书面形式"④。而且赫克托是软硬兼施，他说，"我们所要做的就是虚张声势和威胁，这样，所有的难题和所有的麻烦都会迎刃而解"⑤。他也有对付竞争对手的策略，他说："否认每件事。如果他们说你祖母的名字是什么什么，即使你的祖母确实是这个名字，而她正盯着你的眼睛，你也一定要否认。要坚决，完全否认。这样就会迫使对方怀疑他自己的眼睛、耳朵和想法。把他弄糊涂，你就能创建你自己的真实。"⑥ 通过赫克托的话语，罗施卡建构了一个玩弄政治和权术的总统候选人形象。对于第三个竞选优势，赫克托理所当然地会利用自己的权力，换取经济利益。

小说里赫克托竞选总统的优势无疑像极了历史传说中的马科斯，有的甚至是重合。传说中马科斯在担任总统助理期间，就已经在磨炼政治权术和想尽办法敛财了。马科斯利用退伍军人，不仅使他们成为他的铁杆拥护者，而且自己也捞取了油水。在马尼拉，美国国会通过议案支付拖欠退伍军人的军饷和福利金，但是申请人必须出具证明书。而马科斯通过炮制证明书大获其

①　Ninotchka Rosca, *Twice Blessed*, New York: Norton, 1992, p. 72.

②　Ninotchka Rosca, *Twice Blessed*, New York: Norton, 1992, p. 72.

③　Ninotchka Rosca, *Twice Blessed*, New York: Norton, 1992, p. 72.

④　Ninotchka Rosca, *Twice Blessed*, New York: Norton, 1992, p. 76.

⑤　Ninotchka Rosca, *Twice Blessed*, New York: Norton, 1992, p. 76.

⑥　Ninotchka Rosca, *Twice Blessed*, New York: Norton, 1992, p. 76.

利。为了竞选众议员，他请人做虚假宣传，子虚乌有的"马哈利卡"，也就是他统帅过的大规模的游击队，被吹得天花乱坠。他还为北伊罗戈省的老乡们恢复被战争破坏的家业，争取他们的选票。进入众议院后，他利用了机会，为自己开辟了敛财的路径。马科斯先是垄断烟草种植业，走私香烟还有伪造香烟印花；后来敲诈华裔商人，"利用自己在国会中的职权，在进口许可证、外币兑换信用证和居留权等问题上大肆收取佣金和回扣"①。结束众议员的第一个任期，他已成为百万富翁。这些都为马科斯后来竞选总统积累了政治和金钱资本。小说并不是历史故事或历史传说，也不是人物传记，罗施卡只能选取马科斯人生中的典型事件加以改写，并符合故事情节发展的需要，而且也不可能像历史故事、历史传说和人物传记一般，按时间的顺序来记叙，小说有它自己的修辞，由作家来主宰。

1964 年马科斯宣布以国民党总统候选人身份参加总统竞选，传闻他"竞选的区域遍及 1 700 个城市，马科斯从一个城市到另一个城市，每个城市他都亲自去演讲"②。这一点跟小说里描述的赫克托竞选比较相似，甚至是重合。马科斯还让一位美国作家斯彭斯为他写传记，宣传他在"二战"中的传奇经历，书名是"滴滴眼泪化凯旋"。还有一个亲马科斯的家族专门摄制了一部名为"命中注定"的电影为马科斯做宣传。跟小说里的情节很相似，菲律宾人民不大喜欢守旧，马科斯的新人新政的确是优势，有一段时间里"人们纷纷支持马科斯，许多有影响的企业家心甘情愿解囊相助。宗教界、劳工组织、妇女团体和高级知识分子都投了支持马科斯的票"③。马科斯的真实面目这时候还并没有暴露出来，1965 年，马科斯夫妇搬进了总统府马拉卡南宫，这一住就是二十年，而这二十年菲律宾的人民体会到新派总统给他们带来的灾难。

二、小说中的卡特里娜和历史上的伊梅尔达

作家罗施卡在小说里设计的三位主要人物是双胞胎兄妹赫克托和卡特里娜，还有卡特里娜的丈夫阿曼德。可以从小说里辨析出哥哥赫克托是指涉菲律宾总统马科斯，妹妹卡特里娜是指涉马科斯夫人伊梅尔达，而卡特里娜的

---

① 梁华：《马科斯家族》，北京：社会科学文献出版社，1996 年，第 49 页。
② 梁华：《马科斯家族》，北京：社会科学文献出版社，1996 年，第 73 页。
③ 梁华：《马科斯家族》，北京：社会科学文献出版社，1996 年，第 76 - 77 页。

丈夫阿曼德其实也是马科斯的变身。罗施卡之所以这样设计人物，也是不想很明显地暴露自己是在隐喻菲律宾前总统和夫人。

小说里的卡特里娜从小和哥哥赫克托寄住在族亲家里，在女子学校受的教育，罗施卡描述她"幼稚、鲁莽、喜欢备受瞩目、容易发怒、也容易平息自己，但也确实是情真意切"①。在族亲家里，卡特里娜被训练为客厅女仆，赫克托则给伯父和堂兄弟姐妹当管家，为他们擦鞋子和皮带，他们骑马之后递给他们可乐和浓可可，年轻男性偶尔会用指关节敲敲他的头，长指甲的女性会掐掐他的臀部，他都没有怨恨。②卡特里娜的堂姐妹们把不再需要的衣服和鞋子扔给她，附带条件是她们随时可以索回。此外，她还要照顾族亲家里的一个生病的人，一天给他送三次食物等。族亲给卡特里娜安排了一门亲事，想将她像甩包袱一样扔出去。这样的境况下，她只有逃离，逃往马尼拉。她在一个乐器店找到了一份工作，店经理付给她的酬劳是比最低工资高一点点。在付了房租和买了几件衣服之后，她算出可以把工资的百分之十存入存折账户。如果她愿意多花点钱，她会过得轻松些，可以在寄宿公寓一个人住一个房间，但是当想起哥哥时，她总是带着悲伤和痛苦的愿望，希望能告诉他，她给他们俩准备了住的地方，他们就可以忘掉族亲对他们的排斥。③在这座城市，她爱上了一个男青年，但涉世不深的她最后发现是个骗局，自己被利用，哥哥赫克托来收拾了残局。她回去之后，与阿曼德结了婚。

历史上马科斯夫人伊梅尔达的家庭和个人经历都很坎坷，而且极为贫穷。"伊梅尔达有过一个很悲惨的童年和少年时代。她的母亲为了操持家务，抚养伊梅尔达成人，费劲了心血。有很长一段时间，她们母女曾栖身于一间破车库里。"④作家罗施卡在改写历史故事、历史传说的时候，特别注重细节。小说里，卡特里娜跟哥哥赫克托与垂死的父亲一起也是住在一个旧车库里。伊梅尔达和马科斯上台后，想隐瞒这段贫困的历史，但是创作第一夫人传记的菲律宾作家找了很多相关的人了解伊梅尔达的家世，发现她的家世并不像官方宣传的那样是富有之家，她的童年很悲惨，穷困潦倒，是富有的罗穆亚尔德斯家族的穷亲戚。这位传记作家的书取名"伊梅尔达·马科斯秘闻"。罗施

---

① Ninotchka Rosca, *Twice Blessed*, New York：Norton, 1992, p. 108.
② Ninotchka Rosca, *Twice Blessed*, New York：Norton, 1992, p. 52.
③ Ninotchka Rosca, *Twice Blessed*, New York：Norton, 1992, pp. 158 – 159.
④ 梁华：《马科斯家族》，北京：社会科学文献出版社，1996 年，第 130 页。

卡改写伊梅尔达的童年和少年时代，并没有依据官方的宣传，而是依据了马科斯夫妇千方百计想要围剿的传记。这也表明作家罗施卡对伊梅尔达这位历史人物的态度。

　　传说伊梅尔达虽然家道中落，自小贫困，但她的姓氏——罗穆亚尔德斯，代表着莱特省的名门望族。她大伯当过最高法院的大法官，二伯当过马尼拉市市长，堂哥们当过莱特省省长、国会议长、银行家等。她寄居在大伯位于莱特省的房子里的那段时期，是她人生中最黯淡无光的时候；小说里卡特里娜寄居在族亲家里的那段时期，也是她人生中的低谷。也许正是经历了贫穷自卑的童年和少年时期，历史传说中的伊梅尔达和小说里的卡特里娜在成人之后都蜕变了。伊梅尔达长大后，一大波男人都拜倒在她的石榴裙下，为了摆脱这些男人的追逐，她来到马尼拉，还找了份工作，在一个乐器行担任销售员兼招待，她会为顾客弹钢琴、唱曲子，为这家乐器行增色不少。她的父亲知道后，觉得这个工作有辱高贵的姓氏，她只好又换了份工作，在中央银行当办事员，下班后去一个音乐教师家学声乐。跟小说的情节一样，正是在这段时间，伊梅尔达遇到了初恋，但与小说不同的是，伊梅尔达被父亲阻止了恋情，之后遇到马科斯，同他结婚。

　　罗施卡的小说里卡特里娜的初恋并不美好，而且卡特里娜在拥有荣华富贵后，初恋再来纠缠时，她用钱把他打发走了。小说里卡特里娜的初恋远没有历史传说中伊梅尔达的初恋浪漫和长久，罗施卡只想表现卡特里娜和赫克托的亲情，而这种亲情更像是合作关系，双方都需要彼此。罗施卡用戏剧化的方式演绎了伊梅尔达和马科斯之间的关系，就像双胞胎，相辅相成。历史被戏剧化、故事化，而小说讲述的却近乎真实的历史。

　　罗施卡的小说也描写了卡特里娜如何帮助哥哥赫克托竞选总统。她争取女修道院院长的支持，答应她的要求——"获得国家航空公司的免费机票"①；爱尔兰牧师想要"在海滨附近建座教堂"②，她许诺，"只要巴斯巴斯参议员当上总统，就没有问题。我们会发起富人募捐活动"③。女修道院院长和牧师会为他们带来和平，她和赫克托找到了避难所。她还带着六位蓝衣淑女，提着装满当季市场上最具有异国情调的山竹果、红毛丹去医院探望病人，

① Ninotchka Rosca, *Twice Blessed*, New York: Norton, 1992, p. 102.
② Ninotchka Rosca, *Twice Blessed*, New York: Norton, 1992, p. 102.
③ Ninotchka Rosca, *Twice Blessed*, New York: Norton, 1992, p. 102.

促膝谈心。"她的工作人员，蓝衣淑女，像天堂女神一般微笑着，向受伤的人分发索赔表格和镶金圆珠笔。这些单纯的人因为她的出现，感动得热泪盈眶。他们毫不犹豫地签了字，把自己的生命托付给了她的承诺。这就是菲律宾群岛的现状。法律受到质疑，合同无法执行，唯一真正的保护来自富人和真正的权贵"①。

伊梅尔达在丈夫马科斯的竞选中也显示了她的才能和吃苦精神。据说"她乘飞机、坐摩托艇甚至独木舟，闯荡在千岛之国的各个角落，……或与丈夫同行，或独当一面，有时发表演说，有时又唱起菲律宾爱情歌曲……"②；"有时候，伊梅尔达累得简直是爬到人家的家门口"③。伊梅尔达身边还有25个清一色身穿白色特诺④、扎一种人称"马科斯"蓝色腰带的大家闺秀，被称为"蓝带女士助选团"，她们"向选民散发传单、赠送钢笔、帽子、牙刷、毛巾、木梳等"⑤。伊梅尔达用美貌、歌声、伶俐的口齿、超人的精力和耐力，以及她的团队，把"数百万本来对政治漠不关心的平民百姓吸引到马科斯的竞选行列中来"⑥，为马科斯至少拉来了一百万张选票。

历史传说中伊梅尔达帮助丈夫马科斯竞选和小说里卡特里娜帮助哥哥赫克托竞选有着异曲同工之妙。罗施卡面对历史，将其转换为小说文本中一一对应的细节或情节，以此验证小说的真实影射，但小说文本并不是恢复历史的原貌，而只是趋近历史事实，也更具有主观性和灵活性，注重主体精神对历史事实的重新言说。小说里六位蓝衣淑女向医院受伤的人派发镶金圆珠笔这个具体细节充实了历史，也更能阐明历史上的伊梅尔达以小恩小惠收买人心，并不是真心关爱人民，人民此时被眼前的假象迷惑，最终还是会认清伊梅尔达和马科斯的真实面目。

三、卡特里娜与赫克托之间 VS. 伊梅尔达与马科斯之间

小说里的卡特里娜与赫克托是双胞胎，赫克托却渴望妹妹，他们之间的

---

① Ninotchka Rosca, *Twice Blessed*, New York：Norton, 1992, p. 192.
② 梁华：《马科斯家族》,北京：社会科学文献出版社, 1996 年，第 68 页。
③ 梁华：《马科斯家族》,北京：社会科学文献出版社, 1996 年，第 68 页。
④ 白色特诺：一种菲律宾民族服装，有蝴蝶形袖子。
⑤ 梁华：《马科斯家族》,北京：社会科学文献出版社, 1996 年，第 73 页。
⑥ 梁华：《马科斯家族》,北京：社会科学文献出版社, 1996 年，第 73 页。

关系是一个美丽的童话。得知妹妹要被族亲嫁出去的消息之后，赫克托借酒消愁，"把酒壶扔进一片刚长出的草地，一边吼叫着要守卫开门，一边掏出一把崭新的大砍刀。一进来，就把多纳·佩尔菲迪亚姨妈喜欢的玫瑰花、蕨类植物，还有兰花，统统砍倒，大喊大叫，想着他可能会做的事情……"①；之后他做的事情是冲到妹妹卡特里娜要嫁的丈夫阿曼德的庄园，拿出"镶嵌着红宝石的象牙梳子、耳环、项链和戒指，阿曼德明白，单从这些珠宝的质地来看，……就像艺术品和古董，它们是无价之宝"②；赫克托告诉阿曼德，"卡特里娜将在婚礼上佩戴这些。过后会归入你们家的金库。她不是一贫如洗地嫁到你家"③。

小说里哥哥赫克托得知妹妹要被族亲嫁出去，心里充满了痛苦和失落，他恨族亲将妹妹"卖"掉，将怒火发泄在姨妈喜欢的花上，用大砍刀劈倒花朵，就像砍到族亲身上一般。然而，即使是在极度痛苦和愤怒之时，他也表现出超于常人的克制力和决策力。他将在菲律宾抗日战争时期获得的一些珠宝作为妹妹的陪嫁，既是他对妹妹的爱，又是他非同一般强势的体现，也预示了他今后的飞黄腾达。罗施卡塑造了一位有血有肉、个性刚毅、执行力强、对妹妹充满爱和深情的未来总统形象。而且作家罗施卡将哥哥赫克托和妹妹卡特里娜之间深厚的感情刻画得栩栩如生，情真意切。

伊梅尔达吸引马科斯的是漂亮的外表和家世，而马科斯吸引伊梅尔达的是才华，传说两人认识的第11天便签了结婚证书，伊梅尔达说："我对他根本不了解，只知道他是一个才华横溢的众议员……可有时婚姻就是这样，如同死亡，突然来临。"④ 婚后不久，马科斯就养了一个情妇，还生了三个子女，伊梅尔达不习惯抛头露面，得了精神分裂症，到美国接受心理治疗后，适应了马科斯的政治生活，成了马科斯政权统治上的得力助手。而马科斯又迷恋上好莱坞女演员，他的风流韵事还不只这几桩，还有与美国海军官员妻子的罗曼史、与菲律宾著名歌星的浪漫史等。但伊梅尔达与马科斯的婚姻还是牢固的，他们之间更多的还是合作伙伴关系。

马科斯上台后，加紧与美国的联系，美国要继续使用在菲律宾的基地，

① Ninotchka Rosca, *Twice Blessed*, New York: Norton, 1992, p. 133.
② Ninotchka Rosca, *Twice Blessed*, New York: Norton, 1992, pp. 146 – 147.
③ Ninotchka Rosca, *Twice Blessed*, New York: Norton, 1992, p. 147.
④ 梁华：《马科斯家族》，北京：社会科学文献出版社，1996年，第55页。

还要扩大菲律宾在越南的出兵介入，美国人对马科斯夫妇进行了各种贿赂。除了从美国受益以外，马科斯夫妇还有各种挪用和获取钱财的方法，比如"敲诈财务、邮件骗局、电报骗局、勒索钱财、贪污财物、藏匿贼赃和非法转移资金"①。自马科斯成为众议员后，就在钱财方面大搞黑勾当，伊梅尔达经过一段时间后适应了马科斯，与他一起共同敛财。在外交方面，马科斯很少离开马尼拉，他常派伊梅尔达到其他国家进行正式访问，哪怕是国家元首，"在她那不言而喻的魅力和昂贵的礼物面前，也将变为知心朋友，或者可以争取到站在自己一边的支持力量"②，她的外交"取得了任何外交部部长或者大使根本不能取得的成就"③。

可以说，历史上的伊梅尔达是马科斯既得力又可信任的助手，因此两人的婚姻是牢固的。但是马科斯对伊梅尔达不忠实，他的桃色新闻遍布南宫。伊梅尔达只能是视而不见、听而不闻，"在天主教占优势的菲律宾社会，不容忍离婚，不忠就是婚姻的一个客观现实"④。他们两个人之间的关系慢慢发展为一种政治联盟。

作家罗施卡的小说既受历史的制约，又超越历史，她对历史故事、历史传说进行改编和创新，把影射伊梅尔达和马科斯的卡特里娜和赫克托之间的关系改为双胞胎。更进一步的是，小说里他们之间的亲情关系还不同寻常，哥哥对妹妹有欲望，哥哥对妹妹的感情像恋人一般。卡特里娜和赫克托之间的关系像童话故事。而卡特里娜的丈夫阿曼德怯懦、乏味，对妻子不忠，夫妻关系不如兄妹之情。这样改写的小说，既讥讽了总统夫妇之间的关系，又给了读者一种理想，一种美好，让现实和艺术之间的差距增大，更能加强陌生化效果，让读者产生对现实的不满。

四、结论

通过小说《福有双至》的女主人公卡特里娜与历史传说中的总统夫人伊梅尔达的对比、男主人公赫克托与总统马科斯的对比、卡特里娜和赫克托的

---

① 梁华：《马科斯家族》，北京：社会科学文献出版社，1996年，第119页。
② 梁华：《马科斯家族》，北京：社会科学文献出版社，1996年，第185页。
③ 梁华：《马科斯家族》，北京：社会科学文献出版社，1996年，第185页。
④ 梁华：《马科斯家族》，北京：社会科学文献出版社，1996年，第149页。

关系与伊梅尔达和马科斯的关系的对比，可以看出作家罗施卡在熟悉历史、趋近历史的同时，也充实了历史、改写了历史、创新了历史。小说与历史有时重合，是一一对应的关系；有时则对事件进行了转换和再造。小说吸纳着历史，历史人物转变为小说人物，历史事件变为小说情节，历史被戏剧化、故事化，小说与历史互文。

作家罗施卡的《福有双至》是她对历史认识的形式和结果，她小说里的人物和人物关系代表着她对历史既主观也客观的看法。她小说的主人公既影射了历史，也代表了一种对美好的寄寓；既让读者重温了历史，又体味到了小说的浪漫主义，此间的反差让人产生对历史和现实的不满。

第五章　马来西亚裔美国小说（一）

　　林玉玲（Shirley Geok-lin Lim）是马来西亚裔流散作家、教授和学者，至今活跃在美国、马来西亚和新加坡的学术界，经常往返于美国、马来西亚和新加坡之间。2018 年 10 月底，她来到北京和上海，在北京外国语大学英语学院、中国人民大学外国语学院、美国驻华大使馆、美国驻上海总领事馆等地做了几场很有影响力的学术讲座。

　　林玉玲是一位比较独特的作家，她不但性格独特（从后文对她文学作品的解读可以了解到），而且在其他方面也独具特色。第一，她的文化身份比其他流散作家要更为复杂。她有中国血统，出生在马六甲，后来负笈美国。在马来西亚时，她的文化身份是华裔马来西亚人；[①] 在美国时，她的文化身份是亚裔美国人。[②] 这两种文化身份都是 "处于边陲的"[③]，"华裔马来西亚人遭到否定的公民权论述"[④] 与 "美国外侨失去族裔社群动力的论述"[⑤] 在她的回忆

---

　　① 马来西亚是一个多民族国家。从历史上看，在西欧列强统治马来西亚以前（当时叫马来亚），马来人、印度人、华人早已居住在马来半岛。马来人从印度尼西亚来到马来半岛定居，是 13 世纪以后的事。华人大批移居马来半岛，是从 19 世纪后半期开始的。当时主要有两个原因：一是中国国外原因，英国殖民主义者为了开发马来西亚殖民地，在中国招募劳工；二是中国国内原因，当时由于清朝政府腐败和帝国主义列强侵略，社会政治紊乱，自给自足的自然经济体制崩溃，农民迫于饥饿不得不到国外谋生。见努哈姆特茵著，宋建华译：《马来西亚的民族问题》，《民族译丛》，1981 年第 5 期，第 15 – 16 页。林玉玲的父亲就是 20 世纪初由福建厦门来到马六甲谋生定居的贫寒华人。

　　② 林玉玲是华裔，因为马来西亚 1969 年的排华种族暴动而被迫离开故乡，负笈美国，后定居美国，并入美国籍。

　　③ Shirley Geok-lin Lim, *Academic and Other Memoirs：Memory, Poetry, and the Body*, in Rocio G. Davis, Jaume Aurell, and Ana Beatriz Delgado, eds. , *Ethnic Life Writing and Histories：Genre, Performance, and Culture*, Berlin：Lit Verlag, 2007, p. 37.

　　④ Shirley Geok-lin Lim, *Academic and Other Memoirs：Memory, Poetry, and the Body*, in Rocio G. Davis, Jaume Aurell, and Ana Beatriz Delgado, eds. , *Ethnic Life Writing and Histories：Genre, Performance, and Culture*, Berlin：Lit Verlag, 2007, p. 37.

　　⑤ Shirley Geok-lin Lim, *Academic and Other Memoirs：Memory, Poetry, and the Body*, in Rocio G. Davis, Jaume Aurell, and Ana Beatriz Delgado, eds. , *Ethnic Life Writing and Histories：Genre, Performance, and Culture*, Berlin：Lit Verlag, 2007, p. 37.

录中"相互摩擦"。① 第二，她有实际的流散经历，文化身份中故乡文化成分和美国文化成分的组成和比例显然跟汤亭亭、谭恩美等亚裔美国作家不同。她的文学作品中的故乡马来西亚是她生活过的、实实在在的故乡，她的文化身份中故乡文化成分多于美国文化成分，她的文学作品中对故乡的描述是真实可靠的，她对美国文化的吸收有一个从冲突到融合的艰难适应过程。而汤亭亭、谭恩美等亚裔美国作家在美国出生，一直在美国生活，她们与中国文化的联系，"基本上是通过父辈甚至祖辈对往事的追忆和其他间接渠道建立起来的"②。她们的文学作品"创造性地反映中国文化的核心、精华部分"③，"通过改编中国文化中的历史故事、神话传说、文学名著等来表达自己的思想"④，她们写的中国神话，则是"新的，美国的神话"⑤。与其说是中国文化，她们更多的是在耳濡目染之间受到美国文化的熏陶，她们会自然而然地接受美国的文化思想观念。第三，她在作品中对故乡虽然有批判，但对自己的家乡依旧充满感情和依恋，对故乡主要是正面的书写。林玉玲是被迫离开家乡，她对故土依旧充满感情和依恋。在美国定居后，仍频繁回到马来西亚、新加坡和中国香港，维持和故土的联系。

这一章将聚焦作家林玉玲的文学作品，用身份文化间性概念解读《月白的脸：一位亚裔美国人的家园回忆录》（简称《回忆录》）、《秋千妹妹》和《魔法披巾》等文本。

第一节　林玉玲在亚美文学界的地位

林玉玲 1944 年出生于英国殖民地马来西亚。她的祖父是来自福建厦门的

---

① Shirley Geok-lin Lim, *Academic and Other Memoirs*: *Memory*, *Poetry*, *and the Body*, in Rocio G. Davis, Jaume Aurell, and Ana Beatriz Delgado, eds., *Ethnic Life Writing and Histories*: *Genre*, *Performance*, *and Culture*, Berlin: Lit Verlag, 2007, p. 37.

② 管建明：《中国神话的挪用改写和美国华裔作家的文化身份》，《广东外语外贸大学学报》，2008年第 1 期，第 47 – 54 页。

③ 吴冰：《从异国情调、真实反映到批判、创造：试论中国文化在不同历史时期的华裔美国文学中的反映》，《国外文学》，2001 年第 3 期，第 73 – 80 页。

④ 吴冰：《从异国情调、真实反映到批判、创造：试论中国文化在不同历史时期的华裔美国文学中的反映》，《国外文学》，2001 年第 3 期，第 78 页。

⑤ Shirley Geok-lin Lim, ed., *Approaches to Teaching Kingston's The Woman Warrior*, New York: The Modern Language Association of America, 1991, p. 24.

寒门子弟，凭着辛勤和远见，由苦力摇身变成商人。他在马六甲的荷兰街盖了一栋漂亮的房子，墙上贴着瓷砖，地上铺着大理石和烧烤过的红土。林玉玲就是在这样的房子里出生的，这所房子证明了林玉玲的华裔身份。林玉玲家里一共有六个男孩，只有她一个女孩。父亲一向我行我素，喜欢电影和西方音乐，靠西方的东西过活。家道中落之前，他博览群书，只是钻研不深。他等到孩子一上学，就开始对他们说英语。父亲的西方化思想，对林玉玲日后留学美国，成为亚裔美国作家产生了潜移默化的影响。母亲是娘惹，① 也就是土生土长的华裔马来妇人，在林玉玲八岁时离家出走，一直生活在新加坡。后来林玉玲的父亲和家中佣人的女儿阿蓬再婚。与母亲相处期间，因为耳濡目染，林玉玲对娘惹文化极为熟悉，在她的文学作品中多次出现娘惹文化的描写。

　　1967 年，林玉玲在吉隆坡的马来西亚大学获得本科学士学位。1969 年，马来西亚政局动荡不安、排华气焰高涨，25 岁的她远离家人，赴美深造，获得富布赖特奖学金和布兰迪斯大学的伟恩国际奖学金。1973 年，她从马萨诸塞州的布兰迪斯大学获得英美文学博士学位。1980 年，出版诗集《跨越半岛》（*Crossing the Peninsula and Other Poems*），获得英联邦诗歌奖（Common-wealth Poetry Prize）②。她的丈夫是同校的教育学教授（professor of education）查尔斯·巴泽曼（Charles Bazerman）。1980 年她生下儿子革舜·基恩（Gershom Kean）。1989 年出版编著论文集《禁针：一位亚裔美国妇女的选集》（*The Forbidden Stitch*：*An Asian American Women's Anthology*），获得美国书卷奖（the American Book Award）③；1990 年，她定居加州，受聘于加利福尼亚大学圣塔芭芭拉分校（University of California, Santa Barbara），为亚美研究、英文和女性研究教授。1996 年，出版《回忆录》，获得 1997 年美国书卷奖。1997年，短篇小说集《两个梦》出版。1999 年 7 月至 2001 年间，林玉玲受聘担任香港大学英文系系主任，为期两年。长篇小说《馨香与金箔》《秋千妹妹》

---

　　①　娘惹是早期华人和马来妇女结婚生养的混血儿。"娘惹"的名词概念在第六章第一节的注释里有详细谈及。

　　②　这是由英联邦学院和美国国家图书联盟联合管理的一个年度奖项，颁发给除英国外的英联邦国家的诗歌奖。它奖励的是首次出版的英文诗集。英联邦诗歌奖于 1972 年首次颁发。

　　③　由美国前哥伦布基金会颁发的一个文学奖项，每年授予有着最杰出文学成就的人，成立于1978 年。这个奖项的授予对象不分种族、性别、民族背景和学派。以往的得主包括小说家、社会科学家、诗人、历史学家等，如托尼·莫里森、爱德华·W. 萨义德等。

和《魔法披巾》分别于 2001 年、2006 年和 2009 年出版。林玉玲是一位多产的作家和学者，虽然已经退休，但至今仍在不断创作文学作品，来往于马来西亚、新加坡和美国之间，时常开新书发布会。

《牛津二十世纪英语文学指南》① 把林玉玲称作 "马来西亚诗人"②，指出 "她各种体裁的作品反映了她曾经作为华裔马来西亚女性对故土的迷恋，她是居住国永久的外来人"③。这是截至 1996 年美国主流文学界定位林玉玲文化身份的典型例子，虽然她早已获得美国籍，已在加利福尼亚大学圣塔芭芭拉分校获得稳定教职，且有大量的文学作品问世，但被贴上的仍是故乡马来西亚诗人的标签。这反映了身为作家的林玉玲在美国学术界尴尬的身份属性，也反映了像她那样具有多重文化身份的流散作家在美国学术界普遍的尴尬处境。

然而林玉玲在亚美文学界却占有一席之地。美国诺维奇大学副校长、美国文学教授黄桂友主编的《亚裔美国短篇小说家》④ 比较详细地介绍了林玉玲，包括她的生平，她的短篇小说集《两个梦》⑤ 的主题思想，以及她的作品在评论界的反响。一些评论家对她的作品都有赞美之词，"她的艺术让我们看到了平凡之中的非凡之处，让我们瞬时惊讶和感动"⑥；她的散文体 "呼吁细致和简约，她的叙事手法细腻，偶尔还有嘲弄的异想天开"⑦。

黄桂友主编的《哥伦比亚亚裔美国文学导读（1945—　）》⑧ 称林玉玲为 "诗人、小说家、传记作家、评论家、主编以及学者"⑨。用了整整两页纸的词条对林玉玲的生平、文学创作、获得的文学奖项进行了梳理，并对她的诗

---

① Jenny Stringer, *The Oxford Companion to Twentieth-Century Literature in English*, New York：Oxford University Press，1996，p. 393.

② Jenny Stringer, *The Oxford Companion to Twentieth-Century Literature in English*, New York：Oxford University Press，1996，p. 393.

③ Jenny Stringer, *The Oxford Companion to Twentieth-Century Literature in English*, New York：Oxford University Press，1996，p. 393.

④ Guiyou Huang, ed. , *Asian American Short Story Writers*, London：Greenwood Press, 2003，pp. 167 – 172.

⑤ Shirley Geok-lin Lim, *Two Dreams：New and Selected Stories*, New York：The Feminist Press, 1997.

⑥ Guiyou Huang, ed. , *Asian American Short Story Writers*, London：Greenwood Press, 2003，p. 170.

⑦ Guiyou Huang, ed. , *Asian American Short Story Writers*, London：Greenwood Press, 2003，p. 170.

⑧ Guiyou Huang, *The Columbia Guide to Asian American Literature Since 1945*, New York：Columbia University Press，2006，pp. 197 – 198.

⑨ Guiyou Huang, *The Columbia Guide to Asian American Literature Since 1945*, New York：Columbia University Press，2006，p. 197.

集《算命先生未泄露的天机》①、短篇小说集《两个梦》、回忆录《月白的脸：一位亚裔美国人的家园回忆录》②、小说《馨香与金箔》③ 分别作了介绍。另外还把林玉玲主编的两部选集《禁针：一位亚裔美国妇女的选集》④ 和《亚美文学选集》⑤ 分别列词条，进行了详细介绍。这不仅说明了林玉玲创作文类的扩展，也标志着她在亚美文学界地位和影响的不断上升。

美国新泽西州莱德大学英语文学院院长王塞雄（Sei Woong Oh）主编的《亚美文学百科全书》⑥ 称林玉玲为"作家、评论家、大学教授和社会活动家"⑦，并对她的生平和文学创作作了比较详细的介绍。生平介绍包括她的出生地、求学生涯以及教学经历；对她的小说、诗歌创作以及文学评论和编辑的文集也作了梳理。《亚美文学百科全书》收录林玉玲，意味着她在亚美文学界地位的逐渐稳固。

佛罗里达州大西洋大学的徐文英教授主编的《亚裔美国文学和戏剧的历史词典》⑧ 把林玉玲称为"多才多艺又多产的华裔马来西亚美国诗人、小说家和传记作家"⑨，并对她的生平、文学创作及获得的奖项作了一番梳理。该词典关注了林玉玲多重复杂的文化身份，她的中国血统、马来西亚身份和美国身份皆被提及。

以上这些文献对林玉玲及其作品的介绍逐渐全面，对她的文学身份属性的介绍也越来越全面，但大部分凸显的是她在亚美文学界的文学地位，林玉玲作为一位有中国血统、马来西亚出生、流散到美国的作家，她的文学作品

---

① Shirley Geok-lin Lim, *What the Fortune Teller Didn't Say*, Albuquerque：West End Press, 1998.

② Shirley Geok-lin Lim, *Among the White Moon Faces：An Asian-American Memoir of Homelands*, New York：The Feminist Press, 1996.

③ Shirley Geok-lin Lim, *Joss and Gold*, New York：The Feminist Press, 2001.

④ Shirley Geok-lin Lim, etc. ed., *Forbidden Stitch：An Asian American Women's Anthology*, Corvallis：Calyx Inc., 1989.

⑤ Shirley Geok-lin Lim, ed., *Asian-American Literature：An Anthology*, Chicago：NTC/Contemporary Publishing Group, Inc., 2000.

⑥ Sei Woong Oh, ed., *Encyclopedia of Asian-American Literature*, New York：Facts On File, Inc., 2007, pp. 170–171.

⑦ Sei Woong Oh, ed., *Encyclopedia of Asian-American Literature*, New York：Facts On File, Inc., 2007, p. 170.

⑧ Wenying Xu, *Historical Dictionary of Asian American Literature and Theater*, Lanham：The Scarecrow Press, 2012, pp. 165–166.

⑨ Wenying Xu, *Historical Dictionary of Asian American Literature and Theater*, Lanham：The Scarecrow Press, 2012, p. 165.

在中国的研究，还需中国学术界的推介、评估和考量。

第二节　林玉玲的身份文化间性

林玉玲的身份是多方面的，《哥伦比亚亚裔美国文学导读（1945—　）》对林玉玲的介绍比较全面，称她是"诗人、小说家、传记作家、评论家、主编以及学者"[1]。《亚裔美国短篇小说家》则比较具体，称林玉玲的身份是"美国加州大学圣塔芭芭拉分校从事英语和女性主义研究的教授"，还补充了林玉玲更多的身份，"社会活动家、母亲、来自第三世界殖民地的女性"[2]。本节要探讨的是林玉玲身份的其中一部分——族裔身份，也就是文化身份。于不同文化身份关系的视野中去把握作家林玉玲和她的文学作品中的主人公，是深度研究文学文本的一条途径。

一、文化身份属性的复杂性

文化身份属性是复杂的。台湾学者张琼惠说："自 19 世纪以来，近代华人的漂泊、移民历史是一首现代的《奥德赛》史诗。在离家、寻家、返家的过程中，因为个人的属性因地而变，于是属性的建构变得游移未定，甚至内涵可疑。"[3] 林玉玲是移民到马来西亚的华人后代，祖籍中国福建。她在《回忆录》中写道："父亲和母亲狡黠地编织了一张绳网，像魂魄与鬼魅一般了无形影，却紧紧地捆住我，把我跟每个信奉儒教的家中摆着祖先牌位的神桌绑在一起。"[4] 从血统看，她是华人；1944 年她出生在马来西亚一个华人家庭，一出生就烙上了马来西亚文化的印记。她说："因为出生，可以把一个地方变成家乡：出生地、孩童、儿时，父母把我们的脐带埋在那里，子孙把我们葬

①　Guiyou Huang, *The Columbia Guide to Asian American Literature Since 1945*, New York：Columbia University Press，2006，p. 197.

②　Guiyou Huang, ed. , *Asian American Short Story Writers*, London：Greenwood Press，2003，p. 168.

③　张琼惠：《导读林玉玲的多重身份与华人的多重属性：后现代的〈奥德赛〉》，见林玉玲著，张琼惠译：《月白的脸：一位亚裔美国人的家园回忆录》，台北：麦田出版，2001 年，第 18 页。

④　林玉玲著，张琼惠译：《月白的脸：一位亚裔美国人的家园回忆录》，台北：麦田出版，2001 年，第 364 页。

在那里，然后他们的孩子又在那里出生。"① 从出生地看，她是马来西亚人；她父亲在家中主要说福建话，母亲是土生华人，说马来语，而林玉玲因为从小接受英国殖民教育，所以她的第一语言是英语。后来她一直用英语进行文学创作。从教育看，她是英国人；1969年"五一三"事件②后，林玉玲离开马来西亚，远赴美国，在布兰迪斯大学攻读英美文学博士学位，1980年加入美国籍。从国籍看，她是美国人。林玉玲的文化身份属性充满了复杂性，单一地界定林玉玲属于哪一国人都不确切。只有清楚了解文化身份的复杂性，才能找到一种称呼，既能反映文化身份属性的复杂性，又能展现多元成分。

首先，文化身份的属性应容纳各种可能，展现多元成分。林玉玲在回答《回忆录》译者张琼惠提出的"您来自马来西亚，您自认为是华裔美国作家吗"这一问题时，表示与其说她是华裔美国作家，不如说是亚裔美国作家来得更贴切，因为她不仅是华人。对她来说，她比较倾向用"亚裔美人"（Asian American），因为这个名词扩展了"华人"的意涵，包括踪迹遍布亚洲各地、英国，甚至澳大利亚、美国，所有漂泊离散的华人（diasporic Chinese）。③ "我们若使用像亚裔美人如此广泛的名称，我们会有比较大的空间确保这个名称涵盖了我们各种不同的身份。要是我自称是马裔美人，相较之下，所包含的意义就更狭隘了，同时还摒除了身为华人的其他面向。我喜欢用较大、较笼统的名称，好悠游其中。在我看来，属性本来就有些暧昧。"④ 也就是说，用较大、较笼统的名称或有些暧昧、模糊的名称更能全面反映文化身份属性的复杂，既能容纳体现复杂属性的各种可能，又能展现多元成分。

---

① 林玉玲著，张琼惠译：《月白的脸：一位亚裔美国人的家园回忆录》，台北：麦田出版，2001年，第305页。
② 自1957年独立以来，马来西亚都是由巫统、马华公会和马来西亚印度人国大党组建的政党联盟执政，并先后在1959年和1964年两届大选中赢得2/3的国会议席。然而，在1969年5月10日举行的第三届全国大选中，马华印联盟却首度受挫，未能像前两届那样赢得2/3的国会议席，而反对党，特别是华人反对党——民主行动党和民政党的席位明显增加。5月13日，民主行动党和民政党的华人支持者举行胜利游行，游行队伍向雪兰莪州州务大臣拿督哈仑在吉隆坡的官邸前进时，与马来人发生冲突。骚乱自吉隆坡蔓延到其他地方，持续了近半个月，史称"五一三"事件。事后，据马来西亚全国行动理事会公布报告书，这次冲突共造成196人死亡，439人受伤，39人失踪。种族骚乱导致如此严重的后果，在马来西亚是史无前例的。见廖小健：《马来西亚"513事件"与"308政治海啸"的比较：兼论"308政治海啸"后马来西亚的政治发展》，《东南亚研究》，2010年第5期，第10页。
③ 林玉玲著，张琼惠译：《月白的脸：一位亚裔美国人的家园回忆录》，台北：麦田出版，2001年，第368页。
④ 林玉玲著，张琼惠译：《月白的脸：一位亚裔美国人的家园回忆录》，台北：麦田出版，2001年，第368页。

　　其次，文化身份属性的意涵是不断发展变化的。林玉玲的文化身份属性先是华裔马来亚人，① 马来西亚成立后她的身份转变为华裔马来西亚人；随着她移民美国，她的文化身份属性变化为华裔马来西亚美国人或亚裔美国人。林玉玲文化身份属性的第一个变化是马来亚从英殖民地脱离，正式成为拥有自主权国家的马来西亚，实现公民身份的转变。第二个变化与"五一三"事件后，以马来人为主体的政府颁布了一系列歧视华人的政策有关。所以，林玉玲说："属性的意涵一直在变，而且属性建构不免掺杂了政治运作的因素。属性不是天生注定，更不是亘古不变的。"② 属性应反映林玉玲文化身份的变化。

　　再次，称呼是属性的外在表现形式，是一种行使权力的行为。林玉玲认为，如果人们用"华裔美人""亚裔美人"来自称，那就是积极主动的、正面的，"因为你是命名的主体，这时你有绝对的权力决定自己是谁"③。她说："我以身为华裔美人及亚裔美人为荣。"④ 但是"如果这样称呼你的人心怀不轨，那就是负面的了"，她说，"在这个国家，白人等于美国人，美国人等于白人"⑤。因为林玉玲有一个无法掩饰、改变的外表，所以别人总是问她的出身："你从哪里来？"他们不是问她是来自洛杉矶或新奥尔良或纽约，他们真正问的是她从美国以外的哪一个地方来。如果这些人对她冠以"华裔美人""亚裔美人"，她认为这个称呼就是负面的，带有种族歧视。

　　最后，全球化是制造和扩散文化身份属性的最重要力量。由于全球化的影响，一些流散作家移民或再移民，这就必然导致了流散作家文化身份属性的复杂化，形成多重文化身份。林玉玲是流散作家，她具有多重文化身份：华人、英国殖民下华裔马来亚人、华裔马来西亚人、华裔马来西亚美国人或

---

　　① 从地理上来看，马来亚指马来西亚半岛或现在叫西马的这个地方。从政治上来看，马来亚指独立前作为英国殖民地的马来亚，也可以指 1957 年 8 月 31 日独立的马来亚联合邦。1963 年 9 月 16 日马来亚联合邦联同新加坡、沙巴、沙捞越组成联邦制国家，后来新加坡选择退出联邦，这就形成今天的马来西亚的基本版图。

　　② 林玉玲著，张琼惠译：《月白的脸：一位亚裔美国人的家园回忆录》，台北：麦田出版，2001年，第 369 页。

　　③ 林玉玲著，张琼惠译：《月白的脸：一位亚裔美国人的家园回忆录》，台北：麦田出版，2001年，第 369 页。

　　④ 林玉玲著，张琼惠译：《月白的脸：一位亚裔美国人的家园回忆录》，台北：麦田出版，2001年，第 369 页。

　　⑤ 林玉玲著，张琼惠译：《月白的脸：一位亚裔美国人的家园回忆录》，台北：麦田出版，2001年，第 369 页。

亚裔美国人。需要进一步研究的是林玉玲的多重文化身份之间的关系以及对她文学创作的影响。

二、身份文化间性

事物之间的关系并不是非此即彼的，世界的本质也并不是一成不变的，我们必须反对对立僵化的二分思维模式，以及那些认为人们在社会中的文化身份等范畴是先在的、不变的本质主义观点。我们要超越二分思维模式和本质主义论调，关注事物之间的互动和关联。事物之间既此又彼的关系就是间性关系。"间性"表明了事物具有"两者的当中或相互的关系"[①] 这样一种本质、特点。它实质上指代了不同事物之间的关系。英语流散作家林玉玲具有多重文化身份，不同文化身份之间既此又彼的关系，就是间性关系。这里指的是不同文化身份之间的关系，也可称为身份文化间性。它是研究流散作家及其文学作品的一个新的视角、方法，其内涵有如下几点：

第一，林玉玲多重的文化身份都是主体，没有主客的对立和隔绝。身份文化间性主张客体、他者与主体、自我是平等的、共在的。"主体间性"的英文名称是"Intersubjectivity"，是现代西方哲学的一个理论术语。"从汉语言来看，其表面的词源学意味就是'在主体之间的''位于主体之间的'，也就是指事物处于主体之间的一种状态。"[②] 林玉玲的多重文化身份都是主体，因此，她的多重文化身份处于间性状态。它包含了两层含义：一是林玉玲的多重文化身份是并存的、平等的。二是林玉玲的多重文化身份都是主体，没有主客的对立和隔绝。林玉玲的祖父来自中国福建，母亲和父亲都是在马六甲出生，母亲是娘惹，也就是土生土长的华裔马来妇人，他们都遵守马六甲土生华人的社会礼俗。林玉玲是在祖父于马六甲的荷兰街盖的一栋大房子里出生的，她在《回忆录》中曾说，"我一辈子都梦到祖父的房子，有时还会梦见买下这栋老房子，加以整修"[③]，"期盼能找回它昔日的光彩。那种骄傲感不是为了

---

① "间"与"性"的相关词条解释见夏征农、陈至立主编：《辞海（第六版）》，上海：上海辞书出版社，2011 年，第 2089、5041 页。

② 王晓东：《西方哲学主体间性理论批判：一种形态学视野》，北京：中国社会科学出版社，2004年，第 18－19 页。

③ 林玉玲著，张琼惠译：《月白的脸：一位亚裔美国人的家园回忆录》，台北：麦田出版，2001年，第 57 页。

占有，而是为了证明自己的身份，所以一直无法忘怀"①。这段话的第一层含义是林玉玲加入美国籍，在美国功成名就后，她一直想证明的身份就是她的华裔文化身份属性；第二层含义是虽然她成为美国公民，她故国华裔马来西亚人的文化身份属性依旧存在，并未随着地域的改变而发生变化，过去的文化身份和当前的文化身份是同时并存的。从语言角度来说，她会说福建话，虽然她的福建话一直停留在五岁时的程度；她也说母亲的语言马来语，母亲用马来语把她抚养长大，她和人聊天一定用马来语，到了十七岁时，为了考大学又重温马来语；她六岁上了英国学校以后，英语说得很流利，② "像小雨滴重回河川，像鱼重回江海"③，在马来西亚大学拿到英语本科学位，在美国取得了英美文学的博士学位。因此，英语成为林玉玲在美国教学和进行文学创作的语言，而马来语和福建话也在她的文学作品中如影随形。也就是说，英语、马来语、福建话作为文化身份的标识是并存的、平等的。就林玉玲的文学创作而言，她曾批评马来西亚以英文写诗的前辈，说 "在他们的作品中却不见对马来属性的关怀"④。她倡导的是 "作品中一定要显现本土的风味：写作应该是凭感觉、祛除疏离感的行为"⑤。她想表达的是在用英语写作的文学创作中要凸显作者的马来西亚属性。的确，林玉玲的任何一部文学作品，都不是纯粹的单一的文学属性的作品，中国、马来西亚以及美国的属性都在她的文学作品中共存。她阅读汤亭亭、黄玉雪等作家的作品，读金惠经、林英敏等女性评论家的作品，她希望自己 "从她们身上学习，过一种不一样的生活，最后让马来西亚和美国可以同起同坐"⑥。也就是说她希望她的亚裔文化身份在美国不是客体，不是他者，而是主体，那么她的亚裔和美国人文化

---

① 林玉玲著，张琼惠译：《月白的脸：一位亚裔美国人的家园回忆录》，台北：麦田出版，2001年，第57页。
② 在马来西亚被殖民时代，英国统治者强制推行英语至上的文化教育，完全忽视各民族语言的教育，特别是华语教育。马来西亚独立后，确定马来语为国语，更加深了对华裔、泰米尔语等其他民族语言的不平等待遇。见努哈姆特茵著，宋建华译：《马来西亚的民族问题》，《民族译丛》，1981年第5期，第15–20页。
③ 林玉玲著，张琼惠译：《月白的脸：一位亚裔美国人的家园回忆录》，台北：麦田出版，2001年，第48页。
④ 林玉玲著，张琼惠译：《月白的脸：一位亚裔美国人的家园回忆录》，台北：麦田出版，2001年，第200页。
⑤ 林玉玲著，张琼惠译：《月白的脸：一位亚裔美国人的家园回忆录》，台北：麦田出版，2001年，第200页。
⑥ 张琼惠：《附录：林玉玲访谈录》，见林玉玲著，张琼惠译：《月白的脸：一位亚裔美国人的家园回忆录》，台北：麦田出版，2001年，第358页。

身份就是互为主体，平等共存的了。

　　第二，林玉玲的多重文化身份之间发生关联，才能共同构成文化身份认同；不同的文化身份的关联中，发生意义重组，生成新的文化身份意义。林玉玲是华裔马来西亚人，这个指称包含以下几种含义：①林玉玲是华裔，具有中国血统，是华人的后代，代表一种新型的华人社会和文化。王赓武认为，"在族群关系上，华族通过血统、生活方式来保持认同"①。林玉玲曾说过她自己"还没有完全与中国文化分离开来"②，亲朋好友在中国旧历新年时都会到她的家来，③ 庆祝传统的中国的春节。她曾到香港访学两年，到了香港她重新发现了自己的华人属性，找到了华裔身份认同，她说，"行走之间我看到跟我继母所供奉一样的灶神，闻到以前拜拜时闻到的烟香味。中华文化，俯仰之间比比皆是，竟是如此……"④；②林玉玲是华裔马来西亚人，"间性"将林玉玲已经分开的华裔和马来西亚人的二元文化身份重新融合，在融合中形成新质的文化身份——华裔马来西亚人。这意味着她是带有马来西亚认同的华人。她说，"一生当中，虽然我一直承认自己是华人，可是我也强调自己是马来西亚人；我的确是华人的后代，但我是华裔的马来西亚人"⑤。也就是说她认同华裔马来西亚人这个社群，这个社群是她感情上的归属。正是因为她生活在这样一个既是华裔又是马来西亚人的特定社群中，华裔的文化身份和马来西亚人的文化身份相互作用，让她对华裔马来西亚人这个文化身份产生认同，逐渐形成了共同利益的观念。她始终为华裔马来西亚人的权利而抗争，她为华裔马来西亚人与马来马来西亚人的区隔愤愤不平，她说："许多马来西亚的华人一直在与体制搏斗。大众和政治论述总是一再提醒在马国的华人，这里不是他们的家，他们不如'正宗的马来人'（Malay Malaysians，又称作Bumiputras，意思是'大地的孩子'）。我们是马来西亚的华人，难道我们不是

---

①　余彬：《主权和移民：东南亚华人契约性身份政治研究》，广州：暨南大学出版社，2014 年，第 8 页。
②　张琼惠：《附录：林玉玲访谈录》，见林玉玲著，张琼惠译：《月白的脸：一位亚裔美国人的家园回忆录》，台北：麦田出版，2001 年，第 375 页。
③　林玉玲著，张琼惠译：《月白的脸：一位亚裔美国人的家园回忆录》，台北：麦田出版，2001 年，第 55 页。
④　张琼惠：《附录：林玉玲访谈录》，见林玉玲著，张琼惠译：《月白的脸：一位亚裔美国人的家园回忆录》，台北：麦田出版，2001 年，第 390 页。
⑤　张琼惠：《附录：林玉玲访谈录》，见林玉玲著，张琼惠译：《月白的脸：一位亚裔美国人的家园回忆录》，台北：麦田出版，2001 年，第 390 页。

大地的孩子吗？马国的政治和社会与舆论总是不停地杜撰，把华裔马人推到一种处境，教我们相信我们不真正属于这里。"① 她曾谈到她获美国书卷奖的《回忆录》的写作动机就是 "要写华裔马人，这样华裔马人以后才能了解他们过去的遭遇。和一般的马来西亚人比较起来，以前华裔马人的确在经济上比较富有。但是现在的物资配额制度根本就不公平，让华裔马人变成了二等公民。有些华裔马人还自认不是正宗的马来西亚人。我要写回忆录使他们意识到他们在马国已居住了好几世代，他们是如假包换的马来西亚人，没有理由承受不公的待遇"②。她与体制抗争的目的就是要获得华裔马来西亚人这个身份认同。③林玉玲置身于华裔马来西亚人这个社群，很长一段时间又生活在英国殖民统治下的马来亚，林玉玲的文化身份就呈现了本土化、新生化、混合化、西方化的特点。此外，由于其出身与成长的背景，与其说林玉玲是华裔马来西亚人，不如说她是华裔马来亚人来得更贴切。④林玉玲虽然出身在华人家庭，但是由于父亲崇洋的心理与母亲土生华人的身份，林玉玲在自我身份认同上更倾向于土生华人③的文化身份认同。她在新加坡出版的《回忆录》的副标题就是 "一个娘惹女性主义者的回忆录"（*Memoirs of a Nyonya Feminist*）。④ 在林玉玲的《回忆录》中，她不断强调着自己与说福建话或华语的马来亚华人有所区别，但在另一方面，她又认同自己是华人的后裔，土生华人与华人对外来说区别不大，对她来说却是带有不同的意义。

林玉玲也是亚裔美国人。"间性"将林玉玲已经分开的华裔马来西亚人和亚裔美国人的二元文化身份重新融合，在融合中形成新质的文化身份——亚裔美国人。她的这种亚裔美国人的文化身份也包含了几层含义：①林玉玲作为华裔马来西亚人进入美国，首先她要取得公民资格成为华裔马来西亚美国人或亚裔美国人。因为 "只有拥有公民资格，社群成员才能感觉到自己在决

---

① 张琼惠：《附录：林玉玲访谈录》，见林玉玲著，张琼惠译：《月白的脸：一位亚裔美国人的家园回忆录》，台北：麦田出版，2001 年，第 385–386 页。

② 张琼惠：《附录：林玉玲访谈录》，见林玉玲著，张琼惠译：《月白的脸：一位亚裔美国人的家园回忆录》，台北：麦田出版，2001 年，第 373 页。

③ 某些土生华人在日常生活中依然遵循许多中国人的传统风俗习惯，包括祭祖与民俗宗教等。洪宜安认为土生华人的身份是一种全然混杂的身份。见 Ien Ang, *On Not Speaking Chinese：Living between Asia and the West*, London：Routledge, 2001, p. 27.

④ 早期土生华人男性泛称 "峇峇"，女性则惯称 "娘惹"，所以新加坡出版的林玉玲的自传以 "一个娘惹女性主义者的回忆录" 为副标题。见张锦忠：《跨越半岛，远离群岛：论林玉玲及其英文书写的漂泊与回返》，《英美文学评论》，1999 年第 4 期，第 190 页。

定其社会前途方面起着重要的作用，担负着集体决策的责任，并作为社群的一员而投身于共同利益"①。米勒指出，"公民资格是个人最重要的社会政治地位，它从根本上体现了人与人之间的平等"②。林玉玲充满自信地说："如何定义美国人属性的争议已经渐渐地使得多数人接受：美国人可以是各色人种——黑人、白人及其他等等都算是美国人。只要是美国公民，就是美国人。"③ ②林玉玲的不同文化身份——华裔马来西亚人文化身份和美国人文化身份相互沟通、相互融合，形成了她不是与生俱来的身份：亚裔美国人。亚裔美国人是特别的美国人，亚裔美国人的文化身份嵌在美国的历史当中。正如马来西亚社会造就了林玉玲的华裔马来西亚人文化身份，美国这个社会同样造就了她的亚裔美国人文化身份。在马来西亚社会，在特定的华裔马来西亚族群和文化形态中，她形成了自我认同，在美国，在特定的亚裔美国族群和历史文化传统中，她形成了亚裔美国人文化身份认同。

第三，身份文化间性表明林玉玲的多重文化身份之间既存在着差异性又存在着同一性，彼此之间存在着关联。不同文化身份之间的差异性对流散作家的创作会产生不同的文学影响。林玉玲说："对我主要的'文学影响'就是我自认为是马来西亚人的这个迷思。我一九六九年来到美国，有好几年的时间我不确定是否还回去，对我来说，把我自己想象成一个马来西亚作家是很重要的。"④ "我身为马来西亚作家，马来西亚人的立场，因此我写的大多是在马来西亚的事，我的童年、我的回忆、我的家人。"⑤ 林玉玲自己也承认这是个缺陷，"身处美国又认定自己是个马来西亚人，对我是个奇妙的缺陷。多年来（十五或二十年吧）我一直视自己为异乡人，而不是剖析我已是美国移民的事实，直到我完成了这本回忆录。因为我被迫完成回忆录的第二部分，所以我才开始想：嗯，我的确是美国人。我是个什么样的美国人呢？是什么

---

① 俞可平：《社群主义》，北京：东方出版社，2015年，第78页。
② 俞可平：《社群主义》，北京：东方出版社，2015年，第91页。
③ 张琼惠：《附录：林玉玲访谈录》，见林玉玲著，张琼惠译：《月白的脸：一位亚裔美国人的家园回忆录》，台北：麦田出版，2001年，第369页。
④ 张琼惠：《附录：林玉玲访谈录》，见林玉玲著，张琼惠译：《月白的脸：一位亚裔美国人的家园回忆录》，台北：麦田出版，2001年，第376页。
⑤ 张琼惠：《附录：林玉玲访谈录》，见林玉玲著，张琼惠译：《月白的脸：一位亚裔美国人的家园回忆录》，台北：麦田出版，2001年，第376页。

使我现在不是个马来西亚人呢？而这就是我写作的第二个主要的影响"①。所以，"现在我得写另一个地方，也就是美国"②。可以看出，不同文化身份之间的差异性对流散作家的文学创作产生了重要影响。

不同文化身份之间存在着差异性，同时也存在着同一性，彼此之间存在着关联。"'间性'就是在对立两极之间进行'居间'思维，在辩证的比较的间性地带建立同一性关联。"③ 林玉玲说在美国，"我有儿子、丈夫、工作以及许多朋友，但是我从未跨越门槛去写这些东西。写回忆录迫使我跨越这个门槛"④。她认为，"生命中有一部分早已存在，但写了这本回忆录以后才打开通往这部分的生命大门"⑤。因此，这个"辩证的比较的间性地带"就是回忆录。在《回忆录》中，林玉玲既写了马来西亚的故事，也写了美国的故事，通过《回忆录》在马来西亚人、马来西亚作家与美国人、美国作家文化身份对立的两极之间建立了同一性关联。"因为完成了这本回忆录，林玉玲终于为自己找到了文学属性：亚裔美国作家。"⑥ 也可以说，林玉玲是通过英语将自己的不同文化身份联系起来。英语是西方的语言，林玉玲是在马来西亚被英国殖民的特殊时期学的这门语言，因而她的英语具有马来西亚特性，而且她的英语明显带有亚洲口音。因此，作为她的身份文化标识的英语，既是美国的主流语言，又具有马来西亚特性。林玉玲通过具有身份文化间性特征的英语，既写美国的故事，也写马来西亚的故事，通过英语的书写将不同的文化身份联系起来，将自己的现居地美国与自己的家乡马来西亚联系起来，既保留了家乡马来西亚的记忆，又在现居地美国构建了现实的家园。

第四，身份文化间性表明林玉玲多重文化身份之间的关系，不是僵化的、静态的，而是处于动态的、发展的和未完成的状态中。身份文化间性表明，

---

① 张琼惠：《附录：林玉玲访谈录》，见林玉玲著，张琼惠译：《月白的脸：一位亚裔美国人的家园回忆录》，台北：麦田出版，2001 年，第 376 页。

② 张琼惠：《附录：林玉玲访谈录》，见林玉玲著，张琼惠译：《月白的脸：一位亚裔美国人的家园回忆录》，台北：麦田出版，2001 年，第 376 页。

③ 鹿国治：《间性思维与比较文学：谈比较文学研究主体的思维基础》，《山东师范大学学报（人文社会科学版）》，2002 年第 4 期，第 43 页。

④ 张琼惠：《附录：林玉玲访谈录》，见林玉玲著，张琼惠译：《月白的脸：一位亚裔美国人的家园回忆录》，台北：麦田出版，2001 年，第 376 页。

⑤ 张琼惠：《附录：林玉玲访谈录》，见林玉玲著，张琼惠译：《月白的脸：一位亚裔美国人的家园回忆录》，台北：麦田出版，2001 年，第 376 页。

⑥ 张琼惠：《导读林玉玲的多重身份与华人的多重属性：后现代的〈奥德赛〉》，见林玉玲著，张琼惠译：《月白的脸：一位亚裔美国人的家园回忆录》，台北：麦田出版，2001 年，第 43 页。

流散作家林玉玲的多重文化身份具有同一性，它们之间是相通的。同时，林玉玲的多重文化身份之间也存在着互动性和沟通性。多重文化身份不断地相互接触和影响、相互融合和杂糅，在同一性和差异性中产生共鸣、冲突或互补。这实际上是一种身份文化间性状态，它表明了不同文化身份之间的共通性，同时也表明了不同文化身份之间在不断地互动和沟通，这种互动和沟通使林玉玲多重文化身份之间的关系不是僵化的、静态的，而是处于动态的、发展的和未完成的状态中。

第五，"身份文化间性"视角提出的意义。"身份文化间性"视角的提出，对流散作家及流散文学的研究具有方法论上的借鉴意义。流散作家及流散文学的凸显，一方面是全球化导致一些作家移民或再移民的结果；另一方面也是"共同性和互动性"的多重文化身份在动态发展过程中影响的结果。研究这些跨国、跨文化的流散作家及其文学作品，应重视流散作家文化身份的复杂性和杂糅性，通过"身份文化间性"的视角，研究、揭示流散作家的文学作品中文化间性的艺术魅力。林玉玲作为一个流散作家处于身份文化间性状态，这对她的文学创作产生重要影响，使她的文学作品具有文化间性特质。

三、文学作品的文化间性特质

首先，林玉玲具有华裔马来西亚人身份，也具有亚裔美国人身份，她是一位具有身份文化间性的作家。她既认同和熟练掌握流散地美国的主流语言英语，又熟知流出地马来西亚的民族语言，对美国和马来西亚的文化传统有深刻的洞察和领悟，因此她创作的回忆录、小说和诗歌具有文化间性的特质。这不仅拓宽了作品的思想容量，也开阔了读者的审美视野。其次，林玉玲在美国白人主流社会之外的少数族裔边缘社区中生活，具有强烈的民族意识、自强不息的心态。同时她对马来西亚民族化进程中排斥华裔马来西亚人的政策，感到不满和失望，因此其文本流贯着一种独特的社会文化秩序、故事情节、人物命运等。这些因素的互动使她的作品平添了一种文化间性的艺术魅力。文化间性致力于不同文化之间的相互理解、相互尊重、相互宽容，以文化间的相互开放和永恒对话为旨归。差异在这里甚为重要。正是由于差异的存在，各异质文化之间才有相互吸取、借鉴的可能，并且在相互映照中进一步发现自己，从"他者"的视域中反观自己；正是由于差异的存在，才经常诱发人们创造性的灵感而导致革新求变。① 也正因为林玉玲具有身份文化间性的特征，不同身份文化之间的张力才给予她灵感，促使她创作出独特的作品。

她的叙事作品《月白的脸：一位亚裔美国人的家园回忆录》《馨香与金箔》《秋千妹妹》和《魔法披巾》文本里中国文化、马来西亚文化和美国文化相互交织、相互交融，你中有我，我中有你；故事发生的背景也是两个以上的国家，因为跨国、跨文化，异质文化间的碰撞，人物的命运曲折坎坷，或喜或悲；福建话、马来语夹杂在英语叙事中，形成多语种狂欢。她的诗，夹杂着不同文化的意境，诉说着马来亚、华人、土生华人、西方等的文化故事。

以林玉玲的《月白的脸：一位亚裔美国人的家园回忆录》为例阐述该回忆录的文化间性。故事分为两部分，分别发生在马来西亚和美国。马来西亚叙事中，因为主要是讲述英国殖民时期的故事，因此《回忆录》中同时充溢着东方文化和西方文化，异质文化在不同的人物身上均有体现。美国叙事中，作为亚裔移民，东方文化和西方文化相互碰撞、影响，作者林玉玲在美国也经历了从不适应到融入西方文化的过程。

其次，林玉玲无论在马来西亚还是在美国，都是生活在多元文化的氛围里，不同文化之间的差异，让她不知所从，始终处于边缘的状态。在马来西亚她受的是英国殖民教育，但是英国人表现出来的优越感一直令她无法释怀，她在《回忆录》中写道，"我不明白为什么他们既然认为我们不是英国人，所以不可能了解、欣赏英国文学，却又要拿这些作品来教我们。更何况我对他们的看法根本不能苟同"②。她来自福建和娘惹社会，"但由于固有文化受到英国殖民的统治、破坏、失去原有风貌，再也不可能修复本有的文化自信，于是西方的个人主义取代了传统的群体想象，结果我们就变成了奈波所称的'模仿人'"③。林玉玲在这里描述了英国殖民者在马来亚的文化霸权，马来亚本民族的文化在殖民文化的压迫下，处于他者的地位。马六甲并非单一文化的地域，中国、马来西亚、印度、葡萄牙、英国和美国等多重文化影响着林

---

① 蔡熙：《关于文化间性的理论思考》，《大连大学学报》，2009年，第83页。
② 林玉玲著，张琼惠译：《月白的脸：一位亚裔美国人的家园回忆录》，台北：麦田出版，2001年，第199页。
③ 林玉玲著，张琼惠译：《月白的脸：一位亚裔美国人的家园回忆录》，台北：麦田出版，2001年，第120页。

玉玲的前半生。① 来到美国后，她虽然生活在美国文化的环境中，但自身存在的中国文化、马来西亚文化和英国殖民时期形成的英国文化让她对美国生活不适应，她在《回忆录》中写道，"纵使埋在美国生涯的点点滴滴当中，生命中非美国的我依然存在，存在梦中，在回到马来西亚、新加坡的旅途上，以及我曾经认识、害怕、挚爱的人身上，因为为了到美国成功立业而离弃他们，在我对他们绵绵不断、暗暗的情愫里，而形成了与美国平行的另一个世界"②。

　　最后，经过不同文化的磨合，林玉玲能通过努力，适应异质文化，各种文化在她身上能水乳交融。在马来亚，面对英国殖民的霸权文化，林玉玲在《回忆录》中记叙了她自己的应对策略："我认为我不是囫囵吸收英国的殖民文化，而是积极地将我所需要的部分挪为己用，如此一来才能摆脱本土的家庭、性别文化试图用粗暴的力量将大家造成同一模式的情形。我努力寻找腐化的力量，用以击碎身为华人及女儿的石榴硬壳。"③ 这样一来，英国文化的霸权地位就被她消解，她处于各种文化的间性当中了。在美国，她也放弃挣扎，不再守着记忆中的家园不放，在美国这片土地上建立了自己的家园，虽然在美国还是有一些令人不快的歧视事件发生，但是林玉玲乐观地认为爱和富庶在美国是可能存在的。因此，作为亚裔美国人的林玉玲在文化间性中找到了平衡，找到了家园。

　　本节以林玉玲的文化身份探讨为例，分析了由于全球化的影响所产生的流散作家文化身份属性问题的复杂性。借鉴和发展"间性""主体间性"的概念，提出"身份文化间性"的视角。林玉玲身份认同上形成的分裂——华裔马来西亚人和亚裔美国人，这两种文化身份不断地相互接触、相互影响、相互融合与相互杂糅，在同一性和差异性中产生共鸣、冲突或互补，决定了林玉玲处于身份文化间性状态。她既认同和熟练掌握美国的主流语言英语，又熟知马来西亚的民族语言，对美国和马来西亚的文化传统有深刻的洞察和领悟，因此她创作的文学作品也具有文化间性的特质。

----

　　① 林玉玲著，张琼惠译：《月白的脸：一位亚裔美国人的家园回忆录》，台北：麦田出版，2001年，第40页。
　　② 林玉玲著，张琼惠译：《月白的脸：一位亚裔美国人的家园回忆录》，台北：麦田出版，2001年，第46页。
　　③ 林玉玲著，张琼惠译：《月白的脸：一位亚裔美国人的家园回忆录》，台北：麦田出版，2001年，第120页。

第三节　身份文化间性视域下的《秋千妹妹》

　　林玉玲《秋千妹妹》里主人公华裔马来西亚三姐妹受到父亲无处不在的控制和约束，父亲去世后，她们前往美国寻求新的生活，然而华裔父权的思想意识一直跟随着她们，阻挠她们融入新文化和新生活。本节将通过身份文化间性的视角分析《秋千妹妹》文本，解读华裔父权。尝试在不同的身份文化关系中解读文本，是研究小说的一个新视角、新途径。

一、小说背景

　　林玉玲 2006 年创作了小说《秋千妹妹》（*Sister Swing*），这部小说源于她1997 年创作的短篇小说《唐先生家的女儿》（*Mr Tang's Girls*）。① 短篇小说故事的背景是马来西亚，华裔父亲阿公有四个女儿，他讨厌叛逆的大女儿李丽金，因而给她安排了门亲事，想早点把她嫁出去。故事的结尾大女儿诱惑父亲，将其杀死。《秋千妹妹》叙述手法新颖，故事由华裔马来西亚三姐妹甄、斯瑞和佩珂分别讲述，最主要的讲述者是二女儿斯瑞，她们的讲述是"互动、评论、分析和相互补充"②。小说中的父亲也叫阿公，但他不是被女儿谋杀，而是因为看到大女儿甄和二女儿斯瑞用镜子查看她们自己的私处，受到刺激，心脏病突发而死。林玉玲在原短篇小说控诉华裔父权的主题基础上，给小说增加了流散主题，增添了国际色彩和跨文化的素材。

　　中国国内还没有关于《秋千妹妹》的评论文章，国外也仅收集到数篇。尼可莱塔·阿列克谢·扎格尼（Nicoleta Alexoae Zagni）（2006）主要评述了华裔马来西亚三姐妹在美国如何从丧失自我到恢复自我的曲折历程。③ 伊丽莎贝塔·马里诺（Elisabetta Marino）（2014）主要评述三姐妹从如何学会使用自

---

　　① 这个短篇收录于林玉玲的短篇小说集《两个梦》，该短篇小说曾获得 1982 年《亚洲周刊》（*Asiaweek*）短篇故事比赛第二名。

　　② Nicoleta A. Zagni, Shirley Geok-lin Lim's *Sister Swing*, *Women's Studies Quarterly*, 2006, 34（3 & 4），p. 261.

　　③ Nicoleta A. Zagni, Shirley Geok-lin Lim's *Sister Swing*, *Women's Studies Quarterly*, 2006, 34（3 & 4），pp. 261 – 263.

己的"翅膀",到学会成为一位女性而脱离传统的束缚,寻找到精神家园。①
这两篇评论都是论述小说主要人物自我意识的觉醒过程。本节主要以作者林
玉玲和小说主要人物的身份文化间性特征为出发点来论述东方元素,也是本
小说的主题——华裔父权。

　　林玉玲是一位具有身份文化间性的作家。首先,林玉玲具有多重文化身
份:华人、英国殖民下的华裔马来亚人、华裔马来西亚人、华裔马来西亚美
国人或亚裔美国人。多重文化身份之间的关系是既此又彼的间性关系。

　　其次,"'间性'具有'居间,中间、中介、离间'等多重象征意蕴"②。
"间性"将林玉玲已经分开的华裔马来西亚人和亚裔美国人的二元文化身份重
新融合,在融合中形成新质的文化身份——美籍亚裔。也就是说,她的华裔
马来西亚人和亚裔美国人身份相互接触、影响、融合和杂糅,在同一性和差
异性中产生共鸣、冲突或互补,形成她不是与生俱来的身份:亚裔美国人。
亚裔美国人是特别的美国人,亚裔美国人的文化身份嵌在美国的历史当中。
正如马来西亚社会造就了林玉玲华裔马来西亚人的文化身份,美国这个社会
同样造就了她的亚裔美国人文化身份。在马来西亚社会,在特定的华裔马来
西亚族群和文化形态中,林玉玲形成了自我认同。在美国,在特定的亚裔美
国族群和历史文化传统中,林玉玲形成了亚裔美国人文化身份认同。

　　再次,林玉玲的多重文化身份都是主体,它们之间既存在着差异性又存
在着同一性,彼此之间存在着关联。"主体间性"是现代西方哲学的一个理论
术语,"从汉语言来看,其表面的词源学意味就是'在主体之间的','位于
主体之间的',也就是指事物处于主体之间的一种状态"③。那么,林玉玲的
多重文化身份之间是处于身份文化间性状态。同时,林玉玲的多重文化身份
之间既存在着差异性又存在着同一性,彼此之间存在着关联。"'间性'就是
在对立的两极之间进行'居间'思维,在辩证比较的间性地带建立同一性
关联。"④

---

　　① Elisabetta Marino, Exploring the Issues of Gender and Ethnicity in Shirley Geok-lin Lim's *Sister Swing*, *Asiatic*, 2014(1), pp. 185 – 194.

　　② 鹿国治:《间性思维与比较文学:谈比较文学研究主体的思维基础》,《山东师范大学学报〈人文社会科学版〉》,2002 年第 4 期,第 42 – 43 页。

　　③ 王晓东:《西方哲学主体间性理论批判:一种形态学视野》,北京:中国社会科学出版社,2004年,第 18 – 19 页。

　　④ 鹿国治:《间性思维与比较文学:谈比较文学研究主体的思维基础》,《山东师范大学学报〈人文社会科学版〉》,2002 年第 4 期,第 42 – 43 页。

最后，林玉玲作为一位具有身份文化间性的作家，她掌握和熟知美国的主流语言英语和马来西亚的民族语言，能够洞察和领悟美国和马来西亚的文化传统，因此她创作的文学作品具有文化间性的特质。文化间性是指致力于不同文化之间的相互理解、相互尊重、相互宽容，以文化间的相互开放和永恒对话为旨归。在这里差异甚为重要。正是由于差异的存在，各差异文化之间才有相互吸取、借鉴的可能，并且在相互映照中进一步发现自己，从"他者"的视域中反观自己；正是由于差异的存在，才经常诱发人们创造性的灵感而导致革新求变。① 而也正因为林玉玲是位具有身份文化间性的作家，不同文化身份之间的张力，才给予她灵感，促使她创作出《秋千妹妹》这样独特的作品。

《秋千妹妹》中三姐妹迫于华裔父权的影响，离开马来西亚，来到美国，漂泊往返于马来西亚和美国之间。小说文本充满了中国、马来西亚和美国多元文化色彩，这些不同文化交织在一起，不断地互动和沟通，表现出动态的发展。三姐妹也是处于身份文化间性当中，她们的华裔马来西亚人身份和亚裔美国人身份相互交融、互动。华裔马来西亚三姐妹在马来西亚如何受到华裔父权的控制？在美国语境下，她们是否摆脱了华裔父权思想？她们该如何选择文化身份呢？处于身份文化间性当中的她们在文化间性的环境里如何开始新的生活？通过对《秋千妹妹》的文本解读，我们或许可以找到这些问题的答案。

二、流散的缘起：逃离华裔父权

林玉玲曾撰文说："民族血统、第二语言以及那些有代表性的少数民族文化习惯，大部分都被经典美国文学排除在外。与之形成对比的是，在华裔美国作品中，这些元素和素材依旧是它们的中心主题、主旨、暗示和风格元素。"② 她认为"离散文学的诠释必须考虑先美国（pre-US）的民族素材和文化素材，这些素材不仅能解释华裔美国人的主观性，还能加强并影响它，甚

---

① 蔡熙：《关于文化间性的理论思考》，《大连大学学报》，2009 年第 1 期，第 83 页。
② 林玉玲著，孙乐译：《旧离散、新跨国以及全球华裔英语文学》，见徐颖果编：《离散族裔文学批评读本：理论研究与文本分析》，天津：南开大学出版社，2012 年，第 249 页。

至将其推向美国之外"①。《秋千妹妹》小说文本里先美国的民族素材和文化素材就是华裔父权文化。首先分析《秋千妹妹》小说文本，看看华裔马来西亚三姐妹在马来西亚是如何受到华裔父权控制的。

第一，华裔父亲阿公是典型的华裔父权制和男权社会的代表，对妻子和女儿有精神束缚。父亲当年遇到恬静的母亲后，被她的美丽和温和的性情吸引，娶她作二夫人。父亲让女儿以母亲为榜样，教育三姐妹要向母亲学习，他说，"你们的母亲单纯得像雨水。这就是我娶她的原因——因为她的美德。如果你们想要找到一位好丈夫，就应当向她学习"②。父亲强调的是女性要对男性绝对服从，"妾妇之道，以顺为正"，未出嫁的女儿要听从父亲的话。而父亲自己却有两房妻室，大夫人在新加坡；在马来西亚，住着二夫人和小说的主人公三姐妹，只有在周末，他才回到这第二个家。甄告诉斯瑞，"自我们还是婴孩起，阿公就到我们卧室偷看我们"③。斯瑞说，"有翼，如果不能飞，那有什么好?"④ 父亲是家里唯一能自由使用"翅膀"的人，想去哪就去哪。他把女儿当作自己的私有财产，把三姐妹牢牢地绑在自己身上，她们都是他的"雏鸟"。⑤

第二，甄在公众场合穿衣不得体，于是父亲就给甄包办婚姻。甄经常在家顶撞和惹恼父亲，她违背了"三从"的伦理规范；在新加坡大夫人女儿的婚礼上，甄穿了条不得体的短裙，她又违犯了华裔父权制对女性要求的"四德"。父亲回到家里告诉甄，说他已经咨询了纯山寺的算命先生，元宵节是她结婚的最佳时间。甄挑战父亲的结局就是面临着被嫁出去，她没有选择的余地。

第三，父亲看到大女儿和二女儿查看身体的私处，受到刺激，心脏病突发而死。这是导致三姐妹离开马来西亚、出走美国的最直接原因。斯瑞将父亲为甄包办婚姻的事情告诉了她的中学英语老师休斯小姐，休斯小姐大吃一惊，她让斯瑞给甄带了一本关于女性解放的书，封面上写着"女性联合起来：我们的身体是我们自己的"。斯瑞和甄读到讲述女人私处的那段文字，书上还

---

①　林玉玲著，孙乐译：《旧离散、新跨国以及全球华裔英语文学》，见徐颖果编：《离散族裔文学批评读本：理论研究与文本分析》，天津：南开大学出版社，2012年，第253页。

②　Shirley Geok-lin Lim, *Sister Swing*, Singapore：Marshall Cavendish Editions, 2006, p. 8.

③　Shirley Geok-lin Lim, *Sister Swing*, Singapore：Marshall Cavendish Editions, 2006, p. 12.

④　Shirley Geok-lin Lim, *Sister Swing*, Singapore：Marshall Cavendish Editions, 2006, p. 7.

⑤　Shirley Geok-lin Lim, *Sister Swing*, Singapore：Marshall Cavendish Editions, 2006, p. 8.

附有镜子倒射出女人臀部的画面，这引起了她们的兴趣。她们拿出化妆镜，脱掉衣服，在台灯的照视下，查看自己。而这一幕，被照例晚上来到女儿房间察看的父亲瞧见了，把子女当作自己财产、对子女思想专制的父亲大为震惊，脱口而出，"污秽！你们姐妹荡妇变态，没有羞耻，没有畏惧……"①　斯瑞和甄对此的反应完全不一样，甄的反应是，"他有什么权利每天晚上到我们卧室来？我告诉你，我们睡觉时，他就来我们房间察看。也许今晚之后，他再也不会这样做了。我们现在都是大姑娘了！"②　斯瑞则"想要跑到阿公那里，祈求他的原谅，把那本书给他看，表明我们只是想了解我们的身体。但是我已经是羞得无地自容了"③。斯瑞和甄的不同反应，是她们自我意识程度不同的反映。甄的自我意识程度高，斯瑞的自我意识程度低，在骨子里，斯瑞还是依赖父亲的。第二天她们发现父亲躺在厨房冰箱的旁边，因为心脏病突发而死。父亲的死让斯瑞内疚，晚上不停地做噩梦，"长着白色羽毛和粗糙爪子的一只巨大的鸟啄她的肩和胸"④，"尖锐的喙叩击着她的颅骨，要把她的脑袋分裂开"⑤。父亲变成了一只大鸟出现在斯瑞的梦中，让她不得安宁。没有了父亲，斯瑞的生活便成了梦魇。母亲决定让斯瑞离开马来西亚，去美国读书。

　　出于上述原因，尤其是父亲的去世，三姐妹离开马来西亚，前往美国寻求新的生活。除此之外，三姐妹离开马来西亚还有各自不同的原因。斯瑞一方面由于甄比她上学早，甄让她接触到不同于中文的另一种新的语言——英语后，逐渐相信英语单词是"魔法的存在形式"⑥。斯瑞到政府办的英语学校读书后，爱上了阅读，英语书把她带到了一个童话世界，她每天学到了越来越多的英语单词，沉浸在英语书的海洋，这是一个马六甲以外的世界。从另一方面来看，她家族的姓是"翼"（Wing），在整个马六甲只有她们一个"翼"姓家族，这个姓让斯瑞浮想联翩，"当马六甲晚上变成黑紫色时，我就幻想着这个神秘的姓变出羽毛飞行起来"⑦，"像鸟般自由。燕八哥、喜鹊、

①　Shirley Geok-lin Lim, *Sister Swing*, Singapore: Marshall Cavendish Editions, 2006, p. 12.
②　Shirley Geok-lin Lim, *Sister Swing*, Singapore: Marshall Cavendish Editions, 2006, p. 15.
③　Shirley Geok-lin Lim, *Sister Swing*, Singapore: Marshall Cavendish Editions, 2006, p. 15.
④　Shirley Geok-lin Lim, *Sister Swing*, Singapore: Marshall Cavendish Editions, 2006, p. 16.
⑤　Shirley Geok-lin Lim, *Sister Swing*, Singapore: Marshall Cavendish Editions, 2006, p. 16.
⑥　Shirley Geok-lin Lim, *Sister Swing*, Singapore: Marshall Cavendish Editions, 2006, p. 2.
⑦　Shirley Geok-lin Lim, *Sister Swing*, Singapore: Marshall Cavendish Editions, 2006, p. 3.

白头翁、鱼鸥，还有蝙蝠和狐蝠在狭窄的街道上飞进飞出破烂的屋檐，把太阳和月亮带下山"①。对英语的热爱和家族姓的"自由"隐喻，再加上对父亲去世的愧疚，让斯瑞决定离开马来西亚到纽约的佩普斯大学去读书，开始新的生活。

甄不希望离开母亲，也不希望斯瑞离开。她从未长出能飞的翅膀。她很害怕飞行，她说，"海鸥和鸽子只有豌豆般大小的脑袋，所以它们能飞。但是我们有着大脑袋的人类是飞不了的"②。斯瑞在佩普斯大学待了一年回到马来西亚的家中，甄在母亲的鼓励下决定跟随斯瑞前往美国加利福尼亚，前提是斯瑞陪同她去同一所大学，修同样的课程。

佩珂和两个姐姐不同，她听从母亲的话，从不跟随两位姐姐在操场上玩，因为父亲不喜欢她们像坏男孩一样疯狂地嬉戏、摔倒。她和两位姐姐只是"凡世的姐妹"③，教堂给了她"永恒的生命"④，她太"超然绝伦"⑤，更像是斯瑞和甄"精神上的妹妹"⑥，和她们没有感情接触。父亲死后，她给了冯牧师 5 000 美元，捐款给阳光仁慈老人慈善机构，以此纪念父亲。她加入了冯牧师所在的基督教公理会教堂，和冯牧师的儿子罗伯特结婚，成为丈夫的助手。教堂给了她希望拥有的"更多的兄弟姐妹"⑦，"永恒的生命中真正的兄弟姐妹，而不是尘世存在的"⑧。斯通希尔主教参观了中国香港、中国台湾、韩国和马来西亚的公理会教堂后，邀请冯牧师去洛杉矶的教堂做牧师，而佩珂也随同去洛杉矶帮助罗伯特处理牧师事务，支持冯牧师的任期管理工作。于是甄、斯瑞和佩珂三姐妹开始了跨越太平洋的跨国文化流动，开始寻求新的文化身份，开始接触新的文化生活。

三、华裔父权思想在美国语境下的延续

三姐妹以亚裔的文化身份进入美国，在与美国文化的接触中，依旧无法

---

① Shirley Geok-lin Lim, *Sister Swing*, Singapore: Marshall Cavendish Editions, 2006, p. 3.
② Shirley Geok-lin Lim, *Sister Swing*, Singapore: Marshall Cavendish Editions, 2006, p. 24.
③ Shirley Geok-lin Lim, *Sister Swing*, Singapore: Marshall Cavendish Editions, 2006, p. 22.
④ Shirley Geok-lin Lim, *Sister Swing*, Singapore: Marshall Cavendish Editions, 2006, p. 22.
⑤ Shirley Geok-lin Lim, *Sister Swing*, Singapore: Marshall Cavendish Editions, 2006, p. 165.
⑥ Shirley Geok-lin Lim, *Sister Swing*, Singapore: Marshall Cavendish Editions, 2006, p. 165.
⑦ Shirley Geok-lin Lim, *Sister Swing*, Singapore: Marshall Cavendish Editions, 2006, p. 110.
⑧ Shirley Geok-lin Lim, *Sister Swing*, Singapore: Marshall Cavendish Editions, 2006, p. 110.

摆脱父权，华裔父权思想在美国语境下延续。小说文本里中国文化、马来西亚文化和美国文化交织在一起，在它们的同一性和差异性中"产生共鸣、冲突或互补"①。斯瑞在美国的新生活分为两个阶段。她两度前往美国，分别爱上了波多黎各籍的老师曼纽儿·罗培兹和旅馆经理桑迪。但是这两次跨国度、跨文化的恋爱都是失败的。因为华裔父权思想的影响，她无法适应美国文化。在美国她该如何选择自己的文化身份呢？

　　斯瑞第一次乘飞往纽约的飞机时，感觉"解脱了"②，"飞机上没有乘客像母亲和阿徐③要求我表现恰当的情绪和行为，纽约也不会有阿公的噩梦等着我"④。但是美国的生活和她预料的并不一样。在佩普斯大学，她没有室友，觉着孤独，穿着黑色丧服也让斯瑞觉得压抑，她"需要颜色"⑤。她买了各种颜色的沙滩球来装点房间，排遣寂寞。同时周围的人也对亚裔比较排斥。她的同学这样评说亚裔，"他们来自石器时代。他们无法区别现实和电视里的不同"⑥。她在商店买东西，"店员结账时视线都没有离开我，表现得好像我随时都会举起一管枪来对准她"⑦。对美国而言，亚洲是"他方"，是"别处"，是"异质邦"，"乌托邦让人放心，异质邦却叫人担心"⑧。

　　作为"他者"的斯瑞，遇见迥然不同的美国文化，她吸收和认同的依旧是她想摆脱掉的华裔父权文化。斯瑞爱上了波多黎各的老师曼纽儿·罗培兹，但她爱上罗培兹的最主要原因是从这位老师身上看到了父亲阿公的影子，她感觉到"罗培兹教授通过我和阿公谈话，鸟样头颌面的阿公的鬼魂招回来了，在听罗培兹教授讲话。黑皮肤的波多黎各老师和华裔的百万富翁是一样的。罗培兹教授在我脑海里，在我胸口激起了新的感觉"⑨。斯瑞在房间里不断念叨着老师的名字，觉得他是"狼一般的男人"⑩。他在斯瑞心里是独一无二

　　① 马征：《文化间性视野中的纪伯伦研究》，北京：中国社会科学出版社，2010年，第51页。
　　② Shirley Geok-lin Lim, *Sister Swing*, Singapore：Marshall Cavendish Editions, 2006, p.25.
　　③ 阿徐是华裔马来西亚三姐妹家里的女佣，来自中国，二十多年来对她们的母亲十分忠诚，一直陪伴着母亲。
　　④ Shirley Geok-lin Lim, *Sister Swing*, Singapore：Marshall Cavendish Editions, 2006, p.25.
　　⑤ Shirley Geok-lin Lim, *Sister Swing*, Singapore：Marshall Cavendish Editions, 2006, p.28.
　　⑥ Shirley Geok-lin Lim, *Sister Swing*, Singapore：Marshall Cavendish Editions, 2006, p.29.
　　⑦ Shirley Geok-lin Lim, *Sister Swing*, Singapore：Marshall Cavendish Editions, 2006, p 29.
　　⑧ 朱利安著，卓立、林志明译：《间距与之间：论中国与欧洲思想之间的哲学策略》，台北：五南图书出版股份有限公司，2012年，第13页。
　　⑨ Shirley Geok-lin Lim, *Sister Swing*, Singapore：Marshall Cavendish Editions, 2006, p.32.
　　⑩ Shirley Geok-lin Lim, *Sister Swing*, Singapore：Marshall Cavendish Editions, 2006, p.36.

的，从此"在曼纽儿之后，她遇到的所有老师都是惊人的丑陋：灰色、拘谨、老朽，像未曾翻开的书"①。

罗培兹教授是父亲阿公的影子，斯瑞再次投身于华裔父权思想。罗培兹教授所代表的美国文化消弭了他者文化。他在自己的美国人文化身份和斯瑞的亚裔文化身份之间树立起了一道围墙，分隔开了你我。首先，他具有优越感，强调自己并不是黑人。他还把自己的妻子和斯瑞相比，认为妻子也是优越的。他骄傲地对斯瑞说，"她充满激情，像所有的波多黎各人一样。这就是我喜欢女性的原因。你则不同，恬静、羞怯。亚洲人都一样"②。罗培兹显示出对亚洲人的偏见，暗示斯瑞不及他妻子。其次，在这场婚外恋当中，斯瑞完全是被动的。斯瑞能感觉到他的能量，"像棕色的太阳在她头顶上放射出光芒"③。斯瑞像被动的接受者，而罗培兹似乎是拥有父权、夫权的统治者。最后，罗培兹对妻子的吹嘘和他妻子卡门的强势完全在精神上打败了斯瑞。斯瑞颤颤巍巍地打电话给卡门，卡门洪亮、坚定的声音让斯瑞退却。她决定离开纽约回到马来西亚。

曼纽儿·罗培兹如父亲般强大的能量笼罩了斯瑞，既吸引了她，也让她战战兢兢地退却。她像崇拜父亲般地爱上罗培兹，又像惧怕父亲般地逃离罗培兹。父亲在她的想象中是一只有着尖锐的喙的"巨大的鸟"④，而罗培兹则是"狼"⑤，无论是"巨大的鸟"还是"狼"，都让她畏惧和胆怯。在马来西亚，斯瑞畏惧华裔父权，在美国，华裔父权思想的阴影依旧让她畏怯，她的亚裔文化身份无法融入美国文化。她不知道该选择何种文化身份，她无处可安身，不属于任何一方。

在母亲的劝说下，斯瑞带着姐姐甄第二次来到美国加利福尼亚，她"又要用父亲的钱离开，到他那凶巴巴的脸、因为盛怒而扭曲的白色眉毛再也找不到我的地方"⑥。这次到美国，她要边工作边读书，加上甄的陪伴，她相信会有不同。她遇到了桑迪，一位退役军人、旅馆的经理，但是她与美国文化的第二次交锋重蹈覆辙。桑迪俨然也是父亲阿公的影子。与罗培兹教授不同

① Shirley Geok-lin Lim, *Sister Swing*, Singapore: Marshall Cavendish Editions, 2006, p. 37.
② Shirley Geok-lin Lim, *Sister Swing*, Singapore: Marshall Cavendish Editions, 2006, p. 40.
③ Shirley Geok-lin Lim, *Sister Swing*, Singapore: Marshall Cavendish Editions, 2006, p. 41.
④ Shirley Geok-lin Lim, *Sister Swing*, Singapore: Marshall Cavendish Editions, 2006, p. 16.
⑤ Shirley Geok-lin Lim, *Sister Swing*, Singapore: Marshall Cavendish Editions, 2006, p. 36.
⑥ Shirley Geok-lin Lim, *Sister Swing*, Singapore: Marshall Cavendish Editions, 2006, p. 50.

的是，桑迪的美国文化身份将斯瑞的亚裔文化身份同化了，让斯瑞手足无措，又一次迷失了方向。

第一，她太依赖桑迪，桑迪像父亲一样保护她、帮助她。她不会开车，而洛杉矶车里的人似乎比马六甲镇上的人都多。人生地不熟的她依赖桑迪周末骑摩托车带她四处看看。桑迪和她的聊天"充满了建议、指点和保护性的动作"①，这让他越来越走进姐妹二人的生活。他告诉她们东方和美国的文化差异，例如，他告诉她们在美国问"私人问题"（personal questions）被认为是无礼的；出门要带身份证和钱。她在马六甲还没有见过像桑迪这样聪明的男生，他"对这个物质世界是如此安逸和了解"②，在这样一个生疏的地方安抚她的焦虑，"像恺撒的禁卫军"③保护着她们。

第二，桑迪的保护走到了极端，他改变斯瑞的名字、头发的颜色和穿着，斯瑞丧失了自我。斯瑞意识到融入美国的艰难，她说，"我们外国留学生就像裹在破烂不堪的蚕茧里的蛹，从熟悉的土地和树上被洲际的风托浮着，落到肥沃的土地上，而不是我们先人的土地上。我们挣扎着幸存下来，但是对于这个世界，我们的天性并不知晓"④。桑迪改变着斯瑞。他叫斯瑞"休（Sue）"，因为这个名字比较美国化。甄喊妹妹的名字"斯瑞"时，桑迪纠正甄，这俨然是父亲阿公父权的再现。接着桑迪指出他不喜欢黑发，他冲到长滩，找到一家周日晚上也营业卖染发剂的商店，找到了令自己满意的颜色，于是斯瑞的头发变成了栗色。再接着斯瑞按桑迪的要求把头发剪短，"她为桑迪这样做，是因为他许诺一旦她改变发式，就会更经常地带她出去骑车"⑤。显然斯瑞一来取悦了桑迪，再来她把自己与外界的交往完全寄托在桑迪身上。名字改了，头发颜色和样式改了，末了就是斯瑞的穿着也按桑迪的要求而改变。"黑皮夹克"⑥，"黑灯芯绒裤子"⑦，"黑色的靴子"⑧，"黑色和银色的头

---

①　Shirley Geok-lin Lim, *Sister Swing*, Singapore：Marshall Cavendish Editions, 2006, p. 57.
②　Shirley Geok-lin Lim, *Sister Swing*, Singapore：Marshall Cavendish Editions, 2006, p. 63.
③　Shirley Geok-lin Lim, *Sister Swing*, Singapore：Marshall Cavendish Editions, 2006, p. 63.
④　Shirley Geok-lin Lim, *Sister Swing*, Singapore：Marshall Cavendish Editions, 2006, p. 73.
⑤　Shirley Geok-lin Lim, *Sister Swing*, Singapore：Marshall Cavendish Editions, 2006, p. 134.
⑥　Shirley Geok-lin Lim, *Sister Swing*, Singapore：Marshall Cavendish Editions, 2006, p. 134.
⑦　Shirley Geok-lin Lim, *Sister Swing*, Singapore：Marshall Cavendish Editions, 2006, p. 134.
⑧　Shirley Geok-lin Lim, *Sister Swing*, Singapore：Marshall Cavendish Editions, 2006, p. 134.

饰"①，"甚至游泳镜也像黑色的面罩，盖住了她的眼睛和鼻子"②。摩托车队
的女士都是黑色穿着，斯瑞以此融入她们当中，迷失在美国的摩托车黑色文
化中。斯瑞之前穿黑色服装是为父亲服丧，现在是为了桑迪穿着黑色服装，
"看上去像他们中的每一个人"③，"成为桑迪能量的一部分"④，"穿着黑色的
皮革，栗色的短发竖着，我就像另外一个女人，桑迪的女人，坐在后面黑色
穿着的小姐，像那里其他人一样是美国人"⑤。在马来西亚，斯瑞是在华裔父
权的控制之下，没有自我，在美国，她依旧是在华裔父权思想的阴影之下，
像服从父亲般地被动地服从桑迪的控制，丧失了自我。斯瑞的亚裔文化身份
被桑迪的美国人文化身份淹没了、消弭了，受到同化的威胁。

　　第三，桑迪对斯瑞保留着自己的隐私。当桑迪和斯瑞之间的谈话涉及他
的私人问题——家庭、在空军服役的经历和遇到斯瑞之前的生活时，桑迪不
是闪烁其词就是回避。桑迪是西方爱国者自卫队（Western Militia of Patriots）
的成员，他们的目标是反黑人、墨西哥人和亚洲人，反除了白人以外的任何有
色人种。当桑迪发现斯瑞在为《亚洲时代》（Asian Time）撰稿替黄种人说话
时，很愤怒自己并没有彻底改变斯瑞。桑迪说，"我跟他们解释你跟那些来到
加州的黄种人不一样。你是大学生，优秀、聪明。现在，不奏效了。我搞不
定了"⑥。他摇抖着她，他的手放在她的肩上，摇着、摇着，她的头摇向后，
摇向前，又摇向后。⑦他"呼吸得很重，摇着，摇着，他就像一个贼想要从树
上摇下成熟的芒果"⑧。这是桑迪和斯瑞关系的转折，桑迪不仅是父权的代言
人，而且是种族主义者。后来他和另一名西方爱国者自卫队成员炸毁了斯瑞
妹妹佩珂所在的教堂，于是三姐妹的移民生活都有了变化。

　　甄在美国遇到的男友韦恩和桑迪完全不同。韦恩鼓励甄保留亚裔文化身
份，斯瑞不许她说马来西亚英语，韦恩却鼓励她想怎么说就怎么说；⑨桑迪让
斯瑞改变头发的颜色，韦恩告诉甄，他喜欢黑色的长发，她不需要改变任何

---

① Shirley Geok-lin Lim, *Sister Swing*, Singapore：Marshall Cavendish Editions, 2006, p. 134.
② Shirley Geok-lin Lim, *Sister Swing*, Singapore：Marshall Cavendish Editions, 2006, pp. 134 – 135.
③ Shirley Geok-lin Lim, *Sister Swing*, Singapore：Marshall Cavendish Editions, 2006, p. 144.
④ Shirley Geok-lin Lim, *Sister Swing*, Singapore：Marshall Cavendish Editions, 2006, p. 144.
⑤ Shirley Geok-lin Lim, *Sister Swing*, Singapore：Marshall Cavendish Editions, 2006, p. 145.
⑥ Shirley Geok-lin Lim, *Sister Swing*, Singapore：Marshall Cavendish Editions, 2006, p. 158.
⑦ Shirley Geok-lin Lim, *Sister Swing*, Singapore：Marshall Cavendish Editions, 2006, p. 158.
⑧ Shirley Geok-lin Lim, *Sister Swing*, Singapore：Marshall Cavendish Editions, 2006, p. 158.
⑨ Shirley Geok-lin Lim, *Sister Swing*, Singapore：Marshall Cavendish Editions, 2006, p. 130.

一点。① 韦恩的美国人文化身份和甄的亚裔文化身份之间的关系是平等的，"他们能够证明拥有不同的皮肤、不同的身体、不同的语言的一些人仍可以是相通的"②。对甄来说，她和美国人相处比和斯瑞相处要容易得多。在马来西亚，甄是挑战华裔父权的斗士，在美国，她自由得多，没有再受到华裔父权思想阴影的笼罩，韦恩和她平等和谐相处，视彼此为真爱。甄能在不同的文化中和谐生存，她的亚裔文化身份和韦恩的美国人文化身份水乳交融。

佩珂和罗伯特也是天生的一对，他们同病相怜。罗伯特没有母亲、兄弟姐妹，佩珂被姐姐们遗忘，总是独自一人，教堂给了他们更多的兄弟姐妹，永生的、真正的兄弟姐妹。然而佩珂依然是处于华裔父权的影响之下，其中最主要的原因还是冯牧师。首先，在父亲去世后，冯牧师俨然成为佩珂的精神导师、精神上的父亲。佩珂受到姐姐们的冷落，向冯牧师诉苦时，冯牧师告诉她，她们三姐妹只是凡间的姐妹，而教堂可以给她永生。所以她明白她寻求的是永生的家庭，不要因为是被遗忘的妹妹而伤心。③ 她因为孝顺得到父亲的双份遗产，冯牧师告诉她不需要害怕、浪费或隐藏遗产，她可以把遗产用于教堂，冯牧师平抚了她的忐忑不安。④ 到美国后，冯牧师向佩珂清楚地说明了她的职责，"罗伯特得力的伴侣，他们两人极好的助手"⑤。所以佩珂要做的是帮助罗伯特承担牧师职责，支持冯牧师的神职工作。冯牧师还帮佩珂起了教名——"珍珠（Pearl）"，意思是，"在上帝的眼中人都是宝贵的"⑥。这个名字还有它的哲学意义，即"丰富的知识"⑦。正如父亲宠爱佩珂一样，冯牧师对佩珂也充满期望和重视。

其次，冯牧师和父亲一样光芒四溢，让佩珂像崇拜父亲一样地仰慕他。自从冯牧师到了美国，信徒每月都在增加。信徒来自世界各地，不分男女老幼、贫富和肤色。冯牧师的神圣表现在他的布道上，"在天堂是没有肤色之分的，所有人都穿着敞亮的衣饰，生命都是光彩而绚烂的"⑧。冯牧师还被公认为是多元主义的专家，他说不同肤色的人在教堂都会被平等对待；他说自己

① Shirley Geok-lin Lim, *Sister Swing*, Singapore：Marshall Cavendish Editions, 2006, p. 133.
② Shirley Geok-lin Lim, *Sister Swing*, Singapore：Marshall Cavendish Editions, 2006, p. 160.
③ Shirley Geok-lin Lim, *Sister Swing*, Singapore：Marshall Cavendish Editions, 2006, p. 22.
④ Shirley Geok-lin Lim, *Sister Swing*, Singapore：Marshall Cavendish Editions, 2006, p. 22.
⑤ Shirley Geok-lin Lim, *Sister Swing*, Singapore：Marshall Cavendish Editions, 2006, p. 110.
⑥ Shirley Geok-lin Lim, *Sister Swing*, Singapore：Marshall Cavendish Editions, 2006, p. 45.
⑦ Shirley Geok-lin Lim, *Sister Swing*, Singapore：Marshall Cavendish Editions, 2006, p. 45.
⑧ Shirley Geok-lin Lim, *Sister Swing*, Singapore：Marshall Cavendish Editions, 2006, p. 114.

在美国是宾客，所以要有礼貌地尊重美国人的习俗；他还说在美国人身上发现了很多的美德，"慷慨、热情和宽容"①。"所有听他布道的人都被这位小个子、白发、肤色蜡黄，外表朴实无华的亚洲男人征服。"② 佩珂把她对父亲的敬爱寄托在上帝和神圣的冯牧师身上，她甚至计划用父亲的钱建一个发光的大十字架，发出 3 000 个 100 瓦的灯泡般永久的光亮，以此来纪念父亲，"阿公总会某天在洛杉矶和基督一同复活"③。冯牧师的亚裔文化身份被美国甚至世界各地的人接受，而将精神寄托于冯牧师的佩珂并没有真正融入美国文化。

西方爱国者自卫队的成员在教堂放了定时炸弹，不仅炸毁了十字架，而且炸死了待在十字架下的两名墨西哥人。这让佩珂的名誉受到了损害，也让她暂时对传教丧失了信心。佩珂的圣洁、对上帝和冯牧师的敬爱敌不过种族主义者的暴行。华裔父权思想的束缚、种族主义者的暴行让佩珂的亚裔文化身份与美国人文化身份相互抵触，她决定离开美国。

四、身份文化间性中的生存策略——"流动、飞翔、摇摆"

华裔马来西亚三姐妹在美国，依旧处于华裔父权思想的阴影下，她们在东西方两种文化的张力下，或者适应异质文化，或者不适应异质文化，她们的华裔马来西亚人身份和亚裔美国人身份，或者相通，或者相互冲突。她们采取"流动、飞翔、摇摆"的文化策略，最终摆脱了华裔父权思想，获得自我，两种文化身份得以交融。

"流动"指的是从一个国家迁移到另一个国家，或者在同一个国家内部的位移。斯瑞把她的摩托车黑色穿戴全都打包送到慈善店（goodwill store），这表明她并不想被同化，即使是外在的同化。她去参加驾车培训课程，她想去看看教堂爆炸事件中桑迪死前躲藏的地方。驾车让斯瑞感觉自由，她在美国的流动轨迹是"从飞机到大巴，到摩托车，现在是跑车"④。她"经历了依赖性——将她的生命置于不认识的飞行员手上到交给桑迪"⑤。现在，有了跑车，她的生命主动权回到了自己的手上，没有必要再依赖他人。她驾车前往桑迪

---

① Shirley Geok-lin Lim, *Sister Swing*, Singapore: Marshall Cavendish Editions, 2006, p. 119.
② Shirley Geok-lin Lim, *Sister Swing*, Singapore: Marshall Cavendish Editions, 2006, p. 114.
③ Shirley Geok-lin Lim, *Sister Swing*, Singapore: Marshall Cavendish Editions, 2006, p. 123.
④ Shirley Geok-lin Lim, *Sister Swing*, Singapore: Marshall Cavendish Editions, 2006, p. 202.
⑤ Shirley Geok-lin Lim, *Sister Swing*, Singapore: Marshall Cavendish Editions, 2006, p. 202.

躲藏的地方，也就是美国和加拿大的边界翠娜缇（Trinity Cove），找到了被烧毁的房子的残骸，"已经烧黑了的颓垣断壁、烧焦了的木料、塌陷的屋顶、弯曲熔化成了块状和怪异形状的金属"①。这烧毁的房子预示着斯瑞终于摆脱了桑迪，也"最终使自己从听从父亲命令，即女儿要成为家庭主妇和称职母亲的冲动中解脱出来"②。斯瑞晚上做梦又梦到了父亲，"他不再是凶猛有喙的鹰，而是一只鸽子"③，"他收缩成一只普通的幽灵鸟，他过去的颜色都被过滤掉了。我不再害怕，我想要让他进入我的庇护当中"④，"他在冬天的纽约城上空盘旋，那么小，那么冷，那么孤独"⑤。这表明父亲在斯瑞心中显然已不是凶猛的存在，华裔父权在纽约、在她周围已不复存在。她不再依赖父亲，相反，无助的父亲需要她，显然斯瑞已经成长起来。她的亚裔文化身份适应了美国人文化身份，两种文化身份之间的界限变得模糊起来，两种文化身份互相支持、激励，亚裔文化身份和美国人文化身份融合，她处于身份文化间性的状态。

甄已经定居纽约，在马来西亚，她挑战父权、不讨父亲喜欢。而流动到美国，她保留自我，保留亚裔文化身份，但没有孤立在自己的世界里。她的亚裔文化身份和美国人文化身份之间充满张力，两种不同的文化身份相互交流、相互支持，所以她能有完美的婚姻。她和韦恩走出各自的世界，彼此发现对方，打开双方的心灵，彼此沟通，互相认同。甄是亚裔文化身份和美国人文化身份共通杂糅、合二为一的完美典范，她也是处于身份文化间性当中。

佩珂经过教堂爆炸事件之后，决定回到马来西亚。首先，洛杉矶确实有很多受伤的心灵需要被拯救，但她决定还是先拯救离家最近的，母亲的心灵最需要救赎。母亲让她有了离开美国的理由。其次，佩珂经过一番跨国流动，学到了如何真正传教，她有了自己的信仰感召，所以不需要再跟随冯牧师，丈夫可以和她一起回国传教。她也如斯瑞一样，不再受华裔父权的控制和影响，不再依赖他人，也取回了自己的生命主动权。最后，她已丧失对美国教堂的信任，对在美国传教失去信心。她重新回到马来西亚，不用每个周日再

---

①　Shirley Geok-lin Lim, *Sister Swing*, Singapore：Marshall Cavendish Editions, 2006, p. 209.

②　Elisabetta Marino, Exploring the Issues of Gender and Ethnicity in Shirley Geok-lin Lim's *Sister Swing*, *Asiatic*, 2014（1）, p. 190.

③　Shirley Geok-lin Lim, *Sister Swing*, Singapore：Marshall Cavendish Editions, 2006, p. 229.

④　Shirley Geok-lin Lim, *Sister Swing*, Singapore：Marshall Cavendish Editions, 2006, p. 230.

⑤　Shirley Geok-lin Lim, *Sister Swing*, Singapore：Marshall Cavendish Editions, 2006, p. 230.

看到那些被炸弹炸死的墨西哥裔美国人的魂灵，面对他们的同胞。佩珂的亚裔文化身份经历了美国人文化身份的洗礼，她懂得开采两种文化身份各自蕴藏的资源，去实现自己的理想，也更新了自己的生命力。

"飞翔"传达出的是三姐妹的欲望，她们想要拥有"翅膀"的自由；她们想要飞离华裔父权。以前在马来西亚只有父亲拥有使用"翅膀"的自由，三姐妹到了美国，经历一番美国文化的熏陶，摆脱华裔父权思想，终于也能自由使用"翅膀"了。斯瑞不再依赖他人，她在美国能自己驾车去往任何地方，开始自己的新生活；具有叛逆精神的甄，在美国找到了与自己心灵相通的伴侣，他们一起飞向东西方两种文化身份相融的新生活；佩珂能够利用东西方两种文化身份资源，自由飞翔在马来西亚，实现自己的理想。她们三姐妹都能使用"翅膀"，在两种文化身份之间穿梭，两种文化身份相互沟通、相互关联，处于动态的、发展的和未完成的状态。

"摇摆"更多的是指意识形态上的两面性。三姐妹，特别是斯瑞，在马来西亚时，一方面想要自由，另一方面又依赖父亲，她左右摇摆。三姐妹一方面想要融入美国社会，另一方面又担心被同化，于是有意识地进行抵抗，想融入另一种文化身份，同时又不想失去原有的文化身份。例如斯瑞，她为了取悦桑迪，把自己打扮成摩托车黑衣女郎的模样，同时她又为丧失了自我而两边摇摆。佩珂在马来西亚依靠父亲，是父亲的宠儿，父亲死后，依赖冯牧师，又是冯牧师的宠儿，辅助他传教，但同时她也想独立布道，拥有自己的神圣性，她在两边摇摆。她们的摇摆打破了东西方两种文化身份僵化的、静止的状态，让她们的不同文化身份相互碰撞、相互沟通，动态地发展。

《秋千妹妹》里华裔马来西亚三姐妹采取"流动、飞翔、摇摆"的生存文化策略，摆脱了华裔父权的阴影，获得自我，她们的不同文化身份得以共通、交融，动态地发展。她们的亚裔文化身份经历了美国人文化身份的洗礼，在趋向融合与顺应的同时，也不停地标示了各自的文化身份特色，她们会不断地认同再认同新的文化身份，她们处于身份文化间性状态。林玉玲是具有身份文化间性的作家，她的这部小说描写的华裔马来西亚移民所经历的苦痛和她们所采取的生存文化策略触及跨文化语境里东南亚移民生存与调适的现实问题，或许能够对我们当今所面临的全球化境遇下的新的文化身份认同问题提供启发和借鉴。

第四节　身份文化间性视域下的《魔法披巾》

自明朝以来，中国人因种种原因到国外谋生，其中以南北美洲和东南亚地区为最多。"二战"后东南亚各国纷纷独立，华人多半已成为东南亚国民或国族的一分子。他们在东南亚地区找到了第二故乡，取得公民权，而其子女生于斯长于斯，以当地的主人翁自居。但是历史的进程往往充满了变数。20世纪60年代以来，印度尼西亚频频发生排华事件，马来西亚1969年发生"五一三"事件，越南20世纪70年代发生船民投奔怒海惨剧等，这些历史事件使得东南亚华人纷纷再次移民。[1]林玉玲就是在马来西亚出生的华裔后代，后来又移民美国。

小说《魔法披巾》讲述了明朝公主汉丽宝远嫁马六甲的传说。小说译者胡宝珠在译后记里指出该小说"讲冒险历程、人与人之间存在着的诚信、爱和勇气"[2]，"读起来跟《哈利·波特》一样有趣味，但比《哈利·波特》更有意思：穿插一点马六甲的历史、一点娘惹的技艺，背景色彩更为缤纷、写实"[3]。张锦忠在该小说的序一里指出，林玉玲"是将离散华人的历史与文化融入现实生活里头"[4]。张琼惠在该小说的序二里写道，"马来人种繁复，政权几经更替，在《魔法披巾》中，历史如同'千层糕'，经由时光机器的运作，从现今倒流到当初明朝公主汉丽宝远嫁马六甲的历史桥段，[5]也就是华人迁徙到南洋的传说记载，层层剥开之后显露出来的是葡萄牙海权的扩张、荷

---

①　张锦忠：《跨越半岛，远离群岛：论林玉玲及其英文书写的漂泊与回返》，《英美文学评论》，1999年第4期，第186－188页。

②　胡宝珠：《译后记：阅读与联想》，见林玉玲著，胡宝珠译：《魔法披巾》，台北：书林出版有限公司，2009年，第221－222页。

③　胡宝珠：《译后记：阅读与联想》，见林玉玲著，胡宝珠译：《魔法披巾》，台北：书林出版有限公司，2009年，第221－222页。

④　张锦忠：《序一：汉丽宝与魔法披巾》，见林玉玲著，胡宝珠译：《魔法披巾》，台北：书林出版有限公司，2009年，第vii页。

⑤　"桥段"这个词译自英语中的"Bridge Plot"。Bridge本意是"桥"，引申义指"起桥梁作用的东西"和"过渡"；Plot则有"情节""策划"等义项。这两个单词合起来，表示被借用的（或借鉴的）电影经典情节或精彩片段。具体来说，一部新电影采用了老电影中曾出现过的某一表现手法（包括动作、表情、场景、台词，以至部分情节等），这种被"借用"或"化用"的表现手法都可称为"桥段"。

兰与英国殖民势力的介入、华人与当地人种的结合、日本帝国主义的殖民、马来西亚与新加坡的各自独立等。因此，《魔法披巾》主人公美美的成长史也就是身历其境的华人在南洋打拼的重重历程"①。新加坡苏颖欣撰文指出《魔法披巾》叙述了中国明朝公主汉丽宝远嫁马六甲的传说故事，这类文化故事随后引领人们进入那片从中国大陆远望的"南洋"。林玉玲的美国人身份，是她离开马来西亚的出路，却也是她"回返"亚洲的途径。②

　　胡宝珠将《魔法披巾》理解为冒险小说、魔幻小说，其实忽视了小说文本里蕴含的厚重历史。她的译本也缺少了关于历史、神话、传说、人名、地名等注释，不熟悉马来西亚历史、马来西亚和中国交往历史的读者，会将该书误读为一部有趣的儿童冒险小说。张锦忠和张琼惠从历史和文化的维度去审视汉丽宝公主远嫁马六甲的传说，马来西亚漫长的被殖民史便凸显出来。苏颖欣指出了作家林玉玲借助中国明朝公主汉丽宝的传说故事回返亚洲。以上对《魔法披巾》文本的解读各有侧重，但缺乏理论框架的支撑。除了以上评论，暂时未发现中国国内外有其他文献。

　　本节用身份文化间性概念，以明朝公主汉丽宝下嫁马六甲国王的传说为文本，阐释汉丽宝公主的文化身份选择及文化身份认同问题，以此阐明作家林玉玲的文化身份选择及文化身份认同。

一、明朝公主汉丽宝的传说

（一）《魔法披巾》

　　林玉玲的《回忆录》于1996年在美国出版，背景分别是马来西亚和美国。她于2001年出版的小说《馨香与金箔》的背景分别是马来西亚、新加坡和美国。她于2006年出版的小说《秋千妹妹》的背景也是马来西亚和美国。而2009年在中国台湾出版的《魔法披巾》是她唯一没有涉及美国的小说。该小说的核心内容是中国明朝公主汉丽宝远嫁马六甲的传说，讲述中国和马来西亚友好往来的故事。正如高小刚所说："尽管有些华人移居海外已经很久，

① 张琼惠：《序二：谁的魔法披巾？》，见林玉玲著，胡宝珠译：《魔法披巾》，台北：书林出版有限公司，2009年，第xi页。
② 苏颖欣：《"倒退走进中国"：林玉玲的回返与认同恢复》，《文化研究》，2015年第21期，第233－237页。

甚至有几代人的历史，但故国的形象和故国的文化仍然没有从他们的视野里消失，并仍在哺育着这些炎黄子孙的心智，启发着他们生活和创作的灵感。"①林玉玲的精神世界里有着中国意识和中国情结。

这部《魔法披巾》取材于马来经典文书《马来纪年》②里的明朝公主汉丽宝下嫁满刺加苏丹的故事。公主的故事引领读者进入中国和马来西亚，这是林玉玲回返亚洲的途径，是她在西方的异质文化处境下不可回避的内在欲求。《魔法披巾》这部想象力丰富的小说重塑经典，韵味深远，新加坡九岁女孩美美跨越数百年找寻汉丽宝公主、归还披巾的成长之旅是公主的文化身份认同之旅，也是华人在南洋打拼的艰辛历程。林玉玲将离散华人的历史与文化融入小说，使小说不仅有丰富的魔幻想象，还有历史的厚重感。小说体现了中国和马来西亚的历史渊源和友谊，也体现了林玉玲对美国文化偏见的对抗、自我的确立、华裔文化身份的认同和文化想象。通过小说《魔法披巾》表达的华裔文化身份认同，是林玉玲回返亚洲的途径，也是她寻求精神家园的途径。有亚洲的精神家园和美国的现实家园，在亚裔文化身份和美国人文化身份张力的平衡之下，她才能处于身份文化间性之中，消除美国文化身份给她带来的焦虑和不安。

（二）《魔法披巾》中汉丽宝公主远嫁马六甲的传说与《马来纪年》

作家往往把小说人物与一定的历史相联系，以增强历史的厚重感。明朝公主汉丽宝远嫁马六甲的故事，要先从郑和下西洋讲起。15 世纪，明朝永乐、宣德年间，郑和七次下西洋，有其政治目的和经济目的，例如巩固帝位、宣扬国威、发展对外友好关系和朝贡贸易等。马六甲海峡是通往西洋的主要航道，郑和历次下西洋无不经于此。马六甲位于马六甲海峡南端，处于交通要道。"适逢马六甲王国刚刚兴起，在外交上积极主动向中国求好，明政府则利用这一有利的外交契机，赐物、封王，助其立国，也为郑和下西洋找到了一

---

① 高小刚：《乡愁以外：北美华人写作中的故国想象》，北京：人民文学出版社，2006 年，第13 页。

② 《马来纪年》（*Sejarah Melayu* 或 *Salalatus Salatin*）写于 1511 年至 1612 年间，作者敦·斯利·拉囊是马来亚半岛柔佛首相，和国王曾为亚齐兵所俘。他于 1612 年遵国王的命令吸收《巴赛伊诸王传奇》及《亚齐诸王传奇》等书内容，撰写完成《马来纪年》。从严格意义上来讲，《马来纪年》不能算是真正的史书，只能算是一部历史文学作品，但是在马来民族眼里，《马来纪年》确实是唯一的一部阐述马来王朝发展历史的最全面、最权威的经典著作，被奉为马来的历史经典。见张旭东：《从〈马来纪年〉看古代马来人对中国形象的认知》，《南洋问题研究》，2009 年第 4 期，第 99 页。

个稳固的中转站。"① 马六甲王国对于郑和下西洋的活动也给予友好热情的支持，为郑和船队提供中继站和等候季风的良港，这是郑和七次下西洋成功的一个重要保证。"郑和下西洋期间，1411 年拜里迷苏剌率大批陪臣随郑和返回中国。这是马六甲国王作为中国朝廷的臣属四次亲自访问中国的第一次。拜里迷苏剌亲自访问明朝，不仅增进了中马两国的友谊，也大大提高了马六甲在国际上的地位。拜里迷苏剌及以后的国王愿同中国保持尽可能密切的关系，分别在 1412 年、1414 年、1419 年、1433 年、1434 年加上 1411 年一共六次访问中国，这在明朝对外关系史上也是罕见的。"② 正是有了郑和七次下西洋，中马之间增进了友谊，保持了相互友好往来，才有后来的明朝公主汉丽宝下嫁满剌加苏丹的传说。

　　马来经典文书《马来纪年》记录了在郑和第七次出洋结束至少 25 年后，明朝公主汉丽宝下嫁满剌加苏丹的故事。③ "《马来纪年》作为传统马来历史作品中的经典名著，凭借其优美、标准的语言及对古代马来社会的生动刻画，历来为研究马来古代历史、文学、文化及社会的学者所重视。"④《马来纪年》一书中记载了这则故事，"返航的季节到了，满剌加特使敦·柏尔巴迪·布迪向中国国王辞行。中国国王心里想：'我就把满剌加国王招为婿吧，使他向我称臣纳贡。'于是中国国王就对特使说：'请你邀请我的女婿满剌加王亲自来朝见我，让我把公主汉丽宝许配给他。'特使奏道：'陛下，你的儿婿满剌加王，不能出国，因为满剌加正与别国交兵。陛下若是有所恩赐的话，就请把公主交由小臣带回去。托真主的保佑，小臣一定会把她平安带回国去。'……诸事齐备之后，中国国王选了五百名长得俊美的大臣之子陪嫁，另外又选了五百名宫娥服侍公主。于是公主汉丽宝及国王的书信，在前呼后拥及鼓乐喧天中，在京城巡游一周之后，被人送上船去。……国王以万分隆重和盛大的

---

　　① 龚敏：《郑和下西洋对明朝与东南亚关系的影响》，《中山大学研究生学刊（社会科学版）》，2002 年第 3 期，第 52 页。
　　② 龚敏：《郑和下西洋对明朝与东南亚关系的影响》，《中山大学研究生学刊（社会科学版）》，2002 年第 3 期，第 53 页。
　　③ 《马来纪年》第十五章"满剌加威名传中国决招为婿　汉丽宝下嫁两国姻亲情永结"主要描述马六甲王国与中国和平往来，最终中国公主下嫁马六甲国王的故事。第十五章是《马来纪年》中描写中国篇幅最多的章节。见张旭东：《从〈马来纪年〉看古代马来人对中国形象的认知》，《南洋问题研究》，2009 年第 4 期，第 101 页。
　　④ 傅聪聪：《浅析〈马来纪年〉中的神话与传说》，见罗杰、傅聪聪等译/著：《〈马来纪年〉翻译与研究》，北京：北京大学出版社，2013 年，第 286 页。

礼节把公主迎入京城，然后把她带进宫里。"①

　　这部《马来纪年》号称是马来西亚最古老的史书。奇怪的是书中关于汉丽宝公主的这段历史并不存在于中国的史籍中。② 其实《马来纪年》"内容掺杂许多神话与传说，并非严谨的史学著作，故与其称之为史书，不如视之为文学作品"③。英国的理查德·温斯泰德（Sir R. O. Winstedt）认为《马来纪年》文本中包含了大量的神话传说，这背离了历史所应具有的特征。④ 卢尔温克（Roolvink）也强调《马来纪年》是一本真正的古代轶事传说集，且它并未大量使用历史的写作方法。⑤ 乌玛尔·尤努斯（Umar Junus）指出该书充斥了大量的虚构与幻想的因素，故而这样的作品已经不能归入史书的范畴。⑥ 王智明在林玉玲的一篇论文翻译中曾对汉丽宝公主故事加注，印证了该故事非真实历史，"根据马来传说，汉丽宝公主是郑和下西洋后，下嫁给马来苏丹的明朝公主。传说，汉丽宝公主带了五百随从，乘坐豪华宝船来到马六甲，声势浩大，光彩夺目……"⑦ 张锦忠教授在《魔法披巾》的序言中也强调了汉丽宝公主故事的虚构性，他说，"丽宝既是大明公主，自然姓'朱'不姓'汉'；'汉'据说为马来称呼之尊称，如汉都亚、汉泽拔，可是公主是女性呢"⑧。

　　即使《马来纪年》是传说，"由于传说中的角色多是真实存在的历史人物，而事情也发生在人们所熟悉的地方，因此传说也被称为'民间历史'"⑨。由此可知，第一，汉丽宝公主的故事是将真实的人物、地点同编造的故事掺

① 敦·斯利·拉囊著，黄元焕译：《马来纪年》，吉隆坡：学林书局出版，2004年，第135－136页。
② 何孟儒：《马华歌剧艺术的先声：〈汉丽宝〉剧本暨历年演制状况研究》，《艺术论文集刊》，2013年第20－21期，第149页。
③ 何孟儒：《马华歌剧艺术的先声：〈汉丽宝〉剧本暨历年演制状况研究》，《艺术论文集刊》，2013年第20－21期，第149页。
④ Haron bin Daud, *Sejarah Melayu: Satu Kajian daripada Aspek Pensejarahan Budaya*, Kuala Lumpur: Dewan Bahasa dan Pustaka Kementerian Pendidikan Malaysia, 1989, p. 1.
⑤ Haron bin Daud, *Sejarah Melayu: Satu Kajian daripada Aspek Pensejarahan Budaya*, Kuala Lumpur: Dewan Bahasa dan Pustaka Kementerian Pendidikan Malaysia, 1989, p. 2.
⑥ Haron bin Daud, *Sejarah Melayu: Satu Kajian daripada Aspek Pensejarahan Budaya*, Kuala Lumpur: Dewan Bahasa dan Pustaka Kementerian Pendidikan Malaysia, 1989, p. 2.
⑦ 林玉玲著，王智明译：《中国尾声：霸权、帝国与后殖民想象的间隙》，《文化研究》，2015年第21期，第209页。
⑧ 张锦忠：《序一：汉丽宝与魔法披巾》，见林玉玲著，胡宝珠译：《魔法披巾》，台北：书林出版有限公司，2009年，第v页。
⑨ 王娟：《民俗学概论》，北京：北京大学出版社，2002年，第64页。

杂在一起的传说或民间历史;第二,这个传说故事是继郑和下西洋后,马来西亚华、马两大族群的文化想象,一方面颂扬和赞美了马来王室和明朝皇室的友谊,另一方面也提高了马来王室和明朝皇室的威望,增强了马来西亚和中国的民族自豪感;第三,《马来纪年》的创作时代正是西方殖民者入侵、马来西亚国家动荡不安的时代,这个传说故事见证了中国和马来西亚自古以来的友谊,加强了中国和马来西亚的团结,激励和增进了马来西亚民族的斗志,增强了华裔马来西亚移民的文化身份认同感和民族认同感;第四,来自《马来纪年》汉丽宝公主的故事寄寓了林玉玲的华裔文化身份认同和中国情结,也是她用来寻求精神家园的途径,以抵御在美国现实家园产生的焦虑和不安。

二、华裔文化身份认同

(一) 小说重塑马来经典

《魔法披巾》是林玉玲对汉丽宝公主传说的改编,古代与现代相互交织,集传说、历史和魔幻于一体。小说重塑马来经典,以九岁的新加坡女孩美美的叙述视角展开。小说的关键细节是一条魔法披巾。美美收到马来西亚姨婆包美丽去世前寄来的一条旧披巾后,肩负着跨越数百年时空拯救汉丽宝公主的任务。美美的视角不乏天真,"儿童叙述者虽然能观察事物,但并不能完全领会,同时,他会有一种目光清澈的坦诚,对小说家来说,用别的叙述者,做不到这一点"①。根据姨婆包美丽的讲述,美美是这样理解她拯救汉丽宝公主的任务的:中国的皇帝因为苏丹满素沙从马六甲长途跋涉前来朝贡而龙心大悦,就把汉丽宝公主许配给他。因为皇帝恩赐满素沙特别的礼遇——公主丰厚的陪嫁,让满素沙的敌人非常嫉妒,就诬陷公主是邪恶的女巫。而满素沙居然听信了谣言,把公主放逐到荒凉的老鼠岛,一辈子不能回来,除非有人把披巾还给她。披巾的一面有皇家战士标志,另一面有九个武官官阶的标志——海马、犀牛、黑豹、熊、花豹、狮子和麒麟等,而满素沙曾得到皇帝颁给他的黑豹徽章,是中国的六品武官。只要美美找到公主,让公主披上披巾,满素沙就会相信公主的身份,公主就可以嫁给苏丹了。② 林玉玲将《马来纪年》里汉丽宝公主的传说复杂化了,增加了很多情节,公主下嫁马来苏丹

---

① 托马斯·福斯特著,梁笑译:《如何阅读一本小说》,海口:南海出版公司,2015 年,第 63 页。
② 林玉玲著,胡宝珠译:《魔法披巾》,台北:书林出版有限公司,2009 年,第 24 - 29 页。

不再是一帆风顺，而是一波三折，小说文本不仅凸显了华人移民的艰辛，而且建构了华裔马来西亚人的文化身份。

第一，披巾是构建汉丽宝公主华人文化身份的关键之物。披巾是证明公主华人身份的信物，也是证明明朝和马六甲友好往来的信物。把披巾归还公主，公主才能和苏丹满素沙相认、成亲。披巾是汉丽宝公主文化身份的标志，所谓的文化身份是指"某个个体或群体据以确认自己在特定社会里之地位的某些明确的、具有显著特征的依据或尺度"①。遗失了披巾，公主便失去了证明自己文化身份的依据，只能待在老鼠岛，成为孤魂野鬼，遥看对岸的马六甲，却无法被苏丹认同。因此，披巾就是整部小说的一个关键细节。美美得到披巾，跨越时空数百年，踏上归还披巾之旅，将公主从老鼠岛带回马六甲，破除女巫的魔咒，让公主和苏丹成亲。归还披巾之旅是美美的成长之旅，也是汉丽宝公主的文化身份认同之旅。如果文化身份是名词，那么认同就是动词，所谓认同就是指"某个个体或群体试图追寻、确证自己在文化上的身份"②。汉丽宝公主的文化身份认同之旅，也是华人迁徙到南洋的传说记载。美美及时将披巾送还汉丽宝公主，公主才能和苏丹成亲，数百年的华人南洋移民史才成为可能。这部小说是林玉玲对中国和马来西亚之间友好关系的历史文化想象，寄寓了她作为海外华人对中国的深厚感情，是她文化身份的选择和对精神家园的渴求，用以缓和美国现实家园中的文化紧张状态和对美国人文化身份的焦虑。

第二，汉丽宝公主的华人文化身份建构之旅充满了作家林玉玲对和平中国的热爱和对殖民霸权的憎恶。新加坡女孩美美从小对中国就有莫名的憧憬，直到她收到马来西亚姨婆寄来的披巾，才知道自己原来是明朝汉丽宝公主的婢女，肩负着找寻公主，归还披巾，让公主重返马六甲的任务。美美一路上遇到公主的几位婢女，都给了她很多线索，帮助她找寻公主，也在人生的路上引导她，使她成熟起来。包美丽姨婆把自己对中国的热爱和对英国殖民的厌恶向美美表露无遗，她告诉美美，"金马仑高原很美，很凉爽，没有受到污染，像古早时候的中国，一点也不像脏兮兮的英国，虽然那些英国殖民地官员和他们的太太都说像。看看王维和李成的中国画就知道，那些孤寂的树木

---

① 阎嘉：《文学研究中的文化身份与文化认同问题》，《江西社会科学》，2006 年第 9 期，第 63 页。
② 阎嘉：《文学研究中的文化身份与文化认同问题》，《江西社会科学》，2006 年第 9 期，第 63 页。

和崎岖不平的山坡……"① 姨婆的话表明她熟悉中国的文化，中国和马来西亚之间有着友好的历史渊源，而马来西亚人民对英国殖民者是有憎恶心理的。林玉玲通过包美丽姨婆想表达：国与国之间需要像中国和马来西亚这样平等地友好往来，而不是殖民霸权；林玉玲怀念英国殖民之前宁静的马来西亚，流露出对中国的热爱和向往之情。姨婆还告诉美美，她成为律师，是因为律师能"说服英国高等法庭，我们已经准备好独立了"②。她让美美懂得她现在享受的生活"是律师、战士还有一些无名英雄赢回来的"③。她还向美美指明了美美是拯救公主的不二人选，"披巾会带你找到丽宝公主。只要她在苏丹面前披上披巾，苏丹就会认出上面的皇家战士标记，就会相信公主所说的话"④。姨婆想表达的是：首先，东南亚的华人和中国血脉相连；其次，维护马来西亚和中国的友谊是任何一位华裔马来西亚人的职责；最终，殖民势力最终将退出历史舞台，民族和国家的独立是世界历史发展的趋势。这表明了作家林玉玲正确的历史观。

第三，汉丽宝公主的华人文化身份既是稳定的，也是发展的、变化的。美美在旅途中曾遇到曾姨婆，曾姨婆跟她提到三宝井和三宝山，这井和山都跟汉丽宝公主有关。井是马六甲的苏丹为迎娶汉丽宝公主而挖的，如果公主喝到井水，就会回到马六甲。苏丹将一块 65 公顷的山头送给汉丽宝公主构筑宫殿，就是"三保山"⑤。之前郑和到马六甲时，也曾驻扎在这个山上，后人为了纪念三宝太监郑和，便称它为"三宝山"。三宝山是"华裔马来西亚人历史悠久的公冢"，由"马六甲第二任华人甲必丹李为经从荷兰殖民当局处买下，献给华人社会作安置遗骸用"。⑥ 小说里，公主的婢女曾姨婆说："人人都知道马六甲的峇峇人非常遵守祖先的仪式。三宝山每年清明节有多少香火在燃烧！"三宝井和三宝山的传说表明了汉丽宝公主的中国属性、华人文化身份，证明了斯图亚特·霍尔所说的"文化身份"的第一种思维方式，"文化身

---

① 林玉玲著，胡宝珠译：《魔法披巾》，台北：书林出版有限公司，2009 年，第 23 页。
② 林玉玲著，胡宝珠译：《魔法披巾》，台北：书林出版有限公司，2009 年，第 24 页。
③ 林玉玲著，胡宝珠译：《魔法披巾》，台北：书林出版有限公司，2009 年，第 24 页。
④ 林玉玲著，胡宝珠译：《魔法披巾》，台北：书林出版有限公司，2009 年，第 29 页。
⑤ 传说汉丽宝公主带了五百名随从，乘坐豪华宝船来到马六甲，声势浩大，光彩夺目。苏丹在马六甲划出小山一座，为汉丽宝建筑宫殿居所。这座山就取名为"三保山"，后因纪念三宝太监郑和，亦被称为"三宝山"。如今宫殿不存，三宝山成为华人墓园。汉丽宝为苏丹生了两个儿子，她在一次宫廷政变中，为了保护丈夫而牺牲。她的两个儿子则成为土生华人的先祖。
⑥ 孔远志：《马来西亚三宝山与华人》，《华侨华人历史研究》，1990 年第 2 期，第 35 页。

份反映共同的历史经验和共有的文化符码，这种经验和符码给作为'一个民族'的我们提供在实际历史变幻莫测的分化和沉浮之下的一个稳定、不变和连续的指涉和意义框架"①。公主的几位婢女对三宝井和三宝山的讲述是重现公主被忘却的身份，是弥合公主身份的丧失。三宝井和三宝山的传说记载着公主从中国到马六甲的历史，反映了华人的文化，是马来西亚自古以来与中国友好的见证。

　　"可怜的公主住在缺水的小岛上，眼睁睁看着对岸碧绿连野、果实累累的马六甲王国。"② 如果美美不把披巾及时送还给汉丽宝公主，"那她永远都要待在老鼠岛上，过着被放逐的日子，永远不得踏进原本属于她的家"③。这就意味着公主的文化身份处于暧昧状态，中国公主身份得不到承认，也不能嫁给苏丹成为马六甲王妃，那么她就是一位文化身份的边缘人，她的文化身份认同与归属遇到严重挑战。公主就成为"没有锚地、没有视野、无色、无国、无根的个体——天使的种族"④。这也影射了林玉玲的文化身份危机，在美国现实家园的焦灼和无根的生存状态。美美经历一番波折后，最终找到公主，归还了披巾，汉丽宝公主的文化身份得到确认，苏丹接受了她，她的马来国族身份得到认可。公主的文化身份从中国公主转变为马六甲王妃，事实上她的文化身份有双重性，得到两个国族的认同。这样汉丽宝公主的文化身份既是存在的，又是变化的。她的文化身份的源头和历史是"中国"，但又经历了不断变化，"绝不是永恒地固定在某一本质化的过去，而是屈从于历史、文化和权力的不断'嬉戏'"⑤。汉丽宝公主从明朝皇宫来到马六甲，经历一番波折后，文化身份是华裔马来亚人，这正是林玉玲从美国回望家园的身份，这样的身份"已经获得了我们可以命名和感觉的想象或比喻的价值"；这种身份的归属就是本尼迪克特·安德森所称的"一种想象的共同体"⑥。这就是林玉

---

　　① 斯图亚特·霍尔：《文化身份与族裔散居》，见罗钢、刘象愚主编：《文化研究读本》，北京：中国社会科学出版社，2000 年，第 209 页。

　　② 林玉玲著，胡宝珠译：《魔法披巾》，台北：书林出版有限公司，2009 年，第 44 页。

　　③ 林玉玲著，胡宝珠译：《魔法披巾》，台北：书林出版有限公司，2009 年，第 40 页。

　　④ 斯图亚特·霍尔：《文化身份与族裔散居》，见罗钢、刘象愚主编：《文化研究读本》，北京：中国社会科学出版社，2000 年，第 212 页。

　　⑤ 斯图亚特·霍尔：《文化身份与族裔散居》，见罗钢、刘象愚主编：《文化研究读本》，北京：中国社会科学出版社，2000 年，第 211 页。

　　⑥ 斯图亚特·霍尔：《文化身份与族裔散居》，见罗钢、刘象愚主编：《文化研究读本》，北京：中国社会科学出版社，2000 年，第 218 页。

玲想要通过传说的隐喻重新获得的文化身份和精神家园。间性的形态多样，既通且隔，也只有华裔马来西亚人文化身份和亚裔美国人文化身份之间的张力达到一种平衡的状态，林玉玲才能处于和谐形态的身份文化间性当中。

第四，汉丽宝公主的文化身份建构之旅不拘于狭隘的民族主义和单一文化身份的观念，表达了作者林玉玲世界主义的观点和希望世界和平的愿望。在林玉玲的《回忆录》中，我们可以看到，无论是在日据时期、英国殖民时期，还是马来西亚独立时期，林玉玲作为华裔都处于政治边缘状态，她希望华裔马来西亚族群能和其他族群和平相处。然而1969年血腥的"五一三"事件打破了她和谐的世界主义马来西亚梦想。但是即使被迫负笈美国，她也始终怀有希望，那就是不同种族、不同族群、不同文化间都能够和谐相处。在三宝公庙，美美遇见寺庙的住持宝丽师姐，正逢荷兰人的船袭击轰炸兵工厂，师姐开放寺庙收留伤患。她谴责西方的殖民者，她告诉美美，"自从西方人发现了马六甲这个地方，就把火药的恶臭带到这里来。几个世代以来，他们的炮火重创我们的生活，摧毁商店和房子的速度，快到我们简直还来不及重建"①。她表达了她的世界主义观点，"这座庙充当医院的历史，也有一百多年了。我们不能把求助的人赶走，不管他是乞丐、农人、军人、水手、华人、马来人、葡萄牙人、阿拉伯人、男人、女人还是婴儿都一样"②。在这里，作者林玉玲通过小说中的宝丽师姐再次表明她不拘于狭隘的民族主义和单一文化身份的观念，表达了她的世界主义观点和希望世界和平的想法，充满了大爱的思想。

（二）《魔法披巾》的创作反映了作家的华裔文化身份认同

林玉玲在马来西亚经历了华裔文化身份认同的艰辛。林玉玲虽然有华裔血统，却有着华裔文化身份认同困惑。第一，从语言方面来说，她会福建话和马来语，到了六岁上了英国学校后，她使用的语言变成了英语。母亲和父亲都是马来西亚的土生华人，但是父亲满脑子都是西方的东西，孩子一上学，就开始对他们说英语。所以，虽然林玉玲有华裔血统，她精通的却是英国殖民者的语言。这为她日后流散到美国埋下伏笔，同时也给她的华裔文化身份认同增添了困惑。第二，马来亚华人在英国殖民时期遭到排斥和打压。林玉玲是在马六甲土生土长，她"童年的中国性体验主要来自家族结构，其统整

---

① 林玉玲著，胡宝珠译：《魔法披巾》，台北：书林出版有限公司，2009年，第58页。

② 林玉玲著，胡宝珠译：《魔法披巾》，台北：书林出版有限公司，2009年，第58页。

性不亚于任何童年有限生活的经验"①。但是"相对于马六甲小孩日常习见的家族称谓、拜拜、准备食物、维系信仰等生活常俗"②，日本和英国殖民统治的"颠覆性、破坏性、非比寻常的高压与种族暴力，击垮了这样的华人/中国认同"③。林玉玲是在日本占领马来亚时出生，那时候，日本认为马来亚华人和中国人"全无两样"，"华裔马来人，尤其是年轻人，被监禁、凌虐、屠杀的情形从未减缓"④。在英国政府又回到马来半岛后，"由于种族相同，无论是华裔的移民或是在海峡地区出生的华人，全被戴上叛变与恐怖主义的帽子，凡是华人便是邪恶"⑤。在林玉玲的成长过程中，英国教育告诉她，说华语的人是"叛徒"，既野蛮又残忍。而她自己只能是"一个马来亚的孩子"⑥，这给她的华裔文化身份认同增加了压力和困难。第三，"五一三"事件的影响。"五一三"事件后，由"马来人治理马来西亚"的原则被提升到神圣不可侵犯的高度。多元种族的民主竞争，转变成"以马来人为主导、种族阶级分明的态势"⑦。"五一三"事件之后，林玉玲陷入极端的沮丧，"觉得自己已经是个异乡人"⑧。她的华裔马来西亚人身份无法得到确认。林玉玲原本希望一个美丽的新国家诞生，但梦想破灭后，出走美国似乎是比较明智的选择。

　　林玉玲移民到美国后，同样遇到华裔文化身份认同的困惑。她在美国经过一番努力奋斗，不仅事业上成功，家庭也颇为幸福，生下儿子后，她加入了美国籍，她尽力融入美国社会，但因为亚洲面孔和黄色皮肤，依旧不能避免白人的歧视，她被美国的文化偏见紧紧困扰。林玉玲在《移民与散居》

---

　　① 林玉玲著，王智明译：《中国尾声：霸权、帝国与后殖民想象的间隙》，《文化研究》，2015 年第 21 期，第 209－210 页。

　　② 林玉玲著，王智明译：《中国尾声：霸权、帝国与后殖民想象的间隙》，《文化研究》，2015 年第 21 期，第 210 页。

　　③ 林玉玲著，王智明译：《中国尾声：霸权、帝国与后殖民想象的间隙》，《文化研究》，2015 年第 21 期，第 210 页。

　　④ 林玉玲著，张琼惠译：《月白的脸：一位亚裔美国人的家园回忆录》，台北：麦田出版，2001 年，第 84 页。

　　⑤ 林玉玲著，张琼惠译：《月白的脸：一位亚裔美国人的家园回忆录》，台北：麦田出版，2001 年，第 86 页。

　　⑥ 林玉玲著，张琼惠译：《月白的脸：一位亚裔美国人的家园回忆录》，台北：麦田出版，2001 年，第 87 页。

　　⑦ 林玉玲著，张琼惠译：《月白的脸：一位亚裔美国人的家园回忆录》，台北：麦田出版，2001 年，第 224 页。

　　⑧ 林玉玲著，张琼惠译：《月白的脸：一位亚裔美国人的家园回忆录》，台北：麦田出版，2001 年，第 227 页。

（*Immigration and Diaspora*）一文中写道，"移民的逻辑是——把探寻的目光投向来美国之前，并执着于与美利坚—盎格鲁身份不同的文化之源——也许可以解释为亚裔美国人移民毕竟是近几代才有的事"①。这句话主要想表达：原乡或故国是移民的精神家园，原乡记忆和故国想象是支撑移民在美国生活下去的精神支柱。作为弱势族裔需要保持自身的文化传统、留存生命深处的文化遗产，这样才会使生存获得深厚的底蕴。

　　林玉玲是在祖父位于马来西亚的大房子里出生的，这是她刻骨铭心的原乡记忆。那里的一草一木，那种骄傲感，她一直无法忘怀，亦见证了她的华裔身份，触发她对自己华裔文化身份的认同感，这份认同感是"锥心的"②，所以她更加能认识自己。多年后，"马六甲祖屋里的中国，或是中华性，成为她溯源寻根的标记"③。祖屋里的瓷砖（祖父从中国运来的）在林玉玲的想象里占据极大的分量，她对这些残留的中国感觉感到安慰，它们使得她对"马六甲中国"的怀旧"具有厚度与实感"④。林玉玲在20世纪80年代将它们成堆运回加利福尼亚。这些瓷砖从中国到马六甲再到美国加利福尼亚州，就像是林玉玲的回忆录，意味深浓，展现着她的华裔文化身份认同。林玉玲在香港回归两年后（1999年）短暂移居香港，她去香港的部分原因是追寻她的祖父母"从中国移往南洋的路径"⑤。林玉玲将自己与祖先历史结合起来，保存、延续家族记忆，由此认同自己的华裔文化身份，这也许是她最深沉、最迫切的需要。家族历史和认祖归宗不仅可以定位她个人的文化身份，而且可以帮助她承担自己的存在，她无法独自承担人生的脆弱。

　　书写是林玉玲回返家园的方式。她创作的《魔法披巾》讲述了明朝公主汉丽宝远嫁马六甲的故事，就是在书写故国想象，她把自己的华裔文化身份认同、自己对故国的一腔深情倾注在集历史、想象、魔幻、神话于一体的这

①　Shirley Geok-lin Lim, *Immigration and Diaspora*, in King-Kok Cheung, ed., *An Interethnic Companion to Asian American Literature*, New York: Cambridge UP, 1997, p. 292.

②　林玉玲著，张琼惠译：《月白的脸：一位亚裔美国人的家园回忆录》，台北：麦田出版，2001年，第57页。

③　苏颖欣：《"倒退走进中国"：林玉玲的回返与认同恢复》，《文化研究》，2015年第21期，第235页。

④　林玉玲著，王智明译：《中国尾声：霸权、帝国与后殖民想象的间隙》，《文化研究》，2015年第21期，第213页。

⑤　林玉玲著，王智明译：《中国尾声：霸权、帝国与后殖民想象的间隙》，《文化研究》，2015年第21期，第218页。

部小说里。中国的传统文化和抹不去的中国情结是她在美国生活下去的精神支柱，是她在美国生存的深厚的底蕴，是她华裔文化身份认同底气的源泉。小说《魔法披巾》的书写，是林玉玲回返亚洲的途径，对华裔文化身份的认同，让她重拾华裔马来西亚人文化身份和构建精神家园。华裔马来西亚人文化身份与亚裔美国人文化身份之间的张力达到一种平衡，这样才能抵御她在美国现实的家园产生的焦虑和不安，林玉玲才能处于一种和谐形态的身份文化间性状态。

　　林玉玲的《魔法披巾》最引人注目的一个特色就是取材于马来经典文书《马来纪年》里明朝公主汉丽宝下嫁满剌加苏丹的传说。林玉玲在小说里重塑马来经典，在遵循马来传说中的主要人物形象和传说故事的主要结构轮廓的基础上，凸显了汉丽宝公主下嫁苏丹的曲折性、现实和幻想交织的虚构性，不仅表现了华裔移民在南洋打拼的艰辛，也构建了华裔马来西亚人文化身份认同。林玉玲在《魔法披巾》里改编汉丽宝公主的马来传说，是表达自己华人属性和情感的途径，体现了自己的华裔文化身份认同和文化想象。这是她重返亚洲、寻求精神家园的途径。

第六章 马来西亚裔美国小说（二）

第一节 娘惹的文化间性解读

一、关于娘惹

林玉玲的母亲是娘惹（Nyonya）[1]，因为耳濡目染，林玉玲对娘惹文化极为熟悉，在她的文学作品中也屡次出现对娘惹文化的描述。关于娘惹文化，要从明清时期的移民说起。明朝时期郑和七次下西洋，有六次途经马六甲，这带动了中国和东南亚国家之间的友好往来，大量的中国人涌向东南亚。清朝时期，尤其是清朝末年政局动荡，移民数量大增。贺圣达在《东南亚文化发展史》中阐明了娘惹文化现象的形成：早期到马来西亚的华人男性与当地妇女，主要是马来妇女通婚，于是渐渐形成了一种融合中国文化与马来文化特点的家庭模式。华人丈夫保持家乡的生活方式，子女们也接受中国伦理道德观念和宗教信仰；但在日常生活上大多受来自母亲家族所传承的马来习俗的影响，语言也以马来语为主，夹杂许多中国南方方言词汇，人们称这种语言为"市场马来语"或"巴巴（又译'峇峇'）马来语"；生育的子女中，男性被称为"巴巴"（峇峇），女性被称为"娘惹"。[2] 华人女性的缺少，"激励

---

[1] 峇峇娘惹（Baba-Nyonya）指的是 15 世纪初期移居到满剌加（马六甲）、满者伯夷国（印度尼西亚）和室利佛逝国（新加坡）一带的华人的后裔。中国明代时，跟着郑和下西洋的随从众多，庞大的船队六次来马六甲驻节，他的部下中有一些人留了下来，并在南洋一带定居，和当地的男女通婚，生下的孩子中，男性称为"峇峇"（Baba），女性称为"娘惹（Nyonya 或 Nonya）"，主要分布在今天的新加坡、马来西亚、印度尼西亚等地。见陈恒汉：《从峇峇娘惹看南洋的文化碰撞与融合》，《沈阳师范大学学报（社会科学版）》，2011 年第 3 期，第 104 页。陈恒汉进一步在论文中提出了自己的考据，他认为关于"峇峇娘惹"这一族群的来源，可以追溯到更早的年代，闽南人的海外扩散从唐宋以前就开始了，那些从闽南一带漂洋过海而来的移民，到了南洋以后肯定会有一部分人没能再返回中国，他们娶了当地的马来女子，生下的后代是峇峇娘惹这一族群的最早雏形。

[2] 贺圣达：《东南亚文化发展史》，昆明：云南人民出版社，2010 年，第 378 页。

了华人男子在马来人中寻找新娘"①。于是后代形成了峇峇娘惹这样一个独特的混血族群，经过几百年的繁衍，他们"被认为是有着丰富历史文化的群族"②，峇峇娘惹族群在当时的马来西亚、新加坡一带具有相当高的社会地位和显赫的社会声望，而且家底殷实。峇峇娘惹糅合了中国传统文化和马来西亚当地文化，在语言、服饰和饮食方面，形成了自己独特的文化魅力。

林玉玲是娘惹后代，对娘惹文化不仅熟悉，而且极为喜爱。娘惹族群是华人和马来人的混血，但是不同于华人，也不同于马来人，她们有着自己独特的文化习俗。娘惹文化本身是混杂文化的构成，也具有文化间性的特质。本节以娘惹文化为切入点，深入林玉玲的文学作品，运用文化间性概念，从娘惹的语言、服饰和饮食三个方面对林玉玲《月白的脸：一位亚裔美国人的家园回忆录》、短篇小说集《两个梦》中的《土生女儿》（*Native Daughter*）和《鬼魅重重》（*Haunting*）进行解读，揭示丰富多彩的娘惹自身的文化间性特质以及娘惹文化与现代文化之间的交汇状况，反映娘惹文化的浮沉，展现林玉玲文学作品的本土特色和东方色彩。

二、娘惹语言

林玉玲的外祖父母在马六甲住了一辈子。他们的祖先是华人，早在5世纪的时候就移居到马六甲，与当地的马来女性结婚。外祖父是英国政府的公务员、车站站长，几个姑姑也都嫁入好人家，这让母亲在镇上的人际关系中身价不凡，远远超过实际经济窘困的情况。母亲在娘家是个娘惹，也就是土生土长的华裔马来妇人。林玉玲在《回忆录》中说母亲讲的是"峇峇马来话，也就是同化了的华人讲的马来语"③。这种语言是"海峡华人与马来人、印度

①　Ping Poh-seng, The Straits Chinese in Singapore: A Case of Local Identity and Socio-cultural Accommodation, *Journal of Southeast Asian History* (*Singapore Commemorative Issue 1819 – 1969*), 1969, 10 (1), p. 102.

②　Jurgen Rudolph, Reconstructing Collective Identities: The Babas of Singapore, *Journal of Contemporary Asia*, 1998, 28 (2), p. 204.

③　林玉玲著，张琼惠译：《月白的脸：一位亚裔美国人的家园回忆录》，台北：麦田出版，2001年，第49页。

人以及其他华人群体交流的媒介"①，"和标准的马来语在习语、发音和语法结构上是有所不同的。它的特点是夹杂着中国汉语，一些马来人常用的马来语也是缺失的"②。巴巴马来语和马来话之间的区别，具体来讲，词汇上，巴巴马来语混杂许多闽南词汇；语音上，巴巴马来语对许多马来词汇的发音跟一般马来人不同；语法上，巴巴马来语的语法经常受到汉语影响，跟马来语有异。③母亲讲巴巴马来语，这种语言确认了她的族裔属性。巴巴马来语是混杂的语言，它具有文化间性的特质。林玉玲能够接受母亲的娘惹语言。她由说巴巴马来语的母亲抚养长大，她喜爱母亲讲的这种语言，她说："这种马来语听来如瀑布淙淙，像浸淫于旋律之中。"④巴巴马来语的精髓是"语调顺口、活泼调皮"⑤，她很欣赏母亲说马来语的温柔的语调，她在《回忆录》中写道："母亲很有趣，也很机灵，即使说不雅的话也不失优雅。我记得她说话的语调像温柔的击鼓声，语尾还带着一丝嘲讽的笑，半嗔半嗤，先前还略带责备的口吻，慢慢就转为赞许。"⑥林玉玲的话语中流露出对母亲的温柔、雅致和慈爱的眷念之情。

　　中国国内外评论界对林玉玲《回忆录》中母亲形象的解读大多是负面的，其中有代表性的是赵庆庆的评论，她认为林玉玲的母亲"代表了卑微、被动、萎靡的下层女性"⑦，她认为林玉玲"把母亲视为令人不悦的异己力量，置母亲于自己的审视之下，强调母女对立"⑧。然而，细读林玉玲的《回忆录》，从

---

　　① Ping Poh-seng, The Straits Chinese in Singapore：A Case of Local Identity and Socio-cultural Accommodation，*Journal of Southeast Asian History*（*Singapore Commemorative Issue 1819 – 1969*），1969，10（1），p. 105.

　　② Ping Poh-seng, The Straits Chinese in Singapore：A Case of Local Identity and Socio-cultural Accommodation，*Journal of Southeast Asian History*（*Singapore Commemorative Issue 1819 – 1969*），1969，10（1），p. 106.

　　③ 廖建裕：《马来西亚的土生华人：回顾与前瞻》，见何国忠编：《百年回眸：马华文化与教育》，吉隆坡：华社研究中心，2005 年，第 79 页。

　　④ 林玉玲著，张琼惠译：《月白的脸：一位亚裔美国人的家园回忆录》，台北：麦田出版，2001 年，第 49 页。

　　⑤ 陈恒汉：《从峇峇娘惹看南洋的文化碰撞与融合》，《沈阳师范大学学报（社会科学版）》，2011 年第 3 期，第 105 页。

　　⑥ 林玉玲著，张琼惠译：《月白的脸：一位亚裔美国人的家园回忆录》，台北：麦田出版，2001 年，第 49 页。

　　⑦ 赵庆庆：《北美华裔女性文学：镜像设置和视觉批判：以刘绮芬、陈迎和林玉玲的作品为例》，《外国文学评论》，2008 年第 4 期，第 68 页。

　　⑧ 赵庆庆：《北美华裔女性文学：镜像设置和视觉批判：以刘绮芬、陈迎和林玉玲的作品为例》，《外国文学评论》，2008 年第 4 期，第 69 页。

她对母亲细致的娘惹文化形象的描绘中，从林玉玲对母亲说的"峇峇马来话"的喜爱中，就可以窥视出作者对母亲极其深厚的感情，可以看到母亲在女儿心中美好的形象，她甚至对母亲后来的离家出走也作出了辩解。

《两个梦》里的短篇《鬼魅重重》里也有一位娘惹人物——娘惹婆婆。主人公詹妮因为丈夫迁移到家乡工作，也申请了当地的教职，却因为没有工作空缺，不得不暂时空闲下来。詹妮住在娘惹婆婆家。入住伊始，她觉得生活十分惬意，很适应婆婆家里的生活，这是詹妮所代表的现代文化与婆婆所代表的娘惹文化相遇的初始阶段。首先，她很乐意被婆婆当作客人对待。婆婆和女佣每天早上去购物，然后做饭和打扫房子。而她摆脱了七年教书、购物、煮饭、洗衣和打扫房子的繁忙生活，很高兴能舒适地躺在床上，然后去沙滩上漫步，接着欣赏大花园里多姿多彩的树和花草，悠闲地坐下来吃放在桌上的食物。其次，她很高兴有看不见的帮手满足她的需求和给她不同寻常的舒适。她早上起来整理床铺，下午就发现换成平整的新床单了；放在浴室忘了洗的内裤也有人清洗得干干净净，整齐地折起来放在她的衣橱里，散发出象牙肥皂的香气；她的口红、香水瓶和梳子都会被擦洗和清理得一尘不染。最后，在这所大房子里，詹妮和丈夫有三个自己的房间，不用付房租。

但是时间一长，詹妮觉得非常不自在，文化异质性是她跟婆婆之间交流的最大障碍。融合差异、寻求可能的对话与理解是文化间性的特质。詹妮和婆婆住在同一栋房子里，却没有什么语言上的交流。婆婆是娘惹，说的是市场马来语，她会像喜鹊般对女佣和小儿子叽叽喳喳个没完，她和詹妮面对面时，会笑脸相迎，但不会交谈。詹妮刚来时拎着箱子站在房子前厅，听着婆婆急促不清的马来语，就觉得在这个家"她永远不会感觉自在的"[1]。巴巴马来语"出现在真正的巴巴社群产生之前，而且是'巴巴'的标签"[2]。"在整个19世纪，巴巴马来语是重要的通用语言，马来语仅仅是教育方面鼓励的地方语言"[3]。而在第二次世界大战后，"巴巴的地位变得无常，很多巴巴们既

① Shirley Geok-lin Lim, *Two Dreams: New and Selected Stories*, New York: The Feminist Press, 1997, p. 183.

② Jurgen Rudolph, Reconstructing Collective Identities: The Babas of Singapore, *Journal of Contemporary Asia*, 1998, 28 (2), p. 220.

③ Jurgen Rudolph, Reconstructing Collective Identities: The Babas of Singapore, *Journal of Contemporary Asia*, 1998, 28 (2), p. 221.

不敢承认他们是巴巴，也不敢在公共场合说巴巴马来语"①；后来"巴巴马来语基本上限制在家中领域了，虽然老一辈人说巴巴马来语的水平还很高，但并没有传递给年轻的一代人，巴巴马来语在他们这代就已经退化了"②。

作为现代年轻的一代，詹妮的马来语水平很差，而婆婆她们又不懂英语和广东话，儿媳和婆婆之间的交流无法进行，婆婆只能跟女佣说话，对詹妮仅仅是点头微笑。詹妮的语言与婆婆的巴巴马来语无法相融，詹妮和婆婆之间由于异质文化的存在，相互间衍生出高度焦虑的交流障碍与困难。詹妮整天和婆婆、女佣两位老妇人在同一栋房子里生活，却不跟她们说什么话。于是语言的隔阂与交流障碍，让詹妮开始产生幻觉，她时常听到房子里有窃窃私语声，但追踪声音，发现家里只有娘惹婆婆和女佣在说话。而她们一看到詹妮，就会停止说话。詹妮发现自己在这栋房子里是一个陌生人。娘惹婆婆和女佣的巴巴马来语将詹妮孤立起来，这是历史和现代的隔阂，这种语言发挥的负面作用只是暂时的，因为它只是行将退化的语言，预示着詹妮的困境也只是暂时的，她在这栋房子里的尴尬情形会在不久后改变。

巴巴马来语既是优雅的语言，也是行将退化的语言。林玉玲能够接受母亲的语言，她在《回忆录》中深情地记述着娘惹母亲说巴巴马来语的情形，寄托了对母亲的眷念之情。而在《鬼魅重重》里，詹妮和娘惹婆婆之间无法交流，婆婆用巴巴马来语无法与詹妮沟通，异质文化无法相融而产生交流障碍和困难。无法融合的文化反应将詹妮孤立起来，让她在大房子里陷入尴尬境地。但巴巴马来语是行将退化的语言，詹妮的困境也只是短暂的。巴巴马来语曾经繁荣一时，虽然它面临着消逝的悲哀，但作为娘惹独特的文化特色之一，它仍有着珍贵的研究价值。

三、娘惹服饰

林玉玲除了喜爱母亲的语言，对母亲穿的娘惹妇人的服饰"纱笼可芭亚"也极为欣赏。陈恒汉曾撰文介绍过这种赫赫有名的娘惹服饰，"它是在轻薄简

---

① Jurgen Rudolph, Reconstructing Collective Identities: The Babas of Singapore, *Journal of Contemporary Asia*, 1998, 28 (2), p. 223.

② Jurgen Rudolph, Reconstructing Collective Identities: The Babas of Singapore, *Journal of Contemporary Asia*, 1998, 28 (2), p. 223.

便的马来传统服饰基础上，加上中国传统的花边修饰，再改成西洋风格的低胸衬肩，穿戴时无带无扣，仅以三枚胸针将衣服对襟扣住"[1]；"不仅运用中国传统的手绣和镂空法，而且从欧洲引来英、荷衣服的蕾丝缀在长衫上，剪裁充分显示腰身，再配上峇迪纱笼，使姑娘少妇愈加娇媚婀娜，同时显得贤淑，丝毫不张扬"[2]。张娅雯也对娘惹服饰做过研究，"娘惹装的颜色使用中国传统的大红、粉红色和马来人的吉祥色——土耳其绿相互搭配，点缀的图案大多是中国传统的龙凤吉祥和花草鱼虫"[3]。简而言之，娘惹服饰是在马来西亚传统服饰的基础上借鉴吸收中国服饰、欧洲服饰的文化传统，逐步形成的具有文化交融特色的服装。娘惹的服饰文化体现了马来西亚多民族、多文化、多宗教的民族特色。娘惹服饰文化选择了马来西亚传统服饰文化、中国服饰文化和欧洲服饰文化中可以借鉴和吸收的文化元素，具有文化间性的特质。

林玉玲回忆母亲的"纱笼可芭亚"，"每一件可芭亚都是出自妇人手中的艺术品"[4]，"每一件都熨烫得微微发亮，整整齐齐地叠放在衣橱里，像皇后的珍品"[5]，而母亲"天天换一套纱笼可芭亚，像美术馆每天更换展示品一样"[6]。在林玉玲的眼中，穿着纱笼可芭亚的母亲漂亮得"宛若女神"[7]，浑身散发着娘惹魅力，"庇佑着整个家族"[8]。可见母亲在林玉玲心中的美好形象，其在整个家族中的分量不可低估。林玉玲所代表的现代文化和母亲所代表的娘惹文化彼此相融，她对母亲所代表的娘惹文化极其喜欢。

后来和母亲有限的几次重逢，让林玉玲时不时地回忆和母亲相聚的点点

---

①　陈恒汉：《从峇峇娘惹看南洋的文化碰撞与融合》，《沈阳师范大学学报（社会科学版）》，2011年第3期，第107页。

②　陈恒汉：《从峇峇娘惹看南洋的文化碰撞与融合》，《沈阳师范大学学报（社会科学版）》，2011年第3期，第107页。

③　张娅雯、崔荣荣：《东南亚娘惹服饰研究》，《服饰导刊》，2014年第3期，第58页。

④　林玉玲著，张琼惠译：《月白的脸：一位亚裔美国人的家园回忆录》，台北：麦田出版，2001年，第50页。

⑤　林玉玲著，张琼惠译：《月白的脸：一位亚裔美国人的家园回忆录》，台北：麦田出版，2001年，第50页。

⑥　林玉玲著，张琼惠译：《月白的脸：一位亚裔美国人的家园回忆录》，台北：麦田出版，2001年，第50页。

⑦　林玉玲著，张琼惠译：《月白的脸：一位亚裔美国人的家园回忆录》，台北：麦田出版，2001年，第51页。

⑧　林玉玲著，张琼惠译：《月白的脸：一位亚裔美国人的家园回忆录》，台北：麦田出版，2001年，第51页。

滴滴。母亲和女儿之间的血脉相连不可能仅被仇恨和对立代替，"形同陌路"
四个字又怎么能概括母亲在女儿心底的深情呢？晚年的母亲中风，已不能再
工作。她"再也不是时髦的女人，而今穿着宽松的裤子、没有腰身的上
衣"①，娘惹的魅力已不再存续。林玉玲明白"没有什么事情需要宽恕，因为
天下无不是的父母"②。林玉玲利用在新加坡短暂任教的机会，在周末，她一
手牵着儿子，一手带着母亲，在新加坡观光客和当地居民中寻路穿过，带着
微笑向同事以及一些新认识的朋友介绍母亲；而母亲白天帮女儿做饭，像是
为了弥补多年来的分离。在母亲去世后，林玉玲的文学作品中多多少少都有
娘惹母亲的影子，在文学作品中说出母亲的故事，说出自己的故事，这也许
是她维系和保存与娘惹母亲深情的最好方式，也是显示自己族裔属性的最佳
方式。

　　在短篇《土生女儿》中，林美婵与母亲乘坐人力三轮车到姑婆家走亲戚。
母亲准备去姑婆家，戴的是"金手镯、千足金耳环、配有十字架吊坠的又长
又重的铂金链子。她的可芭亚是浅蓝色，上过浆，熨得亮闪闪且通透，里面
的白色蕾丝衬裙一览无余。黄金和钻石做的三件胸针纽扣将可芭亚牢牢地扣
住，金褐色的纱笼紧紧地裹在她丰盈的臀部和腹部上"③。"在 19 世纪末和 20
世纪初，没有像三件胸针饰钮、头簪、耳环、手镯、项链、戒指和脚镯等珠
宝的展示，娘惹的打扮是不完整的。"④ 林美婵母亲的打扮是典型的娘惹风格，
从她佩戴的珠宝来看，她的家道很殷实。十年前正是姑婆给她安排了成功的
婚姻，嫁给一个中国商人的儿子。珠宝可以反映娘惹丈夫的经济状况，"事实
上很多的丈夫被妻子催促买珠宝的主要理由是佩戴珠宝可以显示他的财富"⑤。
因此珠宝首饰不仅有装饰作用，也具有象征意义，被当作衡量娘惹家族社会
地位与财富的指标。而从林玉玲母亲的娘惹打扮描述中可知，她只有纱笼可

---

　　① 林玉玲著，张琼惠译：《月白的脸：一位亚裔美国人的家园回忆录》，台北：麦田出版，2001
年，第 325 页。

　　② 林玉玲著，张琼惠译：《月白的脸：一位亚裔美国人的家园回忆录》，台北：麦田出版，2001
年，第 326 页。

　　③ Shirley Geok-lin Lim, *Two Dreams: New and Selected Stories*, New York: The Feminist Press, 1997,
p. 15.

　　④ Jurgen Rudolph, Reconstructing Collective Identities: The Babas of Singapore, *Journal of Contemporary
Asia*, 1998, 28 (2), p. 216.

　　⑤ Ping Poh-seng, The Straits Chinese in Singapore: A Case of Local Identity and Socio-cultural Accom-
modation, *Journal of Southeast Asian History (Singapore Commemorative Issue 1819 – 1969)*, 1969, 10 (1),
p. 111.

芭亚，并没有佩戴珠宝。林玉玲的祖父是一位成功移民到马来西亚的中国商人，但是到了她父亲那里，已经家道中落，每况愈下。林玉玲的母亲虽然身为车站站长的长女，在镇上的人际关系中身价不凡，实际的经济状况却是窘困不堪的。林美婵的母亲和林玉玲的母亲一样，比较注重外表，她在人力三轮车上坐定后，"仔细地将搭在膝盖上的纱笼裙展平"①，当林美婵也爬上人力三轮车坐到她身边时，"她一把将女儿推开，以免她压皱她的纱笼裙"②。人力三轮车到达姑婆家，母亲将林美婵"推下黏黏的塑料座椅，自己则小心翼翼地从车上挪步下来以免弄乱裙子上精心设计的褶皱"③。由此可以看出林美婵的母亲只注重自己的仪表，自私、冷漠，而对女儿缺乏关爱。

穿着纱笼可芭亚的母亲漂亮得"宛若女神"，在林玉玲心中留下了美好的形象和回忆，她接受并喜爱母亲的娘惹服饰；林美婵的母亲自私、冷漠，与女儿之间缺少亲密无间的温情，但是她家境富有，既有漂亮的纱笼可芭亚，也佩戴珠宝，她这是完整的娘惹打扮。娘惹佩戴珠宝显示的是丈夫的经济状况，林玉玲的母亲没有佩戴珠宝，表明家中的经济状况窘困不堪；而从林美婵母亲佩戴的珠宝首饰可以看出她家族的殷实。娘惹的服饰显示出马来西亚文化与中国文化、欧洲文化的交融和创新，具有文化间性的魅力，这也正是独特的娘惹文化魅力所在。然而，作为娘惹文化符号的娘惹服饰，年轻人已经不大穿了，"现在也主要是局限于中年和老年的妇女穿了"④。

四、娘惹饮食

在短篇故事《鬼魅重重》中，让詹妮感觉不对劲的是她们住的这所大房子。一开始丈夫带着她来到这所房子时，她感觉有种占有的自豪感，这是她的家了。房子从视觉上看很大，在房间和外屋之间有楼梯和栏杆，是老建筑，房子的巧妙结构能最大限度地享受到海风。但是深入房中，"就会感到是古怪

---

①　Shirley Geok-lin Lim, *Two Dreams*：*New and Selected Stories*, New York：The Feminist Press, 1997, p. 15.

②　Shirley Geok-lin Lim, *Two Dreams*：*New and Selected Stories*, New York：The Feminist Press, 1997, p. 15.

③　Shirley Geok-lin Lim, *Two Dreams*：*New and Selected Stories*, New York：The Feminist Press, 1997, p. 17.

④　Teo Kok Seong, *The Peranakan Chinese of Kelantan*：*A Study of the Culture*, *Language and Communication of An Assimilated Group in Malaysia*, London：Asian Academic Press LTD, 2003, p. 61.

的 19 世纪的风格，更像是在博物馆里"①。詹妮的好友苏翁对詹妮说，"这不是你应待的地方！一切都太陈旧了。并不是说房子快散架了。事实上，当我看到阳台时，我以为是到了另一个国家。房子当然很牢固，保养得很好，但是并不属于这个世纪"②。詹妮有一段时间倒真是觉得自己不属于这里。房子代表着娘惹婆婆生活的地方，代表着过去辉煌的某个时代，过去和现代似乎不相融合。詹妮感觉到的是一种文化差距。

　　还有让詹妮不适应的是大房子里的厨房。大房子是辉煌的，而厨房"简陋、灯光黯淡；没有什么现代的器具，只有烧炭的泥巴灶和水泥水槽里的冷水龙头。好像建筑这所房子的男人们没有考虑到他们的女人，厨房只有墙壁、房顶，开一个洞作为窗户，而他们期望从那里出来最可口的、最富有营养的食物"③。看来那个时代娘惹在家中的地位不高，而且做着繁重的家务。詹妮带着苏翁来到厨房里时，看到的是这样的一幅情景，"两位老妇人穿着棉制可芭亚和棕色纱笼蹲在潮湿的厨房地板上。一位在石臼里捣杵，另一位在掐一盘乾豆。她们构成了一幅棕色和黄色的色调和谐的图画，她们连续地交谈，先一位，然后是另一位，她们的声音轻松地交融在一起"④。陈恒汉的文章里谈到，"作为中国传统文化的携带者，娘惹秉承了中国'男主外，女主内'的传统，平日足不出户，家里的厨房成了消磨时间的好地方，很多属于家里的大家闺秀，她们从 12 岁起一直到出嫁之前，每天所做的事情就只有学习烧菜和珠绣，久而久之，个个烧菜功夫一流"⑤。娘惹从小得到的训练是在厨房做饭菜，当然结婚后她们的主要活动场所就是厨房。詹妮的娘惹婆婆显然对在厨房里做事的活计已经习以为常，一边做事，一边轻松地交谈，她对厨房的粗糙简陋完全不在意，非常顺从。詹妮把好友苏翁介绍给婆婆，婆婆微笑着点头，女佣淡然地抬了抬头，两位老妇人都是沉默，不说话。詹妮越来越感

---

　　① Shirley Geok-lin Lim, *Two Dreams：New and Selected Stories*, New York：The Feminist Press, 1997, p. 183.

　　② Shirley Geok-lin Lim, *Two Dreams：New and Selected Stories*, New York：The Feminist Press, 1997, p. 184.

　　③ Shirley Geok-lin Lim, *Two Dreams：New and Selected Stories*, New York：The Feminist Press, 1997, p. 183.

　　④ Shirley Geok-lin Lim, *Two Dreams：New and Selected Stories*, New York：The Feminist Press, 1997, pp. 183 – 184.

　　⑤ 陈恒汉：《从峇峇娘惹看南洋的文化碰撞与融合》，《沈阳师范大学学报（社会科学版）》，2011年第 3 期，第 106 页。

到"像不受欢迎的不速之客，她的出现被婆婆和女佣的沉默给消解了"①。

大房子里的窃窃私语声虽然让詹妮焦虑，却没有吓倒她。她有好奇心和欲望去追踪这声音的来源，她对好友苏翁说，"这所房子会在很长时间里成为我的家"②。她向苏翁求证这窃窃私语声，苏翁却表示什么也没有听见。詹妮不喜欢吃娘惹食物，每天的晚餐都会有五六盘菜，但是她不能忍受食物的味道。娘惹素以高超的厨艺著称，在娘惹文化中，"烹饪成为精细和复杂的艺术，需要数小时的准备工作和使用大量不同的厨房用具"③。"娘惹利用马六甲海峡独特的地理位置，用印度、马来、西洋的各种调料和配料，烹制中华传统美食，形成了'娘惹饮食'的特色。"④ 娘惹饮食文化采用和融合了印度、马来和西洋饮食的文化元素，具有文化间性的特质。然而既有的传统饮食文化在年轻人中已经不那么受欢迎了，詹妮显然是受西方影响的现代女性，她所代表的现代文化与娘惹饮食所代表的异质文化元素未能融合，以致衍生出焦虑和不适应。詹妮对口味浓重的娘惹菜不适应，婆婆又不让她自己烹饪，她足足瘦了二十磅。对娘惹食物的不适应、对娘惹婆婆和女佣沉默的不适应，让詹妮焦虑，在这所房子里产生幻觉，听到窃窃私语声。

詹妮突然晕倒后醒来，得到了两个消息：一是她怀孕了。这意味着她在婆婆家里的地位发生了变化，她有可能接替婆婆的位置，这所房子是她真正的家了。第二个消息是女佣去世。陪伴娘惹婆婆的女佣去世，意味着婆婆在家里已经势单力薄，时过境迁。詹妮和娘惹婆婆之间是现代对过去的冲击，她将代替婆婆，从事着厨房里的活计，娘惹是一个时代的传奇，语言没人说了，服饰已经现代化了，年轻人也不会煮娘惹食物了，一段历史即将过去，然而娘惹在家里的活计，詹妮将会继续，女性在家庭的角色改变了吗？

娘惹族群在中国传统文化的基础上糅合了马来西亚本土的色彩，在语言、服饰和饮食上形成了自己独特的文化。娘惹文化是混杂的，具有文化间性的特质。林玉玲笔下的娘惹形象丰富多彩，《回忆录》中她的母亲说着优雅的

① Shirley Geok-lin Lim, *Two Dreams: New and Selected Stories*, New York: The Feminist Press, 1997, p.183.
② Shirley Geok-lin Lim, *Two Dreams: New and Selected Stories*, New York: The Feminist Press, 1997, p.185.
③ Peter Lee & Jennifer Chen, *The Straits Chinese House: Domestic Life and Traditions*, Singapore: National Museum of Singapore, 2006, p.105.
④ 梁明柳、陆松：《峇峇娘惹：东南亚土生华人族群研究》，《广西民族研究》，2010年第1期，第121页。

"峇峇马来话"，穿着纱笼可芭亚宛若女神，性格单纯率真。虽然抛弃子女离家出走，但是依旧母女情深。林玉玲接受并喜爱母亲的娘惹文化，她所代表的现代文化与母亲所代表的娘惹文化彼此相融。《土生女儿》中林美婵母亲的穿戴是纱笼可芭亚加上珠宝首饰，显示了家族的经济实力，她比较注重外表，但是自私、冷漠，和女儿缺乏母女之间亲密无间的感情，比较世故，颇有心计，想方设法稳住出轨的丈夫，也讲究社会等级关系。《鬼魅重重》里的娘惹婆婆和现代受西方影响的儿媳无法交流，婆婆所代表的娘惹文化和儿媳所代表的现代文化无法得到融合，婆婆说的巴巴马来语儿媳无法听懂，婆婆做的娘惹美食儿媳无法享受，婆婆控制大房子里的家务，儿媳在家里处于边缘地位。儿媳幻听到了房子里的窃窃私语声，直到她怀孕，女佣去世，势单力薄的娘惹婆婆终于退出了对家务事的主控，儿媳终将掌控大房子里的家庭事务。林玉玲的笔下展示了娘惹丰富多彩的文化间性特质，娘惹是一个时代的传奇，是中国文化漂洋过海在南洋经过几个世纪的磨合形成的一种文化，她们特有的语言、服饰和饮食在过去的时代曾经辉煌，在现代已变得淡薄，但是作为东南亚乃至亚洲的一种特有的文化现象，值得学者们去研究、去考察，文学作品中的娘惹文化和娘惹形象更是给学者们提供了素材文本。林玉玲文学作品中的娘惹形象和娘惹世界展示了本土特色和东方色彩。

第二节　濡化：以华裔马来西亚族群的抗争精神完善
文化间性空间

一、关于抗争精神的生命书写

　　林玉玲曾在访谈①中谈到她写《月白的脸：一位亚裔美国人的家园回忆录》"并不是想令人震惊，而是记下一个族群的历史、性别和殖民教育的不寻常经历"②。这句话强调两点：①这部回忆录写的不仅是她自己，还有她的父

　　① Kirpal Singh, An Interview with Shirley Geok-lin Lim, Ariel: A Review of International English Literature, 1999, 4 (4), pp. 135 – 141.

　　② Kirpal Singh, An Interview with Shirley Geok-lin Lim, Ariel: A Review of International English Literature, 1999, 4 (4), p. 139.

亲、母亲，以及她所在的那个族群①，这个族群指的是华裔马来西亚族群。
②在这部回忆录中她"寻求的是历史而不是讲故事"②，她"核对历史事实、
日期和名字，确保尽可能地精确"③。

　　她撰写回忆录的目的是"缅怀过去，开启未来"④，但是在撰写过程中无
法抑制自己内心的情感，在回忆录的字里行间流露出她对原乡马来西亚的不
满和失望，究其原因：一是 1969 年"五一三"事件对华裔马来西亚人造成的
冲击。林玉玲在接受译者张琼惠访谈时曾说道："目前所实施的种族配额制度
是个极度不公不义的制度，简直是将华人贬为次等公民。有些华裔马来西亚
人已经接受自己不算是真正马来西亚人这样的想法。我写回忆录的原因，就
是让华人知道他们已在马来西亚定居了数个世代，他们跟马来人一样，都是
马来西亚的公民，他们没有必要忍受那样的不公不义。"⑤ 也就是说"林玉玲
有意以她的回忆录写下她对原乡的幻灭感，并以她个人的故事颠覆由强势种
族与国家机器所主导的国族叙事"⑥。

　　二是 1969 年"五一三"事件对林玉玲生命历程造成的冲击和影响。1969
年"五一三"事件后确立了以马来人民族主义为国家意识形态，并制定了马
来文优先的政策。"对林玉玲而言，当时马来西亚语文政策的转向其实彻底改
变了她的世界：曾经熟悉而安稳的一切，如今变得错置失序，她无法确定自
己是否仍是这个社会的一分子，她逐渐发现自己已经沦为文化上的流放者"⑦。
所以，她以流散到美国为契机，以撰写回忆录"表达政治观点"⑧，对马来西
亚语文政策的转向表示异议和抗争。因此，林玉玲把她的回忆录归为生命书
写，与所谓的自我书写不同。林玉玲说，"作家如果自视为某个集体——国

①　Shirley Geok-lin Lim, Judith Barrington & Valerie Miner, Reticence and Resistance：A Conversation,
The Women's Review of Books, 1996, 13（10 & 11）, p. 25.

②　Shirley Geok-lin Lim, Judith Barrington & Valerie Miner, Reticence and Resistance：A Conversation,
The Women's Review of Books, 1996, 13（10 & 11）, p. 24.

③　Shirley Geok-lin Lim, Judith Barrington & Valerie Miner, Reticence and Resistance：A Conversation,
The Women's Review of Books, 1996, 13（10 & 11）, p. 24.

④　林玉玲著，张琼惠译：《月白的脸：一位亚裔美国人的家园回忆录》，台北：麦田出版，2001
年，第 333 页。

⑤　Joan Chang, Shirley Geok-lin Lim and Her Among the White Moon Face, *New Literature Review*,
1999, 3（5）, p. 4.

⑥　李有成：《回家：论林玉玲的回忆录》，《英美文学评论》，2010 年第 17 期，第 198 页。

⑦　李有成：《回家：论林玉玲的回忆录》，《英美文学评论》，2010 年第 17 期，第 201 – 202 页。

⑧　Shirley Geok-lin Lim, Judith Barrington & Valerie Miner, Reticence and Resistance：A Conversation,
The Women's Review of Books, 1996, 13（10 & 11）, p. 24.

民、种族，或任何方面都属于弱势者（族裔、少数分子、女性、身障者等）——的一分子，势必很难书写肖像型的自传，把整个叙事缩减为只是展示个人的个性，也就是自我书写。相反的是，我们所说的生命书写必然会采用与自传相关，却又有所区隔的文类形态：历史、实录、日记、散文，甚至诗"①。在这样的生命书写中，个人的"个性"将"成为更大的纷扰的社会、经济及政治结构与力量的一部分"②。也就是说，生命书写的回忆录必然将自己的经历置于社会、经济及政治发展变化之中，成为它们有机的组成部分，这样我们就能认清《月白的脸：一位亚裔美国人的家园回忆录》一书的生命书写的属性。

林玉玲的《回忆录》是她的文学作品中最受瞩目的一部。台湾李有成教授（2010）撰文③，从离散的角度，以若干与离散相关的议题探讨林玉玲的《回忆录》，指出该《回忆录》是一个"批判性离散文化政治"文本。林玉玲的过去受到两个政治与文化实体——马来西亚与美国的影响，再加上她生命中的离散经验，她对民族归属同时采取"既是—亦是"（两者皆是）与"既非—亦非"（两者皆非）的态度，让她在身份认同上形成分裂，她的《回忆录》因此颠覆了家园与归属的意义。台湾朱雯娟（2009）④ 运用列斐伏尔（Lefebvre）的空间理论，即寻求心灵空间与现实空间的结合，指出林玉玲《回忆录》的书写正是空间理论的社会产物：故事的书写可看成是空间实践的概念；《回忆录》中的记忆、沉思、重构个人经验的事件、地方及其影响等可

① Shirley Geok-lin Lim, *Academic and Other Memoirs: Memory, Poetry, and the Body*, in Rocio G. Davis, Jaume Aurell, and Ana Beatriz Delgado, eds. , *Ethnic Life Writing and Histories: Genre, Performance, and Culture*, Berlin: Lit Verlag, 2007, p. 24.

② Shirley Geok-lin Lim, *Academic and Other Memoirs: Memory, Poetry, and the Body*, in Rocio G. Davis, Jaume Aurell, and Ana Beatriz Delgado, eds. , *Ethnic Life Writing and Histories: Genre, Performance, and Culture*, Berlin: Lit Verlag, 2007, p. 24.

③ 李有成：《回家：论林玉玲的回忆录》，《英美文学评论》，2010 年第 17 期，第 193 – 208 页。李有成是"中央"研究院欧美研究所特聘研究员、中山大学合聘教授、台湾大学与台湾师范大学兼任教授，曾任欧美研究所所长、《欧美研究》季刊主编及台湾比较文学学会理事长。研究领域主要包括非裔与亚裔美国文学、当代英国小说、文学理论与文化批评等。近期著作有《他者》《文学的多元文化轨迹》《在理论的年代》《文学的复音变奏》《逾越：非裔美国文学与文化批评》《在甘地铜像前：我的伦敦札记》等；另编有《帝国主义与文学生产》、《在文学研究与文化研究之间》（合编）、《离散与家国想象》（合编）、《管见之外：影像文化与文学研究》（合编）及《生命书写》（合编）等书。他是林玉玲老师的朋友，和她常有联系。

④ Wen-Chuan Chu, Memoir as the Social Product of Social Space in Shirley Geok-lin Lim's *Among the White Moon* Faces, *Kaohsiung Normal University Journal*, 2009 (27), pp. 1 – 14.

视为空间再现的概念；捕捉作者记忆中的某些焦点或重要的时刻，诉说作者疗伤的经验，可被理解为具体展示再现空间的象征意义。林玉玲的《回忆录》具体呈现了一份永难忘怀的思念与一个美好家园的镜像，这是她的社会产物。

国外的文献从多个角度解读《回忆录》。

（1）林玉玲身份的多重性。法国的莫·奈利（Nelly Mok）（2014）[1] 指出林玉玲的《回忆录》通过描述从故国到居住国的旅程，揭示了单一身份文化概念的不自然性。对她这部《回忆录》的任何民族同化主义的解读都是无效的，林玉玲强调了把马来西亚和美国诗意地结合在一起的必要性，只有如此，"家"才会重现和兴旺发达。美国的苏利文（Jim Sullivan）（2000）[2] 指出林玉玲在她的《回忆录》里表明，她意识到与父母以及马来西亚文化的疏离，意识到她在美国陷入阶级、种族和文化张力的纷扰中，而最终通过不懈的努力在马来西亚和美国都为自己建构了舒适的空间。

（2）林玉玲《回忆录》书写的功能和作用。美国的斯瑞玛缇·穆克吉（Srimatie Mukherje）（2014）[3] 引入了"消极的差异"概念，显示林玉玲感觉自己在马来西亚和美国被标记为如恶魔般的或不可同化的他者。她用这部《回忆录》作为反思工具来评估这类标记的影响，而且使她的写作成为武器对抗他者化。西班牙的罗西奥·G. 戴维斯（Rocio G. Davis）（2009）[4] 探讨了个人传记和学术写作如何相辅相成，从学术的角度来观照生命书写，也就是说，分析了学术成就能在多大程度上从个人经历中获得。美国的卡特里娜·M. 鲍威尔（Katrina M. Powell）（2009）[5] 指出该《回忆录》是一部表述行为的传记，不仅讲述女性在学术上的追求，也体现了性别、体裁、移民、知识分子等的叙述中的自我意识。林玉玲展示的自己的一生可作为女性的启蒙指导，激励女性们勇于打破阻碍她们发展的体制上的壁垒，从而重新定义了学

---

① Nelly Mok, Moving Home, Writing Home: Transnational Identity in Shirley Geok-lin Lim's *Among the White Moon Faces*, *Asiatic*, 2014, 8（1）, pp. 143 – 161.

② Jim Sullivan, Book Reviews: *Among the White Moon Faces*: *An Asian American Memoir of Homelands*, *Women's Studies*, 2000, 29（2）, pp. 259 – 262.

③ Srimatie Mukherje, "Negative Difference" and Its Role in Writing: Shirley Geok-lin Lim's *Among the White Moon Faces*, *Asiatic*, 2014, 8（1）, pp. 131 – 142.

④ Rocio G. Davis, Academic Autobiography and Transdisciplinary Crossings in Shirley Geok-lin Lim's *Among the White Moon Faces*, *Journal of American Studies*, 2009, 43（3）, pp. 441 – 457.

⑤ Katrina M. Powell, *The Embodiment of Memory*: *The Intellectual Body in Shirley Geok-lin Lim's Among the White Moon Faces*, in Christopher Stuart & Stephanie Todd, eds., *New Essays on Life*: *Writing and the Body*, Newcastle: Cambridge Scholars Publishing, 2009, pp. 154 – 167.

术传记的概念。

（3）在理论框架下探讨《回忆录》。加拿大的曾敏浩（Minhao Zeng）（2013）[①] 在世界主义这个理论框架下，通过解开林玉玲人生故事的两条重要叙事线索：她生活在多元文化世界里的经历和她与不同种族、族群和文化背景的人们的交往，试图向读者显示这部《回忆录》面临世界主义的两个挑战：如何在单语言的话语范围之外表达个人的多语言经验？知识分子如何能超越他们的情感和感受、主观立场、个人特权和个人利益去实现他们的道德和政治使命？

中国有关林玉玲《回忆录》的文献明显少于国外文献，这说明国内对她及她的文学作品的了解不及国外，还需要加大对林玉玲及其文学作品的推介。不同国家和地区的评论侧重点各有不同。林玉玲的多重文化身份、回忆录的功能、空间理论、世界主义的观念，这些是林玉玲《回忆录》的热点问题和热点研究视角，本节试图从文化间性与文化濡化的角度来解读她的《回忆录》。

有一种文化间性的概念是，"文化成员通过协商和合作实现互惠互动的文化间的复杂结合，是不同文化视角相遇的空间"[②]。蔡熙也指出，文化间性"以文化间的开放为前提，它承认差异，承认文化对话是一种力量的对比，关键是维持差异，求同存异，将心比心，通过交往、商谈、互为主观等途径扩大宽容的空间"[③]。文化濡化是"将跨文化传播的不同文化元素，放置于文化对话间性空间中进行磨合乃至改造，使双方能够协调起来，融为一体的过程"[④]。也就是说，文化濡化就是对跨文化对话间性空间的完善。[⑤]

雷德菲尔德（Redfield）、林顿（Linton）与赫斯科维茨（Herskovits）（1936）是较早提出"濡化"概念的学者，其含义是指不同文化团体中的个人由于持续进行直接的接触，使得交流中任意一方的文化或双方的文化因此

① Minhao Zeng, The Intricacies of Cosmopolitanism: Shirley Geok-lin Lim's *Among the White Moon Faces*, *Mosaic*, 2013, 46 (1), pp. 77 – 93.

② Xiaodong Dai, Intersubjectivity and Interculturality: A Conceptual Link, *China Media Research*, 2010, 6 (1), pp. 12 – 19.

③ 蔡熙：《关于文化间性的理论思考》，《大连大学学报》，2009 年第 1 期，第 83 页。

④ 杨石华：《跨文化对话间性空间的建构与完善》，《传播与社会学刊》，2017 年第 41 期，第 232 页。

⑤ 杨石华：《跨文化对话间性空间的建构与完善》，《传播与社会学刊》，2017 年第 41 期，第 232 页。

产生变迁的现象。① 文化濡化（enculturation）是美国人类学家赫斯科维茨在1948 年出版的著作《人及其工作》中首次使用的一个概念。② 无论是在文化对话间性空间的平面，还是在立体的空间同构方面，因其文化自身的异质性，所同构出来的空间都是粗糙的，是有着无数文化裂缝存在的框架性空间。③ 文化濡化则是使其平面与立体空间同构达到相对完美状态的一个至关重要的黏合剂。④

　　本节以生命书写这个议题将作家林玉玲的经历置于社会、经济及政治的发展变化之中，论述她面对社会、经济及政治发展变化所表现出来的在建构的文化间性空间里的抗争精神，对《回忆录》作深入的解读。论述林玉玲利用文化濡化完善间性空间：与性别歧视的抗争、与种族歧视的抗争、对英国殖民教育的批判、与西方种族歧视的抗争，从这四个方面来解读她的《回忆录》，具体阐释她带有抗争精神的生命书写。林玉玲的抗争精神不仅是个人的力量，也是整个华裔马来西亚族群集体精神的显示。

二、与性别歧视的抗争

　　林玉玲是为性别歧视而战的假小子。文化濡化的第一机构是家庭。林玉玲的父亲是华裔，母亲是娘惹，家里有兄弟六人。林玉玲生活在不同的文化中，这些不同的文化相互交织，建构了间性空间。在林玉玲孩童期的这个文化间性空间里，男女性别文化元素相互排斥，还存在着性别障碍。她是家里唯一的女孩，被兄弟们排斥。为了讨好兄弟们，适应男孩们的文化，融入他们当中去，她进行了文化濡化，调整了自己的行为方式。她拒绝当女孩，向男孩看齐，她表现得没有女孩样，"跑得快、从高高的墙跳下、骑脚踏车飞奔，或是很晚还不回家"⑤。而且她认为当女孩很"无聊"，"女孩的意思就是像我妈妈和阿姨、姨婆坐在一起的时候那样，一坐就是好几个钟头，东家长、

　　① Robert Redfield, Ralph Linton & Melville J. Herskovits, Memorandum on the Study of Acculturation, *American Anthropologist*, 1936, 38 (1), pp. 149 – 152.
　　② 芮逸夫主编：《云五社会科学大辞典·人类学》，台北：台湾商务印书馆股份有限公司，1971年，第 297 页。
　　③ 杨石华：《跨文化对话间性空间的建构与完善》，《传播与社会学刊》，2017 年第 41 期，第 232 页。
　　④ 杨石华：《跨文化对话间性空间的建构与完善》，《传播与社会学刊》，2017 年第 41 期，第 232 页。
　　⑤ 林玉玲著，张琼惠译：《月白的脸：一位亚裔美国人的家园回忆录》，台北：麦田出版，2001年，第 67 页。

西家短，讲闲话"①。林玉玲在一次接受访谈中说道："有这么多兄弟，我总能借到一条短裤，跑来跑去。人们称我为假小子。……我就是穿着男性的服装觉得舒坦的人，甚至后来我长大了，我还时常穿牛仔裤，穿男式衬衫。……那是我年轻时，是的，我的一部分——我把这些写进了《月白的脸》——那时我想成为男生。"② 这是儿时的林玉玲为了被兄弟们接受，为了同他们相等，最初同性别作的抗争。和他们穿得一样、和他们一样行为处事，她就能成为他们中的一员，融入他们当中。林玉玲的这些做法就是文化濡化，这样，不同的性别文化就能交互协商调整，文化间性空间会更加稳定。但是不管是什么时候，在马来西亚，在亚洲，她的性别总是不对，总是和周围环境格格不入。而她一直在不停地与性别歧视抗争，进行着文化濡化，这个过程是不间断地进行着的。

她渴望婚姻中男女平等。度过了孩童期，青春期的林玉玲和其他女孩一样，渴望性、渴望交男友，在经历了几次和男性的肤浅的交往后，她被有内涵、有美国经历的伊克保吸引，和他在一起，"生活随遇而安、单纯得不得了，于是每一天都新鲜、充满变化"③。但是和他在一起，她只能成为家庭主妇，他大宴宾客时，她得在厨房忙进忙出，根本无法和客人交流。伊克保带她去参加诸如戏剧开演或是大使馆舞会的社交活动时，她站在他旁边，仿佛"是他身体投射出来的影子"④。这让林玉玲困惑不已。如果嫁给伊克保，她就会成为眷属，参加学校的聚会时眷属总是坐在外围，她无法想象和忍受"自己坐在那堆眷属当中，隔离在一些有趣的话题、论辩、笑话以及重要的信息之外"⑤。她被隔离在让她继续学习、接受文化濡化之外，她渴望的是参与和交流，就像儿时的她想要融入兄弟当中去一样。她无法与伊克保势均力敌，男女的不平等与对女性的歧视造成的性别文化相融障碍，最终促成她离开伊克保。

① 林玉玲著，张琼惠译：《月白的脸：一位亚裔美国人的家园回忆录》，台北：麦田出版，2001年，第69页。
② Pauline T. Newton, Walking with Her Muse: An Interview with Shirley Geok-lin Lim, *Contemporary Women's Writing*, 2013, p.125.
③ 林玉玲著，张琼惠译：《月白的脸：一位亚裔美国人的家园回忆录》，台北：麦田出版，2001年，第214页。
④ 林玉玲著，张琼惠译：《月白的脸：一位亚裔美国人的家园回忆录》，台北：麦田出版，2001年，第217页。
⑤ 林玉玲著，张琼惠译：《月白的脸：一位亚裔美国人的家园回忆录》，台北：麦田出版，2001年，第220页。

她成为一名女性主义战士和领导者。跨过青春期、走向成熟期的林玉玲，在若干年后出版的第一部诗集《跨越半岛》获得了国协文学奖。她是第一个得到这份殊荣的女性，也是第一个拿到这个奖的亚洲人。这本诗集在马来西亚和新加坡广受大众关注。有趣的是，亚洲报刊采访她，对她的报道，都着意突出她的女性身份。华人颇多的新加坡和马来西亚显然还未脱离夫权制的束缚。性别歧视依旧是林玉玲的文化间性空间里很难得到融合的异质元素。《新加坡海峡时报》报道了对林玉玲的采访，问的问题是她的丈夫对她得到这个大奖有何感想，旁边还附了一张她和漂亮的儿子玩耍的照片。还有一些年轻的大学生为他们的校刊来访问她，想了解为什么她的文学作品都以女性为主。她还应邀到一个"母乳俱乐部"演讲，之后报纸上报道了她谈论哺喂母乳的事情。虽然林玉玲在事业上已经出人头地，然而新加坡想彰显的是她身为妻子和母亲的女性身份。在一些亚洲国家，男女的社会地位是泾渭分明的，公众场合几乎是男性的天下，而"女性一定要保有传统的女性本质，如此一来，亚洲才能好好地把自己防卫起来，避免受到西方影响而侵蚀腐化"①。尽管林玉玲在新加坡被当作女性的代表，她每次以女性身份讲话的时候总是想办法不冒犯女性传统的地位，然而她已经被自己所受的西方教育濡化，她说的话"都带着革命性的思想，冀望这些话能点起一丝希望，让女性在这个世界上可以不受社会角色的羁绊，可以自由地奋斗向前，努力在既有的性别模式之外有所成长"②。林玉玲自儿时就有的脱离性别羁绊的性格在此时格外耀眼，如果说之前她是自己在和身边的男性抗争，试图挣脱性别的藩篱，那么这时她已经成熟起来，她就是一个女性主义的斗士和领导者，号召她的女性同胞们一起为性别歧视而战。而她所建构的文化间性空间也越来越牢固。

三、与种族歧视的抗争

文化濡化的机构还有社会。林玉玲在马来西亚经历了日据时期、英国殖

① 林玉玲著，张琼惠译：《月白的脸：一位亚裔美国人的家园回忆录》，台北：麦田出版，2001年，第324页。
② 林玉玲著，张琼惠译：《月白的脸：一位亚裔美国人的家园回忆录》，台北：麦田出版，2001年，第324页。

民时期①、马来西亚独立时期、"五一三"事件后马来人统治时期，她耳闻目睹了统治者对华裔马来西亚人的歧视和打击，这些歧视和打击是她建构的文化间性空间的异质元素。这些异质元素在文化间性空间里不能得到相互配对，无法得到文化融合，造成了她的焦虑、困惑、疏离感和边缘感。她在《回忆录》中表达了对华人的同情、支持和与种族歧视的抗争，以此进行文化濡化，稳定文化间性空间。

　　日据时期。林玉玲是在 1944 年底出生，当时正是日据时期，"正是日军欺凌压榨最劣、粮食短缺、全面饥荒最严重的时候"②。日军对华人和马来人采取完全不同的政策，用以达到"以马来人抑制华人"的险恶目的。对华人，"他们采取高压政策，大肆屠杀、残酷镇压。而对土著民族则实行笼络、利用的政策，任用马来人做地方官员，招收马来人组成警察、预备兵、自卫团等，去镇压以华侨为主的抗日力量"③。这样一来，不仅引起抗日军的强烈反抗，而且华人和马来人互相仇视，形成种族对立的情势。林玉玲在她的《回忆录》里揭示了日军对中国人和华裔马来人的残暴，"华裔马来人，尤其是年轻人，被监禁、凌虐、屠杀的情形从未减缓。日军多年来一直意图征服中国而未能得逞，华裔马来人和中国人在他们看来全无两样。中国人保卫国家、顽强抵抗的韧性激怒了日本人"④。这段记录表明日军称霸亚洲的野心和对中国人的残忍暴行激起了林玉玲的民族感情，她用《回忆录》完成了文化濡化，她是被濡化的对象，由她周围社会施与文化影响，并形成了认知。她的《回忆录》里见证了日军对中国人和华裔马来人的暴行，表达了对中国的认同和对马来

---

　　① 马来西亚历史上曾先后遭到葡萄牙、荷兰、英国和日本的殖民侵略。18 世纪末，英国殖民者侵占槟榔屿、马六甲和新加坡，并于 1826 年建立"海峡殖民地"，此后英国殖民政府加快了对马来半岛的蚕食，先后取得了马来半岛中部地区"四州府"（霹雳、雪兰莪、彭亨与森美兰）的统治权和半岛北部"五州府"（吉打、吉兰丹、玻璃市、丁加奴及柔佛）的治理权，并将上述诸邦组成"马来属邦"。1914 年，英国殖民政府完全控制了马来半岛，成立"英属马来亚"。第二次世界大战期间，日本占领了马来亚全部领土和加里曼丹岛的沙捞越和沙巴。日本战败投降后，英国重新统治了马来亚，强迫新加坡从马来亚分离出去组成"英国皇家殖民地"，其余各邦于 1948 年组建"马来亚联合邦"，1957 年获得独立。见曹庆锋、熊坤新：《民族关系维度下的马来西亚治国理念》，《黑龙江民族丛刊》，2013 年第 1 期，第 1 - 11 页。

　　② 林玉玲著，张琼惠译：《月白的脸：一位亚裔美国人的家园回忆录》，台北：麦田出版，2001 年，第 85 页。

　　③ 陈衍德主编：《多民族共存与民族分离运动：东南亚民族关系的两个侧面》，厦门：厦门大学出版社，2009 年，第 192 页。

　　④ 林玉玲著，张琼惠译：《月白的脸：一位亚裔美国人的家园回忆录》，台北：麦田出版，2001 年，第 84 页。

西亚的热爱，以此对抗对中国人和华裔马来人的歧视。

英国殖民时期。日本投降后，英国殖民者卷土重来，原本对英国政府忠心耿耿、勇敢与日军作战的华裔马来人成了英国殖民统治的敌人。他们主张挣脱殖民枷锁，赢得国家独立。"由于种族相同，无论是华裔的移民或是在海峡地区出生的华人，全被戴上叛变与恐怖主义的帽子，凡是华人便是邪恶"①，林玉玲在《回忆录》中说英国殖民统治对华裔马来人的迫害让儿时的她心存恐惧，充满疑惑。她在《回忆录》中记录了华裔遭受的苦难，字里行间倾注了对和自己血脉相连的华裔的同情之心，以及对英国殖民者的嘲讽，"我们想不透为什么我们跟那些凶残的敌人长得一样，说不定在这些拿着闪闪发亮来复枪的士兵眼中，我们真的是敌人"②。这是英国殖民时期林玉玲面对华裔遭受的歧视，通过《回忆录》表达出的抗争，这段时期社会所施与她的文化影响——她的文化濡化抗衡了文化间性空间中对华裔歧视的异文化，稳固了间性空间。

马来西亚独立时期。这是林玉玲在马来西亚经历的最好时期，也是她构建的文化间性空间最稳定的时期。1957 年马来亚独立建国，"马来"这个名词取代了"英国"，"马来西亚人"代表了一个新的希望，正如林玉玲在她的第一部小说《馨香与金箔》里借女主人公利安之口所说的理想，"华裔和印度裔在这里都是马来西亚人"③，"给我们再多几年，我们就会是一个全新的民族。不再有马来族、华族、印度族，而都是一个民族（马来西亚民族）"④。这里林玉玲借利安之口说出了自己超越时代的观点，展示了自己开阔的眼界。林玉玲想说的是马来西亚各民族关系和谐、社会稳定之重要，希望达到多元文化一律平等的理想；如果各民族在竞争和合作中都放弃排他策略，就能获得利益的最优化和"共赢"；马来西亚的各个民族长期和平共处，最终不再有不同民族的区分，而形成一个大一统的民族——马来西亚民族。这是林玉玲对祖国的美好憧憬，林玉玲作为一位世界和平主义者的形象顿时显现出来。

"五一三"事件后马来人统治时期。这是林玉玲在马来西亚经历的最为动

---

① 林玉玲著，张琼惠译：《月白的脸：一位亚裔美国人的家园回忆录》，台北：麦田出版，2001年，第86页。

② 林玉玲著，张琼惠译：《月白的脸：一位亚裔美国人的家园回忆录》，台北：麦田出版，2001年，第88页。

③ Shirley Geok-lin Lim, *Joss and Gold*, New York：The Feminist Press, 2001, p. 35.

④ Shirley Geok-lin Lim, *Joss and Gold*, New York：The Feminist Press, 2001, p. 35.

荡的时期。建立大一统的马来西亚民族是林玉玲的一种憧憬。马来西亚各族群内部的斗争很激烈，1969 年的大选就成为展现各族各派政治斗争的舞台。大选结果公布后，在吉隆坡，获胜的非马来人反对党的支持者错误地估计了形势，于 5 月 13 日举行了比较张扬的庆祝游行，加重了马来人政治上的不安全感。极端分子蓄意纠集马来人举行反华游行，并以武力对付华人，"五一三"事件就此爆发。林玉玲建立一个美丽的新国家的憧憬破灭。此后"马来西亚大多数的事物，不管是公共事务还是家庭内务，不管是政府机关还是私人企业，不管是专业还是个人、经济还是文学，全都无可避免地蒙上种族的色彩"[①]，这种情形令林玉玲害怕。由"马来人治理马来西亚"的原则被提升到神圣不可侵犯的高度。林玉玲所在大学英文系的一位研究生说，"我们马来人宁愿让马来西亚变回丛林，也不情愿给华人统治"[②]；"我们不需要华人。要是没有华人，我们就得过着落后贫穷的日子，我也甘愿"[③]。这让林玉玲"惊吓、挫败"[④]，她的文化间性空间里的对华裔歧视的异质元素，根本就无法融合，她决定前往美国，再也不回马来西亚了。

　　林玉玲在马来西亚经历了日据时期、英国殖民时期、马来西亚独立时期以及"五一三"事件后马来人统治时期，她由一位反抗日军、对中国认同的华裔，对遭受英国殖民统治迫害的华裔的同情者，怀抱马来西亚民族理想的憧憬者，到最后变成美丽新国家梦想的挫败者……她对歧视华裔势力的抗衡最终失败，她的文化间性空间中的歧视华裔的异文化元素最终未能配对和融合，她的《回忆录》见证了她在这段社会历史之中的抗争精神以及心路历程。

四、对英国殖民教育的批判

　　除了家庭和社会，学校教育也是文化濡化的机构。在马来西亚独立之前，英国殖民政府实行精英教育，只把少数贵族出身的马来人送入英文学校接受

---

①　林玉玲著，张琼惠译：《月白的脸：一位亚裔美国人的家园回忆录》，台北：麦田出版，2001年，第 226 页。

②　林玉玲著，张琼惠译：《月白的脸：一位亚裔美国人的家园回忆录》，台北：麦田出版，2001年，第 223 页。

③　林玉玲著，张琼惠译：《月白的脸：一位亚裔美国人的家园回忆录》，台北：麦田出版，2001年，第 223 页。

④　林玉玲著，张琼惠译：《月白的脸：一位亚裔美国人的家园回忆录》，台北：麦田出版，2001年，第 224 页。

他们自认为更为优越的西式教育。很多马来家庭由于生活困难，孩子必须从小在家里干活，充当帮手，家长也不愿送孩子去念书。林玉玲的父母都是马六甲出生的土生华人，是英国的属民，母亲是车站站长的长女，车站站长属于英国政府的公务员，因此母亲是有社会地位的，这让她在镇子上的人际关系中身价不凡，远远超过实际经济窘困的情况；父亲是一个"头家"的五少爷，这样的身份同样遮掩了他经济不稳的实情。虽然经济状况不好，但有身份、一心追求西方文化的父母仍旧把林玉玲送到英国学校读书，让她接受英语教育。这样的文化濡化可以使她适应马来西亚的形势，在马来西亚有一个好的未来，她的文化间性空间也就能稳定和完善。

　　一方面林玉玲是英国殖民教育的获益者。面对英国殖民政府组织的考试她毫不畏惧，把考试当作挑战，并乐在其中，因为这个挑战可以让她"远离饥饿、羞耻、丑陋、匮乏"①。英语教育的训练让她自认为在社会上高人一等，她在《回忆录》中说，"即使我一直挨饿、衣衫褴褛、受人轻视，也不曾怀疑这个社会会埋没我的才能"②。她充满自信，如果仅仅如此，学校教育机构的文化濡化是成功的，以此她能适应马来西亚的现在和未来。但是另一方面林玉玲依旧批判英国殖民教育，也就是说，她的文化间性空间里，英国殖民教育的一部分元素未能得到文化濡化，让她焦虑和困惑，使她的心理健康水平下降。

　　第一，林玉玲固有的文化受到英国殖民教育的破坏，没有了本土的文化自信，变成了奈保尔所说的"模仿人"。英国殖民教育是跛脚的，排除了华语教育、马来语教育等。林玉玲来自福建和娘惹社会，会一点福建话和马来语，但英语是林玉玲教学、写作和进行研究的语言。她在十七岁时为了考大学曾经学过马来语，之后就再也没有碰过马来语。她失去的是她本民族的语言，她在语言属性上是颇为尴尬的。然而对于殖民地的语言，林玉玲说，"我们全是学舌的人，生来就要受到文化的推挤、形塑、鞭策；然而我们又是主宰，无论多么柔弱或是多么口拙，意图奋力抵抗这样的形塑，我们是拥有主控的力量。所以我认为我不是囫囵吸收英国的殖民文化，而是积极地将我所需要

---

　　① 林玉玲著，张琼惠译：《月白的脸：一位亚裔美国人的家园回忆录》，台北：麦田出版，2001年，第147页。
　　② 林玉玲著，张琼惠译：《月白的脸：一位亚裔美国人的家园回忆录》，台北：麦田出版，2001年，第196页。

的部分挪为己用"①。的确，林玉玲到了美国后成为亚美作家，由被动变为主动，英文成为她谋生、出人头地的语言，正是因为她的亚洲腔，正是因为她英文书写中混杂的福建话、马来语，她在亚美文学界形成了自己独特的写作风格。

第二，英国殖民教育对当地儿童的戕害是显而易见的。英国殖民时期马来西亚全国的统一考试都是由剑桥大学负责，由英国籍的老师共同命题。马来西亚学生在十一岁、十四岁、十六岁和十八岁都要参加英国统治下组织的统一考试，升大学都要拿到英语签发的剑桥中学或高等中学毕业证书。这些考试对学生的压力实在太大，每到一个关卡都会有人被刷下来。虽然林玉玲对这些考试驾轻就熟，在考试中能脱颖而出，但也承受了无法摆脱的压力，将自己的童年埋葬在教科书里。林玉玲在《回忆录》中记叙了父母们面对英国殖民教育对孩子的戕害是无力发声和反抗的，"父母眼见自己的孩子整晚熬夜、形容枯槁、消瘦憔悴、呕吐、因脑膜炎送命或上吊自尽，也是沉默以对。多年来历经一次又一次的考试，虽然知道因为考试的压力，不时传来有人精神崩溃、心脏衰竭、自杀以及其他许多不幸事件，我却从来没听过有人批评当时考试制度的不是"②。

第三，英国殖民教育培养的不是领导者，而是服从命令的人。林玉玲不仅同情在英国殖民教育中受到戕害的儿童，对成绩都能拿到甲等、脱颖而出的佼佼者也颇为忧虑，认为他们虽然通过英国殖民教育的训练能爬上行政的最高层，但他们只是"殖民者的传声筒罢了"③。林玉玲在《回忆录》中对这些殖民教育中的成功者进行了批判，"殖民教育只会制造居中沟通的人，而无法造就领导者，不过是一群擅于接受命令、传达命令、奇怪的人。这样的教育教人服从，不是教人反抗。每个人都要乖乖遵守法律、服从命令，如此一来，教育才能推展下去"④。林玉玲虽然也是殖民教育的获益者，但她显然和大多数接受殖民教育的成功者是不一样的。她的成绩是领先于其他人，但她

①　林玉玲著，张琼惠译：《月白的脸：一位亚裔美国人的家园回忆录》，台北：麦田出版，2001年，第120页。

②　林玉玲著，张琼惠译：《月白的脸：一位亚裔美国人的家园回忆录》，台北：麦田出版，2001年，第152页。

③　林玉玲著，张琼惠译：《月白的脸：一位亚裔美国人的家园回忆录》，台北：麦田出版，2001年，第152页。

④　林玉玲著，张琼惠译：《月白的脸：一位亚裔美国人的家园回忆录》，台北：麦田出版，2001年，第152－153页。

时常有着叛逆的情绪，反抗老师，因而在学校"同时成为被大家唾弃的人及领导群众的人"①，她和权威之间的冲突"也成了同学娱乐的来源"②。林玉玲的眼界没有局限于仕途，也没有局限于马来西亚，她知道马来西亚以外的世界很大，她自己的世界也可以很大。她在十一岁之前就知道自己"要当诗人，而且从此再也没有任何事情可以改变这个愿望"③。

　　林玉玲是英国殖民教育的获益者，她对自己的成绩充满自信，但是她同情在英国殖民教育中受到戕害的儿童，以及在考试中脱颖而出但只能做殖民者传声筒的佼佼者。她虽然也是考试成绩甲等的优等生，但与其他佼佼者不同的是她对权威的叛逆及对文学的执着和热爱。在林玉玲的文化间性空间里，作为文化濡化机构的英国殖民教育的一部分得到了文化融合，另一部分依旧未能得到配对融合，这也更能体现她所建构的文化间性空间的不稳定性和未完成性。

五、与西方种族歧视的抗争

　　在马来西亚，社会即一个文化濡化机构，面对华裔受到的歧视，虽然林玉玲作出了抗争，但在她的文化间性空间里，受到的歧视未能消解，她只好离开马来西亚，来到美国。在马来西亚，林玉玲为性别歧视而战，与排华势力搏斗，强烈批判英国殖民教育，她与周围环境之间剑拔弩张，等她到了美国，她要与之抗争的是孤独和对亚裔的歧视。她完成学业，在美国的大学教学，她要面对的是学生的不信任、同事的排挤；作为母亲，她要忍受其他白人母亲对亚裔母亲的歧视。林玉玲如何在新的定居地开始全新的生活，抵抗孤独和歧视，形成新的社会纽带呢？美国社会这个文化濡化机构，如何使得林玉玲构建和完善文化间性空间呢？

　　用真诚化解学生的不信任。林玉玲在美国的大学谋求教职颇为不易，她

---

　　① 林玉玲著，张琼惠译：《月白的脸：一位亚裔美国人的家园回忆录》，台北：麦田出版，2001年，第131页。

　　② 林玉玲著，张琼惠译：《月白的脸：一位亚裔美国人的家园回忆录》，台北：麦田出版，2001年，第131页。

　　③ 林玉玲著，张琼惠译：《月白的脸：一位亚裔美国人的家园回忆录》，台北：麦田出版，2001年，第136页。

与众不同，不同的是她的"英属殖民地的英国腔，棕褐色的皮肤，亚裔的长相"①。因此她"只能冀望自己有机会填补别人挑剩的空缺"②。纽约市立大学皇后学院的学生对林玉玲极不信任，因为他们见到的亚裔都是不懂英语的服务生。林玉玲希望在课堂之外和学生有知性的交流，她请学生到家里来吃饭，准备了二十个人的食物，结果只有两个学生姗姗来迟。林玉玲试图用真诚和不懈的努力消除学生的不信任，拉近与学生的距离。哈斯特司社区学院的学生不是非裔就是拉丁美裔，她努力和学生打成一片，在没有课的时候，她会在研究室帮学生做个别指导，随着需要个别指导的学生的增多，她特别设立了写作中心，请高年级的学生或者哥伦比亚大学的研究生来帮忙辅导。他们"耐心地反复帮学生做练习、拿作业讨论学生个别的问题、解释英语片语的含义。写作中心最后成为学生经常聚会的场所"③。由于林玉玲的努力，学生不再讨厌她的发音，不再注意她的外表，不再排斥她外国人的身份，学生变得和她非常亲近，甚至超过住在马来西亚的她的亲人和她的关系，友善取代了疏远和敌对。

用自信和谨言慎行来应对种族歧视。生下儿子后，种族融合的迷思让林玉玲积极申请美国公民资格。为了让儿子有良好的人际关系，她吸取教训，谨言慎行，避免招致鄙视、孤立和歧视。她带儿子到公园去玩，那些白人妈妈彼此并不相识，却可以互相攀谈，交换心得，而她却只有在一旁干羡慕的份儿。搭乘火车时除非车厢已经客满，要不然她身边的空位不会有人坐。美国的白人妈妈见到她，会把眼光移走、看着别人。要等到她快走开时，才会放松表情，对她身后的人露出笑容。要是她站在一旁，和她一起看孩子玩棋的白人妈妈便一副不自在的模样，只有等到别的白人妈妈走近，可以一起谈话了，才终于放松下来。这些美国白人，"面对跟他们长得不一样的人，便脸部肌肉紧绷，肩膀缩紧，沉默无言，满身不自在"④。然而，面对这些歧视和偏见，林玉玲依旧对儿子的未来充满自信，"……多年来的经验已经让他准备

---

① 林玉玲著，张琼惠译：《月白的脸：一位亚裔美国人的家园回忆录》，台北：麦田出版，2001年，第276页。

② 林玉玲著，张琼惠译：《月白的脸：一位亚裔美国人的家园回忆录》，台北：麦田出版，2001年，第276页。

③ 林玉玲著，张琼惠译：《月白的脸：一位亚裔美国人的家园回忆录》，台北：麦田出版，2001年，第279页。

④ 林玉玲著，张琼惠译：《月白的脸：一位亚裔美国人的家园回忆录》，台北：麦田出版，2001年，第317页。

好自己，有一种较为宽阔的公民身份及人文素养"①。这是林玉玲对儿子的期望，希望儿子超越种族偏见，做眼界开阔、胸襟宽广的人。

积极融入社区。林玉玲在布鲁克林居住的时候，积极加入社区委员会，组织社区联谊活动。这个社区委员会引领她进入美国政治，将一群毫不相干、原本互不相识，来自不同背景、关怀不同文化，有时可能会发生冲突的人集合在一起，共同保卫权益。社区的联谊活动让她"思考美国公民权利、美国社区建设和美国政治"②，这不仅对她自己的成长有意义，也对其他需要被关怀的少数族裔美国人有意义。积极融入社区是林玉玲进入美国的方式之一，也是她建构和完善文化间性空间的方式之一。

林玉玲依靠社区学院的教职，勤勉地工作，终于得以融入美国，而文学创作给她以安慰，让她克服偏见，继续生活下去。林玉玲逐渐获得同事的友谊和尊重，受到学生的欢迎，在各种系务会议和研讨会上有了一席之地。随着她的文学作品在国际上屡次获奖，她成为出人头地的亚裔美国作家。从华裔马来西亚人到亚裔美国人，林玉玲从一个叛逆、与周围环境格格不入的人成长为能克服和超越种族偏见、积极融入社会的成功人士。林玉玲在美国通过拼搏和努力，终于成功地建构和稳固了文化间性空间。

《月白的脸：一位亚裔美国人的家园回忆录》为读者展现了一位性格叛逆、与家庭和社会格格不入的华裔马来西亚女性形象，她是为性别歧视而战的假小子，不愿依附男友成为其眷属的"负心人"，号召女性同胞不受性别角色羁绊的女性主义斗士；她是反抗日军、认同中国的华裔，受英国殖民者迫害的华裔的同情者，马来西亚民族理想的憧憬者，美丽新国家梦想的挫败者；她还是英国殖民教育的获益者，对自己的成绩充满自信，同时同情在英国殖民教育中受到戕害的儿童，同情在考试中脱颖而出但只能做殖民者传声筒的佼佼者。在美国她告别过去的叛逆和格格不入，为克服种族偏见和融入社会做出了种种努力，逐步融入美国社会，成为一名亚裔美国人，一位亚裔美国作家、教授。这部《回忆录》是林玉玲完成文化濡化，构建、完善和谐稳定文化间性空间，与性别歧视抗争，与种族歧视抗争，批判英国殖民教育的一

①　林玉玲著，张琼惠译：《月白的脸：一位亚裔美国人的家园回忆录》，台北：麦田出版，2001年，第334页。

②　Shirley Geok-lin Lim, Judith Barrington & Valerie Miner, Reticence and Resistance: A Conversation, *The Women's Review of Books*, 1996, 13 (10 & 11), p.25.

部生命书写，展示了她在流散经历中的抗争精神。林玉玲抗争精神的生命书写显示的不仅是个人的力量，也体现了整个华裔马来西亚族群的集体精神，是所有华裔马来西亚人的抗争精神的生命书写。

第三节 《馨香与金箔》的文化间性特质

一、林玉玲与《馨香与金箔》

林玉玲的第一部小说《馨香与金箔》从 1979 年的夏天开始创作，在 2000 年完成，花了整整 21 年的时间。小说故事的地域背景分别是马来西亚、美国和新加坡，时间背景分别是 1969 年、20 世纪 70 年代和 80 年代。她在 1997 年获得美国书卷奖的《月白的脸：一位亚裔美国人的家园回忆录》中写道："对某些移民来说，得到一心所追求的东西却无法享受，那真是一大反讽。即使逃离了第一故乡，奇怪的是新建的家园也只能当第二，因为受制于婴孩时期的感官经验及对最初记忆的强烈情感，而无法落地生根。在我学会爱上美国之前，我得无条件地先学会爱上另一块土地。"① 这段话解释了在美国已经出人头地的林玉玲的作品中，故乡马来西亚为何依旧如影随形的原因。

台湾的冯品佳从女性主义的视角，指出林玉玲的第一部小说《馨香与金箔》中的女性不只是造成改变的动力，也是维系传承的力量，展现了华裔中漂泊离散的女性所扮演的多重角色，也强调女性在华裔社会的重要性。透过这部小说文本，林玉玲不但检讨了马来西亚的种族历史与再现华裔离散女性的历史，也践行了第三世界女性的身体政治，成功地为华裔马来西亚英文书写建立了新的典范。② 冯品佳在另一篇论文中的前半部分把林玉玲的这部小说

---

① 林玉玲著，张琼惠译：《月白的脸：一位亚裔美国人的家园回忆录》，台北：麦田出版，2001 年，第 46 页。

② 冯品佳：《漂泊离散中的华裔马来西亚英文书写：林玉玲的〈馨香与金箔〉》，《中山人文学报》，2003 年第 16 期，第 33–46 页。冯品佳是美国威斯康星大学麦迪逊校区英美文学博士，现任台湾交通大学外文系暨外国文学与语言学研究所特聘教授，"中央"研究院欧美所合聘研究员。曾任台湾交通大学教务长、外文系系主任、电影研究中心主任，美国哈佛大学 Fulbright 访问学者，台湾中华大学特聘讲座教授，台湾比较文学学会理事长，以及台湾英美文学学会理事长。主要研究兴趣为英美小说、女性书写、离散文学与文化研究、少数族裔论述以及电影研究。她是林玉玲老师的朋友，和林玉玲老师常有联系。

放置在马来西亚的后殖民历史和社会框架下，提出了语言、民族和身份的交叉的议题。后半部分是对小说文本的细读，认为小说主人公利安是直面民族主义话语，解开华裔马来西亚人身份繁缛的关键因素。小说话语的中心问题就是种族间关系的问题。[1] 台湾张琼惠教授指出"流散"这个词以"犹太人的流散"为例，大多数时候是指疏远感、失落、边缘化、歧视和开拓的苦痛，而《馨香与金箔》这部小说通过描述人物在经历了流散之后，彼此间最终达成谅解，相互理解和支持，重新审视了流散的传统意义，展现了流散经历的新的意义，强调了定位而不是位移，促进而不是限制，联系而不是游离。[2] 台湾金子钧（Tzu-chun Chin）[3] 指出该小说以主人公利安、切斯特和素茵的塑造作为具体的个案，打破国家的、性别的、文化的以及种族的霸权，重构了他们的主体性。而对于作家林玉玲来说，通过讲述《馨香与金箔》的故事，完成自我塑造的设计，重返作为华裔马来西亚女性和亚裔美国人的主观体验，以及亚裔女性作家共有的边缘化的经历。

国外文献中美国的景彦·杨·迈尔（Chingyen Yang Mayer）撰文指出小说追溯了女主人公利安在马来西亚和新加坡寻求家园和归属感的历程，论文运用了让·穆罕默德（Jan Mohamed）的融合知识分子和边界知识分子理论，研究了《馨香与金箔》的憧憬与归属、放逐与家园的主题，重点探讨了利安从一个无家可归的孤儿、一个边界知识分子成长为融合型知识分子的历程。[4]

与该作品相关的五篇文献中，四篇来自中国台湾，一篇来自美国。这些来自中国台湾和美国的评论，大多数是在某理论框架下论述某个议题。其中张琼惠教授的评论颇有新意，指出该小说颠覆了"流散"传统上的负面意义，而赋予了"流散"新的意义。[5] 她的这篇评论打破了传统的思维框架，提出

---

① Pin-Chia Feng, National History and Transnational Narration: Feminist Body Politics in Shirley Geoklin Lim's *Joss and Gold*, *Contemporary Women's Writing*, 2007 (1), pp. 135–150.

② Joan Chiung-huei Chang, When Third-World Expatriate Meets First-World Peace Corps Worker: Diaspora Reconsidered in Shirley Lim's *Joss and Gold*, *Concentric: Literary and Cultural Studies*, 2005, 31 (1), pp. 149–162.

③ Tzu-chun Chin, Remapping the Past—The Struggle for Self-Identity in Shirley Geok-lin Lim's *Joss and Gold*, *Critique: Studies in Contemporary Fiction*, 2011 (52), pp. 198–216.

④ Chingyen Yang Mayer, Longing and Belonging, Exile and Home in Shirley Geok-lin Lim's *Joss and Gold*, *Asiatic*, 2014, 8 (1), pp. 162–172.

⑤ Joan Chiung-huei Chang, When Third-World Expatriate Meets First-World Peace Corps Worker: Diaspora Reconsidered in Shirley Lim's *Joss and Gold*, *Concentric: Literary and Cultural Studies*, 2005, 31 (1), pp. 149–162.

了建设性的观点。

林玉玲受到东西方文化的濡染，用英语创作，作品往往在双重文化乃至多重文化的背景下展开。她的作品中不同民族、不同文化之间形成了一种张力，一种既对话也对抗的张力，这就是她文学作品的文化间性特质。1969 年至 20 世纪 80 年代，正值马来西亚摆脱殖民统治、独立建国和发展的时期。小说《馨香与金箔》讲述了华裔女孩吉娜与印度裔帕鲁之间的爱情悲剧以及女主人公利安与美国人切斯特之间的不伦婚外恋。本节试运用文化间性理论解读该小说，寻找回答以下问题的线索：来自不同种族的吉娜和帕鲁之间为什么会产生爱情悲剧？产生爱情悲剧的根源在哪里？利安和来自美国的切斯特跨越东西方的婚外恋有着什么样的结局？这样的结局反映了作家林玉玲什么样的文化身份认同呢？

二、本土文化的文化间性特质

后殖民理论家爱德华·W. 萨义德在《文化与帝国主义》中指出，"所有的文化都交织在一起，没有一种是单一的、单纯的。所有的都是混合的、多样的、极端不相同的"①。他认为文化的混杂性在当代美国是如此，在当代阿拉伯世界亦然。② 文化混杂性在全球化的当今世界，已经是一种普遍存在的现实状态了，在当代的马来西亚亦未尝不是这样。霍米·巴巴认为"混杂化是指不同的文化之间不是分离迥异的，而总是相互碰撞的，这种碰撞和交流就导致了文化上的混杂化"③，这里强调文化混杂化的碰撞和交流，其实近乎"文化间性"的含义了。

间性的表现形态多样，既通且隔。而在马来西亚不同族群文化之间的形态中，"隔"占据主要地位。小说《馨香与金箔》女主人公利安的华裔女性朋友吉娜和印度裔的帕鲁相恋，然而他们之间障碍重重。结合无望，最后两人双双自杀，只有帕鲁被抢救回生。他们的爱情悲剧有多重原因，但主要根源还在于马来西亚不同族群间的关系。首先，马来西亚的不同族群之间都是

---

① 爱德华·W. 萨义德著，李琨译：《文化与帝国主义》，北京：生活·读书·新知三联书店，2007 年，第 22 页。

② 爱德华·W. 萨义德著，李琨译：《文化与帝国主义》，北京：生活·读书·新知三联书店，2007 年，第 22 页。

③ David Huddart，*Homi K. Bhabha*，London and New York：Routledge，2006，p. 7.

相互隔离的。马来人、华人和印度人是马来西亚彼此迥异的三大主要族群，在社会文化和经济领域差异很大。再加上英国殖民时期殖民者对马来亚的不同族群采取分而治之的政策，① 之后马来西亚各族群之间更加隔离。独立后，马来人在政治上领先，但是马来西亚旧的经济格局没有变化，马来西亚各族群仍生活在原来的格局中，"他们在外形、语言、文化和宗教方面，都格格不入……大部分马来西亚人民之间缺乏交流，其中甚至有许多从未成为邻居。他们生活在各自的世界里……"② 所以马来西亚的不同族群尽管生活在同一片土地上，但都固守着本族群的文化特征；尽管"彼此间产生了一定的影响，但并没有从根本上出现文化的同化现象"③。不同族群之间是混杂而不融合。不同族群间的通婚很少发生，即使通婚，也只能在两族群中获得边缘人的地位。吉娜和帕鲁各自所属的华人族群和印度人族群就是相互隔离的。

　　其次，华族在政治、经济和文化上具有优势地位，因此与其他族群尤其是印度族群有一定距离。华人具有传统的勤奋耐劳精神，他们通过努力，在经济方面具有绝对的优势，尤其是在工商业中，多从事新兴的第二、三产业的工作，且多居住于城市，因而给人以富裕的印象。华人在经济上占优势，马来人在政治上占优势，而印度人不像华人那样力争自身权益，印度族也不像华族那样有强烈的民族认同感④，"从（20世纪）60年代开始，马来西亚印度人在经济、政治与社会生活中作为三大种族集团之一的作用，已渐趋于微弱，甚至可以说已经无足轻重"⑤。吉娜就常常对好友利安和艾伦显示出优越感的一面，她说，"我们华人是聪明的民族。我们华人知道如何挣钱。我们华人知道如何尊崇过去。我们华人在世界上有最古老的历史。我们华人是能

---

　　① 英帝国主义统治马来西亚数百年间，始终采用民族分裂和民族压迫的手段。他们把马来族称为"土著民族"，把华族和印度族等称为"外来民族"。日本军国主义在其三年零八个月的统治时期，同样也是采用民族分裂和民族屠杀政策。见努哈姆特茵著，宋建华译：《马来西亚的民族问题》，《民族译丛》，1981年第5期，第16页。

　　② 马哈迪著，叶钟玲译：《马来人的困境》，吉隆坡：皇冠出版公司，1981年，第96页。

　　③ 苏莹莹：《〈融合〉：马来亚五十载民族关系之画卷》，《外国文学》，2010年第3期，第54页。

　　④ 马来人、华人分别作为马来西亚的第一、第二大族群，二者的关系一直是马来西亚社会关系的主旋律。马华族群关系的和谐与否，对马来西亚社会稳定乃至整个国家的前途命运都举足轻重。相较而言，印度人虽为第三大族群，但影响力远不如华人社会，因而在现实生活中马印族群关系一直处于从属的地位，对马来西亚社会的影响也远不如马华族群关系。见罗圣荣：《马来西亚华印社会比较研究》，《南洋问题研究》，2012年第1期，第66页。

　　⑤ 梁英明：《马来西亚种族政治关系下的华人与印度人社会》，见《融合与发展》，香港：南岛出版社，1999年，第237—249页。

使这个国家运转的民族"①。吉娜的父亲是一所华人学校的校长，母亲也是有地位的华人，吉娜说如果她和一个印度裔的男生结婚，她会在家族抬不起头。② 由此可见，华裔马来西亚族群和印度族群社会地位悬殊。③

最后，还有来自整个马来西亚社会对不同族群的舆论偏见。最有代表性的是美国人切斯特的马来西亚朋友阿布杜拉的观点："异族恋是非常困难的"④，"物以类聚。印度人和华人不可能合得来的，有太多的不同——食物、习俗、语言。要成为夫妻须共享相同的宗教、相同的种族、相同的历史"⑤。而且即使华人和印度人成婚，他们的华印混血孩子也是不幸福的，属于边缘群体。"在学校里，华印混血学生常常既是歧视的对象，又是老师和其他同学猎奇的对象。"⑥ "华印混血学生反映，印度男生经常用下流话对他们中的女生进行恶毒辱骂，他们之所以这样做，是因为她们是混血人，以及说不好泰米尔语。"⑦ 华印混血不能成为华族或印度族两个民族中任何一方的成员，处于华人和印度人共同体之间的边缘地位，"缺乏一个可作为自己社会与心理寄托的独立的基准群体"。这些舆论和偏见其实是狭隘的民族主义和本质主义观念在作祟。

与这些马来西亚不同族群文化之间"隔"的观念相对的是"通"的观点，即利安关于民族融合的观点。利安对吉娜和帕鲁的生活充满了幻想和憧憬。她想象，"作为教师，吉娜和帕鲁能够作为新型马来西亚人的典范。吉娜会偶尔地穿着纱丽来证明她对印度文化的接受。她会把她的长发向后一丝不乱

---

① Shirley Geok-lin Lim, *Joss and Gold*, New York: The Feminist Press, 2001, p. 18.

② Shirley Geok-lin Lim, *Joss and Gold*, New York: The Feminist Press, 2001, p. 42.

③ 在经济和文化领域，印度人难以与华人相提并论。经济上，马来西亚华人经济实力强大，尽管受到种种不公平的待遇，但华人在逆境中拼搏进取。家庭收入上，马来西亚华人社会高居马来西亚各族群榜首。换言之，华人的经济情况，远比印度人实力强劲。文化上，马来西亚华人文化始终透露出一股强大的生命力。马来西亚的华文教育是除中国外唯一建有完整的华人教育体系的，不仅有华文的初级教育，甚至还建立了多所华文高校，这在海外华人社会里也是绝无仅有的。在马来西亚独立后，印度人的文化一直处在一种边缘化的尴尬境地，泰米尔语学校虽然保留有500多所，但多数经费不足，设施匮乏，学校的正常运转遭遇危机，甚至曾有泰米尔语小学陷入借华文办学的窘境。越来越多的印裔学生出于前途的考虑而放弃母语教育的机会。见罗圣荣:《马来西亚华印社会比较研究》,《南洋问题研究》,2012 年第 1 期，第 65－66 页。

④ Shirley Geok-lin Lim, *Joss and Gold*, New York: The Feminist Press, 2001, p. 46.

⑤ Shirley Geok-lin Lim, *Joss and Gold*, New York: The Feminist Press, 2001, p. 46.

⑥ 雷蒙德·L·M. 李著，丹平译:《归属之两难：马来西亚华印混血人的边缘性》,《民族译丛》, 1993 年第 3 期，第 27 页。

⑦ 雷蒙德·L·M. 李著，丹平译:《归属之两难：马来西亚华印混血人的边缘性》,《民族译丛》, 1993 年第 3 期，第 28 页。

地束成一个髻，在前额上点缀一个装饰物，这是已婚妇女的红色标记，……她会有浅黑色皮肤的小孩，看上去都像是印度人和华人的混血或者都不像，是全新的马来西亚人"①。利安用自己的想象构思了吉娜和帕鲁的将来，那是不同民族混杂融合的将来，全新的、不分族性的马来西亚民族即将产生。这是作家林玉玲借利安表达的文化间性思想，马来西亚民族由马来裔、华裔、印度裔等混杂融合而成，这些不同的族群文化共存、交流互识以及生成新意。

利安对马来西亚文化和民族充满了理想主义色彩，她说："马来西亚的一切都是混杂的，像马来西亚沙拉。一点点马来味、一点点中国味、一点点印度味，还有一点点英国味。马来西亚民族就是马来西亚沙拉，如果调制得好，就会很可口。"② 她的这段话表明：①马来西亚文化和民族是混杂的；②马来西亚文化和民族不是不同文化和民族的简单相加，而是交融混合。如果马来西亚各族群和谐相处、相互友爱，马来西亚就会国泰民安。换句话说，如果马来西亚各族群相互排斥，马来西亚就会分裂，成为一盘散沙。利安超越了她的时代，预计了马来西亚各族群融合的远景和文化间性特质。③ 她是具有马来西亚民族精神的精英。

三、本土文化和西方文化之间

马来西亚的本土文化与西方文化相遇交汇，"既通且隔"。"通"的表现是英国在马来西亚的殖民统治对马来西亚的文化教育的深刻影响。第一，改变了殖民地人民的思想观念，让马来西亚的精英阶层了解了西方文化，吸取了西方的民主、自由、平等等观念；第二，当时殖民政府对英语教育最为重视，20 世纪初就在马来西亚基本建立了完备的英语教育体系，为马来西亚培

---

① Shirley Geok-lin Lim, *Joss and Gold*, New York：The Feminist Press, 2001, p. 41.

② Shirley Geok-lin Lim, *Joss and Gold*, New York：The Feminist Press, 2001, pp. 34 – 35.

③ 1991 年马来西亚的马哈蒂尔总理号召各民族打破以往的界限隔阂，团结奋进，建立一个团结、具有共同目标的马来西亚。国家和平、领土完整、族群融合、生活和谐、充分合作，塑造一个忠于君国和为国献身的马来西亚民族。在此，他提出了一个新的民族概念——"马来西亚民族"。强调马来西亚是一个多元文化、多民族、多宗教的国家，要求尊重文化多样性，摒弃传统的民族认同，培育国家（族）认同感，改变以宗教认同强化民族认同的传统做法，提倡以文化认同塑造国族认同的新思维，呼吁共同把马来西亚建成一个成熟、自由和宽容的社会，力图使所有马来西亚人的习俗、文化和宗教信仰自由并受保护，并且同属于一个国家。见曹庆锋、熊坤新：《民族关系维度下的马来西亚治国理念》，《黑龙江民族丛刊》,2013 年第 1 期，第 6 页。

养了一批批擅长英语的西化的社会精英。利安就是殖民教育的受益者，她擅长英语，渴望自由，比较西化。与西方文化的交汇，除了"通"，当然还有"隔"。利安向往西方文化，却遭遇了一场灾难，让她流离失所。

利安在马来西亚一所大学任教，教英国文学，专业是西方语言文学，她嫁的却是一位非常传统的华人学者。结婚那天，利安说"我愿意"时，她"感到一阵突如其来的悲痛，好像她正在放弃极其珍贵的东西或者接受了她并不想要的一辈子的责任"①。利安从小期望的是冒险活动，"飞翔、探险和征服"②；她"像西方的女孩，放肆、招摇，不顾忌名声"③。她抱怨说，"这里太乏味了。没有什么会发生改变。没人在做有意思的事，没人写诗，没人绘画，没人唱歌，没人到处走动"④。她向往的是美国。

碰巧的是，利安遇到了来自美国的切斯特。她立刻被切斯特吸引了。首先，还是因为他来自美国。对利安来说，"美国是希望和快乐的象征，能逃离马来西亚的沉闷、自大和地方文化"⑤。其次，切斯特的生活看上去充满梦幻，没有从事呆板的工作。他有名牌大学的文凭，本来可以在另一所大学继续深造，却作为和平队志愿者⑥来到吉隆坡，在一所职业学校教木工。利安和丈夫亨利都相信，只有美国才能炮制出这种理想主义的人。再次，切斯特似乎哪里都去过，美国、百慕大，现在又在吉隆坡。"他阅历丰富，像一位路过的王子，而她只是井底之蛙。"⑦ 对利安来说，"切斯特代表着美国的一切，在她

---

① Shirley Geok-lin Lim, *Joss and Gold*, New York：The Feminist Press, 2001, p. 16.

② Shirley Geok-lin Lim, *Joss and Gold*, New York：The Feminist Press, 2001, p. 6.

③ Shirley Geok-lin Lim, *Joss and Gold*, New York：The Feminist Press, 2001, p. 10.

④ Shirley Geok-lin Lim, *Joss and Gold*, New York：The Feminist Press, 2001, p. 11.

⑤ Joan Chiung-huei Chang, When Third-World Expatriate Meets First-World Peace Corps Worker：Diaspora Reconsidered in Shirley Lim's *Joss and Gold*, Concentric：*Literary and Cultural Studies*, 2005, 31（1）, p. 153.

⑥ "和平队"是美国肯尼迪政府于1961年建立的从事国际性志愿工作的机构，也是美国面对20世纪50年代后期60年代初期的国际形势而采取的一种加强与第三世界国家关系、以利于冷战争夺的措施。和平队成立后，根据美国国会的要求确立了三个目标，即为所在国家和地区提供训练有素的人员；促进所在国家人民更好地了解美国人；促进美国人更好地了解他国民众。《和平队法》自称其目的是通过和平队促进世界和平与友谊，美国政府也一再强调和平队员只是志愿者，而不是为美国服务或被政府雇佣的官员或雇员。见何兰：《公共外交视角下的美国"和平队"作用评析》，《北方论丛》，2013年第6期，第90－91页。

⑦ Shirley Geok-lin Lim, *Joss and Gold*, New York：The Feminist Press, 2001, p. 38.

的生活中出现，就像她梦想的人一样"①。

　　然而利安将切斯特理想化了，她没有意识到他只是来自美国的，喜爱收集、珍藏东方文化的探险家。很多的蛛丝马迹都可以显露出他只是一位来自西方的殖民者，来东方冒险，收集东方的标本，而并不是他们想象的理想主义者。第一，切斯特在马来西亚广交朋友，既有华人，也有马来人和印度人。但是他认为，"华人并不是真正的马来西亚人。他们到马来西亚来只是为了钱"②。可见切斯特的广交朋友很表面化、很肤浅，他的内心有比较极端的政治倾向，思想较为狭隘，他和大多数来马来西亚的西方人并无不同。第二，切斯特认为利安在马来西亚教授英国文学毫无意义，他说自己国家已经进行了一场革命，将英国文化丢掉了③，认为"马来文化才是马来西亚真正的文化"④，他的观点是：利安讲授的应该是自己本国的文化即马来西亚文化⑤，而不是英国文学。切斯特连文化和文学都分不清，事实上利安既教英国文学也教美国文学，经典的西方文学能够直接或间接地对马来西亚的文学创作、文化事业以及思想解放产生催化作用，西方和东方并不存在文明冲突。切斯特不仅狭隘地隔离了马来西亚文化和英国文化，连英国文化和美国文化也被他区隔开来。如果不同文化之间不能相互交流，那切斯特本人作为一位美国人到马来西亚来又有何意义呢？第三，切斯特从小被他母亲过度呵护长大⑥，他不可能有坚实的臂膀去为他人遮风挡雨，正如他对利安所说，"我只是访客"⑦；"我不想对这里的任何事负责"⑧。后来切斯特逃避利安，逃避过去，就一点都不意外了。

---

　　① Joan Chiung-huei Chang, When Third-World Expatriate Meets First-World Peace Corps Worker: Diaspora Reconsidered in Shirley Lim's *Joss and Gold*, *Concentric*: *Literary and Cultural Studies*, 2005, 31 (1), p. 153.

　　② Shirley Geok-lin Lim, *Joss and Gold*, New York: The Feminist Press, 2001, p. 34.

　　③ Shirley Geok-lin Lim, *Joss and Gold*, New York: The Feminist Press, 2001, p. 33.

　　④ Shirley Geok-lin Lim, *Joss and Gold*, New York: The Feminist Press, 2001, p. 33.

　　⑤ 何国忠教授认为："虽然今天大部分的华人都土生土长，但是马来人一直认为从历史的视角出发，华人是外来者。由于历史发展所出现的复杂因素，马来人拥有其他族群所没有的特权成了各族群的社会契约。"见何国忠：《马来西亚华人：身份认同、文化与族群政治》，吉隆坡：华社研究中心，2002 年，第 1 页。切斯特和马来人的观点一致，都认为马来人在马来西亚的历史悠久，早已确立了自己独特的文化特色和主权，没有人可以否认这块土地原本是马来人所拥有的，马来西亚的文化就是马来文化。

　　⑥ Shirley Geok-lin Lim, *Joss and Gold*, New York: The Feminist Press, 2001, p. 117.

　　⑦ Shirley Geok-lin Lim, *Joss and Gold*, New York: The Feminist Press, 2001, p. 37.

　　⑧ Shirley Geok-lin Lim, *Joss and Gold*, New York: The Feminist Press, 2001, p. 37.

利安和切斯特有了一夜情,那天正是 1969 年的 5 月 13 日,正逢反华的种族动乱发生。"这个事件的结果也变得个人化与身体化:种族之间的冲突引导出种族间(性)关系,造就了一个混血的生命。"① 切斯特毫不顾惜地回国,逃避在马来西亚的利安。同是马来西亚人的华裔和印度裔不能结合,马来西亚人和美国人之间更是隔着巨大的鸿沟。"五一三"事件在马来西亚国家历史上留下了不可抹灭的印记,切斯特也给利安的生活带来了永久的羞辱,导致了她流散的命运。

当利安的丈夫亨利在医院看到锈褐色头发的女儿时,拒绝带利安和婴儿回家,与利安离了婚。随着利安混血女儿的出生,"在吉隆坡,她被朋友排斥,这让她极度恐惧;她决定再也不同他们见面;童年时代的密友称她为魔鬼,大学同事用冷漠的眼神同她打招呼,一些人说她的闲话,还有一些人将他们说的闲话转述给她"②。利安在马来西亚已无处安身,她没有选择,只好带着女儿素茵离开马来西亚,流散到新加坡。

四、东西方文化的交融

新加坡是华人占主体地位,包括马来人和印度人的多元文化国家,它有着长期受英国殖民统治的历史,因此成为东西方文化交融的中心。新加坡的多元文化和马来西亚不同,注重的是"开放性的互动"③,"东方传统文化的传承和西方现代文化的渗透在新加坡得以良性交融,形成所谓的'狮身鱼尾'文化"④。新加坡的"狮身鱼尾"文化表现出来的就是文化间性,"文化间的融合生成,达到互识互补"⑤,"两种文化在交流互识的基础上,并非僵硬、机械地吸取或移植对方文化,而是从他种文化中汲取本文化所需的、对本文化有益的、能弥补本文化不足的文化因素,从而使两种文化实现有机结合,

---

① 冯品佳:《漂泊离散中的华裔马来西亚英文书写:林玉玲的〈馨香与金箔〉》,《中山人文学报》,2003 年第 16 期,第 40 页。

② Shirley Geok-lin Lim, *Joss and Gold*, New York: The Feminist Press, 2001, p. 179.

③ 覃敏健、黄骏:《多元文化互动与新加坡的"和谐社会"建设》,《世界民族》,2009 年第 6 期,第 2 页。

④ 覃敏健、黄骏:《多元文化互动与新加坡的"和谐社会"建设》,《世界民族》,2009 年第 6 期,第 2 页。

⑤ 郑德聘:《间性理论与文化间性》,《广东广播电视大学学报》,2008 年第 4 期,第 73 –77 页。

产生新质文化"①。新加坡自独立后，大力倡导"一个民族、一个国家、一个新加坡"观念。李光耀曾说，"我们不是马来人，不是中国人，不是印度人，也不是西欧人，我们应当不管人种、语言、宗教和文化方面的差别，大家作为新加坡人团结起来"②。利安关于一个马来西亚民族的憧憬和李光耀倡导的民族政策不谋而合，新加坡应该是利安理想的新世界，是她和混血女儿开始新生活的地方。林玉玲给利安和素茵提供了一个代替她们家乡的地方，是想"再次证明她（她们）的混杂身份"③。流散到新加坡的利安和女儿素茵在与这个新世界的互动中，完成了与西方世界的交融。

利安逐渐适应新加坡。她放弃了英语和文学。在新加坡，经济地位比英语重要。她现在"比较务实。不再谈诗、谈文学。她努力挣钱"④。新加坡每个人都在努力挣钱。正如利安的旧友阿布杜拉所说，"大学里他们仍旧在讲授的一切文学有什么用呢？马来文学、中国文学、英国文学……没有任何实际用途。最好是去教传播学、公共关系学……"⑤ 的确，利安放弃了文学，她在新加坡务实地工作后，变得快乐起来，不再耽于幻想。

利安带着女儿素茵在新加坡开始新的生活，但融入新加坡的过程并不是那么顺畅。素茵的锈褐色卷发和绿眼睛让学校的同学嘲笑她是混血儿，利安一连给她换了好几所学校。利安的好友艾伦是素茵的教母，亨利的继母叶太太像母亲一样关心照料素茵，即使素茵有三位母亲，她依旧不能融入新加坡。

斯通奎斯特曾说："现代社会的种族接触从一开始就没有顺利、和谐过，因此混血后裔的问题就具有普遍性。"⑥ 混血儿不仅在过去的马来西亚、新加坡，即使是在美国较保守的人群中，也会被认为是堕落和道德沦丧的象征。因为他们玷污了血统的纯粹性，打乱了种族等级，是社会和政治秩序的威胁。

林玉玲在小说中颠覆了种族纯粹性的观念，为素茵这位混血儿营造了一个美好的未来和结局。素茵受到歧视、没有归属的困境，由于两位父亲的出现而解决了。首先，素茵有了一位美国父亲。切斯特在美国结婚后，因为妻

---

①　郑德聘：《间性理论与文化间性》，《广东广播电视大学学报》，2008 年第 4 期，第 76 页。

②　许心礼主编：《新加坡》，上海：上海辞书出版社，1983 年，第 8 页。

③　Tzu-chun Chin, Remapping the Past—The Struggle for Self-Identity in Shirley Geok-lin Lim's *Joss and Gold*, *Critique*: *Studies in Contemporary Fiction*, 2011（52），p. 204.

④　Shirley Geok-lin Lim, *Joss and Gold*, New York：The Feminist Press, 2001, p. 183.

⑤　Shirley Geok-lin Lim, *Joss and Gold*, New York：The Feminist Press, 2001, p. 178.

⑥　Everett V. Stonequist, *The Marginal Man*：*A Study in Personality and Culture Conflicts*, New York：Russell& Russell, 1961, p. 38.

子一心扑在事业上，让他做了结扎手术。切斯特想起了在马来西亚的利安，决定回亚洲认领自己的孩子。他在新加坡找到了利安，说明了自己的来意。已有十一年未曾见到切斯特的利安有些迟疑，好友艾伦也反对素茵和切斯特见面，他们共同的好友阿布杜拉也对切斯特表达了看法，"你们白人，美国人，总相信能认领不属于你们的东西。土地、植物、锡矿，甚至他人。你们想要占有，但是又不珍惜你们想要拿走的"①。但是利安经过一番思想斗争，最终让切斯特和女儿见面。接着，素茵又拥有了一位吉隆坡父亲。亨利的继母叶太太临终前将财产留给素茵，委托亨利为财产执行人，并托付他照料素茵。素茵自出生就用亨利的姓氏，现在亨利每天接素茵放学，并辅导她的功课，他待素茵就像自己亲生的女儿。素茵叫亨利"父亲"，亨利也乐意担负继母交给他的这份责任。素茵拥有了两位父亲，她不用再担心同学因为她没有父亲而歧视她了。

"西方和东方不仅相遇，而且超越国家界限进行互动、混杂、较量和合作"②，素茵同时拥有了两位父亲，一位美国父亲，一位吉隆坡父亲，她终于有了归属，没人再会嘲笑她。两位父亲的出现让素茵融入了新加坡。当初排斥利安和素茵的马来西亚也不是以前那个民族隔离的国家。利安回马来西亚参加同学三十年的聚会，"吉隆坡已经变成了一个石砌的乐土。混凝土的住所——平房和双层梯形房，公寓套间和集体宿舍房之间——都有门，有墙，有栅栏，……阳光和雨露将所有的一切冲击成一片绿色野菌子之地"③。这似乎预示着十一年前马来西亚对利安的排斥已经随着时间的流逝而消退，这个国家也终于能融合所有的差异和隔阂了。④

---

　①　Shirley Geok-lin Lim, *Joss and Gold*, New York：The Feminist Press, 2001, p. 249.

　②　Joan Chiung-huei Chang, When Third-World Expatriate Meets First-World Peace Corps Worker：Diaspora Reconsidered in Shirley Lim's *Joss and Gold*, *Concentric：Literary and Cultural Studies*, 2005, 31 (1), p. 160.

　③　Shirley Geok-lin Lim, *Joss and Gold*, New York：The Feminist Press, 2001, p. 172.

　④　在马来西亚建国之后的历史发展过程中，虽然多元文化一度曾经成为马来西亚社会发展的困扰，但是在马来西亚政府的推进下，民族之间的交流和沟通已经成为马来西亚民族关系的主流，多民族之间的互相交流，不仅增加了彼此的了解，提升了文化之间的包容度，同时也使得文化之间互相借鉴，互相提高，促进民族文化融合的同时也促进了民族之间的和谐相处。每种文化都是一个独立的文化系统，但是每个文化系统都是可以相互沟通的，交流便于沟通，沟通有利于文化的包容和融合，马来西亚政府正是在以上认知上，打破了之前不同民族社会之间不互相往来的状况，增加了民族之间的理解，促进了民族关系的发展。见蒋炳庆：《多元文化背景下的民族和谐实现：基于马来西亚族群关系观察》，《贵州民族研究》，2015 年第 8 期，第 139 页。

素茵同时拥有了来自东西方的两位父亲，两位父亲对她的认可，意味着东西方的交融，因此她被新加坡接纳，融入了这个具有文化间性特质的国家。随着马来西亚能渐渐接纳差异和隔阂，这预示了东南亚国家文化发展的一个趋势：在与西方的交流中，能承认文化的差异性和多样性，能吸取和借鉴西方文化的有利部分，能通过西方反观自己，在差异中革新求变。

林玉玲在小说《馨香和金箔》里张扬了东方文化与西方文化交融的间性特质，她跳出了传统种族主义的藩篱，在相互矛盾、相互抵触的族裔之间协调了张力。对待不同的族裔，她并没有拥抱一方，而排斥和否定另一方，她强调的是族裔之间的对话与融合。

林玉玲与故国马来西亚，从隔阂与对抗到如影随形的依恋；与美国从格格不入到融合，这里包含了她在两个世界的游历和历练。林玉玲在故国文化和美国文化之间穿梭，致力于文化交流和融合，在文学创作中将民族性与异质性混杂在一起，构建独具特色的写作风格。《馨香与金箔》中马来西亚不同民族文化之间、马来西亚文化和美国文化之间，从冲突对抗发展到融合的结局，是林玉玲对自己身份文化间性特质和流散经历的反思。

第四节　《两个梦》中东方文化对西方文化的吸取

一、林玉玲与《两个梦》

林玉玲于 1997 年出版的短篇小说集《两个梦》的写作跨度是从 1969 年到 1996 年，是她在 1969 年"五一三"事件之后，离开马来西亚到美国所写。林玉玲在小说集的序言中说，"早期的故事是我还没有成为一个女人时所写的，在自由和选择的现代世界既不安逸……也不能在道德的约束下优雅地生活，在华裔马来西亚妇女接触比诱惑者或半夜情人更危险的西方思想之前，道德的约束交织在她们的生活中已经有几个世纪了"[1]。林玉玲在序言中的这段话说明传统的东方文化对华裔马来西亚人的影响之深，西方思想对她们的冲击是一个长期的、缓慢的、既排斥又吸收的过程。

---

[1]　Shirley Geok-lin Lim, *Two Dreams*: *New and Selected Stories*, New York: The Feminist Press, 1997, p. 5.

　　回首马来西亚的被殖民史，马来西亚先后遭遇葡萄牙、荷兰、英国和日本的入侵和统治，其中受英国的影响最大。英国人的政治统治对马来西亚的政治、经济和社会的发展都产生了持久而深刻的影响。西方殖民主义行为给第三世界国家人民既带来了"痛苦与屈辱"①，也带来了"自由的思想、民族自觉意识和高技术商品"②。随着马来西亚的独立、马来西亚现代化进程的到来、经济全球化的到来，马来西亚人民进一步受西方文化的影响，思想观念尤其发生了变化。泰戈尔和杜波依斯都告诫人民，不要不加区别地攻击白人或西方文化。泰戈尔说，应受指责的不是西方文化，而是小心翼翼的"国家"自己承担了白人批评东方的责任。③ 萨义德在《文化与帝国主义》里说，"文化远远不是单一的、统一的或自成一体的。它们实际含有的'外来'成分、'异物'和差别等等比它们有意识地排斥的要多"④。也就是说，不管东方人有多排斥西方文化，他们依然还是受到西方文化的影响，吸收着西方文化，因而东方的文化形式是"复合的、混合的、不纯的"⑤。而且东方文化和西方文化之间是"共享、共同经历与相互依赖的"⑥。

　　中国国内外关于《两个梦》的文献，暂时只找到一篇。台湾黄千芬指出林玉玲的短篇故事集《两个梦》有两个创作特色：一个是将关注议题的触角延伸到关怀女性和族裔的面向上；另一个是认为林玉玲在《两个梦》中所运用的叙事技巧，呈现了霍米·巴巴在后殖民论述中提到的"交织与含混"的特色，也探讨了异质文化间会产生彼此交织与交错的可能性。运用霍米·巴巴的观点去检视对应《两个梦》的故事内容，发现林玉玲的叙事模式呈现含混美国、马来西亚的文化；含混美国、马来西亚的饮食特色；含混英语、马来语的语言特质；含混种族与族裔的国家认同意识，以及纯种和混血儿们所产生含混的自我身份认同质疑等现象。作者认为这些含混的叙述模式也间接

---

　　① 爱德华·W.萨义德著，李琨译：《文化与帝国主义》，北京：生活·读书·新知三联书店，2007年，第21页。

　　② 爱德华·W.萨义德著，李琨译：《文化与帝国主义》，北京：生活·读书·新知三联书店，2007年，第21页。

　　③ Robindranath Tagore, *Nationalism*, New York: Macmillan, 1917, p. 62.

　　④ 爱德华·W.萨义德著，李琨译：《文化与帝国主义》，北京：生活·读书·新知三联书店，2007年，第18页。

　　⑤ 爱德华·W.萨义德著，李琨译：《文化与帝国主义》，北京：生活·读书·新知三联书店，2007年，第17页。

　　⑥ 爱德华·W.萨义德著，李琨译：《文化与帝国主义》，北京：生活·读书·新知三联书店，2007年，第309页。

呼应林玉玲个人具有美籍马来西亚裔移民者的含混文化身份。林玉玲是借此故事集表达她个人对于母国马来西亚所抱持的思乡情切的情感，和投射出她极度渴求"家"与"国家"的真实归属感。①

　　本节欲从文化间性的视角出发，关注东西方文化间能建起对话关系的部分，解读林玉玲的短篇小说集《两个梦》。以林玉玲的《两个梦》为例，阐释这部短篇小说集里西方文化能引起东方关注，进而在东方引起反响，使东方文化超越自身界限的案例，具体来说，就是阐释文本里东方文化对西方文化的吸取，揭示西方文化对东方传统的个人、家庭和社区带来的改变。将注意力放在林玉玲《两个梦》文本里东西方文化间最能建起间性关联的部分上，关注西方文化进入东方视界、受到东方关注而产生的文化间性。这类文化间性大概分为三种情况：①受西方女性主义影响，讲求个性自由、性解放；②受西方文学的影响，个人的想象和视域扩展；③受西方民主制的影响，讲求法律诉讼和民主法治。东方文化吸收西方文化，既有积极影响也有消极影响。

二、受西方女性主义影响，讲求个性自由、性解放

　　《两个梦》里的短篇故事《唐先生的女儿们》（*Mr Tang's Girls*）和《姐妹》（*Sisters*）讲的是主人公受西方女性主义影响，反抗华裔父权制，追求个性自由、性解放的故事。短篇《唐先生的女儿们》的主要人物是被女儿们称为"阿公"的父亲唐先生和大女儿金丽。短篇《姐妹》是林玉玲的长篇小说《秋千妹妹》（*Sister Swing*）的第一章，主人公也是"阿公"，涉及的主要人物还有大女儿甄和二女儿斯瑞。

　　《唐先生的女儿们》中的父亲"阿公"是典型的华裔父权制的代表。其表现有很多，例如：第一，女儿们对父亲很敬畏，都以父亲为中心，小心翼翼地聚集在父亲身边，静守孝道。"阿公"每个周末回二房太太的家，在周六，每个女儿都得待在家里，"女儿们被抑制住的笑、无精打采的谈话、缄默无语的动作和无常的叹息都构成了他所谓的家；每个周六，四个女儿都履行

　　①　黄千芬：《赏析林玉玲〈两个梦〉：女性怀乡书写》，《文化研究月报》，2010 年第 110 期，第 114－118 页。

她们的职责，她们的声音像欢快的乐曲，但是从不高声或者烦扰"①。每个周六下午五点家里会喝下午茶，"周六的下午茶时间，四个女儿吃着烤面包片和番茄片，恬静的妻子在他的身边倒茶，此时他会认为自己是成功的父亲"②。第二，父亲控制着家里属于他的女儿们，女儿们都依靠着他。午夜的时候，父亲会巡视每个女儿睡觉的房间，"女儿们宁静的睡态会让他充满欢乐，她们属于他，依盼他的回家，在他的守护下入睡，天真、纯洁"③。

然而，比较西化的大女儿金丽挑战了父亲的权威，挑战了华裔父权制。首先，周六家里喝茶的时间是女儿们向父亲要求裙子、礼物、钱和其他所爱之物的时刻，当父亲拒绝女儿们对裙子的索求时，大女儿金丽反驳父亲的话是那么挑衅和咄咄逼人，一点都不驯服。家里的每个人都被吓住了，父亲震怒之下，决定惩罚她，要把她嫁给公司的一位华裔员工。其次，在父亲作出把女儿嫁掉的决定后，金丽又提出了违反传统华裔婚姻规则的要求，她想要知道未婚夫的名字、年龄、长相，要求在成婚之前和未婚夫约会。而传统的包办婚姻在婚礼之前新郎是不能与新娘相见的。而金丽希望用西方的方式打造自己的婚姻，追求恋爱、婚姻自由。再次，她的要求遭到父亲的拒绝后，她在脸上涂抹浓妆，以示反抗。最后，大女儿金丽在无法逃脱自己的命运时，采取了极端的形式，先是引诱父亲，然后将匕首刺进了父亲的肋骨，将他杀死。

金丽的个性不同于其他姐妹，她受西方影响，吸取的西方文化讲求个性自由，敢于做其他姐妹不敢做的事情，不受华裔父权社会加诸女性性别弱势的束缚。然而她的弑父行为违背了东西方的法律和伦理纲常。金丽其实可以采取其他方式维护自己的权益。比如说她可以找学校的英语老师来家里劝说父亲。学校的英语老师受西方文化影响比较深，懂得恋爱和婚姻自由的道理，通过学校的老师——他者来劝说父亲，可能效果会好些，或许就会避免悲剧的发生。

在短篇《姐妹》中，三姐妹的父亲也被称作"阿公"，也是传统的东方

---

① Shirley Geok-lin Lim, *Two Dreams: New and Selected Stories*, New York: The Feminist Press, 1997, p. 28.

② Shirley Geok-lin Lim, *Two Dreams: New and Selected Stories*, New York: The Feminist Press, 1997, p. 28.

③ Shirley Geok-lin Lim, *Two Dreams: New and Selected Stories*, New York: The Feminist Press, 1997, p. 32.

文化的操守者，华裔父权制的典型代表。第一，他被女儿们称为"阿公"，这个称谓意味着他是"国王、殿下，《一千零一夜》里的宰相、族长、阁下、祖父、爹爹、老爸、父亲"①，或者是"国王阿公"。这个称谓的含义表明了他在家里至高无上的权威，俨然是华裔父权制的卫道士。第二，父亲把女儿们"系"在他身边，仿佛她们是他的"雏鸟"②。每个周末，他都会不辞辛劳地驾驶着他的轿车穿越柔佛河大桥往返于新加坡和马来西亚之间，也就是他的大太太和二太太的家之间。女儿们却只被允许离开马来西亚两次，而这两次都是去新加坡，去父亲的大太太家。女儿们在华裔父权制的笼罩下，"完全是一种丧失了自我主体性的被物化了的东西"③。第三，父亲总是以百分之百顺从他的母亲为榜样教育女儿们。父亲指导女儿们把人生的目标定为：寻找可靠的丈夫，建立稳固的家庭。她们要为父亲而存在，为今后的丈夫而存在，产生爱情、哺育后代，矢志不渝地忠实和坚持对丈夫的爱。而父亲却有着赡养三妻四妾的"胸怀"和"风范"，他的女儿们得到的父爱是不完整的。他把女儿们纳入华裔父权社会机制运转的轨道上了。

大女儿甄和二女儿斯瑞是受到西方教育影响的女性。她们并不像母亲那样顺从。第一，她们从学校的英语课本中受到西方教育，她们还存钱买美国的《十七岁》和《时尚》杂志。而父亲最讨厌看那些时髦女性、女明星和模特炫耀她们的口红、睫毛膏以及超短裙的图片。女儿们喜爱西方时髦的东西，父亲却对这些时尚的东西深恶痛绝。第二，甄因为在大太太女儿的婚礼上穿了件短裙，被认为是衣着不得体。不仅被大太太家里人羞辱，父亲更是作出决定，要将甄嫁出去。甄看过很多西方侦探小说，她有着格外警惕的大脑，她反抗父亲："你在问我之前就已经为我安排了。这是不对的。"④ 她质问母亲："所有这些的背后推手是什么？"⑤ 受西方侦探小说的影响，甄质疑父亲

---

① Shirley Geok-lin Lim, *Two Dreams*: *New and Selected Stories*, New York: The Feminist Press, 1997, p. 60.

② Shirley Geok-lin Lim, *Two Dreams*: *New and Selected Stories*, New York: The Feminist Press, 1997, p. 62.

③ 刘慧英：《走出男权传统的樊篱：文学中男权意识的批判》，北京：生活·读书·新知三联书店，1995 年，第 80 页。

④ Shirley Geok-lin Lim, *Two Dreams*: *New and Selected Stories*, New York: The Feminist Press, 1997, p. 65.

⑤ Shirley Geok-lin Lim, *Two Dreams*: *New and Selected Stories*, New York: The Feminist Press, 1997, p. 65.

为什么会作出这个决定，她是在质疑这个要安排她命运的体制——华裔父权制。但是她的质疑丝毫不能推迟婚礼，丝毫不能改变她的命运。在几千年的华裔父权社会中，男性是女性心中权威的象征，女性忤逆男性，伤风败俗，这样的后果在华裔父权社会是难以想象的。第三，斯瑞的高中英语外教在得知甄被安排了婚姻后，大惊失色，她声称这像黑暗的中世纪，她给了两姐妹一本关于妇女解放的书，让两姐妹了解女性自身，使她们在女性自由和性解放的路上懂得更多，走得更远。甄和斯瑞在读到关于女性私处的章节时，她们脱下衣服，互相查看，却被父亲撞见，这一幕深深地刺激了父亲，他没有料到女儿们竟然做出这么让他觉得污秽的举动，在半夜他心脏病发作，倒地而亡。父亲无论如何也接受不了受自己保护的女儿们的"下流"行为举止。他一直跟女儿们灌输的是要纯洁如雨水，而女性了解自己身体这种在西方被认为是正常、自由的行为却让父亲震惊，无法接受。第四，父亲的去世宣告了华裔父权制在家里的消亡，斯瑞选择了去纽约读书，接受完全的西方教育，迎接一个新的世界，而甄在父亲去世后也不需要再捆绑在旧式婚约里了，一年后她也随妹妹一起去了美国。西方文化、西方教育对于东方的人们是有所帮助的。

《唐先生的女儿们》和《姐妹》这两个短篇故事里的父亲都是华裔父权制的代表、传统东方文化的操守者，而女儿则受到西方文化的影响追求自由、女性解放的新思想，前篇女儿因为无法解决被父亲安排婚姻的困境，采取了极端的方式，手刃父亲；后篇女儿虽然反抗无果，但是父亲无法忍受他所认为的女儿的污秽举止，受到刺激而亡，后篇显然没有前篇那么充满血腥气。东方文化和西方文化的碰撞在这两个短篇中都有所体现，前篇是华裔父权制遭遇西方文化导致个人、家庭产生了悲剧，如果女儿采取迂回的方式，懂得与父亲妥协沟通，悲剧则可以避免；后篇是华裔父权制思想在西方文化的撞击下消亡的个案，如果父亲能够多给女儿些自由，悲剧也许可以避免。父亲从传统的包办婚姻模式中走出来，理解西方文化，多给女儿恋爱和婚姻的自由，女儿尊重父亲的建议，同时能够和长辈多交流沟通，这样女儿会在吸纳西方文化的同时，也尊重东方文化，东西方文化就能相融相通了。

三、受西方文学的影响，个人的想象和视域扩展

短篇故事《巡回演出团》（*The Touring Company*）和《失明》（*Blindness*）

讲述的是西方戏剧和西方小说引起东方关注，进而在东方引发反响的案例，即西方戏剧和西方小说给个人及家庭带来的影响。

《巡回演出团》的中心人物是一位十岁的女孩。莎士比亚巡回演出团来到了她们的校园，这是校园里很长一段时间内最激动人心的事。莎士比亚巡回演出团给小女孩的生活带来了变化。第一，演出团成为学校女孩们学习之余热烈谈论的话题。演出团的金发漂亮女士、英俊少年、步伐笨拙的高大男士……他们的出现给学校带来生机，改变了这所学校。第二，演出团给小女孩带来了演出的机会。他们排演《仲夏夜之梦》需要四位小仙子，小女孩成功入选芥菜种子仙女，她的世界瞬间明亮起来。第三，演出团的主演让小女孩特别崇拜。女孩们演出结束后，都很兴奋。虽然并没有人注意到小女孩扮演小仙女的角色，但主演黛芙妮一直在对她笑，她的笑容让小女孩特别崇拜，希望自己能像她。导演微笑着解散了她们，给了她们每人一罐糖。这是她第一次在校园待到很晚。第四，演出团的人有让人惊讶的奇特之处。他们从某个未知的地方行走到另一个地方，带着他们的金属箱穿梭在未知的马路上。他们几乎是永久地穿过不同的国家和民族，把他们自己关在化妆室和舞台的后台，交谈、生气、哭泣和大笑……这些是小女孩从未经历过的。

巡回演出团最初兴起于维多利亚时期。在 19 世纪的最后二十年，很多演出团开始在大英帝国巡回演出。"他们去了加拿大、澳大利亚、新西兰、印度、南非以及远东国家的一些城市。"① 这些巡回演出团在国外比在伦敦等英国本土"能有更大的市场和更多的利润"②。正是"轮船作为全球运输的一种形式"给了巡回演出团比"在大英帝国更多的旅行机会"③。维多利亚时代末期的文化扩张主义跟这种巡回演出密切相关。④ 正如迈克·布斯所指出的，访问全球的戏剧视野的扩张被认为是晚期维多利亚文化帝国主义显著的、意义

---

① Kaor Kobayashi, Touring Companies in the Empire: the Miln Company's Shakespearean Production in Japan, *Australasian Drama Studies*, 1998, 32 (1), p. 47.

② Kaor Kobayashi, Touring Companies in the Empire: the Miln Company's Shakespearean Production in Japan, *Australasian Drama Studies*, 1998, 32 (1), p. 48.

③ Kaor Kobayashi, Touring Companies in the Empire: the Miln Company's Shakespearean Production in Japan, *Australasian Drama Studies*, 1998, 32 (1), p. 48.

④ Kaor Kobayashi, Touring Companies in the Empire: the Miln Company's Shakespearean Production in Japan, *Australasian Drama Studies*, 1998, 32 (1), p. 48.

重大的现象。①

很显然，20 世纪中后期莎士比亚巡回演出团到后殖民时代的马来西亚学校的演出深深地触动了当地的人们，特别是小说中的小女孩。她每天吃一颗剧团导演给的奶油糖果，吃了两周，"每次她都会回想起和那些奇特的、充满活力的男人和女人一起的快活、激动人心的时光"②。自从那晚的演出以后，她 "能够接受夜晚了，能接受它给人们和事物带来的改变了。完全的黑暗显示出光线的颜色，房灯、车灯、街灯、红绿灯、霓虹灯，还有透过窗帘的灯光"③。有时候白天她也会沉入冥想中，经历了莎士比亚巡回演出团后的小女孩开始向往一种和以往不同的生活，她的生活变得多彩而浪漫。这个城市的人们也许开始模仿西方的文化和社会，"西方化被认为是现代化的一个过程"④。受到演出团的影响，这个小女孩开始对西方的戏剧感兴趣，从感性到理性，也开始学习西方戏剧文学评论。

《失明》这个短篇故事的主人公是德·洛克，他的职业是律师的秘书，他有一个爱好——阅读西方小说。读书给了他无穷的乐趣，是他的精神支柱。第一，读书让他忘掉生活的艰难。他的家境不怎么好，但是他时常随身携带书，甚至在厕所里、吃饭时，屋里有客人的时候也在读书。"他根本就没有注意到生活是多么不幸和艰难。"⑤ 母亲怕看书影响他的视力，禁止他看书。母亲睡觉时，他会在院子里就着月亮和星星的光线看书。这导致了他的视力下降。在老师的资助下，他买了人生的第一副眼镜。后来他眼镜的厚度越来越深，最终导致了失明。第二，读书排遣他的丧偶之痛。妻子去世后，他花越来越多的时间待在卧室阅读从英国订购的小说，也开始喝酒了。也许英国小说可以代替妻子陪伴他。第三，购买侄女喜爱的书让他拥有了亲情。他的侄女莉莲喜欢读舅舅的藏书，也许为了投其所好，也许他和侄女的兴趣一致，

---

① Kaor Kobayashi, Touring Companies in the Empire: the Miln Company's Shakespearean Production in Japan, *Australasian Drama Studies*, 1998, 32 (1), p. 48.

② Shirley Geok-lin Lim, *Two Dreams: New and Selected Stories*, New York: The Feminist Press, 1997, p. 55.

③ Shirley Geok-lin Lim, *Two Dreams: New and Selected Stories*, New York: The Feminist Press, 1997, p. 55.

④ Kaor Kobayashi, Touring Companies in the Empire: the Miln Company's Shakespearean Production in Japan, *Australasian Drama Studies*, 1998, 32 (1), p. 56.

⑤ Shirley Geok-lin Lim, *Two Dreams: New and Selected Stories*, New York: The Feminist Press, 1997, p. 99.

他买了大量的传奇小说、惊险小说、哥特小说和西部小说。这些书被他的姐姐虹认为是二流文学，她认为弟弟在不加选择地去读那些并不是最好和最美的书。但是侄女和舅舅志趣相投，德·洛克拥有了亲情。

德·洛克的姐姐虹是教师，平时读的都是她认为的一流文学名著，但是她为人冷漠世故，她知道女儿和舅舅关系甚好，为了让女儿专心读书，并不赞成把德·洛克失明的事情告诉远在国外的女儿。德·洛克关心侄女的成长，不愿意侄女担心他，也执意不要姐姐写信告知侄女。西方名著对虹来说只是谋生的工具，而德·洛克是真心喜欢读书，这个爱好支撑着他的人生。没有子女，生活贫穷，他依旧很乐观，笑对人生。即使是在失明之后，他也没有任何改变，没有怨天尤人，没有给亲戚带来任何负担，照样热爱生活，生活在一个自足的精神世界里。后来他要姐姐告诉侄女失明对他的人生并没有任何影响。每天他按惯常的时间早起，虽然因为失明，他穿衣服的时间要比往常长。早餐过后，他会依旧搬张椅子坐到屋子的前院听那些学龄前儿童在邻居家的院子里玩耍。摇着铃铛的小贩们经过时，他会跟他们讨价还价买些需要的东西。下雨天他会仔细倾听连绵不绝的雨滴声。到了傍晚，他的好友会照旧来看望他，温柔地扶他上车，让他坐在乘客位，帮他关好车门，然后去酒吧一起喝酒直到半夜。失明前的生活和失明后的生活对思想纯粹的德·洛克来说是一样的美好。

短篇故事《巡回演出团》和《失明》讲述的都是西方戏剧和小说给东方的人们带来的冲击。前篇中莎士比亚巡回演出团的到来激动人心，特别对小说的主人公——一个十岁的小女孩震动很大，她亲身参与了剧团的演出，这个经历让她耳目一新，从此她踏出了自己原有的活动地域，获得了更广阔的视野，激发了想象力。后篇中西方小说成为主人公德·洛克的精神支柱，让他忘掉生活的艰难，帮他走出丧偶之痛，让他获得侄女的亲情和真心崇拜，他生活在一个自足的精神世界，即使双目失明，但他的生活丝毫没有受到影响。

四、受西方民主制的影响，讲求法律诉讼和民主法治

短篇故事《那些过去的好日子》（*The Good Old Days*）讲述华裔祖父过世，四个弟兄以及五嫂之间为争夺财产而采取西方法律诉讼打官司的故事。

祖父是个大人物，拥有两个五金器具商店、十套房子、一百五十亩橡胶园和三个农场。祖父不会说英语，去世前找印度律师写了一份简单的遗嘱将自己的财产平均地分给他的孩子们。葬礼刚一结束，他的四个儿子就开始讨论如何瓜分财产，结果意见不一致，讨论变成了争吵。当五弟的遗孀雇了一个律师索要她的份额时，财产分割变得更加复杂了。财产的分割变成了采取西方法律诉讼打官司的案件。西方的民主和法律卷入了这个华裔马来西亚大家庭。也就是说西方的民主和法律是这个华裔马来西亚大家庭与西方建立间性关联的部分。

五弟的遗孀在卫斯理公会学校（Methodist School）接受英语教育，接受的是西方教育。她和三嫂关系甚好，五弟还在时，她们经常交换阅读《真实罗曼史》杂志以及《心碎》漫画书。五弟去世后，两年前她的孩子们还经常到三嫂家吃午饭。五弟死后，五嫂度日艰难，她请了一位著名的欧亚混血律师帮忙索要她的财产份额。这位办公室位于政府大厦的律师承诺她的孩子们将会获得祖父财产的五分之一，这引起了其他人的不满。大嫂认为她那滑稽可笑的诉讼伤害了整个家族。三嫂认为五嫂把家庭事务搬到了法庭上是错误的行为。三嫂觉得五嫂已经疯狂了，她很难想象和一个欧亚混血面对面谈话。三嫂的孩子们也保证不再带五嫂的孩子们来家里吃饭了，但是他们会偷偷把早餐面包带到学校和五嫂的孩子们在课间分享。

英国人在马来西亚殖民之初，就将他们的文化和法律传统带到马来西亚。在英美法系国家，遗嘱继承是主要的继承方式，英国是英美法系的主要国家之一，其遗嘱继承制度尤为发达。五弟的遗孀认为既然祖父留有遗嘱要将财产平均分给孩子们，弟兄五个家庭都应该获得均衡的财产。而在世的四个兄弟不仅认为五弟的遗孀不应该拥有财产，他们几个分割的财产也应按惯例长幼各有不同。五嫂的行为让其他兄嫂纷纷采取了对策。

第一，二哥也请律师打官司。二哥是家族中最聪明的人，兄弟们一起打麻将，他总是赢家，没有人信任他。他在马来西亚首都找到了一个白人律师，据说是首相的高尔夫搭档，经常和政治家们去跑马场，这引起了四嫂的恐慌。第二，由于四嫂的建议，三哥也准备请律师打官司。四嫂说，"二哥像狼一样狡猾，晚上等着粗心大意的人。他会把我们一个一个吃掉，除非我们联合起来"①；"我们没有机会对付他，除非我们一起战斗"②。于是三哥准备请中学时代的一个好朋友帮忙打官司，因为是老同学，他收取的费用会很合理，而且他的客户都是来自中国需要申请公民身份的移民，对法律很熟悉，也了解华人家庭。三嫂对丈夫的选择充满信心。第三，大哥也请了律师，而且是起草祖父遗嘱的律师，一位印度人，已经七十多岁了，大哥没有其他选择，因为他是镇上唯一的律师。

　　五嫂被其他兄嫂逼得没有退路，上吊自杀，未果，但是失去了正常的生活能力，几乎不能说话了。二哥也得了失眠症，健康每况愈下。三哥也受到了影响，不吃东西，瘦得像鬼。官司继续进行，几个月后，法官宣布资产卖给第一个出价合理的竞标者，付清律师费用之后，五个家庭平分钱财。但是竞标者只肯付资产价值的一部分，最后的结果是家族还负债一万美元。

　　东方传统的遗嘱继承制度"重血缘而轻财产，贵亲情而贱实利"③。西方的遗嘱继承制度"贱血缘，贵实利而贱亲情"④。西方民主和法律在这个大家族的财产分割案中胜过了血肉亲情，兄弟之间为了钱财，不惜采用他们不熟悉的西方诉讼打官司的方式来解决家族问题，血肉之情不幸被践踏。这个短篇故事其实讲述的就是东方如何正确吸取西方文化。西方的民主和法律是华裔马来西亚大家庭与西方建立间性关联的部分，这个进入关联的部分只有发生某种意义变化，即意义重组，才构成了东西方文化交互作用的真正实际。这个故事给读者的教训是我们采用西方的法律的同时还要顾及东方的伦理关系。"英国法或许最适合英国，但它并不一定能够恰到好处地移植到马来西亚的土壤。事实上，它可能损害当地人的宗教感情、习惯或者人们生活的其他方面。不考虑马来西亚国情，不加改造地全盘引进英国法，无异于强迫一个社会与文化完全不同于英国的国家接受一个彻头彻尾的外国制度。"⑤ 五弟的遗孀在丈夫去世后，无钱抚养儿女，家族成员应该是既保证家庭财产的代际

① Shirley Geok-lin Lim, *Two Dreams：New and Selected Stories*, New York：The Feminist Press, 1997, p. 89.

② Shirley Geok-lin Lim, *Two Dreams：New and Selected Stories*, New York：The Feminist Press, 1997, p. 90.

③ 汪兵：《诸子均分与遗产继承：中西古代家产继承制起源与性质比较》,《天津师范大学学报（社会科学版）》,2005 年第 6 期，第 35 页。

④ 汪兵：《诸子均分与遗产继承：中西古代家产继承制起源与性质比较》,《天津师范大学学报（社会科学版）》,2005 年第 6 期，第 35 页。

⑤ 吴明安著，张卫译：《马来西亚司法制度》,北京：法律出版社，2011 年，第 117 页。

传承，又要保证处于家庭伦理关系中的所有家庭成员都能够受益。东方既要吸收西方遗嘱继承制度，也要保持自己的伦理纲常，顾及血缘亲情。

短篇《桥》讲述小女孩婉在学校受到西方民主和公正的影响，向校长——白人布莱克先生报告修桥工人讹诈当地居民钱财和食物的事情，而布莱克先生帮助了这些受到迫害的当地人。在这个短篇小说里，西方民主政治制度是西方引起东方关注的立足点，即东西方之间建立间性关联的部分。

婉生活在一个闭塞的小镇。姑姑阿柯的生活很艰难，属于马来西亚社会下层，但她非常单纯。其他女人都攒钱买珠宝，而她买的是平装本的书和杂志。阿柯的丈夫娶了二房，和她的婚姻名存实亡，她在繁重的家务活以外，靠纯粹地阅读浪漫爱情故事来消磨日子，这大概是她逃避现实的办法，她也没有其他办法来解决现状。镇上正在修一座新桥，姑姑阿柯每天要给修桥工人做饭。甲必丹①到他们家索要东西，那些修桥的工人很凶恶，持有大而重的短刀，还有拿督②保护他们。姑姑家没有钱财，于是答应给他们提供伙食。姑姑住的这条街上所有的人都被讹诈了，有的人给了他们上千元，有的人给了他们金银首饰。这让婉义愤填膺。这个镇上的人们受到腐败的官僚不公平的待遇，承受着统治阶层的剥削，他们一点都不质疑或反抗。当时马来西亚社会政治文化的最显著的特点就是社会下层对社会上层不加质疑地服从，以此维持不正常的现状。

婉想起了她们的校长布莱克先生，他是英国人，在学校教导学生正义和民主，他认为最严谨、最顽强的学生是最好的，要惩罚偷窃和作弊的学生。婉认为如果警察知道了他们的遭遇，也会来制止的。婉受到的西方民主和正义的教育让她决定去制止讹诈行为，帮助姑姑和镇上的人们。姑姑害怕这些修桥工人，要她发誓不要告知其他人，婉告诫姑姑，甲必丹是讹诈钱财的土匪。她对姑姑说，"你怎么能阅读书籍，却不知道世界已经改变了呢？现在是

---

① 华人甲必丹（马来语：Kapitan Cina）或简称为甲必丹，是葡萄牙及荷兰在印度尼西亚和马来西亚的殖民地所推行的侨领制度，即任命前来经商、谋生或定居的华侨领袖为侨民的首领，以协助殖民政府处理侨民事务，"甲必丹"即是荷兰语"kapitein"的音译，本意为"首领"（与英语"captain"同源）。

② 拿督是马来西亚一些有功人士得到的一种头衔，册封的标准是对国家有杰出贡献，但必须要由皇室成员、政府推荐。在马来西亚和文莱，"拿督"是荣誉制度下的一种称号，不具有世袭和封邑的权力，是一种象征式的终身荣誉身份。

1959年，每个人现在都必须遵守法律"①。她说的这话有两层含义：第一，马来西亚被殖民期间受到殖民统治者在文化、经济、军事上各个层面的压榨和剥削，而现在马来西亚已经独立了，欺压、剥削等不公平、不公正的历史不会再重演；第二，马来西亚在被殖民时期受到西式民主政治典范的英国统治，与英国政治文明的长期接触，使得西式民主政治的理念和实践对马来西亚的影响较为深远。1957年马来西亚独立，马来西亚政治制度继承了英国殖民统治，讲求的是西式的民主和法制。

　　婉决定帮助姑姑阿柯，找谁帮忙呢？她有两个选择。第一个选择是父亲。她的父亲是在政府部门工作，但只是状师②，仅仅为华人客户翻译些英国的法律和法规，没有人会注意到他，所以找父亲帮忙是行不通的。第二个选择是布莱克先生。布莱克先生是白人，他曾经在牛津为殖民地的独立辩论过。马来西亚独立后，他决定留在这里教书以帮助马来西亚的人民筹备自己的法律法规。显然，布莱克先生是有正义感、有心帮助马来西亚的人，而且他也有能力，婉信任白人。婉的这两个选择意味深长，换句话来说，她既可以选择找马来西亚政府部门的官员，也就是本土官员来解决问题，也可以找西方的白人来处理问题。婉最后选择了白人。

　　布莱克先生找来了警察，警察询问镇上所有人是否不满修桥工人。警察来过之后，甲必丹得到警告，再没向姑姑阿柯索要食物，也没再向其他人讹诈钱财了。令人讽刺的是桥修好了，警察维持了正义和公正，但是镇上依旧充满了令人畏惧的东西，弥撒、拜神、烧香、祖先、拿督、罗曼司、祭祀等。③ 这意味着在一个文化混杂、多族群的国家，完全的西式民主政治是行不通的。英国的殖民统治给马来西亚留下了一套西式的民主政体，但是马来西亚无法实行完全的西式民主。"前殖民地国家从殖民者手中继承的民主制度往往带有很大的脆弱性，很容易遭到颠覆或落入政治动乱的渊薮"④。西式的民

　　① Shirley Geok-lin Lim, *Two Dreams: New and Selected Stories*, New York: The Feminist Press, 1997, p. 127.

　　② "状师"也就是"讼师"。清朝时期，他们包揽诉讼，以不可思议的机巧手段，在诉讼里获得胜利。他们的角色类似于现代的律师，但刀笔及敲诈工夫犹胜近代的律师一筹。

　　③ 马来西亚是一个多民族、多宗教的国家，国民主要信仰伊斯兰教、印度教、佛教、儒教、道教以及基督教和天主教，此外还有数量众多的民间信仰和原始宗教，宗教资源异常丰富。见曹庆锋、熊坤新：《民族关系维度下的马来西亚治国理念》，《黑龙江民族丛刊》，2013年第1期，第9页。

　　④ 塞缪尔·P.亨廷顿著，王冠华等译：《变化社会中的政治秩序》，北京：生活·读书·新知三联书店，1989年，第3－4页。

主政治制度是西方文化引起东方关注的部分，东西方文化中建立关联的部分发生意义变化，进行意义重组，才贴近两种文化交互作用的实际。西式的民主政治制度还要符合本地的文化和族群结构。马来西亚只有根据本国的实际情况，对西方殖民者遗留下来的民主制度进行适当的改造，进行适当的本土化，才能维护民主制度和保持政治稳定。

在多元文化并存的全球格局中，东方文化根本不可能继续固守封闭的体系，在与西方文化的不断交流中，不可避免地吸取和渗入了异质文化。东方文化具有文化间性的特质。林玉玲的短篇小说集《两个梦》中的六个短篇《唐先生的女儿们》《姐妹》《巡回演出团》《失明》《那些过去的好日子》和《桥》分别讲述了主人公受西方女性主义影响，讲求个性自由、性解放；受西方文学的影响，个人的想象和视域扩展；受西方民主制的影响，讲求法律诉讼和民主法治三个层面的东方文化对西方文化的吸收。东方文化吸取西方文化，既有积极影响也有消极影响，西方文化对东方传统的个人、家庭和社区带来了改变。吸收西方文化的优秀成分，东方文化才能既保持自己的民族特点，又具有崭新的、永久的生命力。东方文化和西方文化相互交流、相互影响，你中有我，我中有你，这种文化间性的特质在林玉玲的作品中俯拾即是，她在作品中协调着东西方文化的张力，这就是具有多重文化属性的林玉玲作品的特有文化风格吧！

第五节　《馨香与金箔》与灰姑娘童话的互文

一、小说背景

《馨香与金箔》是林玉玲于 2001 年出版的一部长篇小说，这部小说主要讲述了华裔马来西亚女主人公利安的故事，这是一部现代版的灰姑娘童话。故事分为三个部分，第一部分的背景是吉隆坡、八打灵再也①。利安从小就没了父亲，母亲改嫁，在母亲的新家里，她得不到温暖。她在马来西亚大学英文系读书时认识了一位传统、温柔、体贴而且富裕的东方男子亨利，毕业留

---

① 八打灵再也是吉隆坡最早的卫星城。

校后，嫁给了他。后又被来自美国的切斯特吸引，与他有了一夜情。在得知自己怀有身孕后，却只能眼睁睁看着切斯特飞回美国，离她而去。第二部分的背景是纽约州的韦斯特切斯特县。切斯特成为人类学教授，事业蒸蒸日上的妻子逼迫他做了结扎手术。他想起在亚洲的女儿，于是决定飞回东南亚，探访故人。第三部分的背景是新加坡。利安生下混血女儿素茵，和亨利离婚后，遭到周围人的歧视，于是迁移到新加坡开始新的生活。利安和亨利的继母叶太太以及朋友艾伦合力抚养素茵。已再婚的亨利在继母去世后，帮助素茵处理共同遗产；切斯特也飞回新加坡，认领女儿。从出生起就没有父亲的素茵于是有了两位父亲，利安也原谅了这两位曾经爱过的男人。

"在当代文学中，作家由于种种具体的原因而在其作品中运用童话：以童话提供的简单框架来审视人类的处境①，在当代对话中重新创造一种幻想小说②；用童话来论述现代主题。"③ 林玉玲的《馨香与金箔》套用了灰姑娘童话的框架，来阐释现代命题。灰姑娘童话的版本有很多，最基础的版本是一个饱经苦难的姑娘最终获得拯救的故事。《馨香与金箔》小说主人公利安犹如灰姑娘，没有父亲，在继父家中得不到温暖，遇见她的王子，后经历磨难，最终生活圆满。林玉玲套用灰姑娘童话，正如伊塔洛·卡尔维诺说的用"轻盈（飞行）对抗沉重（石化）"④ 的办法，"飞入另外一种空间去"⑤，"从一个不同的角度看待世界，用一种不同的逻辑，用一种面目一新的认知和检验方式"⑥。

罗兰·巴特认为，"任何文本都是互文本；在一个文本之中，不同程度地并以各种多少能辨认的形式存在着其他文本：例如，先前文化的文本和周围文化的文本"⑦。文本之间既有同也有异，既有重复也有流变。Intertextuality通常译为"互文性"，有时译为"文本间性"。互文性的意思是文本之间。

① Jack Zipes, ed. , *When Dreams Came True*：*Classical Fairy Tales and Their Tradition*, London：Routledge, 1999, pp. 24–25.

② Clute John & John Grant, *The Encyclopedia of Fantasy in Fairytale*, New York：St Martin's Press, 1997, p. 333.

③ Philip Martin, *The Writer's Guide to Fantasy Literature*：*From Dragon's Lair to Hero's Quest*, Waukesha：The Writer Books, 2002, p. 41.

④ 伊塔洛·卡尔维诺著，萧天佑译：《美国讲稿》，南京：译林出版社，2008 年，第 2 页。

⑤ 伊塔洛·卡尔维诺著，萧天佑译：《美国讲稿》，南京：译林出版社，2008 年，第 2 页。

⑥ 伊塔洛·卡尔维诺著，萧天佑译：《美国讲稿》，南京：译林出版社，2008 年，第 2 页。

⑦ Roland Barthes, *Theory of the Text*, in *Untying the Text*：*A Post-structuralist Reader*, London：Robert Young and Kegan Paul, 1981, p. 39.

"之间"的意思，"不是对立，而是对话，不是否定，而是思辨、翻译，是衔接"①。林玉玲的《馨香与金箔》和灰姑娘童话文本是互文性关系，新文本则是有意识地进行了情节上的删减、更改和增加，原本被动接受命运的灰姑娘添加了更多自我选择的自由和活力。林玉玲的小说文本通过重写灰姑娘童话，对传统灰姑娘童话模式进行颠覆和解构，担当起一种批评的功能。本文论述林玉玲的《馨香与金箔》和灰姑娘童话文本的互文性关系，探讨灰姑娘童话模式如何在新文本中被承续、颠覆和重构，从而彰显出作者跨越狭隘、单一的民族、种族和文化的界限，倡导不同地区、文化和种族相互和谐共存的观点。

二、和灰姑娘童话文本的重合

法国当代文艺理论家克里斯蒂娃指出："任何文本都是由引语的镶嵌品构成的，任何文本都是对另一个文本的吸收和转化。"② 这种"吸收"和"转化"的互文写作手法可以在文本阅读过程中通过发挥读者的主观能动性或通过研究者的实证分析、互文阅读等方式得以实现。

《馨香与金箔》指涉的文本是民间灰姑娘童话。两个文本的第一个重合之处是小说的女主人公利安的家世和灰姑娘一样可叹。她三岁时，父亲去世，一年后母亲改嫁。母亲忙于生孩子、做家务、做饭，对第二任丈夫尽职尽责，从未有时间照看利安。利安觉得这个家"还不如孤儿院"③，"在孤儿院至少还可以自怨自艾"④。在她的童年教育中，是没有自怜、没有任何感情存在的。即使条件优越的东方男子亨利向她求婚时，她依旧感到孤独。这是利安童年经历带来的阴影，是伊列所称的"非领土流放"⑤ 状态，虽然没有流离失所，依然在内心、在精神上处于"流放"状态。

两个文本的第二个重合之处是在灰姑娘处境极为困难时幸遇王子。在利

---

① 童明：《解构广角观：当代西方文论精要》，北京：中国社会科学出版社，2019 年，第 77 页。

② Julia Kristeva, *Word, Dialogue and Novel*, in Toril Moi, ed., *The Kristeva Reader*, Oxford: Blackwell Publishers Ltd., 1986, p. 36.

③ Shirley Geok-lin Lim, *Joss and Gold*, New York: The Feminist Press, 2001, p. 6.

④ Shirley Geok-lin Lim, *Joss and Gold*, New York: The Feminist Press, 2001, p. 6.

⑤ Paul Ilie, *Literature and Inner Exile: Authoritarian Spain, 1939 – 1975*, Baltimore: Johns Hopkins University Press, 1980, p. 11.

安读大学期间，有一次因为用功过度，缺少睡眠和食物，在图书馆晕倒了。如同灰姑娘童话的情节，王子出现了，富有的亨利开车把她送回宿舍。那天晚上，他又带了可口的食物和科隆香水去看她。他的父亲在马来西亚拥有好几个工厂、公司和房地产。亨利的继母也欣然接受利安，让利安得到母亲般的关爱。亨利向利安求婚时许诺，她可以不用教书，不想工作时就可以不去工作。和亨利的婚姻让利安从"贫穷、无爱和孤独"① 的困境中走了出来，贫寒的灰姑娘置换成有地位的、受人尊敬的亨利太太。她得到了绝大多数妇女想要的丈夫的爱、金钱和社会地位。到此，灰姑娘故事应该戛然而止。小说的这个部分和民间灰姑娘童话是契合的，只不过小说中利安的生活里出现了第二个王子。林玉玲为灰姑娘童话增加了后续情节。

　　利安的童年教育没有自怜，取而代之的是"想象的冒险——飞翔、探险和征服"②。然而现实中，胆大而自由的利安却选择了一位传统保守的丈夫。这意味着在她的内心深处仍希望有一个安全、稳定的家庭，她是传统的、恪守伦理规范的。只要步入遵守伦理规范的人生轨迹，灰姑娘就会有幸福生活。在利安的婚礼上，当她说出"我愿意"时，却"好像她正在放弃极其珍贵的东西或者接受了她并不想要的一辈子的责任"③。在她心里马来西亚没人写诗，没人绘画，没人唱歌，没人到处走动。为什么不去美国呢？④ 正当利安处于这种矛盾的心理困境时，出现了第二位王子——切斯特·布鲁克菲尔德，他的出现让她偏离了童话中灰姑娘的人生轨迹。他来自美国，去过世界各地，甚至百慕大，现在又在吉隆坡。"他阅历丰富，像一位路过的王子，而她只是井底之蛙。"⑤ 他是在普林斯顿大学获得学位的，本来可以在另一所名校继续读书，但他选择加入和平队当志愿者，在一所职业学校教木工，这让利安觉得他与众不同，有些"理想主义"⑥，"也只有在美国，才能产生这样理想主义的人"⑦。利安把自己对西方的想象投射到了切斯特身上。如果说亨利还是一位实实在在的、拥有丰厚物质基础的王子，切斯特则完全是利安虚幻美化出

①　Shirley Geok-lin Lim, *Joss and Gold*, New York: The Feminist Press, 2001, p. 173.

②　Shirley Geok-lin Lim, *Joss and Gold*, New York: The Feminist Press, 2001, p. 6.

③　Shirley Geok-lin Lim, *Joss and Gold*, New York: The Feminist Press, 2001, p. 16.

④　Shirley Geok-lin Lim, *Joss and Gold*, New York: The Feminist Press, 2001, p. 11.

⑤　Shirley Geok-lin Lim, *Joss and Gold*, New York: The Feminist Press, 2001, p. 38.

⑥　Shirley Geok-lin Lim, *Joss and Gold*, New York: The Feminist Press, 2001, p. 40.

⑦　Shirley Geok-lin Lim, *Joss and Gold*, New York: The Feminist Press, 2001, p. 40.

来的，像一个金色的肥皂泡。

　　两个文本的第三个重合之处是灰姑娘在遭遇磨难时，总有他人相助。利安和切斯特在马来西亚种族暴动的那晚有了一夜情。利安得知自己怀有身孕，还来不及告诉切斯特，他已离开吉隆坡，一去就是十一年，毫无音讯。利安产下女儿素茵，丈夫亨利看见女儿西方人的面容，毅然与利安离婚。"在吉隆坡被朋友排斥，这让她极度恐惧……童年时的密友称她为魔鬼，大学同事用冷漠的眼神同她打招呼，一些人说她的闲话……她决心永远远离他们。"[1] 利安远离家乡，新加坡成为她的流放之地。好在好友艾伦和亨利的继母叶太太跟随利安来到了新加坡，帮助抚养素茵。特别是艾伦，每天接送素茵上学、放学，成为素茵的第二位母亲，和利安姐妹情深的她认为这是她的责任，正是她把素茵这个可怜儿从医院带回家，给她初浴。这位姐妹"只尽责任，不求回报"[2]。亨利的继母叶太太关爱着素茵，去世前留下遗嘱，把自己的财产全部给了素茵。艾伦和叶太太把利安从困苦中解脱出来，她们全力支持着利安，弥补着素茵父亲的缺失。正是因为她们的帮助，利安得以在这个放逐之地修复伤口，渐渐融入这个地方的文化和社会生活当中，并逐渐将新加坡视作自己的家园。

　　林玉玲小说和灰姑娘童话还有一个重要的重合之处是皆大欢喜的圆满结局。灰姑娘童话是以灰姑娘和王子的美满婚姻为结局。小说中，在素茵 11 岁时，切斯特和亨利都相继来认领女儿。利安原谅了曾经抛弃过她的两位男性，让素茵自己选择今后的道路。亨利告诉素茵自己是她的父亲，叶太太也是这样说的，素茵明白黑眼睛、黑头发的亨利并不是自己的亲生父亲，但也喜欢有这样一位父亲接她放学，帮助她做功课。当和她有同样绿色眼睛的切斯特带她去电影院、玩具店时，她意识到他才是她的亲生父亲，知道了纽约要比新加坡大好多。她同时拥有了两位父亲，一位在吉隆坡，一位在纽约。

　　艾略特说过，"假如我们研究一个诗人，撇开了对他的偏见，我们常常会看到：不仅最好的部分，就是最个人的部分也是他作为前辈诗人最有力地表明自己不朽的地方。我并非指（诗人）易接受（外来）影响的青年时期，乃

---

①　Shirley Geok-lin Lim, *Joss and Gold*, New York: The Feminist Press, 2001, pp. 178 – 179.

②　Shirley Geok-lin Lim, *Joss and Gold*, New York: The Feminist Press, 2001, p. 239.

是指完全成熟的时期"①。在《馨香与金箔》中，无论林玉玲如何"移花接木"②，都很大程度地指涉灰姑娘童话，可见作家深受该童话影响。林玉玲在《月白的脸：一位亚裔美国人的家园回忆录》中，提及母亲在她八岁时就离开了家，母亲的缺位，让父亲在她的生命中占据很重要的位置，父亲是"磐石，失去不得……"③。在林玉玲的内心深处，男性拥有极大的权威，王子的高大形象从她的童年起，就已建立。在新加坡这个利安流放的城市，在艾伦、叶太太、利安和素茵这四位女性组成的世界里，还是以两位成功男士的涉入实现了圆满的结局，流放的城市最终成为天堂。林玉玲在小说中重现了灰姑娘童话，实现了女性圆满的梦想。

三、对灰姑娘童话的颠覆

"先前的文本既是新文本的基础，也是这首新诗必定予以消灭的某种东西。新诗消灭它的方式是使它合并进来，把它化作幽灵式的非实在体，以便完成变作自身基础的那种既可能又不可能的任务。"④ 文学作品的互文性不仅表现为承续，还可以表现为颠覆等多种形式。"作者不光是如同修补匠那样被动地取用前文本，更重要的是对前文本的超越与创新。"⑤ 林玉玲不仅在《馨香与金箔》中重现了灰姑娘童话，也对传统的灰姑娘童话进行了颠覆和解构。

传统的灰姑娘"向上"的人生轨迹是克服、调整欲望，是维护传统的伦理秩序。而利安的叛逆性格使其不断偏离、破坏传统的伦理秩序。正是在不断破坏传统的伦理秩序的同时，她的人生也在不断地"向上"。拿到吉隆坡一所大学的奖学金后，她逃离了那个"比孤儿院还可怜的家"⑥。第一次流放是她对父权制社会的第一次背叛和挑战。灰姑娘童话故事里的主人公多半是逆来顺受的女子，往往都能默默地忍受屈辱和欺凌，被动地等待命运的转机。而利安是主动的、进取的，这与她童年时代所受的教育有关。利安的童年教

---

① 艾略特著，王恩衷编译：《艾略特诗学文集》，北京：国际文化出版公司，1989，第2页。

② Robert Scholes etc. , *Text Book*, New York：St. Martins Press, 1998, p. 130.

③ 林玉玲著，张琼惠译：《月白的脸：一位亚裔美国人的家园回忆录》，台北：麦田出版，2001年，第71页。

④ 王逢振等：《最新西方文论选》，桂林：漓江出版社，1991年，第163页。

⑤ 李玉平：《互文性：文学理论研究的新视野》，北京：商务印书馆，2014年，第114页。

⑥ Shirley Geok-lin Lim, *Joss and Gold*, New York：The Feminist Press, 2001, p. 6.

育没有自怜，取而代之的是"想象的冒险——飞翔、探险和征服"①。正是有了这第一次流放和背叛，利安才能开阔视野，才有机会在比她的家乡槟榔屿更大的世界里遇见王子。

与富有的亨利的婚姻虽然让人羡慕，但并没有让利安灰姑娘式的美梦成真。虽然抵达了婚姻的港湾，利安却并不满足。利安善谈，而且说话速度快；喜欢骑着摩托车风驰电掣；还喜欢抽烟。"她像一个西方女孩——胆大、喧哗、不在乎她的名声。"②这样叛逆的性格与传统灰姑娘性格中的"贤良温顺"大相径庭。利安思想活跃，也让亨利颇为尴尬。他们的几个男性朋友，包括美国的切斯特到家里来玩，在谈及马来西亚并不需要英语这门语言时，亨利并不赞同，但当擅长英语的利安反驳时，交谈的融洽气氛骤变，利安"意识到做错了什么事"③。客人讪讪地离开。亨利告诉妻子，"你太过于西化了。首先，你要接受别人说的话。即使你不同意对方的观点，也必须保持沉默。女人如果在言语上和男人相抵触，会使他们感到不快"④。利安失望至极，流泪指责丈夫，甚至美国人切斯特也持有一样的观点，女人不能有自己的思想，只能倾听、附和男人所说。"对世界进行描述是男人的工作；他们以自己的观点来解释这个世界，并把它与绝对真理混淆在一起。"⑤女人"只要尚处于男权文化框架之下都无可避免地遭受来自男权势力和观念的压迫和歧视——女人'永远'是男人眼中或手中的一件物品。这是一种凝聚着几千年女性经验的历史意识"⑥。婚姻并没有让利安有家的安全感，即使在吉隆坡，不遵守秩序的她依旧是不属于任何群体的流放者，置身于当地人居住的亲切的、熟悉的世界之外。如果说利安极具自我意识意味着偏离了传统的灰姑娘形象，她和切斯特的出轨，便是颠覆了传统的灰姑娘形象。在当时的社会，"女人对男人的背叛或忤逆被看作与亵渎上帝同样是严重的不轨。男人是女人的上帝，失去男人对男权社会中的女人来说是难以想象的"⑦。对伦理秩序的触犯，使

---

① Shirley Geok-lin Lim, *Joss and Gold*, New York：The Feminist Press, 2001, p. 6.
② Shirley Geok-lin Lim, *Joss and Gold*, New York：The Feminist Press, 2001, p. 10.
③ Shirley Geok-lin Lim, *Joss and Gold*, New York：The Feminist Press, 2001, p. 57.
④ Shirley Geok-lin Lim, *Joss and Gold*, New York：The Feminist Press, 2001, p. 57.
⑤ Simone de Beauvoir, *The Second Sex*, 1989, New York：Vintage Books, p. 143.
⑥ 刘慧英：《走出男权传统的樊篱：文学中男权意识的批判》，北京：生活·读书·新知三联书店，1995年，第79–80页。
⑦ 刘慧英：《走出男权传统的樊篱：文学中男权意识的批判》，北京：生活·读书·新知三联书店，1995年，第111页。

她遭受吉隆坡社会的排斥。她离开吉隆坡，开始第二次流放。灰姑娘童话是与文化传统、道德期望紧密地联系在一起的，是以自然或真理的形式出现的。偏离传统女性的行为规范，便只能被放逐。

　　灰姑娘以王子作为自己人生保障的根本性力量，凭借王子来主宰自己的命运。没有精神支柱依附的利安，虽然面临一种孤独无援的境地，但她能够进行更为自由的生存选择。作为一个单身母亲，为了生存，利安面对困境的办法是在新加坡全力投入工作，努力挣钱。女人经济越独立，就越自由，社会对她的责难就越少。利安不仅放弃了文学，也主动放逐自己的心灵。她祛除了对男人的幻想，和艾伦、叶太太以及女儿素茵形成了一个自足的女性世界，她成为一位独立的女人。她也努力适应着新加坡生活，努力融入新加坡社会当中。灰姑娘是以美满婚姻为结局，利安则是祛除童话的幻想，重塑被压抑和抹杀的自我，成为独立的女人，颠覆了灰姑娘等待、忍耐、依附王子获得幸福的传统形象。

　　小说不仅颠覆了传统的灰姑娘形象，也颠覆了童话里高大上的王子形象。童话里，王子是强大的，他是灰姑娘依赖和获取希望的源泉。小说里家境富裕的亨利不仅乏味、不善言辞，而且"个子矮小，脸色苍白，眼睛毫无生气，是一个丝毫不能引人注目的人"[1]。虽然他事业成功，但女孩子们一般是不会注意他的。在利安的心目中，把她从困境中解救出来的亨利，仅是"客观、宽容，像位和善的老师"[2]。

　　来自美国的切斯特让不安分的利安浮想联翩，她请这位她心目中的王子看英国16世纪至当代的诗和散文作品，切斯特翻着翻着，开始大笑，"笑得太厉害了，以致从扶手椅中跌落下来"[3]。他不了解英国文学，甚至都没听说过这些诗人和作家。他和亨利都觉得诗是很荒诞的。他告诉利安这些都是英国文化，而他们已经有过革命，已经用茶袋把它们装着，扔掉了。他是学人类学的，只对人们日常生活用的手工制品感兴趣。他建议利安在学校教授自己的文学——马来文学。他认为马来文化才是这个国家唯一真正的文化[4]。可见切斯特的视野偏狭，品位并不高。他和利安并没有共同的兴趣爱好。他在

① Shirley Geok-lin Lim, *Joss and Gold*, New York: The Feminist Press, 2001, pp. 11 – 12.
② Shirley Geok-lin Lim, *Joss and Gold*, New York: The Feminist Press, 2001, p. 11.
③ Shirley Geok-lin Lim, *Joss and Gold*, New York: The Feminist Press, 2001, p. 31.
④ Shirley Geok-lin Lim, *Joss and Gold*, New York: The Feminist Press, 2001, p. 33.

与利安有了一夜情后，抛弃她回到美国，即使知道她有了自己的孩子，担心的却是她会以此纠缠他，多年杳无音讯。切斯特的情感是稍纵即逝的，他竭力挣脱女人的缠绕，胆怯、躲藏和逃避。他与利安在思想上南辕北辙。

灰姑娘童话里，王子是灰姑娘的"引路人"，是灰姑娘人生路上的导航者，王子和灰姑娘的婚姻是童话的圆满结局。小说《馨香与金箔》里，两位王子虽然也有他们自己的优势，其实都配不上灰姑娘利安。亨利和切斯特的内心是懦弱的，他们都不能对自己的行为负责，不能成为利安的庇护所和保护神。他们给利安带来的不是灰姑娘等待的幸福，而是不幸和流放。

小说《馨香与金箔》解构了温馨美好的灰姑娘童话世界，灰姑娘不再是逆来顺受、温柔纯洁的化身；王子也变成视野偏狭、逃避责任的俗物。林玉玲的这部小说不再像童话那样刻意营造一个乌托邦式的虚拟世界，而是具有颠覆性和解放性，为读者呈现了跨国、跨文化状态下的现实生活原生态，同时也将自己对于跨国、跨文化的思考隐匿于文本背后，让读者去发掘。

四、小说《馨香与金箔》的文化融合观

灰姑娘童话为作者林玉玲提供了创作灵感和丰富的创作素材，小说《馨香与金箔》和灰姑娘童话的互文性构成了一部成熟的作品，融入了过去和现在、传统和现代。小说对灰姑娘童话的指涉中，既有重复，也有颠覆，模仿的是童话的整个框架，颠覆的是灰姑娘温柔、温顺的形象和王子作为灰姑娘"引路人"的形象。小说在解构灰姑娘童话的同时，也建构了一个跨国、跨文化的灰姑娘童话的新文本。布洛艾其对古典作品中互文性的建构功能如此概括，"作者在自己的文本中指涉其他文本，他认为读者能够把这些指涉理解为他整个文本策略的一部分。理想读者不仅能够理解这些指涉，而且也明白作者的意图所在"①。

切斯特非常偏狭地认为马来文化是马来西亚唯一的真正的文化，"这是最原初的事情"②。而且他对华裔有种族歧视，认为华裔并不是马来西亚人。③

---

① Ulrich Broich, *Ways of Marking Intertextuality*, in Jean Bessiere, ed., *Proceedings of 11th Congress of the International Comparative Literature Association*, New York: Peter Lang, 1989, p. 120.

② Shirley Geok-lin Lim, *Joss and Gold*, New York: The Feminist Press, 2001, p. 34.

③ Shirley Geok-lin Lim, *Joss and Gold*, New York: The Feminist Press, 2001, p. 34.

切斯特代表很大一部分人包括西方人的观点，他们像极端的马来西亚政治家，想把华裔踢出马来西亚。利安告诉切斯特他对"原初"的判断是错误的，"我母亲的家在马来西亚已经五六代了，一些马来人其实是真正的移民，他们也就是近几年才从印度尼西亚迁移过来"①。林玉玲在这部小说里通过利安表明华裔是真正的马来西亚人的观点。她在 1999 年接受张琼惠的采访，阐明自己写《月白的脸：一位亚裔美国人的家园回忆录》的目的时，再次表达了这个观点，"我会说主要的动机就是要写华裔马人，这样华裔马人以后才能了解他们过去的遭遇。……我要写回忆录使他们意识到他们在马国已居住了好几世代，他们是如假包换的马来西亚人，没有理由承受不公的待遇"②。林玉玲说出了华人在马来西亚的现状，批判了现有体制，"许多马来西亚的华人一直在与体制搏斗。大众和政治论述总是一再提醒在马国的华人，这里不是他们的家，他们不如'正宗的马来人'，……马国的政治和社会舆论总是不停地杜撰，把华裔马人推到一种处境，教我们相信我们不是真正属于这里"③。在小说《馨香与金箔》中，林玉玲借利安之口，表明马来西亚文化混杂的观点，"马来西亚的一切都是混杂的，像马来西亚沙拉。一点点马来味、一点点中国味、一点点印度味，还有一点点英国味。马来西亚民族就是马来西亚沙拉，如果调制得好，就会很可口"④。利安比较理想化地表达了她的马来西亚民族梦想："用不了几年，我们就会成为一个新的民族。不再是单一的马来人、中国人和印度人，而是一个民族，马来西亚民族。"⑤ 利安的这个民族视野"使她超前于她的时代，这也是马来西亚当前所提倡和宣传的前景，锻造新的、包容的、能够容纳所有人的民族身份，想象建设一个有共同价值观的所有种族的团体"⑥。

　　然而，现实不仅摧毁了利安的灰姑娘式的对王子的期盼，还摧毁了她的马来西亚民族梦想。1969 年马来西亚爆发了针对华人的"五一三"事件，亨

---

　　① Shirley Geok-lin Lim, *Joss and Gold*, New York：The Feminist Press, 2001, p. 34.

　　② 张琼惠：《附录：林玉玲访谈录》，见林玉玲著，张琼惠译：《月白的脸：一位亚裔美国人的家园回忆录》，台北：麦田出版，2001 年，第 373 页。

　　③ 张琼惠：《附录：林玉玲访谈录》，见林玉玲著，张琼惠译：《月白的脸：一位亚裔美国人的家园回忆录》，台北：麦田出版，2001 年，第 385 - 386 页。

　　④ Shirley Geok-lin Lim, *Joss and Gold*, New York：The Feminist Press, 2001, pp. 34 - 35.

　　⑤ Shirley Geok-lin Lim, *Joss and Gold*, New York：The Feminist Press, 2001, p. 35.

　　⑥ Mohammad A. Quayum, Nation, Gender, Identity：Shirley Geok-lin Lim's *Joss and Gold*, *Sun Yat-sen Journal of Humanities*, 2003（16）, pp. 15 - 32.

利的父亲在这次暴动中惨遭杀害，母亲遭到毒打。暴力事件变成了一场血腥革命，利安本来希望马来西亚达到多元文化一律平等的理想，"却变成以马来人为主导、种族阶级分明的态势"①。也是在暴动那天夜里，利安与切斯特的一夜情，不仅挑战了马来西亚的种族界限和社会伦理秩序，也使她的灰姑娘梦想破灭，摧毁了她的婚姻，改变了她的整个生活。颠覆了灰姑娘形象的利安遭到社会的排斥，她对自己感叹道，"你不能一直生活在虽然出生于此但不属于自己的地方"②。她被迫离开马来西亚，流亡新加坡。

新加坡是一个以华人为主的多元民族社会，绝大多数人都是移民。新加坡以宽阔的胸怀接纳各个民族，华人、马来西亚人、印度人和西方人都能在这个国度相安无事，长期共存。利安乐于冒险和乐观进取的性格符合新加坡精神，再加上她不再沉迷于诗和文学当中，变得更加务实，逐渐融入新加坡社会。20 世纪 80 年代的新加坡对西方既向往又排斥，利安的女儿长着西方人的外表，她既不是中国人，也不是马来西亚人，更不是美国人，身份混杂的她，最严重的问题是没有父亲。在宽容的新加坡，即使素茵有三位母亲，没有父亲、外表和周围人不一样，也会遭遇周围人异样的眼神和心理上的排斥。素茵 11 岁时，受到叶太太嘱托的亨利和无子女的切斯特不约而同来到新加坡认领女儿。素茵跟亨利姓，亨利是她法律上的父亲，切斯特是与她有血缘关系的父亲，生理上的父亲；前者辅导她做作业，接她放学，给她买各种礼物，后者带她去电影院和玩具店，带给她快乐。他们的出现使素茵有了安全感，使她在这个世界上的身份变得有效，她是有父亲的，而且有两位父亲，一位在吉隆坡，一位在纽约。利安很高兴素茵冲破了三位母亲组成的女人世界，女儿有了完整的身份，她原谅了两位她爱过又抛弃了她的男人，小说的结尾是"她（利安）对这个世界不再有更多的要求"③。素茵的境遇展现了在后殖民时代的东南亚国家不可避免的混杂性，利安对过往的谅解也是作者林玉玲对自己华裔马来西亚人和亚裔美国人身份共存的态度。对事业或自立的追求毕竟不能完全替代生活的全部，女儿不再缺失父亲的幸福毕竟不能等同于利安的个人爱情幸福，利安爱情的缺憾是无法替代和填补的。然而利安对生活

---

① 林玉玲著，张琼惠译：《月白的脸：一位亚裔美国人的家园回忆录》，台北：麦田出版，2001年，第 224 页。

② Shirley Geok-lin Lim, *Joss and Gold*, New York：The Feminist Press, 2001, p. 82.

③ Shirley Geok-lin Lim, *Joss and Gold*, New York：The Feminist Press, 2001, p. 265.

已没有了不切实际的幻想，有两位父亲涉足女儿的生活已令她满足。这部小说的结局表明利安已经对现实妥协，看似圆满的小说结局表明她已回归遵守男权传统的秩序，仍未走出男权主义的藩篱，男权依然束缚着女性及整个人类的心灵和行为。这无疑削弱了新文本的批判性，这当然也是作者思想的局限所在。

五、结论

林玉玲的《馨香与金箔》文本指涉了灰姑娘童话，既模仿了这个童话故事，也对传统的灰姑娘童话进行了颠覆和解构，模仿的是童话的整个框架，颠覆的是灰姑娘温顺的形象和王子作为灰姑娘"引路人"的形象，从而建构了一个跨国、跨文化的灰姑娘童话的新文本。作家想要彰显的是对单一民族、种族和文化的批判，以及不同地区、文化和种族共存的梦想。

结　语

　　本书主要涉及了六位东南亚裔美国作家和他们的十三部小说，至今为止学术界还没有一部研究东南亚裔美国文学的专著问世，本书可以说具有填补学术界空白的意义。东南亚裔美国小说是亚裔美国文学的一部分，东南亚裔美国小说研究补充、丰富、发展和深化了亚裔美国文学研究。本书研究的一些东南亚裔美国作家，除了越南裔作家阮越清和黎氏艳岁、马来西亚裔作家林玉玲的部分作品在中国国内有零星研究论文外，其他如新加坡裔作家菲奥娜·程、缅甸裔作家温迪·劳尔·荣和菲律宾裔作家妮诺奇嘉·罗施卡的小说，迄今为止国内还未见有研究论文。

　　本书涉及的六位东南亚裔美国作家及十三部小说的选取具有代表性和典型性。他们都具有东南亚国家、美国等多重国籍，拥有东南亚国家、美国等多重文化身份。他们的十三部小说文本里既有美国文化、美国风格，也有东南亚各族裔文化、各族裔特色，不同文化相互交织、相互杂糅。小说里的主人公们与作家们一样，文化身份充满了复杂性，存在着文化身份认同的困惑。他们濡染的不同文化相遇，形态各异，或者相融，或者相互排斥，或者在关联中生成不同于其本然状态的特质，或者相互吸取，达到双赢。文学文本也与其他文本，甚至社会历史文本相互交织。

　　东南亚裔美国作家通过小说创作，在建构东南亚故乡的精神家园的同时，也建构了美国现实的家园，最终确认了自己的东南亚裔美国作家的身份认同。这些东南亚裔美国作家都是具有身份文化间性的作家。这些小说文本充满了文化间性的艺术魅力，小说反映的不同文化之间形态各异，既通且隔，化生、双赢。这是东南亚裔移民美国的生活现状和精神版图。东南亚裔美国小说文本与东南亚的社会历史文化相互交织、渗透，改变了小说文本封闭的边界，小说与历史互文，构成了相映成趣的开放世界。

　　在"间性""主体间性""文本间性"和"文化间性"这些概念的基础上

提出"身份文化间性"的视角。"身份文化间性"能使我们在进行文学文本研究时，把握作家和作家文学作品主要人物的身份特征，展现不同身份文化之间复杂的关系，更新文学作品的研究视角，提供可资借鉴的新维度。

本书运用"文化间性""间距""文本间性"以及"身份文化间性"等概念解读这些文学作品，探讨这些文学作品中美国文化与东南亚各族裔文化之间的关系，主人公们不同身份文化之间的关系，以及不同文本之间复杂的关系，揭示东南亚裔移民美国的生活状态和精神版图，以及他们在东西方文化张力下保持平衡的策略。

六位东南亚裔美国作家覆盖了越南裔、新加坡裔、缅甸裔、菲律宾裔以及马来西亚裔。本书从"文化间性""间距""文本间性""身份文化间性"等概念视角解读这些小说文本，是一种新的尝试，难免有不妥和不成熟之处。日后会继续搜集和研读更多的东南亚裔美国作家小说作品，也会继续加深对间性理论的学习和研究。

参考文献

［1］Ien Ang, *On Not Speaking Chinese: Living Between Asia and the West*, London: Routledge, 2001.

［2］Marie Rose Arong & Daniel Hempel, Towards a Philippine Transnation: Dreaming a Philippines in Ninotchka Rosca's *State of War*, *Ariel: A Review of International English Literature*, 2017, 48 (2).

［3］Roland Barthes, *Theory of the Text*, in *Untying the Text: A Post-structuralist Reader*, London: Robert Young and Kegan Paul, 1981.

［4］Simone de Beauvoir, *The Second Sex*, Translated by H. M. Parshley, New York: Bantam Books, 1952, Reprinted 1989. New York: Vintage Books, 1989.

［5］Ulrich Broich, *Ways of Marking Intertextuality*, in Jean Bessiere, ed., *Proceedings of 11th Congress of the International Comparative Literature Association*, New York: Peter Lang, 1989.

［6］Gerald T. Burns, Review: *Twice Blessed*, *Philippine Studies*, 1993, 41 (4).

［7］Joan Chang, Shirley Geok-lin Lim and Her Among the *White Moon Face*, *New Literature Review*, 1999, 3 (5).

［8］Joan Chang, When Third-World Expatriate Meets First-World Peace Corps Worker: Diaspora Reconsidered in Shirley Lim's *Joss and Gold*, *Concentric: Literary and Cultural Studies*, 2005, 31 (1).

［9］Shu-ching Chen, Affect and History in Ninotchka Rosca's *State of War*, *Euramerica*, 2015, 45 (1).

［10］Fiona Cheong, *Shadow Theatre*, New York: Soho Press, 2002.

［11］Fiona Cheong, *The Scent of the Gods*, New York & London: W. W. Norton & Company, 1991.

［12］ King-kob Cheung, ed. , *Words Matter*, Honolulu: University of Hawai'i Press, 2000.

［13］ Tzu-chun Chin, Remapping the Past—The Struggle for Self-Identity in Shirley Geok-lin Lim's *Joss and Gold*, *Critique: Studies in Contemporary Fiction*, 2011 (52).

［14］ Wen-Chuan Chu, Memoir as the Social Product of Social Space in Shirley Geok-lin Lim's *Among the White Moon Faces*, *Kaohsiung Normal University Journal*, 2009 (27).

［15］ Coale, Porcelain Dreams, *New York Times* (1923 – Current file), 1991.

［16］ Xiaodong Dai, Intersubjectivity and Interculturality: A Conceptual Link, *China Media Research*, 2010, 6 (1).

［17］ Rocio G. Davis, Academic Autobiography and Transdisciplinary Crossings in Shirley Geok-lin Lim's *Among the White Moon Faces*, *Journal of American Studies*, 2009, 43 (3).

［18］ Ye Le Espiritu, Vietnamese Masculinities In Le Thi Diem Thuy's *The Gangster We Are All Looking For*, *Revista Canaria De Estudios Ingleses*, 2013 (66).

［19］ Nancy Forbes, Burmese Days, *The Nation*, 1983.

［20］ Weihsin Gui, Renaissance City and Revenant Story: The Gothic Tale as Literary Technique in Fiona Cheong's *Fictions of Singapore*, *Interventions*, 2015.

［21］ Quan Manh Ha, Conspiracy of Silence and New Subjectivity in *Monkey Bridge* and *The Gangster We Are All Looking For*, *Journal of Southeast American Education & Advancement*, 2013 (8).

［22］ Guiyou Huang, *Asian American Short Story Writers*, London: Greenwood Press, 2003.

［23］ Guiyou Huang, *The Columbia Guide to Asian American Literature Since 1945*, New York: Columbia University Press, 2006.

［24］ David Huddart, *Homi K. Bhabha*, London and New York: Routledge, 2006.

［25］ Paul Ilie, *Literature and Inner Exile: Authoritarian Spain, 1939 – 1975*, Baltimore: Johns Hopkins University Press, 1980.

［26］ Michele Janette, *My Viet: Vietnamese American Literature in English*,

1962– Present, Honolulu: University of Hawai'i Press, 2017.

[27] John Clute & John Grant, *The Encyclopedia of Fantasy in Fairytale*, New York: St Martin's Press, 1997.

[28] Sarah Anne Johnson, *The Very Telling: Conversations with American Writers*, Lebanon: University Press of New England, 2006.

[29] Jung Ha Kim, What's with the Ghosts? Portrayals of Spirituality in Asian American Literature, *Spiritus*, 2006 (6).

[30] Kaor Kobayashi, Touring Companies in the Empire: the Miln Company's Shakespearean Production in Japan, *Australasian Drama Studies*, 1998, 32 (1).

[31] Julia Kristeva, *Word, Dialogue and Novel*, in Toril Moi ed. , *The Kristeva Reader*, Oxford: Blackwell Publishers Ltd. , 1986.

[32] Wendy Law-Yone, *Irrawaddy Tango*, New York: Random House, 1993.

[33] Wendy Law-Yone, *The Coffin Tree*, Evanston: Northwestern University Press, 2003.

[34] Thi Diem Thuy Le, *The Gangster We Are All Looking For*, New York: Alfred A. Knopf. 2003.

[35] Peter Lee & Jennifer Chen, *The Straits Chinese House: Domestic Life and Traditions*, Singapore: National Museum of Singapore, 2006.

[36] Rachel C. Lee, The Erasure of Places and the Re-Siting of Empire in Wendy Law-Yone's *The Coffin Tree*, *Cultural Critique*, 1996 – 1997 (35).

[37] Shirley Geok-lin Lim, ed. , *Approaches to Teaching Kingston's The Woman Warrior*, New York: The Modern Language Association of America, 1991.

[38] Shirley Geok-lin Lim, *Academic and Other Memoirs: Memory, Poetry, and the Body*, in Rocio G. Davis, Jaume Aurell & Ana Beatriz Delgado, eds. , *Ethnic Life Writing and Histories: Genre, Performance, and Culture*, Berlin: Lit Verlag, 2007.

[39] Shirley Geok-lin Lim, *Immigration and Diaspora*, in King-Kok Cheung, ed. , *An Interethnic Companion to Asian American Literature*, New York: Cambridge UP, 1997.

[40] Shirley Geok-lin Lim etc. , eds. , *Forbidden Stitch: An Asian American Women's Anthology*, Corvallis: Calyx Inc. , 1989.

[41] Shirley Geok-lin Lim, *Joss and Gold*, New York: The Feminist Press, 2001.

[42] Shirley Geok-lin Lim, Judith Barrington and Valerie Miner, Reticence and Resistance: A Conversation, *The Women's Review of Books*, 1996, 13 (10 & 11).

[43] Shirley Geok-lin Lim, *Sister Swing*, Singapore: Marshall Cavendish Editions, 2006.

[44] Shirley Geok-lin Lim, *Two Dreams: New and Selected Stories*, New York: The Feminist Press, 1997.

[45] Shirley Geok-lin Lim, ed. , *Asian-American Literature: An Anthology*, Chicago: NTC/Contemporary Publishing Group, Inc. , 2000.

[46] Shirley Geok-lin Lim, *What the Fortune Teller Didn't Say*, Albuquerque: West End Press, 1998.

[47] Shirley Geok-lin Lim, *Among the White Moon Faces: An Asian-American Memoir of Homelands*, New York: The Feminist Press, 1996.

[48] Hock Shen Ling, *Negotiating Malaysian Chinese Ethnic and National Identity Across Border*, Ohio University, 2008.

[49] Elisabetta Marino, Exploring the Issues of Gender and Ethnicity in Shirley Geok-lin Lim's *Sister Swing* , *Asiatic*, 2014 (1).

[50] Philip Martin, *The Writer's Guide to Fantasy Literature: From Dragon's Lair to Hero's Quest*, Waukesha: The Writer Books, 2002.

[51] Chingyen Yang Mayer, Longing and Belonging, Exile and Home in Shirley Geok-lin Lim's *Joss and Gold*, *Asiatic*, 2014, 8 (1).

[52] Myra Mendible, Literature as Activism: Ninotchka Rosca's Political Aesthetic, *Journal of Postcolonial Writing*, 2014 (50).

[53] Nelly Mok, Moving Home, Writing Home: Transnational Identity in Shirley Geok-lin Lim's *Among the White Moon Faces*, *Asiatic*, 2014, 8 (1).

[54] Adrienne Mong, Island Search, *Far Eastern Economic Review*, 1992.

[55] Srimatie Mukherje, "Negative Difference" and Its Role in Writing: Shirley Geok-lin Lim's *Among the White Moon Faces*, *Asiatic*, 2014, 8 (1).

[56] Viet Thanh Nguyen, *Nothing Ever Dies*, Cambridge: Harvard University

Press, 2016.

[57] Sei Woong Oh, ed. , *Encyclopedia of Asian-American Literature*, New York: Facts On File, Inc. , 2007.

[58] Rajeev Patke & Philip Holden, *The Routledge Concise History of Southeast Asian Writing in English*, New York: Routledge, 2010.

[59] William Peterson, The Ati-Atihan Festival: Dancing with the Santo Nino at the "Filipino Mardi Gras", *Asian Theatre Journal*, 2011, 28 (2).

[60] Ruth Jordana L. Pison, The Ati-Atihan as Narrative Structure of *State of War*, *Journal of English Studies and Comparative Literature*, 1997, 2 (1).

[61] Ping Poh-seng, The Straits Chinese in Singapore: A Case of Local Identity and Socio-cultural Accommodation, *Journal of Southeast Asian History* (*Singapore Commemorative Issue 1819 – 1969*), 1969, 10 (1).

[62] Katrina M Powell, *The Embodiment of Memory: The Intellectual Body in Shirley Geok-lin Lim's Among the White Moon Faces*, in Christopher Stuart & Stephanie Todd, eds. , *New Essays on Life: Writing and the Body*, Newcastle: Cambridge Scholars Publishing, 2009.

[63] Mohammad A. Quayum, Nation, Gender, Identity: Shirley Geok-lin Lim's *Joss and Gold*, *Sun Yat-sen Journal of Humanities* , 2003 (16).

[64] Robert Redfield, Kalph Linton & Melville Herskovits, Memorandum on the Study of Acculturation, *American Anthropologist*, 1936, 38 (1).

[65] Danilo Francisco M. Reyes, Reviewed Work (s): *Twice Blessed*, *Philippine Studies*, 1996, 44 (2).

[66] Ninotchka Rosca, *State of War: A Novel of Life in the Philippines*, California: the Villarica Press, 1988.

[67] Jurgen Rudolph, Reconstructing Collective Identities: The Babas of Singapore, *Journal of Contemporary Asia*, 1998, 28 (2).

[68] Josh Saul, If You have to Mask Pulitzer Prize Winner Viet Thanh Nguyen, Who Has a New Book Coming, Knows You're Hiding Something, *Newsweek*, 2016 – 02 – 12.

[69] Robert Scholes, etc, *Text Book*, New York: St. Martins Press, 1998.

[70] Teo Kok Seong, *The Peranakan Chinese of Kelantan: A Study of the Cul-*

ture, *Language and Communication of An Assimilated Group in Malaysia*, London: Asian Academic Press LTD, 2003.

［71］ Martin Smith, *Burma （Myanmar）: The Time for Change*, London: MRC, 2002.

［72］ Everett V. Stonequist, *The Marginal Man: A Study in Personality and Culture Conflicts*, New York: Russell & Russell, 1961.

［73］ Jenny Stringer, *The Oxford Companion to Twentieth-Century Literature in English*, New York: Oxford University Press, 1996.

［74］ Jim Sullivan, Book Reviews: Among the White Moon Faces: An Asian American Memoir of Homelands, *Women's Studies*, 2000, 29 （2）.

［75］ Kenneth W. Thompson, The Ethical Dimensions of Diplomacy, *The Review of Politics*, 1984, 46 （3）.

［76］ Quang D. Tran, Viet Thanh Nguyen Writes about the Refugees We don't Remember Anymore, *America*, 2017.

［77］ Maria Concepcion Brito Vera, A Spatial Reading of Fiona Cheong's *Shadow Theatre*: The Production of Subversive Female Spaces, *English and American Studies in Spain: New Developments and Trends*, 2015.

［78］ Kanyakrit Vongkiatkajorn, In Country, *Mother Jones*, January/ February 2017.

［79］ Eleanor Wachtel, An Interview with Viet Thanh Nguyen （a Version of this conversation was broadcast on Writers & Company on CBC Radio One in July 2016, produced by Sandra Rabinovitch）.

［80］ Jini Kim Watson, Stories of the State: Literary Form and Authoritarianism in Ninotchka Rosca's *State of War*, *Contemporary Literature*, 2017, 58 （2）.

［81］ Wenying Xu, *Historical Dictionary of Asian American Literature and Theater*, Lanham: The Scarecrow Press, 2012.

［82］ Nicoleta A. Zagni, Shirley Geok-lin Lim's *Sister Swing*, *Women's Studies Quarterly*, 2006, 34 （3 & 4）.

［83］ Minhao Zeng, The Intricacies of Cosmopolitanism: Shirley Geok-lin Lim's *Among the White Moon Faces*, *Mosaic*, 2013, 46 （1）.

［84］ Jack Zipes, ed, *When Dreams Came True: Classical Fairy Tales and*

Their Tradition, London：Routledge，1999.

［85］Haron bin Daud, *Sejarah Melayu：Satu Kajian daripada Aspek Pense-jarahan Budaya*, Kuala Lumpur：Dewan Bahasa dan Pustaka Kementerian Pendidi-kan Malaysia，1989.

［86］Minfong Ho, *Reshelving Alexandria Creating Legacy Library*（Mar. 20，2020），https：//reshelvingalexandria. com/pub/author/minfong-ho.

［87］А. П. 穆兰诺娃著，陈树森译：《美国对缅甸的政策》，《东南亚研究资料》，1963 年第 2 期。

［88］亚历克斯·乔西著，安徽大学外语系、上海人民出版社编译室译：《李光耀》，上海：上海人民出版社，1976 年。

［89］艾略特著，王恩衷编译：《艾略特诗学文集》，北京：国际文化出版公司，1989 年。

［90］爱德华·W. 萨义德著，李琨译：《文化与帝国主义》，北京：生活·读书·新知三联书店，2007 年。

［91］爱德华·W. 萨义德著，单德兴译：《知识分子论》，北京：生活·读书·新知三联书店，2002 年。

［92］蔡熙：《关于文化间性的理论思考》，《大连大学学报》，2009 年第 1 期。

［93］曹庆锋、熊坤新：《民族关系维度下的马来西亚治国理念》，《黑龙江民族丛刊》，2013 年第 1 期。

［94］曹顺庆、沈燕燕：《打开东西方文化对话之门：论"间距"与"变异学"》，《东疆学刊》，2013 年第 3 期。

［95］陈海飞：《间距与理解》，《扬州大学学报（人文社会科学版）》，2005 年第 3 期。

［96］陈恒汉：《从峇峇娘惹看南洋的文化碰撞与融合》，《沈阳师范大学学报（社会科学版）》，2011 年第 3 期。

［97］陈文娟、王秀芬：《论石黑一雄〈长日留痕〉的文化间性》，《安阳师范学院学报》，2012 年第 4 期。

［98］陈衍德主编：《多民族共存与民族分离运动：东南亚民族关系的两个侧面》，厦门：厦门大学出版社，2009 年。

［99］单德兴：《战争、真相与和解：析论高兰的〈猴桥〉》，《浙江外国语

学院学报》,2018 年第 4 期。

［100］蒂费纳·萨莫瓦约著，邵炜译:《互文性研究》，天津：天津人民出版社，2003 年。

［101］董树宝:《从"间距"到"共通"：论朱利安在中西思想之间的融会贯通》,《国际比较文学》,2019 年第 2 期。

［102］敦·斯利·拉囊著，黄元焕译:《马来纪年》,吉隆坡：学林书局，2004 年。

［103］弗朗索瓦·朱利安著，杜小真译:《迂回与进入》,北京：商务印书馆，2017 年。

［104］傅聪聪:《浅析〈马来纪年〉中的神话与传说》,见罗杰、傅聪聪等译/著:《〈马来纪年〉翻译与研究》，北京：北京大学出版社，2013 年。

［105］高建平:《从"他"到"你"：他者性的消解》,《学术月刊》,2014 年第 1 期。

［106］高小刚:《乡愁以外：北美华人写作中的故国想象》,北京：人民文学出版社，2006 年。

［107］格·伊·米尔斯基著，力夫、阜东译:《"第三世界"：社会、政权与军队》,北京：商务印书馆，1980 年。

［108］龚敏:《郑和下西洋对明朝与东南亚关系的影响》,《中山大学研究生学刊（社会科学版）》,2002 年第 3 期。

［109］管建明:《中国神话的挪用改写和美国华裔作家的文化身份》,《广东外语外贸大学学报》,2008 年第 1 期。

［110］郭克强:《越南船民问题的国际法思考》,《法学评论》,1992 年第 4 期。

［111］郭又新:《美国菲律宾裔移民的历史考察》,《东南亚研究》,2003 年第 6 期。

［112］韩红:《文化间性话语中语义研究的自我理解》,《外语学刊》,2004 年第 1 期。

［113］郝素玲:《诗情画意背后的那段历史：论越南裔美国作家黎氏艳岁与她的〈我们都在寻找的那个土匪〉》,《郑州大学学报（哲学社会科学版）》,2011 年第 3 期。

［114］郝雪靓:《翻译的文化间性》,《太原科技大学学报》,2010 年第

2 期。

［115］何兰：《公共外交视角下的美国"和平队"作用评析》，《北方论丛》，2013 年第 6 期。

［116］何孟儒：《马华歌剧艺术的先声：〈汉丽宝〉剧本暨历年演制状况研究》，《艺术论文集刊》，2013 年第 20 – 21 期。

［117］贺圣达：《东南亚文化发展史》，昆明：云南人民出版社，2010 年。

［118］贺圣达等：《列国志：缅甸》，北京：社会科学文献出版社，2005 年。

［119］贺圣达等：《战后东南亚历史发展（1945—1994）》，昆明：云南大学出版社，1995 年。

［120］胡宝珠：《译后记：阅读与联想》，见林玉玲著，胡宝珠译：《魔法披巾》，台北：书林出版有限公司，2009 年。

［121］胡亚敏：《叙述的惶惑？战争的惶惑！：论蒂姆·奥布莱恩的〈追寻卡西艾托〉》，《解放军外国语学院学报》，2008 年第 6 期。

［122］胡亚敏：《一个想象出来的社群：论〈绿色贝雷帽〉中美国人对越南人的形象建构》，《解放军外国语学院学报》，2003 年第 3 期。

［123］黄念然：《当代西方文论中的互文性理论》，《外国文学研究》，1999 年第 1 期。

［124］黄千芬：《赏析林玉玲〈两个梦〉：女性怀乡书写》，《文化研究月报》，2010 年第 110 期。

［125］J·M. 布罗克曼著，李幼蒸译：《结构主义：莫斯科—布拉格—巴黎》，北京：中国人民大学出版社，2003 年。

［126］姜士林：《家族统治身败名裂专制腐化结局可悲：菲律宾前总统马科斯夫妇贪污巨款案纪实（下篇）》，《党风与廉政》，2001 年第 4 期。

［127］蒋炳庆：《多元文化背景下的民族和谐实现：基于马来西亚族群关系观察》，《贵州民族研究》，2015 年第 8 期。

［128］阚侃：《文化间性的理论根源：从主体间性到文化间性》，《中国社会科学报》，2019 年 6 月 27 日。

［129］康斯坦丝·玛丽·藤布尔著，欧阳敏译：《新加坡史》，上海：东方出版中心，2013 年。

［130］康晓丽：《1960 年代以来东南亚华人再移民研究》，厦门大学博士

学位论文，2014 年。

[131] 柯英、祝平：《"局外人"的死亡想象：〈死亡之匣〉中的存在与荒诞》，《山东外语教学》，2012 年第 4 期。

[132] 孔远志：《马来西亚三宝山与华人》，《华侨华人历史研究》，1990 年第 2 期。

[133] 雷蒙德·L. M. 李著，丹平译：《归属之两难：马来西亚华印混血人的边缘性》，《民族译丛》，1993 年第 3 期。

[134] 李晨阳：《军人政权与缅甸现代化进程研究（1962—2006）》，香港：香港社会科学出版社有限公司，2009 年。

[135] 李京桦：《新加坡族群关系演变（1819—1965 年）》，《贵州民族研究》，2016 年第 12 期。

[136] 李有成：《回家：论林玉玲的回忆录》，《英美文学评论》，2010 年第 17 期。

[137] 李玉平：《互文性：文学理论研究的新视野》，北京：商务印书馆，2014 年。

[138] 李玉平：《互文性新论》，《南开学报（哲学社会科学版）》，2006 年第 3 期。

[139] 李玉瑶：《短篇魅力与亚裔之声：2015 年美国文学概述》，《外国文学动态研究》，2016 年第 5 期。

[140] 连·H. 沙空：《缅甸民族武装冲突的动力根源》，《国际资料信息》，2012 年第 4 期。

[141] 梁华：《马科斯家族》，北京：社会科学文献出版社，1996 年。

[142] 梁建东：《文化间性、跨文化文学重写与翻译》，《江苏大学学报（社会科学版）》，2013 年第 4 期。

[143] 梁明柳、陆松：《峇峇娘惹：东南亚土生华人族群研究》，《广西民族研究》，2010 年第 1 期。

[144] 梁晓萍：《互文性理论的形成与变异：从巴赫金到布鲁姆》，《山西师大学报（社会科学版）》，2009 年第 4 期。

[145] 梁英明：《马来西亚种族政治关系下的华人与印度人社会》，见《融合与发展》，香港：南岛出版社，1999 年。

[146] 梁英明等：《近现代东南亚（1511—1992）》，北京：北京大学出版

社，1994 年。

　　［147］廖建裕：《马来西亚的土生华人：回顾与前瞻》，见何国忠编：《百年回眸：马华文化与教育》，吉隆坡：华社研究中心，2005 年。

　　［148］林曦：《"文化间性"的图型论》，《燕山大学学报（哲学社会科学版）》，2016 年第 3 期。

　　［149］林玉玲著，孙乐译：《旧离散、新跨国以及全球华裔英语文学》，见徐颖果编：《离散族裔文学批评读本：理论研究与文本分析》，天津：南开大学出版社，2012 年。

　　［150］林玉玲著，张琼惠译：《月白的脸：一位亚裔美国人的家园回忆录》，台北：麦田出版，2001 年。

　　［151］林玉玲著，王智明译：《中国尾声：霸权、帝国与后殖民想象的间隙》，《文化研究》，2015 年第 21 期。

　　［152］刘慧英：《走出男权传统的樊篱：文学中男权意识的批判》，北京：生活·读书·新知三联书店，1995 年。

　　［153］刘建彪：《对战后东南亚华侨华人再移民现象的探讨》，《八桂侨刊》，2000 年第 1 期。

　　［154］刘俊：《天惠之河：缅甸伊洛瓦底江简介》，《东南亚》，1993 年第 2 期。

　　［155］刘伦辉等：《云南的天然秃杉林及其群落特点的研究》，《植物生态学报》，1987 年第 3 期。

　　［156］刘文：《互文性概念的辩证含义与适用性》，《求索》，2005 年第 7 期。

　　［157］刘增美：《族裔性和文学性之间：美国华裔文学批评研究》，南京师范大学博士学位论文，2011 年。

　　［158］龙异：《菲律宾精英家族政治的历史演进分析》，《南洋问题研究》，2013 年第 4 期。

　　［159］鹿国治：《间性思维与比较文学：谈比较文学研究主体的思维基础》，《山东师范大学学报（人文社会科学版）》，2002 年第 4 期。

　　［160］罗岗：《读出文本和读入文本》，《文学评论》，2002 年第 2 期。

　　［161］罗兰·巴特著，张寅德译：《文本理论》，《上海文论》，1987 年第 5 期。

［162］罗圣荣：《马来西亚华印社会比较研究》，《南洋问题研究》，2012 年第 1 期。

［163］马哈蒂尔著，叶钟玲译：《马来人的困境》，吉隆坡：皇冠出版公司，1981 年。

［164］马征：《文化间性：外国文学个案研究方法的更新：由纪伯伦研究谈起》，《东方论坛》，2012 年第 4 期。

［165］马征：《文化间性视野中的纪伯伦研究》，北京：中国社会科学出版社，2010 年。

［166］梅丽：《越战小说中的记忆伦理》，《重庆邮电大学学报（社会科学版）》，2015 年第 6 期。

［167］米兰·昆德拉著，孟湄译：《小说的艺术》，北京：生活·读书·新知三联书店，1995 年。

［168］穆兰诺娃：《美国对缅甸的政策》，《东南亚研究资料》，1963 年第 2 期。

［169］努哈姆特茵著，宋建华译：《马来西亚的民族问题》，《民族译丛》，1981 年第 5 期。

［170］欧华恩、潘利锋：《美国越南战争的伦理考量：以〈烟树〉为例》，《湖南科技学院学报》，2014 年第 12 期。

［171］潘锐、娄亚萍：《影响美国对外援助政策决策的三个要素》，《和平与发展》，2008 年第 3 期。

［172］秦海鹰：《互文性理论的缘起与流变》，《外国文学评论》，2004 年第 3 期。

［173］阮越清著，陈恒仕译：《同情者》，上海：上海译文出版社，2018 年。

［174］芮逸夫主编：《云五社会科学大辞典·人类学》，台北：台湾商务印书馆股份有限公司，1971 年。

［175］塞缪尔·P. 亨廷顿著，王冠华等译：《变化社会中的政治秩序》，北京：生活·读书·新知三联书店，1989 年。

［176］沙青青：《沙青青评〈同情者〉：我们的越战永远不会结束》，《澎湃新闻·上海书评》，2019 年 3 月 6 日。

［177］商戈令：《间性论撮要》，《哲学分析》，2015 年第 6 期。

［178］施雪琴：《菲律宾天主教宗教节日的文化特征与功能嬗变》,《东南亚研究》,2003 年第 6 期。

［179］斯图亚特·霍尔：《文化身份与族裔散居》,见罗钢、刘象愚主编：《文化研究读本》,北京：中国社会科学出版社，2000 年。

［180］宋明顺：《新加坡青年的意识结构》,北京：教育科学出版社，1980 年。

［181］宋扬：《菲律宾总统：马科斯》,《世界知识》,1980 年第 13 期。

［182］苏莹莹：《〈融合〉：马来亚五十载民族关系之画卷》,《外国文学》,2010 年第 3 期。

［183］苏颖欣：《"倒退走进中国"：林玉玲的回返与认同恢复》,《文化研究》,2015 年第 21 期。

［184］孙广治：《文化间性视阈中的杂合翻译策略》,《外语学刊》,2008 年第 5 期。

［185］孙燕：《跨国想象与民族认同：全球化语境下的中国影视文化》,北京：中国社会科学出版社，2017 年。

［186］覃敏健、黄骏：《多元文化互动与新加坡的"和谐社会"建设》,《世界民族》,2009 年第 6 期。

［187］汤国荣等：《文化间性理论要义及其在社会文化地理学研究中的启示》,《世界地理研究》,2018 年第 2 期。

［188］唐浩明：《敬畏历史、感悟智慧：写在〈唐浩明文集〉出版之际》,《法制日报》,2002 年 10 月 11 日。

［189］唐萍等：《木屠杉名称的历史演变》,《湖南林业科技》,1996 年第 4 期。

［190］童明：《解构广角观：当代西方文论精要》,北京：中国社会科学出版社，2019 年。

［191］托马斯·福斯特著，梁笑译：《如何阅读一本小说》,海口：南海出版公司，2015 年。

［192］汪兵：《诸子均分与遗产继承：中西古代家产继承制起源与性质比较》,《天津师范大学学报（社会科学版)》,2005 年第 6 期。

［193］王才勇：《文化间性问题论要》,《江西社会科学》,2007 年第 4 期。

［194］王逢振等：《最新西方文论选》,桂林：漓江出版社，1991 年。

［195］王海燕、甘文平：《美国越南战争文学研究综览及其走势》,《外国文学研究》,2006 年第 1 期。

［196］王娟：《民俗学概论》.北京：北京大学出版社，2002 年。

［197］王凯：《阮越清〈同情者〉：永远都不会结束的越南人的越战》,《文艺报》,2018 年 12 月 7 日。

［198］王萌：《〈小团圆〉：张爱玲的小说体回忆录》,《小说评论》,2011 年第 2 期。

［199］王世靓、纪晓岚：《文化间性视阈下的民族互嵌及其政策意蕴》,《理论导刊》,2017 年第 6 期。

［200］王晓东：《西方哲学主体间性理论批判：一种形态学视野》,北京：中国社会科学出版社，2004 年。

［201］吴冰：《从异国情调、真实反映到批判、创造：试论中国文化在不同历史时期的华裔美国文学中的反映》,《国外文学》,2001 年第 3 期。

［202］吴冰寒：《斩获今年普利策奖的〈同情者〉》,《博览群书》,2006 年第 10 期。

［203］吴明安著，张卫译：《马来西亚司法制度》,北京：法律出版社，2011 年。

［204］吴娱玉：《"间距"／"之间"的能量：兼论中国古典美学之于朱利安的启示》,《求是学刊》,2019 年第 2 期。

［205］夏征农、陈至立主编：《辞海》,上海：上海辞书出版社，2011 年。

［206］徐显静、杨永春：《论〈玻璃山〉中的越战政治意蕴》,《英美文学研究论丛》,2010 年第 2 期．

［207］许心礼主编：《新加坡》,上海：上海辞书出版社，1983 年。

［208］薛小杰：《新加坡英语管窥》,《河北经贸大学学报（综合版）》,2007 年第 3 期。

［209］延永刚：《互文性思想的变迁与主体性命运的沉浮》,《文艺争鸣》,2016 年第 3 期。

［210］言红兰：《文化间性的民族文化传承与对外传播》,《沈阳师范大学学报（社会科学版）》,2016 年第 2 期。

［211］阎嘉：《文学研究中的文化身份与文化认同问题》,《江西社会科学》,2006 年第 9 期。

[212] 杨石华：《跨文化对话间性空间的建构与完善》，《传播与社会学刊》，2017 年第 4 期。

[213] 杨长源等主编：《缅甸概览》，北京：中国社会科学出版社，1990 年。

[214] 杨亚红：《新加坡建国后华族文化发展的困境：以国家和社会二重视角的考察》，华中师范大学硕士学位论文，2018 年。

[215] 伊塔洛·卡尔维诺著，萧天佑译：《美国讲稿》，南京：译林出版社，2008 年。

[216] 犹家仲：《"间距"的解释学意义》，《河池学院学报》，2004 年第 5 期。

[217] 余彬：《主权和移民：东南亚华人契约性身份政治研究》，广州：暨南大学出版社，2014 年。

[218] 余中先：《被散栽在花圃中的记忆碎片：西蒙的回忆录小说〈植物园〉简介》，《外国文学动态》，1998 年第 5 期。

[219] 俞可平：《社群主义（第三版）》，北京：东方出版社，2015 年。

[220] 禹海亮：《互文性：非独创的艺术》，《文艺研究》，2005 年第 4 期。

[221] 约翰·F. 卡迪著，姚迪等译：《战后东南亚史》，上海：上海译文出版社，1984 年。

[222] 翟强：《重新解读历史：越南战争研究的四个新视角》，《历史研究》，2019 年第 1 期。

[223] 詹小美、皮家胜：《马克思主义哲学研究中的"理解间距"问题》，《哲学动态》，2007 年第 3 期。

[224] 张成霞：《西方文化在菲律宾的传播与融合：以西班牙、美国为例》，《贵州大学学报（社会科学版）》，2013 年第 6 期。

[225] 张丹柯：《最真实的越战小说：〈马特洪峰〉》，《外国文学动态》，2012 年第 6 期。

[226] 张冬梅、胡玉伟：《"故事"与"历史"互文性关联之重识》，《学术论坛》，2006 年第 5 期。

[227] 张锦忠：《序一：汉丽宝与魔法披巾》，见林玉玲著，胡宝珠译：《魔法披巾》，台北：书林出版有限公司，2009 年。

[228] 张锦忠：《跨越半岛，远离群岛：论林玉玲及其英文书写的漂泊与

回返》,《英美文学评论》,1999 年第 4 期。

［229］张龙海、张英雪:《从边缘到主流:美国的越裔文学》,《西北工业大学学报（社会科学版)》,2019 年第 3 期。

［230］张隆溪:《结构的消失:后结构主义的消解式批评》,《读书》,1983 年第 12 期。

［231］张琼惠:《导读林玉玲的多重身份与华人的多重属性:后现代的〈奥德赛〉》,见林玉玲著, 张琼惠译:《月白的脸:一位亚裔美国人的家园回忆录》,台北:麦田出版, 2001 年。

［232］张琼惠:《附录:林玉玲访谈录》,见林玉玲著, 张琼惠译:《月白的脸:一位亚裔美国人的家园回忆录》,台北:麦田出版, 2001 年。

［233］张琼惠:《序二:谁的魔法披巾?》,见林玉玲著, 胡宝珠译:《魔法披巾》,台北:书林出版有限公司, 2009 年。

［234］张锡镇:《当代东南亚政治》,南宁:广西人民出版社, 1994 年。

［235］张旭东:《从〈马来纪年〉看古代马来人对中国形象的认知》,《南洋问题研究》,2009 年第 4 期。

［236］张娅雯、崔荣荣:《东南亚娘惹服饰研究》,《服饰导刊》,2014 年第 3 期。

［237］张锡镇:《论菲律宾马科斯政权的垮台》,《国际政治研究》,1987 年第 4 期。

［238］赵庆庆:《北美华裔女性文学:镜像设置和视觉批判:以刘绮芬、陈迎和林玉玲的作品为例》,《外国文学评论》,2008 年第 4 期。

［239］赵渭绒:《国内互文性研究三十年》,《社会科学家》,2012 年第 1 期。

［240］郑德聘:《间性理论与文化间性》,《广东广播电视大学》,2008 年第 4 期。

［241］郑亚伟:《殖民与后殖民时期国际移民的特征及不同后果》,《国外理论动态》,2008 年第 9 期。

［242］中国社会科学院哲学研究所编:《哈贝马斯在华演讲集》,北京:人民出版社, 2002 年。

［243］周劲松:《文化间性·语言政治·多重小我:从流散研究视角看林语堂小说〈唐人街〉》,《当代文坛》,2011 年第 4 期。

［244］周敏：《蜕变与升华：全亚裔电影〈摘金奇缘〉的文学改编策略解析》,《电影新作》,2020 年第 1 期。

［245］朱利安著，卓立、林志明译：《间距与之间：论中国与欧洲思想之间的哲学策略》,台北：五南图书出版股份有限公司，2012 年。

［246］《一部真正的小说：回忆录》,载豆瓣读书，https：//book. douban. com/subject/25930106/，2018 年 1 月 12 日访问。